Prolog

Seine Augen gleiten über die Seiten der Blätter, welche ich vorhin ausgedruckt und in einem akribisch geordneten Mini-Stapel vor ihm platziert habe. 5.342 schwarzgedruckte Worte auf weißem, ökologisch abbaubarem Papier. Am anderen Ende der Couch sitzend beobachte ich ihn unentwegt, nehme jede seiner Regungen in mich auf und analysiere sie. Jeder von uns nutzt jeweils eine Armlehne, sodass wir uns genau gegenüber befinden. Er hat die Beine ausgebreitet, während ich im Schneidersitz kauere und bemüht bin, locker zu wirken.

Ich täusche vor, mit meinem Kindle beschäftigt zu sein, doch bisher habe ich keine Seite gelesen, denn die Nervosität hält mich davon ab, einen Sinn in den Sätzen zu erkennen.

Bis auf die leisen Töne von Bruce Springsteen, dessen Evergreen „I'm on fire" aus den Boxen dringt, ist es komplett still im Raum. Seine Pupillen bewegen sich von links nach rechts über das Papier, und seine Miene ist dabei meist völlig ausdruckslos. Minuten vergehen, und mein Herz hämmert heftig in meiner Brust. Bisher durfte niemals jemand etwas »Unfertiges« von mir lesen, und langsam macht sich das Gefühl in mir breit, dass das auch so hätte bleiben sollen.

Als er mit einer weiteren Seite fertig ist, legt er auch diese neben sich auf den Beistelltisch und beginnt dann mit der nächsten.

Seine Mundwinkel zucken und bewegen sich kaum merklich nach oben.
Oh Gott, er findet es lächerlich. Er lacht mich aus. Es war eine bescheuerte Idee, ihm das zu zeigen.
Er blickt zu mir auf, aber es ist zu spät, so zu tun, als starre ich ihn nicht an.
»Ich kann mich so nicht konzentrieren.«
Peinlich berührt sehe ich hinunter auf meinen E-Reader, der mir nicht länger Seite eins des Buches anzeigt, das ich zu lesen vorgebe, sondern zu den Einstellungen gesprungen ist, weil ich wahrscheinlich unbeabsichtigt darauf herumgedrückt habe. Die Couch bewegt sich, und im Augenwinkel nehme ich wahr, wie er die Blätter auf den Tisch legt und sich auf mich zubewegt. Er zieht an meinem Fußknöchel und streckt mein rechtes Bein aus. Die Stelle, an der er mich berührt hat, prickelt so stark, als hätte er mich unter Strom gesetzt. Er wiederholt dasselbe mit meinem linken Bein und zieht kurzerhand so lange an mir, bis ich liege und mein Kopf auf der Armlehne ruht. Noch immer konzentriere ich mich auf die Beleuchtungsoptionen des Geräts in meiner Hand und vermeide es, aufzusehen. Lange, wunderschöne Männerfinger erscheinen in meinem Blickfeld, die mir den Kindle aus der Hand nehmen.
»Ich habe gerade versucht … «, setze ich an.
»Mir scheißegal.«
Raubtiergleich beugt er sich über mich und mir wird dabei so unglaublich heiß, dass ich erschrocken nach Luft japse. Ich spüre, wie Hitze in mir aufsteigt und mir die Röte in die Wangen treibt.
»Die kleine Autorin träumt also von versautem Sex mit einem Rockstar?«

EPISODE 1 - Vader Sweets, auch genannt: Die dunkle Bedrohung

Drei Wochen zuvor

»Wir werden alt.«

Schon seit geschlagenen fünf Minuten mustere ich jetzt die kleinen Mini-Fältchen, welche sich um meine Augen herum abzeichnen, sobald ich das Gesicht zu einer Fratze verziehe, lächle oder die Stirn runzle.

»Wenn ich vor dem Spiegel eine solche Gesichtskirmes abziehe wie du, dann sehe ich auch aus wie meine eigene Großmutter. Und jetzt hör auf damit und sieh dich als das, was du bist: Ein verdammt heißes Stück.«

Megan hat gut reden, immerhin hat ihr perfekter Freund ihr ja auch vor einem Dreiviertel Jahr die alles entscheidende Frage gestellt. Somit kann sie nun in Würde altern. In vier Monaten werden die beiden sich das Ja-Wort geben und dann bin ich irgendwann allein im Club der über dreißigjährigen Unverheirateten. Ich stehe von dem bequemen Stuhl vor dem

Schminktisch auf und schleppe mich zu ihrem Bett, um mich theatralisch seufzend rückwärts darauf plumpsen zu lassen.

»Ist es wieder so weit?« Ich höre das Grinsen in Megans Stimme.

»Ich werde eine alte, alleinstehende Katzenlady. Ich weiß es.«

»May, du hast eine Katzenhaarallergie.«

»Ja, daran siehst du, wie schrecklich das alles wird. Ich werde nicht nur Falten haben, sondern auch von Pusteln übersät sein, während ich mit verrotzter Nase durchs Leben wandle.«

»Ähm, okay. Und alleinstehend? Du bist seit vier Jahren mit Garret zusammen.«

Ach ja, mein Freund. Garret Mitchell, 32, und erfolgreicher Börsenmakler. Er ist der Meinung, dass man kein Stück Papier benötigt, um glücklich miteinander zu sein. Die Ehe ist für ihn eine Erfindung des Staates, genauso wie der Valentinstag, was auch er Grund dafür ist, dass ich an diesem Tag keine Blumen bekomme. Nicht, dass das an den restlichen 364 Tagen des Jahres anders ist. Zu meinem letzten Geburtstag beispielsweise schenkte er mir Aktien irgendeiner Firma für erneuerbare Energien.

»Du weißt, dass er mir nie die Frage stellen wird.«

»Vielleicht kommt er ja dieses Wochenende auf den Geschmack.«

Ich hebe den Kopf und ziehe skeptisch eine Augenbraue hoch. »Auf dem Junggesellenabschied deines Zukünftigen soll Garret auf den Geschmack kommen, mich heiraten zu wollen? Meg, bitte, da findet er eher wieder Gefallen daran, wie schön das Single-Leben sein kann.«

»Du spinnst. Er weiß ganz sicher, was er an dir hat. Na komm, jetzt lass uns die Kerle mal für einen Abend vergessen.«

»Ähm, Meg, dir ist schon klar, dass wir uns die Band für deine Hochzeit ansehen, oder?« Lachend setze ich mich auf und stütze mich auf die Ellbogen. Meg ist damit beschäftigt, den perfekten Lidstrich zu ziehen, und ich beobachte, wie ihre Augen zu leuchten beginnen, als ich ihre Hochzeit erwähne.

Sie hat es wirklich verdient, einen Mann wie Aidan gefunden zu haben.

Wir sind die besten Freundinnen, seit wir vor zehn Jahren denselben Typen dateten und uns gegen ihn verbündeten, sobald wir voneinander erfahren hatten. Während sie nie Probleme hatte, Männer kennenzulernen, Beziehungen einzugehen und diese wieder zu beenden, um neue Bekanntschaften zu machen, tat ich mich damit schwer, jemanden zu finden, obwohl ich stets mit sehr geringen Erwartungen an das Ganze ranging. Meg hat hohe Ansprüche und niemand schien diesen wirklich gerecht zu werden. Bis auf ein paar Schwärmereien und One-Night-Stands war nie was Ernstes dabei – und dann kam Aidan. Er arbeitet ebenfalls an der Börse und stellte mir ein halbes Jahr, nachdem er mit Meg zusammengekommen war, seinen Kollegen Garret vor. Und so schließt sich auch schon der Kreis dieser romantischen kleinen Story um unsere Freundschaft und die Männer an unserer Seite. Während Megan und Aidan nun also das perfekte Paar sind und ihre Liebe mit einer Hochzeit besiegeln, sehe ich mich trotz Beziehung eher als Einzelkämpferin. Garret arbeitet zwölf Stunden am Tag, weshalb wir uns meist nur am Wochenende sehen - wenn überhaupt. Er hat ein stylisches Appartement im Börsenviertel und ich besitze ein kleines Häuschen auf dem Land, das meine Grandma mir vor ein paar Jahren vererbte und mit dem Auto vierzig Minuten entfernt von seiner Designer-Bude liegt. Er spielt am Wochenende Basketball mit seinen Jungs; ich hingegen hasse jede Art von Sport.

Meine große Leidenschaft gilt den Büchern. Ich liebe es, zu lesen und hatte das große Glück, mein Hobby vor zwei Jahren zum Beruf machen zu können. Ich bin Autorin und schreibe Liebeskurzgeschichten für die *Women's Lifestyle*, ein

Frauenmagazin, welches einmal im Monat erscheint. Manchmal sind sie so richtig schnulzig, manchmal ein wenig düster, aber immer gibt es ein Happy End. Oft fragen mich Freunde und Leser, wie viel von mir selbst in meinen Geschichten steckt. Bedenkt man, dass Abonnenten mir schreiben, weil sie vor Rührung weinten, als meine Charaktere sich endlich gefunden haben, dann muss ich gestehen, dass wohl so gut wie nichts von mir in meinen Werken enthalten ist.

Ich glaube nicht an die große Liebe.

Nicht, weil ich schlechte Erfahrungen gemacht habe oder mir selbst beziehungstechnisch etwas Tragisches widerfahren ist – ich denke einfach, es gibt so was wie den Einen nicht. Die meisten Menschen sind nie so glücklich, dass sie in ihrem Glück verweilen, sondern sie streben immer nach Höherem. Ist die erste Verliebtheit verblasst und man erkennt, dass der Partner auch nur ein Mensch mit Fehlern ist, trennt man sich oder lebt eben einfach damit. Dann verweilt man entweder allein oder zu zweit in einem selbst erbauten Gefängnis. Das ist wie mit diesen lustigen Gummibändern, mit denen wir früher gespielt hatten. Lässt nur einer von beiden los, dann trifft es den, der daran festhalten will, mit voller Wucht.

Tja, wenn man es so sieht, bin ich wohl die unromantischste Liebesschnulzen-Autorin der Welt.

Ein zusammengeknülltes Wattepad trifft mich am Kopf und reißt mich aus meinen Gedanken.

»Maysille Paige Trenton, willst du mit mir, Megan Hensley, zum Gig der heißesten Coverband des Landes aufbrechen?«

Nun, da das der einzige Antrag ist, der mir in naher Zukunft blüht, gibt es wohl nur eine Antwort.

»Klar. Lass uns fahren.«

***

Die dröhnenden Bässe schmerzen schon jetzt in den Ohren und ich bin verleitet, die extra für diesen Anlass gekauften Ohropax in Gebrauch zu nehmen. Da Meg jedoch gerade eine Lobeshymne auf die Band singt, die später hier auftreten wird, wäre es wohl unfreundlich, mir die Gehörgänge zu versperren und nicht nur die Musik, sondern auch sie auszublenden. Früher sind wir jeden Samstagabend feiern gegangen und ich frage mich unwillkürlich, ob es an meinem Alter liegt, dass die laute Musik bei mir Bedenken bezüglich meiner akustischen Gesundheit hervorruft, oder ob ich damals einfach immer zu betrunken war, um mir darüber Gedanken zu machen.

»Du wirst sie lieben. Sie spielen mittlerweile nur noch auf ausgewählten Festivals und sind so gut wie ausgebucht. Würde Aidans Bruder nicht in der Band spielen, hätten wir keine Chance gehabt, die Jungs für die Hochzeit zu engagieren.« Megs Schwärmereien für die Coverband *Sinister Five* ist kaum zu bremsen. Bis vor drei Jahren gehörte auch Aidan noch zu der Truppe, musste sich jedoch zwischen der Rumklimperei auf der Gitarre und dem »wahren Leben« an der Börse entscheiden, denn beides war zeitlich einfach nicht machbar. In meinen Augen war das genau richtig, denn wenn wir mal ehrlich sind, ist die Wahrscheinlichkeit, dass aus den Jungs mal mehr wird als Pausenclowns auf Fesitivitäten gleich null.

»Hilf mir bitte mal auf die Sprünge. Wieso müssen wir uns das gleich nochmal antun, wenn du eh weißt, was sie spielen und sie schon gefühlte tausendmal gesehen hast?«

Mir entgeht Megs diebisches Grinsen nicht und das bedeutete noch nie etwas Gutes. Da wir schon lange nichts mehr miteinander unternommen haben, sagte ich letzte Woche zu, mit ihr zu dieser Veranstaltung in einer Kleinstadt zu fahren.

»Ich will dich mit ihnen bekanntmachen.«

»Wieso solltest du das tun wollen?« Eigentlich will ich die Antwort gar nicht wissen, denn Megs Verständnis davon, eine gute Idee in die Tat umzusetzen, bedeutet meist, dass nur Meg ihren Spaß daran hat.

»Ich kenne Aidans Bruder Drake bereits von deinem Geburtstag und ich wüsste keinen Grund, weshalb ich deine restliche Hochzeitsband kennenlernen sollte. Es sei denn, die Jungs stehen auf gemeinnützige Arbeit und wollen kostenlos mein Haus renovieren.«

»Mhh ...« Meg runzelt die Stirn, als würde sie darüber ernsthaft nachdenken, schüttelt dann jedoch den Kopf und spitzt die Lippen. »Nein, natürlich nicht. Aber sie können dir anderweitig weiterhelfen. Und ich bin diejenige, die diesen glorreichen Einfall hatte, und dafür wirst du mich noch mehr lieben, als du es ohnehin schon tust. Denk daran, wenn ich dir das jetzt eröffne und werd nicht sofort zur ätzenden Motzi-May.«

Langsam werde ich ungehalten, denn in ihrem Kopf scheint diese mysteriöse Idee ja bereits seit Längerem zu reifen und kein spontaner Einfall zu sein.

»Dir ist schon bewusst, dass mir, je länger du das jetzt hinauszögerst, mehr und mehr Ideen kommen, wie ich dich um die Ecke bringen und es wie einen Unfall aussehen lassen könnte?«

»Okay, okay. Kein Grund, die Axt zu schwingen, Schwester. Also, du hast da doch diese Auftragsarbeit bei Women's Lifestyle.«

»Häh?«

»May, das heißt ›wie bitte‹. Als Autorin solltest du wissen, wie man sich korrekt ausdrückt.«

Wieso lese ich das Magazin, in dem ich meine Kurzgeschichten veröffentliche, eigentlich nie? Auf dem Cover der letzten Ausgabe prangte groß *10 Sofort-Tipps gegen Stress.*

Was würde ich gerade nur für einen einzigen dieser Ratschläge geben, denn ich spüre, wie mein Puls beschleunigt. Tief atme ich ein und wieder aus, was bei mir wohl eher nach Schwangerschaftskurs als nach Stressbewältigung aussieht.

»Also, da du ja offensichtlich mit atmen beschäftigt bist, was übrigens viel gesünder als rumzicken sein soll, erkläre ich dir liebend gern, welch wundervolle Lösung ich für dein kleines Rockstarproblem habe.«

Bei dem Wort *Rockstarproblem* malt sie Gänsefüßchen mit den Fingern in die Luft.

»Was auch immer es sein mag: Mach es rückgängig. Ich werde diese Story nicht schreiben.«

Nora Green, seit einem halben Jahr Chefredakteurin bei *Women's Lifestyle*, kam mit der »grandiosen« Idee auf mich zu, dem aktuellen Hype nach Bad Boys und Rockstars zu folgen und eine 60.000 Worte lange Story dazu zu schreiben, um diese dann in einzelnen Kapiteln zu veröffentlichen. Die Zeiten der Kurzgeschichten und Schnulzenromane sei vorbei und man müsse den Lesern etwas Zeitaktuelles bieten, sagte sie damals.

»May, es ist die Chance, groß rauszukommen. Das ist dein Sprungbrett und du solltest es nutzen.«

»Einen Scheiß sollte ich. Du weißt genau, dass ich nicht diese Art von Romanen schreibe«, entgegne ich etwas zu energisch.

Meg seufzt. »Die höschendurchnässende Art von Story? Die mit den Kerlen, bei denen man nur noch daran denken kann, wie man sie am schnellsten entkleidet und in sein Bett oder auf den Schreibtisch oder die Motorhaube bekommt? May, das ist das, was die Frauen lesen möchten. Sie wollen schweißnasse, sich aneinanderreibende Körper ohne Gedanken an das, was morgen ist.«

Ich hasse sie dafür, denn natürlich hat sie recht. Doch ich bin weit davon entfernt, so etwas schreiben zu können. Sagen wir, mir fehlt da ein wenig die Praxis. Nicht, dass ich noch nie Sex hatte. Garret und ich haben in ziemlich regelmäßigen Abständen Sex – um genau zu sein jeden Sonntag, denn da muss er nicht arbeiten und ist auch nicht mit seinen Freunden unterwegs. Aber wir haben halt den *normalen* Sex und nicht jenen, den Meg da gerade so anschaulich beschrieben hat. Und das will ich auch gar nicht. Garret scheint zufrieden mit dem, was wir haben und daher bin ich es auch.

Auf kurz oder lang würde es mich jedoch meinen Job kosten, wenn ich nicht das auftischen könnte, was Nora verlangt, und diese Gewissheit schwebt bereits seit Wochen wie ein Damoklesschwert über mir.

Ich seufze und lasse die Schultern hängen. »Mag ja alles stimmen, aber ich kann es einfach nicht, selbst wenn ich wollte – was ich nicht tue. Jeder Mensch hat seine Grenzen und meine liegen wohl irgendwo zwischen dem ersten Kuss mit vierzehn und der äußerst befriedigenden Missionarsstellung.«

»Siehst du, und da kommen ich und mein genialer Plan ins Spiel.«

Vader

Aus »Sinister Five« ist heute Abend »Sinister Four« geworden, da unser Drummer Malfoy oder Mal, wie wir ihn nennen – eigentlich heißt er Finn Ashcroft, doch das klingt lahm –, es verpennt hat, dass an diesem Abend Aidans Junggesellenabschied stattfindet. Während also unser Leadsänger Drake als Aidans Bruder für heute entschuldigt ist und seinen Kopf in den prall gefüllten Dekolletés der Stripperinnen versenken kann, dürfen wir anderen auf dieser Bauernveranstaltung Robbie Williams und Bon Jovi-Songs trällern und damit die Herzen der Hinterwäldlertussen zum Höherschlagen bringen. Ich bin nicht undankbar für das, was wir tun, denn wir leben unseren Traum. Jedenfalls mehr oder weniger. Doch es geht mir tierisch auf die Eier, wie billig manche Frauen sich an einen ranschmeißen. Auf diesen Kleinstadtfeten ist es am schlimmsten. Gut, bedenkt man, wie die Typen hier aussehen, dann kann ich es den Mädels noch nicht mal verdenken, doch irgendwann langweilt es einen, sich keinerlei Mühe geben zu müssen, um eine der Schlampen ins Bett zu kriegen. Das heißt nicht, dass ich es ihnen nicht trotzdem besorge, doch es ist recht reizlos und mehr zweckmäßig als wirklich befriedigend.

»Wenn wir hier schon abhängen müssen, wieso dann in Herrgottsnamen so früh? Unser Auftritt ist erst in zwei Stunden«, maule ich Mal an.

»Weil wir Aidans Braut einen Gefallen tun.«

»War ich betrunken, als wir ihr den schuldig wurden?«

Mal stößt entnervt die Luft aus. »Was hältst du davon, dass wir einfach mal etwas tun, weil wir nett sind?«

»Bin ich die Wohlfahrt?« Eigentlich war mir schon klar, als er den Gefallen erwähnte, dass wir es durchziehen würden – was auch immer es sei. Ohne Aidan gäbe es diese Band nicht und auch jetzt, wo er nicht mehr offiziell zu den Sinisters gehört, ist er trotzdem Teil der Gruppe, und da hilft man sich untereinander aus.

Es macht nur einfach zu viel Spaß, Mal auf die Palme zu bringen. Ehrlich, ich kenne keinen Menschen, dessen Gesichtsfarbe in so kurzer Zeit alle verfickten Farben des Regenbogens annehmen kann. Lediglich beim grünlichen Grau sollte man zur Seite treten, denn das bedeutet, dass er kurz vor dem Kotzen steht.

Momentan sind wir bei einem Schulmädchen-Rot angekommen, ähnlich der Farbe einer Frau, wenn man sie ordentlich durchgenommen hat und sie luftringend auf dem Rücken liegt und einem vorschwärmt, dass es der absolut beste Sex ihres Lebens war. Man sollte mir einen Orden dafür verleihen, dass ich schon so unzählig viele beste Nummern in den Leben dieser notgeilen Schnepfen vollbracht habe.

Nun also wieder zu Mal, der sich wahrscheinlich gerade überlegt, wie er mich Penner überzeugen kann, nett zu sein und das zu tun, was er sagt. Er kneift sich in die Nasenwurzel, typisches Anzeichen von Stress, und sieht mich dann fast flehend an.

»Drake hat das Ganze organisiert, also bedank dich bei ihm und sei einfach mal freundlich. Sieh es als gute Tat.«

»Ich hab heute Morgen einer Frau auf die Titten gespritzt und ihr damit ein unglaubliches Erlebnis beschert, von dem sie noch ihren Enkelkindern erzählen kann. Das muss meine Pfadfinderpflichten für heute abdecken.«

Mals Hals ist bei einem kräftigen Ferrari-Rot angelangt und seine Halsschlagader pumpt sichtbar.

»Okay, was willst du? Soll ich dir meinen Erstgeborenen versprechen, damit du dich zusammenreißt?«

Wow, ich bin gut.

»Lass stecken, aus deinen Eiern kann nichts Vernünftiges mehr kommen. Außerdem hab ich die Teufelsanbetung vor Kurzem aufgegeben. Diese Ritualmorde versauen einem nur die Klamotten. Also womit kann man die holde Maid beglücken?«

»Es geht nicht direkt um sie, sondern um eine Freundin von ...«

»Ist sie heiß?«, unterbreche ich ihn.

»Das tut nichts zur Sache.«

»Na, na. Das tut sehr wohl etwas zur Sache. Ich muss mich auf meine Rolle vorbereiten und dazu brauche ich Fakten.«

Mals Haut ist bei einem hübschen My Little Pony-Lila angekommen.

»Ich hab sie noch nie gesehen, aber sie soll ganz nett sein. Also Folgendes ...«

»Single?«, grätsche ich wieder dazwischen.

Dunkellila. Die Bombe tickt.

»Verfickte Scheiße, Vader, ich hab gerade nicht wenig Lust, dir deine Fresse zu polieren.« Er macht einen energischen Schritt auf mich zu.

Kaboom. Explodiert.

Ich greife mir theatralisch an die Brust, wie der Milchbubi Leonardo DiCaprisonne in *Romeo und Julia*, dessen neumodisches Shakespeare Gelaber ich mir damals nur reingezogen habe, um bei einer Tussi aus meiner Klasse einen wegstecken zu können. Wie gut, dass so was heute nicht mehr nötig ist.

»Nein, tu das der Frauenwelt nicht an. Keine glattrasierte Pussy will sich auf ein entstelltes Gesicht setzen.«

»An dir ist wirklich Hopfen und Malz verloren.«

»Okay, okay, komm runter, Junge. Also was können wir für Mrs. X, die ganz passabel aussieht und deren Beziehungsstatus ›zerfließt noch heute Nacht unter Vaders geschickten Fingern‹ lautet, tun?«

Eine halbe Stunde später sind auch die restlichen Jungs eingetroffen, und wir machen uns auf den Weg über das Festivalgelände, um die mysteriöse Braut-Freundin zu treffen. Nachdem Mal sich erweichen ließ, doch noch ein wenig mehr über sie preiszugeben, ist sie aber gar nicht mehr so mysteriös. Eine Zeitungsschnepfe, die irgendeine langweilige Lovestory über einen Rockstar schreiben will, aber weder Ideen noch Fantasie genug dazu hat. Gut, nur der Teil mit der Zeitung und dem Rockstar stammen von Mal, da es jedoch nicht wirklich schwer ist, sich eine gute Story aus den Rippen zu leiern, ist sie entweder dumm oder lediglich einfallslos. Jedenfalls – und das sind Mals Worte – würde Meg sich sehr freuen, wenn wir ihr einen kleinen Einblick in das Bandleben verschaffen könnten, damit sie den Schnulzenschnepfen etwas bieten kann, das ihre ungefickten Leiber zumindest durchs Lesen in Ekstase zu versetzen vermag – meine Worte.

»Also ich finde es ziemlich cool, dass wir die Vorlage für ein Buch darstellen sollen«, schwärmt Saint, unser Keyboarder, wie ein kleines Mädchen.

»Ich bezweifle, dass sie mit dir reden will. Du führst das Leben einer Klosterschülerin«, weist ihn Hitch, der einzig vergebene Kerl unserer Bande und Bassgitarrist, in die Schranken.

Mal lacht laut auf. »Na ja, das beste Beispiel für einen Rockmusiker bist du aber auch nicht. Ich denke, wenn sie etwas über einen Kerl schreiben wollte, der seiner Freundin zu jeglichen Anlässen, und sei es nur der Beginn ihrer Periode, Blumen schickt, dann hätte sie Kumar, den Rosenverkäufer, gefragt.«

»Das war ein einziges Mal, und wir waren beide wirklich froh, dass sie nicht schwanger war«, murmelte er vor sich hin.

Ich trotte derweil neben dem Rudel her und checke die Bräute ab. Wenn ich schon nicht zum Junggesellenabschied kann und somit auch keine Stripperin ihren dürren Arsch an meinem Schwanz reiben und mir ihre vollgepumpten Brüste um die Ohren hauen wird, dann müssen halt Non-Silikon-Berge herhalten. Aber sie müssen groß genug sein, denn ich habe heute Nacht Lust, meinen Schwanz zwischen ihnen zu reiben. Gerade als ich ein williges Opfer gefunden habe und ihr meinen unwiderstehlichen *Dein Höschen ist heute-überflüssig*-Blick zuwerfe, versaut mir Mal erneut die Tour.

»Da drüben stehen sie.«

Der Moment ist hin, denn Malfoy steckt mir beinahe seinen Finger in die Nase, während er auf die Braut unseres Freundes zeigt, wie ein kleines Kind, welches auf der Kirmes ein Kuscheltier an der Ballbude aussucht.

»Ich sehe Meg ebenfalls. Kein Grund, mit deinen Wurstfingern weiter vor meinem Gesicht zu fuchteln.« Ich schlage danach und ernte einen bösen Seitenhieb von seinem Ellbogen.

»Reiß dich jetzt am Riemen. Du wirst dich nett mit May unterhalten und ihr all die Fragen beantworten, die sie dir stellt.«

Ich bleibe so abrupt stehen, dass unser Keyboarder Saint ungebremst in mich reinläuft und ich einen großen Ausfallschritt machen muss, um nicht mit dem Gesicht voraus im Dreck zu landen. Sein Maulen bekomme ich nur am Rande mit, denn mich interessiert viel eher das, was Mal scheinbar vorhin ganz zufällig zu erwähnen vergessen hat.

»Wieso soll ich mich mit der Schulzentante unterhalten?« Ich hatte vor, teilnahmslos danebenzustehen und nett zu nicken, wenn es angebracht ist. Von Alleinunterhalter war keine Rede.

»Weil du, lieber Vader, von uns allen nun mal das lebst, was einem Rockstarleben am Nähesten kommt. Und das ist es, was May für ihre Story braucht. Wir können ihr alle ein wenig über den Ablauf eines Sets erzählen; das Gefühl, wie es ist, auf der Bühne zu stehen, oder über die Proben, aber das eigentlich Wichtige ist, was im Kopf eines abgefuckten Typen wie dir abgeht.«

»Vergiss es. Ich halte mir die Weiber nicht so erfolgreich vom Leib, damit ich dann ausgerechnet eine Hobbyautorin in meinem Hirn rumwuseln lasse. Nein, das mache ich nicht. Niemals.«

Mals Gesichtsfarbe bleibt erstaunlich normal, was bedeutet, dass er sich seiner Sache sicher ist. Ich stutze, während er mich siegessicher anblickt.

»Pass auf, ich hab mit den Jungs gesprochen. Wenn du das durchziehst und ihr bei dieser Sache hilfst, dann werden wir deine Songs spielen.«

Das ist ein Trick. Etliche Male hab ich versucht, die Band davon zu überzeugen, dass wir uns endlich aus dieser Covergeschichte verabschieden, um unsere eigenen Songs zu spielen, so wie wir es schon seit unserer Jugend planen. Da wir aber alle, bis auf Aidan, unseren sicheren Job hingeschmissen haben, damit wir uns voll auf die Musik konzentrieren können, war es den Jungs bisher zu gefährlich, die sichere Coverkiste aufzugeben. Natürlich existiert das Risiko, dass es dem Publikum nicht wirklich zusagt, und dann wären unsere Buchungen in

Gefahr, was im Umkehrschluss bedeuten würde, dass die meisten von uns kein Geld zum Leben hätten. Aber so weit kommt es nicht. Das weiß ich, und daran glaube ich.

Skeptisch beäuge ich ihn. Es muss einen Haken geben.

»Ich helfe ihr und im Gegenzug spielen wir eigene Songs?«

»Na, wir werden sie zunächst mal in unsere Covershow einbauen und schauen, wie sie so ankommen, aber ja. Das ist der Deal.«

Die anderen nicken im Chor wie brave Schuljungen. Meine Fresse, was kann schon so schlimm daran sein, ein wenig mit einer Braut über mein Sexleben zu quatschen?

»Okay, ich mache es.«

***

Nach einer beruhigenden Zigarette in sicherer Entfernung entschließe auch ich mich, zu Meg und der Autorentante rüberzuschlendern. Die Jungs sind schon vorgegangen, aber ich stehe eher so auf den Soloauftritt – zumindest was das Kennenlernen von Frauen betrifft. Viele Männer auf einmal gehen in der Gruppe unter. Das müssen die Jungs noch lernen.

Das Festivalgelände platzt aus allen Nähten, weswegen ich nur hin und wieder Megs Hinterkopf erspähen, aber nicht auskundschaften kann, wer von den Frauen um sie herum ihre Freundin ist. Ich hoffe auf die heiße Blonde, deren Rock eher einem Gürtel ähnelt und die bereits die ganze Zeit über willige Blicke in meine Richtung wirft, während sie dabei ihre aufgeplusterten Lippen leckt. Ich kann mir schon bildlich vorstellen, wie die Dinger aussehen, wenn mein Schwanz dazwischen verschwindet. Ja, damit kann ich arbeiten.

Freudestrahlend schreite ich auf das blonde Gestell zu, nur um dann, kurz bevor ich an mein Ziel gelange, von Mal zu Seite gezogen und vor Meg und einer unscheinbaren, genervt aussehenden Brünetten platziert zu werden.

»Vader. Schön, dich zu sehen.« Meg schlingt mir die Arme um den Hals, und ich küsse sie freundschaftlich auf die Wange. Aidan hat sich da wirklich ein hübsches Exemplar ausgesucht. Groß, dunkelblondes langes Haar, gefährliche Kurven und ein bezauberndes Lächeln.

»Hallo Schönheit. Hast du es dir noch immer nicht anders überlegt? Ich kann Dinge mit dir tun, von denen Adrian noch nie etwas gehört hat.«

Sie weiß, dass ich nur scherze und schlägt mir lachend gegen die Brust.

»Träum weiter. Also, Vader, darf ich dir meine gute Freundin May vorstellen?«

Wie schon befürchtet, weist sie auf die Brünette, die ein Gesicht zieht, als müsste sie einen unangekündigten Test schreiben. Sie mustert mich von oben bis unten auf eine Weise, auf die selbst ich mich, der keine Probleme damit hat, sich einem Publikum zu präsentieren, etwas unwohl fühle. Ihr strenger Zopf erinnert an die Nachbarin meiner Eltern, Mrs. Scott, die immer dann, wenn einer unserer Fußbälle in ihrem Garten landete, größte Freude daran hatte, sie mit einem Messer plattzustechen und uns das luftleere Stück Leder dann zurückzuwerfen. Ihr schwarzes Kleid beginnt kurz unter dem Hals, fällt bis zu den Knien gerade herunter und ist sicher zwei Nummern zu groß, sodass von ihrer Figur nicht viel zu erkennen ist. Gilt für Frauen nicht, man zeigt Bein oder Titten, aber auf jeden Fall eines von beidem! Sie ist kaum geschminkt, was sie auch nicht nötig hat, denn ihre Haut scheint makellos zu sein, doch mit dem verbissenen Gesichtsausdruck wirkt sie prüde, und wenn da ein Funkeln in ihren blauen Augen sein sollte, dann wird es gerade von Missmust und Gram überdeckt.

Meg stellt auch mich vor, und ich beschließe, mich ein wenig zusammenzureißen. »May, das ist Vader Sweets. Er ist, wie Drake auch, Leadsänger von *Sinister Five* und so nett, sich etwas Zeit zu nehmen, um deine Fragen zu beantworten.« Sie betont jedes einzelne Wort und wirft ihrer Freundin einen strengen Blick zu.

Ich runzle die Stirn, werde aber aus meinen Überlegungen gerissen, als Malfoy mir mit dem Ellbogen erneut in die Rippen stößt und mich ins Hier und Jetzt katapultiert.

Ich strecke also, ganz gentlemanlike, die Hand zur Begrüßung aus. »May, the Force be with me«, zitiere ich aus *Star Wars*, um die Stimmung durch einen kleinen Witz aufzulockern. Alle lachen, nur May, die mir gerade ihre Hand entgegenstrecken wollte, zieht diese zurück und schafft es, noch angepisster zu schauen als ohnehin schon. Echt, der Braut sollte man dringend die Hauptrolle in Teil sechs von *Der Exorzist* anbieten.

Sie presst die Lippen aufeinander und schaut zu Meg, anstatt mich zu begrüßen.

»Meg, ich denke, das funktioniert nicht.« Keine Ahnung, was ich erwartet habe, aber ihre Stimme klingt wirklich hübsch, als sie mich beleidigt, indem sie noch nicht mal ein »Hallo« für mich übrig hat.

Wieder schubst Mal mich, und ich bemühe mich, nicht angepisst, wie ich eigentlich über das ganze Theater hier bin, auf dem Boden zu stampfen und der Schnepfe zu sagen, dass sie sich mal ordentlich knallen lassen soll, damit der Stock aus ihrem Arsch verschwindet. Also setzte ich erneut an. »May?« Sie richtet die blauen Eisklötze erneut auf mich und zieht gekonnt eine Augenbraue hoch. Es gibt nicht viele Menschen, die das so eindrucksvoll können, und irgendwie gefällt es mir.

»Kein Star Wars- Fan, okay. Gespeichert.« Sie tritt ungeduldig von einem Fuß auf den anderen.

Oh Baby, würdest du mir gehören, hätte ich dir schon längst Geduld eingetrichtert.

Um uns herum sind alle still und lauschen gespannt meinem gewitzten Schlagabtausch – mit mir selbst.

»Also«, setze ich erneut an. »Du schreibst Bücher?«

Sie atmet tief durch, wirft Meg, die ihren Kopf ganz *unauffällig* in meine Richtung bewegt, einen Blick zu und widmet ihre Aufmerksamkeit dann wieder mir.

»Ich schreibe Kurzgeschichten für eine Frauenzeitschrift.«

Hausmütterchen-Lektüre also.

»Okay. Und jetzt schreibst du eine Kurzgeschichte über einen Rockstar?«

»Nein, keine Kurzgeschichte. Es sollen roundabout 60.000 Worte in einzelnen Kapiteln veröffentlicht sowie als Buch gedruckt werden, wenn es bei den Lesern ankommt.«

»Schöne Sache. Also, wo liegt das Problem?«

Zum ersten Mal tritt ein Funke Verunsicherung in ihr Gesicht. Ihre Mimik ist so leicht zu lesen. Schade, dass sie nicht mein Typ ist. Es wäre sicher nett zu betrachten, wie sich jeder Zungenschlag an ihrer kleinen Pussy in ihrem Gesicht widerspiegelt, während sie keuchend den Kopf hin- und herwirft.

»Meg denkt, ich könnte ein wenig Hilfe gebrauchen. Was Rockstars betrifft.«

Eine Haarsträhne löst sich aus ihrem Zopf und sie streicht sie augenblicklich zurück. Diese Strähne ist wahrscheinlich das einzig Wilde, Gesetzlose an May. Los, verklagt diese Haarsträhne wegen unbefugten Betretens ihrer Stirn. Ich grinse in mich rein.

»Und brauchst du eher Hilfe dabei, wie ein Rockstar ...«

»Mein Gott, Leute. Wir sind alle erwachsen. Nenn das, was sie braucht, einen Erlebnisbericht darüber, wie einem Rockstar einer abgeht, wenn er vor Publikum auftritt und wie er die Frauen klarmacht, die sich im Backstagebereich tummeln«, bricht es aus Meg heraus. Ich lache. Sie war schon immer direkt.

Ich trete einen Schritt auf May zu und sie muss den Kopf in den Nacken legen, um mir weiter ins Gesicht zu schauen.»Du willst also wissen, wie ein Rockstar fickt?«

Etwas blitzt in ihren Augen auf, bringt das Blau darin fast zum Schmelzen, was mich für einige Sekunden darin ertrinken lässt.

Sie schluckt schwer, räuspert sich jedoch dann und packt Meg am Arm. »Ich hab dir gesagt, dass das eine schlechte Idee ist.« Dann wendet sie sich zu mir. »Danke, aber ich denke, du kannst mir nicht helfen.«

May

Das Sturmklingeln an der Haustür verheißt garantiert nichts Gutes. Ich ziehe mir die Bettdecke über den Kopf und hoffe, dass derjenige, der an diesem frühen Samstagabend stört, es sich anders überlegt und wieder geht. Nach einer gefühlten Ewigkeit verstummt es endlich, aber als ich erleichtert mit meinem Kopf unter der Decke hervorluge, höre ich das Öffnen des Schlosses und kurz darauf näherkommende Schritte.

»Wenn du nicht gerade heißen Sex hast, komme ich rein«, erschallt Megs Stimme aus dem Flur.

»Ich habe heißen Verkehr«, rufe ich, weiß jedoch schon, dass sie das nicht abhalten wird, das Zimmer zu betreten. Drei Sekunden später – ich habe mitgezählt – ist es so weit, sie reißt die Tür auf und schaltet das Licht ein.

Stöhnend setze ich mich auf und blinzle gegen die unsanfte Hallogenbeleuchtung an.

»Meg, ich hätte gerade wirklich eine heiße Nummer schieben können«, beschwere ich mich vorwurfsvoll.

»Dö dööööö«, imitiert sie das Geräusch, das bei schlechten Gameshows ertönt, sobald man die falsche Antwort gegeben hat. »Wäre das der Fall gewesen, hätte ich dich schon vor der Haustür laut stöhnen gehört, oder du wärest derart in anderen Sphären, dass du mich nicht mal wahrgenommen hättest, wenn ich mich dazu gelegt hätte.«

Ich verdrehe die Augen und frage mich insgeheim, ob das ihr Ernst ist.

»Ansichtssache«, wiegele ich das Thema ab und widme mich der eigentlichen Frage. »Was machst du hier?«

Meg setzt sich im Schneidersitz zu mir aufs Bett und verzieht ihr Gesicht zu einer sorgenvollen Miene.

»Was mach ich wohl hier? Wir haben noch nicht über das letzte Wochenende gesprochen. Du bist ja sämtlichen Fragen dazu aus dem Weg gegangen, aber jetzt ist Schluss damit.«

Ich lasse mich auf den Berg aus Kopfkissen hinter mir zurückfallen. »Da gibt es auch nichts zu besprechen.«

Fast dachte ich, Megs Idee, mich mit den Jungs der Band bekanntzumachen, sei eine ihrer wenigen guten Einfälle, denn die Jungs waren wirklich nett. Allerdings war das, bevor ich diesen arroganten Vader Sweets kennengelernt habe. Allein der bescheuerte Name sagte eigentlich schon alles. Die anderen waren höflich, zuvorkommend und überhaupt nicht so eingebildet, wie ich sie mir vorgestellt hatte. Dann kam ER. Allein seine Klamotten. Eine verblichene Jeans, die ihre besten Tage bereits hinter sich hatte, auch wenn sie – so ungern ich es auch zugebe – fantastisch an ihm aussah. Dazu ein weißes Shirt, was sich über seine Brust spannte und erahnen ließ, dass er sich neben dem Singen auch sportlich betätigte – wahrscheinlich Bettsport. Abgerundet mit einer schwarzen Lederjacke ergab seine Kleidung den perfekten Rockstar, womit äußerlich bereits ein Part meiner Story bedient wäre. Perfektioniert wurde das Ganze nur noch durch seine Haut, die in der Sonne fast golden schimmerte. Der Ring in seiner Unterlippe reflektierte das Licht und lenkte meine Aufmerksamkeit sofort auf seinen Mund, der zu einem diabolischen Lächeln verzogen war. Als er auf uns zukam, strich er sich durch das hellbraune Haar. An den Seiten trug er es recht kurz; das längere Deckhaar war zurückgestylt und ergänzte mit dem Dreitagebart den perfekten Bad Boy-Charme. Hätte er nur sein obszönes Mundwerk gehalten, dann hätte ich zumindest mit seinem Aussehen etwas anfangen können – rein schriftstellerisch, versteht sich. Ja, Vader könnte einer Frau gefährlich werden. Er strahlt dieses Bedrohliche aus, welches das Verlangen weckt, ihn zu bändigen und bei den Haaren zu packen und ... Ach, keine Ahnung, was dann; jedenfalls ist das Sprichwort »Schöne Männer gehören einer Frau nie allein« vermutlich für ihn höchstpersönlich erfunden worden.

»Oh, ich denke, da gibt es sehr viel zu besprechen, meine Liebe, denn wenn ich richtig informiert bin, geht es um nicht weniger als deinen Job. Shelly aus der Personalabteilung wurde nämlich heute damit beauftragt, einen Ersatz für dich zu finden, wenn du den Job nicht machst.«

Mir fällt alles aus dem Gesicht. »Wie bitte?« Ich klinge leicht hysterisch.

»Ja, sie war in der Mittagspause bei mir im Café und hat sich bei mir erkundigt, ob du schon was anderes in Aussicht hast. Als ich sie fragte, wie sie darauf käme, meinte sie, dass Nora jemanden für die Rockstarkiste sucht. Sie will diese Story unbedingt, und wenn du sie nicht bringst, dann muss es jemand anderes machen.«

Meg ist so was wie eine wandelnde Tageszeitschrift. Mit ihrem kleinen Cupcakeladen in der Nähe der Börse ist sie immer auf dem neusten Stand. Dass sie aber bereits vor mir darüber informiert ist, dass mein Job in der Schwebe hängt, damit hätte ich nicht gerechnet.

»Scheiße. Scheiße. Verdammte ...«

»Ja, ja, ja. Verdammte Scheiße. Also, was gedenkst du gegen diese Scheiße zu tun, wo du doch die Hilfe von Vader rigoros und unfreundlich abgelehnt hast?«

»Er hat mit meinem Namen aus *Star Wars* zitiert.« Das sollte als Erklärung reichen.

»May, du liebst *Star Wars*.«

Wieso kennt sie mich so gut?

»Nur weil Hayden Christensen in Episode II die Wandlung von Anakin Skywalker zu Darth Vader so hervorragend rübergebracht hat.«

Meg schaut mich an, als sei ich ein drei Tage altes Käsesandwich, das in der Sonne lag. »Ah ja, und deswegen musstest du dir auch all die anderen Teile anschauen? Auch die alten?«

»Ja. Weil es ein Stück Filmgeschichte ist, außerdem ist Hayden heiß«, gebe ich kleinlaut zu, wohlwissend, dass er lediglich in den neueren Filmen mitspielt.

»Und wäre er immer noch so heiß, wenn er nicht zur bösen Seite der Macht übergelaufen wäre?«

»Es heißt dunkle Seite der ...«

»Wäre er es oder nicht?«

»Na ja, das macht seinen Charakter im Film aus. Ich schätze, er wäre nicht ganz so interessant. Immer noch heiß, aber ...« Megs Grinsen verunsichert mich, und ich lege den Kopf schräg. »Worauf willst du hinaus?«

»Na, du beantwortest es dir doch selbst. Sieh diese ganze Rockstargeschichte mal von deiner verqueren *Star Wars*-Warte aus und projiziere sie auf einen Sänger, sagen wir Vader, was übrigens der geilste Vergleich ist, der in der Geschichte der Menschheit gezogen werden kann. Das ist es, was die Frauen lesen wollen. Sieh es als perverse Krieg der Sterne-Version für Mädels wie mich. Ich meine, sein Name kann kein Zufall sein.«

So schräg es auch klingen mag, ich verstehe, was sie mir auf ihre ganz eigene Art sagen will und plötzlich macht diese Bad Boy-Sache für mich etwas mehr Sinn.

»Vader Sweets ist also so was wie ein perverser Anakin Skywalker?«

Meg nickt und ihre heute zu Locken gestylten Haare wippen auf und ab. »Wahrscheinlich fände er diesen Vergleich sogar ziemlich geil und würde dich zu seiner Prinzessin Lana ...«

»Sie heißt Leia.«

»Von mir aus auch das. Jedenfalls, wenn du diese Chance nicht ergreifst, stehst du deiner Karriere nicht nur selbst im Weg, sondern kannst demnächst Hot Dogs an der Straße verkaufen, um deinen Lebensunterhalt zu finanzieren.«

»Ich weiß.« Mir ist zum Heulen zumute, denn momentan fällt mir kein Ausweg aus diesem Schlamassel ein.

»Wir sind uns also einig?«

»Dass ich das Buch schreibe? Ja, was bleibt mir anderes übrig. Meg, es ist nicht so, dass ich das nicht will. Verdammt, ich würde nichts lieber tun, als eigene Bücher zu schreiben, anstatt mich auf Kurzgeschichten, die monatlich in einem Magazin erscheinen, zu beschränken. Ich dachte nur, ich schaffe es allein.«

»Darauf wollte ich zwar nicht hinaus, aber schön, dass du es endlich einsiehst. Ich dachte eher daran, dass du es mit Vader versuchst.«

Zögerlich lege ich den Kopf schief. »Was versuche ich?«

»Du arbeitest mit ihm zusammen an dieser Story. Von mir aus schreib etwas und bitte ihn, einen Blick darauf zu werfen. Aber lass dir helfen.«

»Er ist ein Arschloch.«

»Du sollst ja auch keine *Dirty Dancing*-Nummer à la Baby und Johnny Castle mit ihm abziehen, sondern etwas Versautes schreiben, und da kann dir keiner besser helfen als ein Arschloch. Ganz davon abgesehen, dass Vader überhaupt nicht so schlimm ist.«

»Ja, ja.« Ich verdrehe die Augen.

»Okay, jetzt, wo wir das geklärt haben«, sie zieht ihre Schuhe aus und legt sich neben mich, »lass uns 'nen Film schauen. Ich hab heute nichts mehr vor.«

***

»Grooms hat in der letzten Woche einen absolut beispielhaften Deal abgewickelt. Ich werde noch eine Schippe drauflegen müssen, um da mitzuhalten. Da ist dieser Russe, der Interesse an einer Kooperation hat, und ich werde in den nächsten Tagen eine Handelsstrategie entwickeln müssen, um ihn voll und ganz zu überzeugen.«

Ich nicke abwesend, denn das ist die Art, wie Garret mir bereits beim gemeinsamen Frühstück am Sonntagmorgen mitzuteilen versucht, dass ich in der kommenden Woche nichts von ihm hören werde. Zu Beginn unserer Beziehung hat mich das immer schwer getroffen, weil ich einfach nicht verstehen konnte, weshalb es ihm nicht mal möglich ist, mir in fünf Tagen nur eine einzige Textnachricht zu schreiben, doch mittlerweile gehört das einfach dazu. Ich bin es gewohnt, den größten Teil der Woche so was wie eine Strohwitwe zu sein. Irgendwann denkt man nicht mehr darüber nach, und das führt dazu, dass man nichts vermisst. Außerdem lastet mich das Schreiben ganz gut aus, und ich finde immer eine Ecke in meinem kleinen Häuschen, die zu renovieren oder reparieren ist.

»Jedenfalls denke ich, dass ich mit einer genauen Analyse des Wertpapiermarktes das Maximum rausholen kann.«

Ich presse die Lippen aufeinander und ringe mir ein kleines Lächeln ab. Nie hat mich etwas weniger interessiert als Transaktionen, Kursschwankungen oder Wertpapierkäufe. Am nähesten bin ich der Börse gekommen, als ich mich hab überreden lassen, unseren heiligen Sonntagabend damit zu verbringen, im Kino drei Stunden *The Wolf of Wallstreet* zu schauen.

»Wie war denn deine Woche?«, erkundigt er sich, während er sein Vollkorntoast mit genau einem halben Teelöffel Konfitüre bestreicht und in zwei Dreiecke schneidet. Wenn wir etwas gemeinsam haben, dann zumindest die gesunde Ernährung, denn dieser Toast wird wahrscheinlich das einzig Kohlehydratreiche sein, was er in den nächsten fünf Tagen zu sich nimmt. Nur an den Wochenenden erlaubt er es sich, ein wenig über die Stränge zu schlagen.

Garret ist groß und sein Körper besitzt keinerlei überschüssiges Fett. Er hält sich mit Ausdauersport fit, weil er Muskelberge nicht ausstehen kann. Er pflegt sogar zu sagen, sichtbare Muskeln sähen für einen Mann seiner Stellung nicht angemessen aus, denn nur Männer, die nichts im Hirn hätten, hätten genug Zeit zum Pumpen.

»Maysille?«

»Hm?« Ich sehe von seinem Toast zu ihm auf.

»Wie deine Woche war?«

»Ach so. Ja, ganz okay. Nora will, dass ich diese Story schreibe, aber ich fühle mich noch nicht ganz wohl damit und ...«

Mitten im Satz unterbricht er mich. »Vielleicht solltest du darüber nachdenken, etwas anderes zu machen. Diese Schreiberei war vielleicht in deinen jungen Jahren ganz nett, aber das bringt dich nicht weiter.«

Nur dieser Mann schafft es, sowohl mein Alter als auch meinen Job in einem Satz zu beleidigen und mich dabei anzusehen, als hätte er mir das freundlichste Kompliment überhaupt gemacht. Es interessiert ihn überhaupt nicht, was ich will. Was wir nach außen hin darstellen, ist alles, was zählt.

»Bei uns wird eine Stelle frei. Backoffice. Akten sortieren, Telefonate annehmen ... Das wäre doch was für dich.«

Ich schiebe meinen Teller mit der halb ausgelöffelten Grapefruit von mir weg. Der Appetit ist mir vergangen.

»Ich werde meinen Beruf nicht wechseln, Garret. Das stand nie zur Debatte.«

»Du solltest deine Optionen checken. Deine Geschichten kannst du ja weiterhin schreiben, aber alles auf eine Karte zu setzen, mit einem Job, der dich gerade so über Wasser hält, ist einfach dumm.«

»Na, dann vielen Dank für das angenehme Gespräch.«

Ich erhebe mich vom Tisch und stapfe genervt ins Badezimmer, wo ich die Tür verschließe und mich auf den geschlossenen Toilettendeckel setze.

Wenn nicht mal mein Partner daran glaubt, dass ich es schaffen kann, wie soll es dann jemand anderes tun? Ich liebe das, was ich tue. Und entgegen Garrets Meinung kann ich sehr wohl meine Rechnungen davon zahlen; es stimmt mich einfach nur traurig, dass der Mann an meiner Seite nicht hinter mir steht. Als Meg plante, ein eigenes Café zu eröffnen, war Aidan sofort Feuer und Flamme und hat ihr geholfen, wo es nur ging.

Ich atme einmal tief durch und wechsle, wie gewohnt, in den Einzelkämpfermodus.

***

Den restlichen Sonntag verbringt Garret vor seinem Laptop. Als ich am frühen Abend alle Hausarbeiten erledigt habe, schnappe ich mir meinen Mac, um die letzten Zeilen meiner Kurzgeschichte über ein Paar, das nach vielen Missverständnissen und Hürden endlich den Weg zueinandergefunden hat, niederzuschreiben.

Alice schließt die Augen, als sie ihren Kopf auf Michaels Brust bettet und die Gewissheit, endlich angekommen zu sein, wiegt sie in tiefe Zufriedenheit. -Ende-

Ich starre die Schlussworte an und anstelle meiner für gewöhnlich einkehrenden Zufriedenheit, die eintritt, sobald ich ein Manuskript beendet habe, fühlt es sich unvollkommen an. Mein Finger schwebt über der *Delete*-Taste. Ich betätige sie, und ein Buchstabe nach dem anderen verschwindet. Ohne nachzudenken, beginne ich erneut zu tippen.

Alice schließt die Augen und bettet ihren Kopf auf Michaels Brust. Sie streicht über seine Wange, sein Schlüsselbein, gleitet über sein wildpochendes Herz und hinunter bis zu dem Bund seiner Jeans. Dort lässt sie ihre Finger über seine weiche Haut fahren und fragt sich, wie er reagieren würde, wenn sie in seiner Hose verschwänden.

Ja, wie würde er reagieren?

Ich habe keine Ahnung.

Würde es ihm gefallen? Würde er sie dazu auffordern, weiterzumachen? Würde er sie berühren? Ich spüre, wie mir die verräterische Röte ins Gesicht steigt, die immer dann, wenn es nicht förderlich ist, einen Spiegel meiner Seele darstellt. Hinter dem Bildschirm meines Laptops luge ich zu Garret hinüber. Er sitzt am anderen Ende der Couch und ist in seine Arbeit vertieft. Geistesabwesend stelle ich den Mac auf dem kleinen Tisch neben mir ab und beuge mich vor, um mich hinzuknien. Langsam krabble ich zu Garret und küsse ihn auf die Wange. Wozu brauche ich einen Vader, wenn ich ein fabelhaftes Testobjekt direkt vor der Nase habe? Er bedenkt mich mit einem freundlichen Lächeln, welches eher väterlich wirkt, als das es vermuten ließe, dass ich ihn anturne. Seine Aufmerksamkeit richtet sich wieder auf irgendwelche Tabellen, doch ich beschließe, mich nicht geschlagen zu geben. Also nehme ich ihm den Laptop vom Schoß und stelle ihn zur Seite, was zunächst mit Protesten seinerseits einhergeht. Ich ignoriere es und setze um, was ich vorhin meine Protagonistin Alice habe tun lassen. Vorsichtig, als könnte ich mich verbrennen, fahre ich mit meinem Finger am Bund seiner Hose entlang. Das Meckern verstummt und er mustert mich argwöhnisch, worauf ich innehalte.

Ich habe keine Ahnung, wie man einen Mann verführt. Als wir frisch zusammenkamen, ergriff immer er die Initiative, was Annäherungsversuche betraf, und später, als sich der Alltag einschlich, war klar, dass wir sonntags, wenn wir zu Bett gingen, Geschlechtsverkehr hatten. Es war eine Art mechanischer Ablauf. Nachdem wir unsere Wecker gestellt hatten, zogen wir uns aus und schliefen miteinander. Es gab mir Sicherheit, denn es repräsentierte keine weitere Hürde in meinem Leben, bei der ich unsicher war, was ich zu tun hatte. Garret ist außerdem der einzige Mann, mit dem ich bisher intim gewesen bin. Mein erstes Mal fand statt, als wir unser viertes Date hatten. Ich war 24 und somit eine Spätzünderin. Sicher hatte ich schon mit Jungs rumgemacht, aber zum eigentlichen Akt war es nie gekommen.

An jenem Abend gingen unsere Knutschereien weiter als sonst und er zog mich aus. Ich war nicht davon ausgegangen, dass wir wirklich miteinander schlafen würden, daher war ich entspannt und genoss seine Liebkosungen. Als wir nackt waren, beugte er sich über mich und verschlang mich regelrecht mit seinen Küssen. Eine seiner Hände wanderte zwischen meine Beine, fand meine intimste Stelle, was mich unheimlich anmachte. Noch nie wurde ich dort berührt, und ich hatte das Gefühl zu zerspringen. Da wusste ich auch noch nicht, dass er im nächsten Moment seinen Schwanz packen und ihn in mich rammen würde. Stechender Schmerz durchzog mich und ich stöhnte auf. Anstatt Lust empfand ich selbst nach einigen Sekunden nur ein heftiges Brennen. Unter Bekundungen, wie eng ich doch sei und wie gut ich mich anfühle, kam er innerhalb weniger Augenblicke und beteuerte danach, dass ihm das sonst nicht passieren würde. Tut es doch, aber das ist nebensächlich. Jedenfalls war es vorbei, bevor ich überhaupt realisieren konnte, was da gerade geschah. Ich lag also etwas verstört in seinem Bett, als er ins Bad verschwand und kurz darauf kreischte wie ein Mädchen, weil er dachte, sein Penis würde bluten. Nachdem ich ihn aufgeklärt hatte, starrte er mich ungläubig an und begann dann, die Laken zu wechseln. Letztlich war ich einfach nur froh, es hinter mir zu haben und mich nicht mehr als Außenseiterin zu fühlen. Wahrscheinlich hätte ich es eh wieder so lange hinausgezögert, dass er das Interesse an mir verloren und sich eine Andere gesucht hätte, also beschloss ich, dass er mir einen Gefallen getan hatte. Wir haben nie wieder darüber gesprochen, was mir auch lieb ist, denn den Geschlechtsverkehr zu praktizieren ist eine Sache, darüber zu reden, eine ganz andere. Deswegen fällt mir diese Schreiberei zu dem Thema ja auch so schwer.

Also setze ich nun alles daran, meinen Horizont zu erweitern, wandere mit meiner Hand ein Stück tiefer und berühre seinen Penis durch die Hose. Ich spüre deutlich, dass ihn das erregt und reibe vorsichtig über die Wölbung in seinem Schritt. Garret schließt die Augen, legt den Kopf in den Nacken, bleibt aber sonst völlig reglos, sodass ich nur anhand seiner Erektion ausmachen kann, ob ihm meine Berührungen gefallen. Ich öffne seinen Hosenknopf und ziehe am Reißverschluss. Sein Kopf bleibt zurückgelehnt, die Mimik undurchdringlich. Ich fasse in seine Shorts und als sein Glied zuckt, schrecke ich zurück. Habe ich ihm wehgetan? Mein Gott, ich komme mir vor wie ein

Trottel, weil ich es nicht weiß. Garret öffnet ein Auge und hebt den Kopf. Er zieht mich auf seinen Schoß und betrachtet mich eindringlich.

»Was war das denn?«, fragt er.

Ich senke den Blick und fühle mich automatisch schuldig. Warum, weiß ich nicht genau.

»Keine Ahnung. Ich dachte, ich versuche mal was Neues.«

»Maysille, das, was wir haben, ist perfekt. Geh doch schon mal ins Bett. Ich komme gleich nach und dann kümmere ich mich um mein Mädchen, okay?«

Wieder klingt er eher väterlich, nicht wie ein Mann, der seine Freundin scharf findet.

Also nicke ich, wie es sich für ein braves Mädchen gehört, und gehe ins Schlafzimmer.

Um 21.15 Uhr stellen wir unsere Wecker.

Um 21.30 Uhr liegt Garret schwer atmend und befriedigt neben mir. Ja, er hat sich mal wieder sehr gut um mich gekümmert.

Ich gehe ins Badezimmer, um mich zu säubern, und bevor ich das Licht ausschalte, werfe ich einen verstohlenen Blick in den Spiegel. Ich sehe aus wie ich. Geschlechtsverkehr erschüttert meine Welt nicht. Unwillkürlich frage ich mich, ob es nur für mich so ist und wieso alle so ein großes Ding daraus machen. Vielleicht liegt es an mir. Vielleicht bin ich einfach nicht so sexuell.

Als ich ins Schlafzimmer komme, ist nur noch Garrets gleichmäßiges Schnarchen zu hören. Auf leisen Sohlen schleiche ich ins Wohnzimmer, klappe meinen Mac auf und öffne das Manuskript. Wort für Wort lösche ich meinen letzten Satz und ersetze ihn dadurch, dass Alice ihren Kopf auf Michaels Brust legt und tief zufrieden einer glücklichen Zukunft mit dem Mann an ihrer Seite entgegenblickt. Nachdem ich das Dokument versendet habe, gehe auch ich ins Bett und falle in einen unruhigen Schlaf.

Vader

»Es ist doch nur ein kleiner Club. Wieso musst du immer so stur sein?«

»Wir hatten einen Deal. Du hast dich nicht dran gehalten«, blafft Drake zurück.

»Weil sie es nicht wollte. Sie hat gesagt, es funktioniert nicht.«

»Nachdem du ihr einen deiner blöden Sprüche an den Kopf geklatscht hast. Mal hat dir hundertmal eingetrichtert, dass du nett zu ihr sein sollst.«

»Verfickt noch eins. Ich war zu dieser Schnepfe netter als zu den letzten drei Frauen, mit denen ich in der Kiste war.«

»Na, vielleicht standen die drei ja auf *Star Wars*-Sprüche.« Jetzt fängt auch noch Mal an, sich einzumischen. Wusste denn heute niemand mehr einen guten Scherz zu würdigen? Diese May war eine verklemmte, kleine Griesgrämin. Wahrscheinlich lag sie beim Ficken steif wie ein Surfbrett da und gab einem eine anatomisch genaue Beschreibung der Stellen vor, die man an ihr berühren durfte und wie man das zu tun hatte. Ich schüttle den Kopf. Wieso denke ich überhaupt darüber nach? Eine wie die will doch eh keiner bumsen, der seine Eier an der richtigen Stelle hat.

Fakt ist, sie hat mir die Gelegenheit versaut, dass wir bei dem Gig an diesem Mittwochabend etwas Eigenes spielen. Die Jungs reiten halt lieber darauf herum, wie ich Frau Oberbieder angeblich behandelt habe, anstelle sich Gedanken über die Zukunft der Band zu machen.

Ich lasse mich also auf das Sofa in unserem Proberaum fallen und motze vor mich hin. »Ihr hättet es eh nicht gemacht. Dieser Deal war von Anfang an ein Fake.«

»Wenn ich mein Wort auf etwas gebe, dann ist es ganz sicher kein Fake, Vader. Aber sage mir einen vernünftigen Grund, wieso wir das erfolgreiche Fortbestehen der Band aufs Spiel setzen sollten, wenn du es noch nicht mal schaffst, ein paar freundliche Worte mit einer Freundin von Meg zu wechseln.«

Wenn er das so sagt, klingt es, als sei ich ein asozialer Sozialhilfeempfänger, der in seinem Leben noch nie etwas auf die Reihe gekriegt hat.

»Sie hat mir doch überhaupt keine Chance gegeben, mit ihr zu sprechen.«

»Da hat er recht«, pflichtet mir Mal bei, und ich bin froh, dass sich nicht alle gegen mich verschworen haben.

»Ach, ehrlich? Vader Sweets lässt sich also von einer Frau plötzlich kampflos abspeisen? Das ist interessant. Lässt du nach, Junge?«

Manchmal möchte ich Drakes Kopf nehmen und seine Nase mit der nächsten Mauer bekanntmachen. Diese wunderbare Art eines Aufeinandertreffens würde ich dann liebevoll als Wallbanger bezeichnen.

»Keine Frau speist mich ab, wenn ich das nicht auch so will.«

»Also willst du überhaupt nicht, dass wir als Band mal was Neues machen? Dann weiß ich nicht, wieso wir diese Diskussion gerade führen.«

»Ich muss dich nicht erst darauf aufmerksam machen, dass du Bullshit laberst, oder?«

»Vader, noch ein letztes Mal: Hättest du May geholfen, dann hätten wir mit ihr vereinbaren können, dass auch wir von einer erfolgreichen Veröffentlichung des Buches profitieren. Hast du eine Ahnung, wie viele Frauen diese Zeitschrift lesen? Es sind eine Menge Weiber und zwar genau die, die unserer Zielgruppe entsprechen. Uns hätten sich völlig neue Optionen ermöglicht, die auch zulassen würden, dass man uns ernst nimmt und dass wir etwas Eigenes auf die Beine stellen. Du siehst also, dass du es ganz allein dir zu verdanken hast, dass wir heute Abend im *Ivory* unsere gewohnte Show abziehen.«

Er hat recht. Ich hasse es, wenn ich mir das eingestehen muss. Genervt erhebe ich mich und nehme meine Jacke.

»Alter, wohin gehst du?«, fragt Hitch.

»Ich gehe jetzt ficken. Willst du vielleicht mitkommen und mir die Eier währenddessen kraulen, oder darf ich auch mal etwas tun, ohne von euch Deppen angelabert zu werden?«

***

»Schön hast du es hier.«

»Wohl wahr.« Ich schlendere zu der kleinen Bar, die in einen weißen Hochglanzschrank eingebaut ist. Ich mag straighte Formen, daher kann man meine Wohnung als relativ clean bezeichnen. Kein Dekoscheiß, keine geschnörkelten Griffe an Schränken, kein Grünzeugs, keine hässlichen Kissen auf der Couch.

Nachdem ich mir einen Scotch eingeschenkt habe, gehe ich rüber zu der hübschen Blonden, die jeden meiner Schritte gierig verfolgt. Ich setze mich mit etwas Abstand auf die schwarze Couch neben sie und lege einen Arm auf das kühle Leder der Lehne. Sie rutscht ungeduldig auf ihrem kleinen Arsch, der in der Jeans vorhin wirklich zum Anbeißen aussah, hin und her. Sicher ist sie schon klatschnass.

»Und, wohnst du schon lange hier?«

»Ja. Zeig mir deine Titten.«

Erschrocken reißt sie die Augen auf, als wolle sie sagen: *Oh mein Gott, was hat dieser böse Mann nur im Sinn?* Dabei wissen wir beide, dass sie meinen Schwanz will. Sie stellt keine weiteren Fragen, sondern strafft die Schultern und steht auf. Langsam knöpft sie ihre karierte Bluse auf und streift sie ab. Ihr Push up hat gute Arbeit geleistet, denn jetzt, wo sie auch ihn auszieht, sehe ich, dass ich die Tittenfick-Geschichte vergessen kann. Schon wieder. Vorigen Samstag hatte May, aka Miss Ätzend, mir ganz schön die Lust auf weibliche Gesellschaft verdorben, weshalb ich seit Ewigkeiten zum ersten Mal wieder allein nach Hause gefahren bin. Obwohl Mays Kleid zu groß war, spannte es sich kaum merklich um ihre Brüste. Da sie mit Sicherheit einen ollen Baumwoll-BH ihrer Oma trug, war da sicher nichts gefaked. Mit den Titten hätte zumindest mein Schwanz etwas anzufangen gewusst.

»Jetzt die Hose«, weise ich Blondie an, die meiner Aufforderung willig nachkommt. Ich lehne mich zurück und genehmige mir einen weiteren Schluck Scotch. Als sie mit ihrer kleinen Stripnummer fertig ist, steht sie nackt und glattrasiert vor mir, bereit zu tun, was auch immer ich von ihr verlange. Ausgiebig betrachte ich ihren göttlichen Körper, doch irgendwie langweilt mich die Tatsache, dass es so einfach war, sie rumzukriegen. Ich stehe darauf, im Bett das Sagen zu haben und einer Frau sexuelle Möglichkeiten zu eröffnen, die ihr allein bei dem bloßen Gedanken daran die Schamesröte ins Gesicht treibt. Doch das reicht nicht mehr.

»Bist du nass für mich?«, frage ich mit dunkler Stimme.

Sie schnappt nach Luft, doch reibt sich dann mit dem Finger über ihre glänzende Spalte, stöhnt auf und beteuert mir, dass sie noch nie so geil war wie in diesem Moment. *Super, Vader, selbst um die Muschis nass zu machen, musst du nichts weiter tun, als mit deinem Arsch auf dem Sofa zu sitzen und Alk in dich reinzukippen.* Ich stelle den Scotch zur Seite und öffne meine Hose, um meinen halbsteifen Schwanz aus der Boxershorts zu befreien. Halbsteif. Bei Vader Sweets gibt es keine halben Sachen. Kurz überlege ich, Blondie so lange daran lutschen zu lassen, bis er steht wie eine Eins, doch als ich ihren lipglossverklebten Mund ansehe, verwerfe ich diesen Gedanken schnell wieder. Keine Lust, dass das Zeug nachher an meinen Eiern klebt.

»Dreh dich um und beug dich vor. Stütz dich mit einer Hand auf dem Couchtisch ab.«

Barbie befolgt brav alles, was ich ihr vorschreibe, und reckt ihr Hinterteil in die Höhe.

»Spreiz die Beine. Ich will deine Pussy sehen.«

Ohne nur ein einziges Mal zu zögern, gehorcht sie erneut, und ich frage mich, wieso sie mir so blind vertraut. Wirke ich so vertrauenserweckend oder ist sie einfach nur dumm? Fuck, ich musste aufhören, über diese Dinge nachzudenken. Das habe ich früher nie. Wahrscheinlich hat Miss May mich am Samstag mit ihrer Prüderie angesteckt.

»Und jetzt mach es dir mit deinen Fingern. Steck sie schön tief rein. Ich will dich stöhnen hören.«

Sie liefert eine tadellose Show, die auch meinen Schwanz überzeugen kann. Blondie ist im Recall. Ich hole ein Gummi aus meiner Hosentasche, stülpe es über und trete hinter sie. Mit einem tiefen Stoß bin ich in ihr und alles, was mir in dem Moment durch den Kopf geht, ist, dass ich schon engere Muschis gefickt habe. Kein Wunder, dass sie so ausgeleiert ist, wenn sie jeden so schnell ranlässt wie mich. Ich schicke meinen Dank für das Stück Latex um meinen Schwanz an die Gummigötter, schließe die Augen und ramme ihn ihr bis zum Anschlag rein. Ihr Gestöhne, ich solle nicht aufhören, sie sei so kurz davor – bla, bla –, interessiert mich nicht die Bohne. Ich habe noch nicht mal Lust, sie lange zu vögeln, also besorge ich es ihr im Schnelldurchlauf, spritze in das Gummi und ziehe mich aus ihr zurück. Als ich einen Schritt zurücktreten will, fällt mir auf, wie überaus asozial das wäre, schließlich habe ich einen Ruf zu verlieren. Ich beuge mich, obwohl es mir im Grunde egal ist, erneut vor, gleite mit einem Finger über ihre geschwollenen Schamlippen und flüstere ihr ins Ohr, wie nass ihre Pussy ist und fordere sie auf, jetzt zu kommen. Meine geübten Finger umkreisen ihre Klit, und schwups – Barbie ist im siebten Orgasmushimmel. Verdammt, bin ich gut.

Nachdem ich meinen frühabendlichen Zeitvertreib hinausbefördert und ihr auf meine charmante Art und Weise zu verstehen gegeben habe, dass es eine einmalige Sache war, breche ich zum *Ivory* auf, wo wir heute den Girls bei einer Ladys Night einheizen werden. Die zusätzlichen Auftritte unter der Woche sind ein netter Zuverdienst, und es ist leicht verdientes Geld, denn die Damen sind meist schon so abgefüllt, wenn wir auftreten, dass sie alles klasse finden und bei jedem neuen Song mit einem gekreischten *Wuhuuuuu* die Tanzfläche stürmen.

»So früh hab ich nicht mir dir gerechnet, Kumpel«, begrüßt mich Drake, der sich wohl in der Zwischenzeit beruhigt hat. »Wie war der Nachmittag mit deiner kleinen Freundin?«

»Wie dein Schwanz«, murre ich.

»Hart also?« Er zwinkert mir zu.

»Zu kurz.«

Sein Kopfschütteln entgeht mir nicht, aber es ist mir herzlich egal. Von allen Jungs kenne ich Drake am längsten. Wir haben schon als kleine Hosenscheißer zusammen mit seinem Bruder Aidan die Ladys im Sandkasten zum Verzweifeln gebracht und so ziemlich jeden Mist seitdem gemeinsam durchgestanden. Er ist mein engster Freund, und auch wenn ich ihn an sechs von sieben

Tagen am liebsten töten würde, so weiß ich, dass ich mich auf ihn verlassen kann, wenn es nötig ist.

»Steht die Technik schon, oder kann ich noch was tun?«

»Nein, Hitch hatte Langeweile und war so früh hier, dass er das komplette Equipment schon aufgebaut und den Soundcheck gemacht hat.«

»Coole Sache.«

»Und, Vader? Sorry wegen vorhin. Ich weiß, wie wichtig dir unsere Band ist. Wir müssen aber auch an die anderen Jungs denken. Nicht jeder kann finanzielle Einbußen so einfach wegstecken wie du. Ohne die nötige Publicity ist das Risiko momentan noch zu hoch. Du weißt selbst, wie viele Bands sich mit nur einem miesen Song ins Aus katapultiert haben.«

»Meine Songs sind aber nicht mies, Drake.«

»Ich weiß. Verstehst du es trotzdem?«

»Klar. Keine Publicity, keine Songs für Vader. Verstanden.«

»Vielleicht sprichst du ja noch mal mit May? Ich war gestern kurz bei Aidan, und Meg hat erzählt, dass sie dieses Buch definitiv schreiben wird. Sie hat am Montag den Vertrag unterzeichnet und laut Meg kann sie wirklich etwas Hilfe gebrauchen.«

Allein der Gedanke, freiwillig nur eine kostbare Lebenssekunde mit dieser Hobbyautorin zu verbringen, ist mir zuwider. Hingegen die Aussicht auf kostenlose Werbung für die Band und somit eine Chance, mein Können unter Beweis zu stellen ... »Mal sehen. Ich verspreche nichts.«

Die Show läuft fantastisch, und das Publikum ist begeistert. Eine halbe Stunde lang brauchen wir allein für die Zugaben, weil die Ladys uns einfach nicht gehen lassen wollen. Das Gefühl, die Menge anzuheizen, ist unbeschreiblich. Dabei ist es nie die Bühne, auf der man auftritt, sondern die Jungs, mit denen man da oben steht, die das Ganze fast besser als Sex macht. Als die letzten Klänge von unserem *Coldplay*-Medley verklingen, bin ich im Rausch. Wir verabschieden uns überschwänglich von dem Publikum, und als wir in den Backstagebereich hinter die Bühne gehen, beglückwünscht uns der Clubbesitzer zu dem erfolgreichen Auftritt. Eine halbe Stunde später haben wir ein festes Engagement, um einmal im Monat hier aufzutreten. Bei einem Club, der selbst an einem Mittwochabend mit circa 600 Gästen gefüllt ist, macht sich das bezahlt. Wir verschwinden in den extra für uns abgesperrten VIP-Bereich auf einer Empore, von der aus man den gesamten Club überschauen kann. Natürlich warten dort bereits ein paar willige Weiber, die von den Jungs sofort in Beschlag genommen werden. Der Einzige, den das alles nicht interessiert, ist Hitch. Ohne einen Blick an die anderen Frauen zu vergeuden, steuert er sofort die hintere Ecke der Empore an, um dort seine Freundin Kerry in die Arme zu schließen. Die beiden so zusammen zu sehen, hat etwas von einer BBC-Dokumentation, die man spät abends einschaltet, um über die beruhigenden Klänge der Paarungsrufe einheimischer Froschlurche einzupennen. Wäre ich ein Warmduscher, würde ich jetzt sagen, dass die beiden nett zusammen aussehen. Ich selbst kann mir nur sehr schwer vorstellen, eine Frau zu finden, die mir nicht schon nach ein paar Tagen auf den Senkel geht. Bisher konnte keine, der ich mal in einem Anflug von geistiger Umnachtung eine Chance gegeben hatte, länger als fünf Minuten die Klappe halten oder war so notgeil, dass sie bei jedem x-beliebigen Kerl die Beine breitgemacht hat. Alles Schlampen. Gut, meine Eltern haben eine funktionierende Beziehung mit Liebe, Fürsorge und all dem anderen Kram. Vielleicht hat Hitch ja auch so eine Ausnahme gefunden. Zu wünschen wäre es ihm, denn er ist einer von den Guten.

Da ich weder Lust auf den rührseligen Scheiß noch auf die 90-60-90-Fraktion habe, entschuldige ich mich bei den Jungs und mache mich auf den Weg zur Bar.

Mittlerweile ist es nach Mitternacht, und die meisten Schnitten haben, neben ihrer Nüchternheit, auch jegliche Berührungsängste verloren. Kaum zu glauben, doch auch ich bin manchmal nicht scharf darauf, angegrabscht zu werden. Ich betrachte die Bar, die sich fast über die ganze Länge des Clubs erstreckt und locker zwanzig Barkeeper beschäftigt. Der Bereich, der direkt an die Tanzfläche angrenzt, ist völlig überlaufen, doch in der hintersten Ecke erspähe ich ein paar verlassene Hocker. Mühsam erkämpfe ich mir meinen Weg, und je weiter ich vordringe, desto weniger Frauenärsche werden mir gegen den Schwanz gedrückt. *Ich will einfach mal meine Ruhe haben*, denke ich mir noch eine Millisekunde, bevor ich einen Arsch sehe, der meine Meinung heute Nacht noch ändern könnte. Der begnadete Hintern steckt in einem dunkelblauen Jeansrock, der am Saum leicht ausgefranst, aber nicht so kurz ist, um nuttig zu wirken. Ganz zu schweigen davon, dass er einen fantastischen Blick auf unendlich lange, sonnengebräunte Beine freigibt, die sich in meiner Vorstellung bereits um meinen Hüften schlingen, während ich die Muschi dieses anbetungswürdigen Geschöpfes mit meinem Schwanz verwöhne. Die schwarzen High Heels kann sie währenddessen gerne anbehalten. Mein Blick gleitet von ihren Fesseln über die Rückseite ihrer Oberschenkel, den beim zweiten Blick noch genialeren Hintern und hinauf zu ihrem Rücken. Ihr dunkles Haar fällt in unordentlichen Locken über ihre Schultern. Wie gerne würde ich meine Hand darin vergraben, ihren Kopf zurückziehen und dabei beobachten, wie ihre Augen glasig werden, während sie meinen Schwanz lutscht. Ich komme näher, sehe den Aufdruck auf ihrem grauen Top und meine Hose wird eng. Ich muss nur die erste Zeile lesen, die nicht von ihrem Haar verdeckt wird:

10/04 — Coachella Festival 10

Ich war da. Das Coachella in Southern California. Dort stand ich in der verfickten ersten Reihe des Auftritts von AC/DC, als uns bei den ersten Gitarrenriffs von »Hells Bells« einer abging. Das Wochenende war ein grandioses Spektakel aus Musik, Saufgelagen mit guten Freunden und halbnackten Frauen all Day long.

Allein dafür, dass sie diese Erinnerungen weckt, sollte ich ihr heute Nacht etwas Gutes tun. Motiviert stolziere ich auf sie zu und positioniere mich gleich neben ihr am Tresen. Der Barkeeper entdeckt mich, bevor die Unbekannte meine Anwesenheit bemerkt, also bestelle ich einen Whisky auf Eis. Plötzlich bohrt sich ein pink lackierter Fingernagel in meine Brust, und ich bin nicht selten überrascht, dass er zu dem Objekt meiner Begierde gehört. Ich blicke zu ihr auf und schaue in unheimlich intensive blaue Augen, die verrucht geschminkt sind und von langen schwarzen Wimpern umrahmt werden.

»Da, da, da, dadada, dadada.« Ihre vollen kirschroten Lippen laden derart ein, daran zu knabbern, dass ich erst einen Sekundenbruchteil später die Einmarsch-Melodie von Darth Vader aus *Star Wars* wahrnehme, die aus diesem sündigen Mund ertönt. Ich lege den Kopf schräg und betrachte das Gesamtkunstwerk. Irgendwoher kenne ich diese Frau.

»Mr. Rockstar, auf dich hab ich gewartet.« Bei dem Klang ihrer Stimme ziehen sich meine eben noch in Vorfreude schwelgenden Eier schlagartig zusammen.

»MAY?«

»Jepp.« Sie dreht sich nun vollends zu mir um und verschafft mir so einen Ausblick auf ihre Brüste. Ich nehme alles zurück, was ich über Oma-BH's gesagt habe. Ihr Ausschnitt ist nicht sonderlich tief, doch der liebe Gott hat sie mit Brüsten beschenkt, die mehr als nur eine Hand ausfüllen. Ein paar Millimeter Spitze schreien mich aus ihrem Dekolleté geradezu an, sie von ihrer Haut zu schälen. Zu allem Übel atmet sie jetzt auch noch tief ein. Ihre Titten führen ein verdammtes Eigenleben, als sie sich sichtbar heben und mein Hirn mit einer Sintflut aus Dingen, die ich mit ihnen machen will, lahmlegen.

Als meine Hose enger wird, brüllt mich das letzte bisschen Verstand, der noch nicht in meine Lenden gerutscht ist, an, dass es sich bei dieser Frau um die engstirnige Griesgrämin handelt, die mir den vergangenen Samstag vermasselt und den Deal mit der Band ruiniert hat. Das wirkt wie eine Eisdusche für den Kumpel in meiner Hose. Er winkt fast entschuldigend mit einem weißen Taschentuch und dankt ab.

Da ich immer noch auf ihre Brüste glotze wie ein Zwölfjähriger, der die scharfen Tussen am Badesee in ihren Bikinis begafft, richte ich meinen Blick eine Etage höher. Bestand noch ein letzter Zweifel, dass es sich wirklich um diese verbohrte Trine handelt, so wird der durch die hochgezogene Augenbraue beseitigt.

»Genug geglotzt?«

Bilde ich mir das ein, oder nuschelt sie?

»Was willst du hier? Musst du um diese Uhrzeit nicht mit Schlafmaske in deinem Baumwollschlafanzug im Bett liegen und von Katzenbabys träumen?«

Sie runzelt die Stirn. »Ich habe eine Katzenhaarallergie. Das wäre ein Albtraum mit juckenden Augen und Hautausschlag.« Sie erschaudert, und ich glotze erneut wie ein Auto.

»Okay, okay. Keine Katzenbabys. Verstanden. Also, du hast auf mich gewartet? Wieso?«

»Weil ich mit dir sprechen muss.«

»Interessant. Verrätst du mir auch, worüber wir sprechen müssen, oder soll ich wie beim Glücksrad Buchstaben kaufen und das Lösungswort raten?«

Sie beißt auf ihrer vollen Unterlippe herum und wird allen Ernstes rot. Normalerweise würde mir, wenn eine Frau mit diesen Worten ein Gespräch beginnt, umgehend der kalte Schweiß über den Rücken laufen. Ich vögele nie, niemals ohne Gummi, aber so stelle ich mir den Beginn einer düsteren Offenbarung, die mit Babykotze und Alimente zu tun hat, vor. Doch da sie mir bisher noch nicht mal die Hand, geschweige denn einen anderen Teil von mir geschüttelt hat, kann ich ganz unbesorgt hier stehen und mir anschauen, wie sie sich peinlich berührt windet.

»Also, na ja. Über Geschlechtsverkehr.«

Ich verschlucke mich an dem Whiskey, an dem ich zuvor genippt habe, und befürchte an dem brennenden Gefühl in meiner Kehle zu verrecken. Sie klopft mir burschikos auf den Rücken, ich registriere aber in meinem Todeskampf, wie ihre Titten bei jedem Schlag willig zucken. Es gibt definitiv schlimmere Dinge, die man bei seinem letzten Atemzug vor Augen haben konnte. Sobald meine Lungen dann doch ihren Dienst wieder aufnehmen, komme ich nicht umhin, zu grinsen. Jetzt bin ich jedenfalls sicher, dass sie sich für diese Ansprache ordentlich Mut angetrunken hat.

»Wir sprechen also heute Nacht, in diesem Club, an dieser Bar über Geschlechtsverkehr?«, frage ich nach und lache mich innerlich immer noch über ihre Wortwahl schlapp.

»Vielleicht nicht direkt. Also, das ist vielleicht nicht der richtige Ort dafür und ich kenne dich ja auch noch nicht gut genug und ... Ich hab es allein probiert, aber es funktioniert nicht.«

»D ... du hast es allein probiert?«

Sie zuckt mit den Schultern. »Ja. Aber immer, wenn ich an die wirklich wichtigen Stellen komme, fehlt mir irgendwie das Fingerspitzengefühl.«

Ich weiß genau, dass sie über das Schreiben dieser Rockstargeschichte spricht, aber verdammt ... Mein Schwanz zuckt, weil er ihre unbeabsichtigt zweideutige Ansage dazu nutzt, sich vorzustellen, wie sich diese heiße, gutaussehende Version von May selbst berührt.

»Aber, ich hab das richtig verstanden? Wir sprechen nur darüber. Wir tun es nicht wirklich?«

Sie reißt die Augen auf und wirkt absolut schockiert. »Um Gottes willen. Nein.«

Na, so abwegig ist der Gedanke auch nicht mehr.

»Andere Frage. Wieso siehst du so anders aus?«

Sie blickt verunsichert an sich herab. »Anders gut oder anders schlecht?«

Ich mustere sie auffällig von oben bis unten.

»Nennen wir es fickbar.«

Sie schüttelt den Kopf. »Ich wusste, dass es keine gute Idee war.«

Als sie Anstalten macht zu gehen, packe ich sie am Oberarm. Sie hält inne und schaut zu der Stelle, an der ich sie berühre. Etwas flackert in ihren Augen auf. Nur ganz kurz, doch ich kann es sehen. Obwohl sie völlig reglos vor mir steht, löse ich den Griff nicht. Ihre Haut ist kühl und so unglaublich weich, dass sich mein Schwanz erneut verselbstständigt. Hält sie gerade etwa den Atem an?

»Wollt ihr noch was trinken? Letzte Runde«, unterbricht uns der Barkeeper und zerstört damit den Augenblick. Fuck, ich wusste bis gerade noch nicht mal, dass das hier ein Augenblick war. Was in aller Welt mache ich hier? Ich blickficke die prüdeste Frau, die mir seit der Grundschule untergekommen ist.

Als hätte ich mich verbrannt, lasse ich sie los und trete einen Schritt zurück.

Sie sieht nervös aus.

»Ruf mich einfach an oder schreib mir. Vielleicht habe ich ja gerade Langeweile und Lust, dir zu helfen. Aidan hat meine Nummer.« So, Männlichkeit wiederhergestellt.

Ohne ihre Antwort abzuwarten, drehe ich mich um, gehe zum Ausgang und besorge mir draußen ein Taxi.

MAY

»Es ist schön, dass du dich entschieden hast, diesen Schritt mit uns zu gehen«, säuselt Nora übertrieben freundlich. Ihr ebenholzschwarzes Haar liegt in perfekten Wellen und betont ihre makellose Schönheit. Ihre Bluse sitzt wie angegossen und ist farblich auf ihren engen Bleistiftrock abgestimmt. Mit ihren vierunddreißig Jahren hat sie als Chefredakteurin bei einem Magazin mit so hoher Auflage, wie die *Women's Lifestyle* sie vorweisen kann, bereits den karrieretechnischen Olymp erklommen. Es ist also nicht verwerflich, dass sie mich ein kleines bisschen einschüchtert. Nachdem ich zu Beginn der Woche den Vorvertrag für das Buchprojekt unterzeichnet habe, sitze ich nun hier, um ein paar Details mit ihr zu besprechen.

»Also Folgendes: Wir werden die Rockstar-Story nächsten Monat groß anpreisen, sodass wir bereits in zwei Monaten mit den ersten Textauszügen beginnen können.«

»In zwei Monaten schon?«

»Nun, es werden lediglich drei Kapitel veröffentlicht. Das sollte doch kein Problem darstellen, oder?«

Angesichts der Tatsache, dass ich noch keine einzige Idee hatte und meine bisherigen Versuche, etwas Passables zu Papier zu bringen, scheiterten, ist das mehr als nur ein Problem. Es grenzt an eine mittelschwere Katastrophe.

»Nein. Natürlich nicht. Alles gut.« Ich hoffe, mein falsches, zuversichtliches Lächeln wirkt überzeugend.

Nora steht von ihrem Sessel auf und schlendert zum Fenster. »Weißt du, die Zeiten haben sich geändert. *Sex Sells* lautet heutzutage die Devise. Wir als Lifestyle-Magazin können uns da nicht ausnehmen. Deine Storys sind bisher wirklich gut angekommen, doch nun sollten wir noch einen draufsetzen. Du stimmst mir doch sicher zu, dass die Bücher, die auf unseren Nachttischen liegen, ein wenig expliziter sind als das, was wir bisher von dir veröffentlicht haben?«

Ähm, nein? Auf meinem Nachttisch liegt aktuell *Vom Winde verweht* von Margaret Mitchell. Immer mal wieder lese ich es und träume mich in eine Welt, in der Männer noch Gentlemen sind. Trotzdem nicke ich vage, denn nichts anderes erwartet Nora.

»Dass eine Buchverfilmung wie *Shades of Grey* so großen Anklang findet, ist kein Zufall. Frauen stehen heute zu ihrer Sexualität, sind experimentierfreudig und nehmen sich das, was sie brauchen. Freundinnen reden offen über ihre Erlebnisse; Homosexualität ist endlich kein Verbrechen mehr; man kann zu seinen Vorlieben stehen und der Mensch sein, der man sein möchte. Genau das sollen unsere Leser auch in deiner Rubrik wiederfinden. Die Gutsherren und Prinzen von damals sind mittlerweile Rockstars und Schauspieler. Wir ziehen das ganz groß auf. Die Rubrik Shortstory wird komplett gestrichen, stattdessen erhält jedes Magazin ein Inlay. Ein kleines Heftchen, immer mit jeweils drei Kapiteln der Geschichte und einem Hinweis auf explizite Szenen, damit der Jugendschutz uns nicht in die Quere kommt. Außerdem haben wir einen Deal mit *Beautyline*. Sie werden ihrer monatlich erscheinenden Beautybox ebenfalls die Hefte beilegen. Mit Veröffentlichen des letzten Heftes wird dann auch das gebundene Buch auf den Markt gebracht. Wir haben bereits Termine zu Lesungen und

Autogrammstunden in einigen Buchhandlungen landesweit vereinbart. Alles, was nun noch fehlt, ist dein Meisterwerk, May.«

»Oh, wow.« Als sie sagte, wir würden es groß rausbringen, hätte ich nicht gedacht, dass sie damit so groß meinte. Ich bin geliefert.

»Hast du noch Fragen?«

Wir sprechen die nächste halbe Stunde darüber, dass das Magazin aufgrund unserer guten bisherigen Zusammenarbeit nur das grobe Thema vorschreibt. Ein Rockstar in bester Bad Boy-Manier, ein schüchternes Mädchen, viel Sex und ein Hauch Romantik gespickt mit einem Happy End. Alles andere wird mir überlassen. Jedes Kapitel soll im Groben fünftausend Worte umfassen. Abgabe der vorgeschriebenen fünftzehntausend Worte pro Monat ist immer spätestens eine Woche, bevor das Magazin in den Druck geht. Zwischenzeitlich steht mir die Lektorin, mit der ich auch bisher zusammenarbeite, jederzeit zur Verfügung, um den roten Faden abzustimmen.

***

Völlig neben der Spur erreiche ich am frühen Nachmittag Megs Café. Die fröhlichen Glöckchen, die ertönen, als ich die Tür öffne, würde ich am liebsten runterreißen und so lange darauf herumtrampeln, bis ihr lustiges Klingeln für immer verstummt. Ich setze mich auf die gemütliche Bank in meiner Liebslingsecke direkt am Schaufenster und schmolle vor mich hin, bis mich Meg entdeckt und bewaffnet mit zwei Eistees zu mir kommt, um sich auf dem Stuhl mir gegenüber niederzulassen.

»War das Gespräch mit Nora so schlimm?«, wagt sie sich irgendwann zu fragen.

»Schlimm? Nein. Eigentlich war es alles, was ich mir je erträumt habe. Mit der Werbeaktion für das Buch könnte ich womöglich echt groß rauskommen.«

»Wow, ich möchte nicht dein Gesicht sehen, wenn man dir schlechte Neuigkeiten überbringt.«

Ja, vermutlich bin ich undankbar, doch das alles scheint mir so weit entfernt zu sein, dass ich mich unmöglich freuen kann.

»Ich weiß nicht, wie ich das, was sie haben möchten, umsetzen soll. Sie will erotische Szenen. Sehr detailliert, wenn du verstehst.«

»Und was ist daran schlimm, May? Du bist gut darin, Dinge zu beschreiben. Sieh es doch mal völlig emotionslos. Du schreibst es einfach genauso runter wie sonst auch, nur dass das Thema ein anderes ist.«

»Das ist nicht so einfach, wie du es dir vorstellst. Wenn ich eine sehr emotionale Szene schreibe, bin ich traurig; wenn jemand sich freut, bin ich fröhlich ...«

»Na, dann sei halt geil, wenn du Sexszenen schreibst.«

»Meg, bitte, wir sind hier nicht alleine«, zische ich sie an und sehe mich um, ob einer der anderen Gäste uns vielleicht gehört haben könnte. Ich bin nicht so ein Mensch. Offenbar fehlt mir ein Gen, um diese ganze Mann/Frau-Sache so einzuschätzen wie manch andere. Der Kerl, den Meg und ich damals zur gleichen Zeit dateten, wollte mir zu schnell an die Wäsche, weswegen ich keine Zukunft für uns sah. Als dann rauskam, dass er sich zeitgleich mit Meg traf, hatte sich das Thema ohnehin erledigt. Später, als wir dann Freundinnen wurden, fragte sie mich, ob mich der Sex mit ihm auch eher an das Paarungsverhalten von Hasen erinnerte. Ich bejahte das einfach, weil ich sie noch nicht lange kannte und wirklich mochte. Zum ersten Mal wollte ich nicht die seltsame May sein, die noch nie was mit einem Typen hatte. Deswegen unterscheidet sich Megs Bild von dem, was der

Realität entspricht, um Längen. In den Jahren hat sie gemerkt, dass ich einfach nicht die richtige Haltestelle für Gespräche sexueller Natur bin, und seit sie fest mit Aidan zusammen ist, beschränken sich auch die Kommentare zu ihrem Bettverhalten auf ein Minimum. Ich würde im Boden versinken, wenn ich Aidan gegenübertreten müsste und etwas darüber wüsste, wie er bestückt wäre oder wie lange er durchhält.

»Abgesehen davon weiß ich noch immer nicht, wie so ein Frauenaufreißer tickt.«

»Ziehst du denn in Betracht, vielleicht doch noch mal mit Vader zu sprechen?«

Ich spüre, wie mir die Röte ins Gesicht steigt, und senke schnell den Blick auf mein Glas.

»May?«

»Hm?«

»Willst du mir irgendwas sagen? Normalerweise reagierst du ziemlich zickig, wenn ich nur seinen Namen nenne.«

Ich nehme einen großen Schluck meines eiskalten Getränkes. Und dann noch einen. Meg hat sich aber schon auf mich eingeschossen, sodass es kein Entkommen gibt.

»Ich hab da vielleicht vor zwei Tagen etwas Dummes getan.«

»Ausnahmsweise hab ich mal keine Ahnung, worauf das jetzt hinauslaufen wird.«

»Eigentlich hatte ich mich mit einem großen Glas Wein auf die Terrasse gesetzt, weil ich schreiben wollte. Die ganze Zeit schwirrte mir aber diese Auftragsarbeit für das Magazin im Kopf herum, und weil ich mich nicht konzentrieren konnte, hab ich einfach mal Rockstars gegoogelt, mir Inhaltsangaben von Büchern, die das Thema aufgreifen, durchgelesen, und bin dann darüber schier verzweifelt. Ich wollte schon alles hinschmeißen. Nachdem ich aber noch einen Wein getrunken hatte, habe ich die Homepage von *Sinister Five* aufgerufen. Zufällig hatten sie an dem Abend einen Auftritt im *Ivory*. Ich war schon ein bisschen beschwipst und hab kurzerhand beschlossen, hinzufahren.«

»Du bist dahin gefahren? Du, allein in einen Club?«

Mir wird jetzt noch übel, wenn ich daran denke. Dass ich mir die Facebookseite von Vader Sweets angeschaut habe und eifersüchtig auf all die schönen Frauen war, die dort ihre Bilder posteten, erwähne ich lieber nicht. Auch nicht, dass ich nach dem zweiten Wein begann, Rockmusik zu hören, meine Nägel in einem Mädchenpink lackierte und mich gemäß eines Youtube-Tutorials schminkte.

»Ja. Ich war alleine in einem Club und habe von der Bar aus beobachtet, wie die Frauen abgingen, als die Band aufgetreten ist. Recherche halt.«

»Okay, bis dahin hört sich das zwar ein bisschen verrückt an, vor allem, weil du mich nicht mitgenommen hast, aber es ist ein erster Schritt in die richtige Richtung. Konntest du denn etwas Brauchbares aus diesem Auftritt mitnehmen?«

»Ja, die Frauen kreischten, sabberten und versuchten, die Bühne zu stürmen. Es war wie im Hühnerstall. Aber das kann ich verwenden.«

»Sehr schön. Und denkst du, du wirst noch einen Versuch starten?«

»Meine kleine Geschichte ist da noch nicht zu Ende. Ich wollte nach dem Auftritt nur noch meinen Cosmopolitan in Ruhe austrinken, und plötzlich stand Vader neben mir.« Ich hatte genug Alkohol im Körper, um ihn anzuquatschen und Themen anzuschneiden, die ich im nüchternen Zustand never ever angesprochen hätte. Leider war der Alkoholpegel nicht hoch genug, damit blackoutmäßig alles von meiner internen Festplatte gelöscht wurde, sodass ich mich an jedes verdammte Wort erinnern kann. »Ich hab ihn angequatscht.«

»Echt jetzt? Oh Gott, ich verfluche dich dafür, dass ich das nicht live sehen durfte. Was hast du gesagt und was hat er gesagt? Spann mich nicht so auf die Folter.«

»Okay, die kurze Version. Er hat geglotzt, als wäre ich eines seiner Groupies; ich habe ihm gesagt, dass ich Probleme habe, über Geschlechtsverkehr zu schreiben, worauf er meinte, ich sähe fickbar aus. Daraufhin wollte ich gehen, aber er hielt mich fest und sagte, ich könne ihn ja anrufen. Wenn er Langeweile hätte, würde er mir vielleicht helfen. Seine Nummer solle ich mir von deinem Verlobten besorgen.« *Fickbar*. Mein erster Impuls war, ihm eine reinzuhauen, doch mein Körper gehorchte mir nicht. Dieses Wort löste neben Empörung noch etwas anderes aus. Etwas, das mir fremd war und mich verunsicherte. Mein Kopf war vom Alkohol zu vernebelt, um dieses Gefühl einordnen zu können, also wollte ich gehen. Und dann packte er meinen Arm. Auch, als ich mich wieder zu ihm umwandte und keinen Anschein machte, erneut zu flüchten, hielt er mich noch fest. Noch jetzt kann ich spüren, wo genau er mich berührt hat. Es ist verwirrend, als sei ich ein Alien, das erst lernen muss, seine Empfindungen in Kategorien einzuordnen. Sein Blick war so düster, um mir einen Schauer über den Rücken zu jagen, und doch wollte ich nicht, dass er mich losließ. Es war verstörend. Aber als der Moment vorbei war, wurde er wieder zu dem Arsch, den ich kennengelernt hatte.

»Okay. Das waren echt viele Infos. Du darfst Vader nicht so ernst nehmen. Er tut gerne ziemlich cool, aber man kann auch wirklich gute Gespräche mit ihm führen. Er meint das nicht so.«

»Meg, ich kann ihn nicht anrufen. Ich käme mir wie eine nervige Bittstellerin vor, nachdem er mir so freundlich gesagt hat, dass er mir nur hilft, wenn er gerade nichts Besseres vorhat.«

»Okay. Das kann ich verstehen. Würde ich wahrscheinlich auch nicht machen. Was ist denn mit Drake? Er ist zwar nicht so wild wie Vader, aber er könnte dir ein bisschen was über das Bandleben erzählen. Und den Sex bekommen wir auch noch hin.«

»Meinst du, er würde das machen?«

»Klar, mein Schwager in spe liebt mich. Ich werd ihn später mal fragen.«

Vader

Donnerstagabends steht bei uns regulär die Bandprobe an. Da Drake jedoch einen ach so wichtigen Termin hat, Hitchs Freundin mit einer Sommergrippe flach liegt und er sich um sie kümmern muss, und Mals Schwester Geburtstag hat, fällt sie heute aus. Normalerweise proben wir immer unser Set für die Veranstaltung, die am jeweiligen Wochenende ansteht, und checken die Technik durch. Eigentlich hatte man uns Samstag und Sonntag für ein Stadtfest gebucht, doch das wurde gecancelt, da dem Veranstalter plötzlich die Genehmigungen für die Bühne fehlen. Was für ihn ein riesen Debakel bedeutet, heißt für uns ein freies Wochenende, an dem wir trotzdem siebzig Prozent der vereinbarten Gage erhalten, was meiner guten Laune noch weiteren Aufschwung verleiht.

Am Nachmittag fahre ich also ganz entspannt zur Autowaschanlage, und während ich so warte, weil noch drei Wagen vor mir dran sind, lerne ich Myra kennen. Sie studiert irgendwas mit Grundschule und Reiten ist ihr größtes Hobby. Ich glücklicher Bastard. Wir gehen also danach noch etwas trinken, und weil ich keine Lust habe, sie mit zu mir nach Hause zu nehmen, schlage ich vor, ihr unseren Proberaum zu zeigen, was im Bandjargon dasselbe bedeutet wie DVD schauen bei Teenagern.

Ich öffne die schwere, von innen gedämmte Tür und lasse sie zuerst eintreten. Man merkt, dass Myra keine hohle Nuss ist und ich muss mir fast ein bisschen Mühe geben, um sie zu überzeugen. Schwer macht sie es mir wiederum auch nicht, denn sie signalisiert ganz klar, dass sie es bitter nötig hat. Wenn sie sich unbeobachtet fühlt, richtet sie ihr Top, zieht es etwas herunter, sodass ihre Brüste gut zur Geltung kommen; sie streicht sich das Haar zur Seite und bietet mir ihren Hals dar, wenn sie den Kopf zur Seite neigt, und sie zuckt unter jeder kleinsten Berührung meinerseits aufgeregt zusammen. Ich schließe die Tür hinter mir, und sie beginnt mit den üblichen Sprüchen wie »Wow. Ganz schön viel Technik« und »Das ist so cool«. Doch im Grunde interessieren sich die Schnallen nicht wirklich für unser Equipment, also packe ich sie und drücke sie an die Wand. Sie will mich küssen, doch ich ziehe ihren Kopf an den Haaren nach hinten und lecke über ihren Hals. Myra stöhnt laut auf und es klingt viel zu geschauspielert, als dass es echt sein könnte. Mir persönlich macht das nichts aus, denn ich werde sie erstens sowieso nicht wiedersehen und zweitens weiß ich auch ohne ernst gemeinte Bekenntnisse, dass ich gut ficken kann – zumindest, wenn ich will. Ich hebe ihr Sommerkleidchen hoch und schiebe meine Hand in ihren Slip. Sie ist feucht, aber noch nicht so nass, dass ich sie auf der Stelle vögeln könnte, also spiele ich mit ihrer Pussy. Ihr künstliches Stöhnen verwandelt sich schnell in ein sehr echtes Keuchen. Sie gräbt ihre langen Fingernägel in meinen Rücken, und ich lege den Kopf auf ihrer Schulter ab, während meine Finger sie bearbeiten. Als sie kurz davor ist, beschließe ich, so nett zu sein und sie kommen zu lassen. Mit einem spitzen Schrei, der mir fast das Trommelfell zerdeppert, explodiert sie und krampft sich um meine Finger zusammen. Erst, als sie wieder zu Atem kommt, ziehe ich mich aus ihr zurück und lege ihr die Hand auf den Rücken, um sie zu dem Sofa, das an der gegenüberliegenden Wand steht, zu manövrieren. Natürlich könnte sie auch dorthin gehen, ohne dass ich sie vor mir herschiebe, doch was soll ich dann mit ihrem Saft an meinen Fingern machen? Hier ist weit und breit kein Taschentuch in Sicht und ich schmiere mir das Zeug sicher nicht auf meine eigenen Klamotten. Sie setzt sich hin und nestelt an meiner Hose herum, obwohl ich ursprünglich geplant hatte, sie ordentlich durchzuvögeln. Geübt befreit sie meinen Ständer, um ihn dann großzügig in ihrem Mund aufzunehmen. Gut, das ist auch eine Möglichkeit. Zwar scheint sie keinen Würgereflex zu besitzen, doch sie umschließt mich nicht fest genug mit ihren Lippen. Wenn sie so weitermacht, dauert es bis Ostern. Also packe ich ihr Haar, ziehe ihren Kopf weg und sage ihr, dass sie es beim bloßen Lecken belassen soll, weil ich keinen Bock auf eine Unterrichtsstunde zum Thema Blasen habe, wobei ich mir den letzten Teil nur denke. Derweil umfasse ich meinen Schwanz selbst, so wie ich es mag, und hole mir einen runter. Gerade, als ich glaube, dass es sinnlos ist, weil sie mich nun mal einfach nicht genug anmacht, öffnet sich die Tür und ein freudestrahlender Drake spaziert dichtgefolgt von einer noch strahlenderen May herein. Die beiden nehmen uns nicht sofort wahr und wirken vertraut und gelöst. May sieht wieder ähnlich prüde aus wie bei unserem ersten Treffen: strenger Zopf, dunkelblaues Kleid, das keinen Ausblick auf nichts gewährt. Und doch macht das Lächeln auf ihren Lippen einen völlig anderen Menschen aus ihr. Ihre Wangen sind leicht gerötet, und obwohl sie sonst kein Make-up trägt, glänzt ihr Mund wieder in diesem Rot, das mich an Erdbeeren und Kirschen erinnert. Genau einen solchen Mund würde ich gerne ...

»Fuck.« Ich komme so heftig und schnell, dass ich erst kapiere, dass ich laut geflucht habe, als May völlig verwirrt in unsere Richtung schaut. Sie sieht ganz genau, wie ich Myra ins

Gesicht spritze, und wendet auch Sekunden danach ihre Augen nicht ab. Wie unter Schock wechselt ihr Blick zwischen Myra, die bemüht ist, mein Sperma wegzuwischen, und mir, der sie dreckig angrinst, hin und her, bis Drake sie teils motzend, teils sich entschuldigend aus dem Raum schiebt.

»Wir sind hier fertig, wenn du also die Couch brauchst, Drake«, rufe ich ihm hinterher und höre noch sein »Fick dich«, bevor die Tür sich hinter ihnen schließt.

***

»Ich leite das alles für dich in die Wege. Komm einfach nächste Woche vorbei und unterzeichne die Papiere.«

»Klar. Super.«

Meinen Donnerstagabend verbringe ich mit Aidan in seiner Wohnung, um über Kapitalanlagen, Aktienpapiere, die Gefahren von Hedge-Fonds sowie dem Sinn dahinter zu philosophieren. Ich bin froh, in dieser Welt voller Aasgeier einen Kerl zu kennen, dem ich meine Kohle anvertrauen und dabei noch ruhig schlafen kann.

»Was machen eigentlich die Hochzeitsvorbereitungen? Geht dir der Arsch noch nicht auf Grundeis?«, erkundige ich mich, denn mir will nach wie vor nicht in den Schädel, dass ausgerechnet der Kerl von uns, der vor fünf Jahren noch drei Frauen auf einmal beglückt hat, nun heiratet.

Aidan lehnt sich zufrieden zurück und dreht sein Bier in der Hand hin und her. Er wirkt völlig locker und gelassen.

»Ganz im Gegenteil, Alter. Meg ist die Richtige, um das durchzuziehen. Wenn du ein Mädchen findest, dass gleichzeitig dein bester Kumpel ist, dann solltest du Nägel mit Köpfen machen.«

»Das ist ja schön und gut, aber solltet ihr euch nicht in nächster Zeit entscheiden, in Swingerclubs zu gehen, dann ist das die einzige Pussy, die du zukünftig live und in Farbe sehen wirst. Das wird auf Dauer echt langweilig.«

»Vader, wenn dir der Gedanke, dein restliches Leben mit nur einer Frau zu schlafen, so widerstrebt, dann muss ich dir leider sagen, dass du noch nie so richtig guten Sex hattest. Wahrscheinlich liegt dir der Gedanke fern, doch erst wenn du dich darauf freust, dass sie nach dem Ficken immer noch da ist, kannst du mitreden.«

Wieso sollte ich mich darauf freuen, wenn mir eine Frau nach dem Sex noch auf den Zeiger geht? Sobald ich abgespritzt habe, will ich entweder Party machen oder pennen. Es ruiniert doch den ganzen Spaß, wenn danach lange darüber gesprochen werden muss, wo man nun in der gemeinsamen, für mich nie existenten Beziehung steht. Davon abgesehen gibt es IMMER etwas, was mich an der Frau, dich ich ficke, stört. Das hat nichts mit Oberflächlichkeit zu tun. Es geht nicht mal um Äußerlichkeiten. Manchmal machen sie einfach Geräusche, die mich auf die Palme bringen, oder sie tragen eine Spange im Haar, die mir in die Finger schneidet, wenn ich versuche, ihren Kopf im richtigen Rhythmus zu dirigieren, während sie mir die Eier lutschen. Manche haben Fingernägel, die so spitz gefeilt sind, dass ich verdammt noch mal denke, ich sei Mogli im Dschungelbuch und kämpfe gerade gegen Shir Khan, den Tiger.

»Meine Liebe gilt einzig und allein der Musik und dem Texten. Da weiß ich, was ich hab. Nichts für ungut, Bro.«

»Du weißt nicht, was dir entgeht. Aber anderseits ...« Er betrachtet mich wie ein abgedrehtes Kunstobjekt im Museum. »Welche Frau würde es mit dir schon aushalten!?«

Im Flur poltert es, und auf dem Parkett ertönen die Schritte von mit High Heels besohlten Füßen. Ich würde meiner Zukünftigen den Marsch blasen, wenn sie damit den teuren

Boden ruiniert, und ihr klarmachen, dass sie Dinger lediglich im Bett zu tragen hat.

Wir hören Meg schon entnervt vor sich hinnörgeln, bevor sie das Wohnzimmer betritt.

»Baby. Sorry, im Laden war die Hölle los. Du glaubst nicht, was Vader sich heute schon wieder geleistet ...« Der Moment, als sie mein breit grinsendes Gesicht erblickt, ist unbezahlbar.

»Oh ja, Vader war ein ungezogener Junge. Du solltest ihm den Hintern versohlen«, rufe ich ihr zu und wackle aufreizend mit den Augenbrauen. Aidan, der etwas verwirrt dreinschaut, haut mir mit der flachen Hand an den Hinterkopf. »Der einzige Körperteil, an dem du die Hand meines Mädchens spüren wirst, ist dein Gesicht, wenn du so weitermachst.«

Meg beugt sich vor und schlabbert Aidan so lange ab, dass ich denke, hier gleich eine Livesexshow präsentiert zu bekommen, wobei ich den Gedanken schnell verwerfe, denn ich will meinen Kumpel echt nicht nackt sehen.

»Was hat er nun schon wieder getan?«, fragt Aidan.

»Moment mal. Ich war nicht derjenige, der was getan hat. Diese May und Drake sind einfach in einem sehr unpassenden Moment in den Proberaum gekommen. Wenn du jemanden beschuldigst, sich unpassend verhalten zu haben, dann sie, denn sie hat mir länger, als es angebracht war, auf den Schwanz geglotzt.« Dass mich ihre musternden blauen Augen so sehr angeturnt haben, dass ich sofort gekommen bin, kehre ich einfach mal unter den Teppich. Ja, sie wirkte schockiert, aber da war auch ein Funke Neugier in ihrem Blick.

»Oh ja, böse May. Drake einfach so in den Proberaum eurer Band zu folgen und dabei nicht davon auszugehen, dass da drin gevögelt wird.«

»Moooment. Es wurde nicht gevögelt, ich habe mir einen runtergeholt. Alter, wenn sie den Unterschied nicht kennt, solltest du dir das mit der Hochzeit noch mal überlegen«, kontere ich an Aidan gewandt.

»Hast du das gehört? Willst du ihm das so durchgehen lassen?«, meckert Meg.

»Also das Wichsen nicht gleich Vögeln ist ...« Klatsch. Nun kassiert auch Aidan einen Schlag auf den Hinterkopf.

»Aua. Ist ja gut. Also May kam rein, als Vader sich einen runtergeholt hat?«

Meg nickt energisch.

»Gehen dir die Frauen aus, oder wieso machst du es dir im Proberaum selbst?«

»Boah, Aidan. Er war nicht alleine da.« Meg sieht ihn vielsagend an.

Man kann genau erkennen, wann der Groschen fällt und er hat schwer zu tun, ein Lachen zu unterdrücken.

»Junge, Junge. Und May hat das gesehen? Das arme Mädel ist sicher völlig verstört.«

»Das kannst du laut sagen. Es hat eine halbe Stunde gedauert, bis ich überhaupt aus ihr rausbekommen hab, was da passiert ist.«

»Leute, haltet mal den Ball flach. Sie ist eine erwachsene Frau. Oder wollt ihr mir sagen, sie ist noch unberührt?«

Meg und Aidan führen eine ihrer Unterhaltungen, bei denen man nicht redet, sondern sich lediglich mit Blicken verständigt. Irgendwie finde ich den Gedanken, dass eine Frau allein an meinem Gesichtsausdruck erkennen kann, was in mir vorgeht, äußerst beunruhigend.

Meg ist die Erste, die wieder auf menschliche Art kommuniziert.

»Natürlich ist sie keine Jungfrau mehr, Vader. Sie ist seit über vier Jahren mit Garret, einem Arbeitskollegen von Aidan, zusammen. Aber May ist halt speziell. Sie ist nicht so wie die billigen Flittchen, die du mit zu dir nach Hause nimmst.«

Gerne würde ich etwas erwidern, aber wo sich recht hat ... Die meisten Frauen, mit denen ich mich einlasse, sind billige Flittchen. Vielleicht ist der Ausdruck etwas hart, aber alles in allem trifft es zu, denn sie wissen, dass sie nichts außer einem schnellen Fick zu erwarten haben. Nicht selten tauchen sie immer wieder bei Veranstaltungen auf, auf denen wir spielen und verschwinden eine Woche, nachdem sie es mit mir getrieben haben, mit einem anderen.

»Ach, weißt du. Gerade die stillen Wasser sind wahnsinnig tief.«

»Manchmal glaube ich, du bist einfach dumm. Dann wiederum hab ich das Gefühl, du kannst gar nichts dafür und denkst nur mit gedrosselter Leistung, weil dein Hirn zu wenig Blut abbekommt.« Hui, Meg wird wieder sauer. »May ist meine beste Freundin und es gibt keinen Menschen, der hilfsbereiter oder verständnisvoller ist oder mit dem ich mehr lachen kann. Ihr verdammter Job steht auf dem Spiel. Diese Story, die sie da schreiben soll, entscheidet über ihre Karriere und eigentlich hat sie es so richtig drauf.«

»Nur halt nicht mit Geschlechtsverkehr«, füge ich trocken hinzu.

Selbst Meg hält kurz inne und schaut mich an, als hätte ich jetzt ganz den Verstand verloren.

»Geschlechtsverkehr?«, wiederholt Aidan.

»Ja, richtig. Das war es, worüber sie im Club mit mir sprechen wollte.«

»Und du hast sie daraufhin doof angemacht«, motzt Meg.

»Überhaupt nicht. Letztlich lief es darauf hinaus, dass ich ihr sagte, sie könne mich anrufen, wenn sie Hilfe braucht.«

»Na, das hört sich doch nett an«, erwidert Aidan an seine Verlobte gewandt, um zu schlichten.

»Oh ja. Der liebe, gute, hilfsbereite Vader. Ja, er hat ihr angeboten zu helfen, aber er sagte auch, er schaut dann mal, ob er nichts Besseres zu tun hat.«

»Stimmt das?«, erkundigt sich Aidan und hat dabei dieses ätzend ernste Gesicht auf Lager, bei dem man sich vorkommt wie im Kindergarten. *May hat gesagt, du hast sie beleidigt. Ist das wahr, mein Sohn? Hast du die kleine May in ihrer Würde gekränkt* ... Bla, bla, bla.

»Ich kann mich nicht mehr an den genauen Wortlaut erinnern, doch es wäre möglich, dass es in die Richtung ging. ABER es war ein Spaß.« War es nicht, aber wenn ich nicht will, dass die beiden mir jetzt den Arsch aufreißen, spiele ich lieber nach ihren Spielregeln.

»Du wirst ihr also helfen? Ohne dumme Sprüche?« Meg traut dem Braten noch nicht.

»Ich muss ihr also nur ein bisschen darüber erzählen, wie man als Mann Spaß haben kann?«

Meg zuckt mit den Schultern. »Mehr oder weniger. Es geht vor allem darum, wie du die Frauen aufreißt und was so in deinem Kopf abgeht, wenn du das tust. Was deine Beweggründe sind, ein solches Leben zu führen.«

»Baby, also das ist ein bisschen übertrieben. Du tust ja so, als hätte er sich entschieden, auf einem Baumhaus zu leben oder mit einer Socke auf dem Kopf aufzutreten. Er mag Frauen. Was ist verwerflich daran?«

Uhuuu. Da sind sie wieder. Die Blicke, die nur eine Frau beherrscht. Ich will mich nicht zu weit aus dem Fenster lehnen, aber so, wie Meg Aidan gerade ansieht, heißt das so viel wie: Du kannst dich jetzt entscheiden, ob du deinem verhurten Kumpel beistehst oder ob dir daran gelegen ist, in den nächsten drei Monaten Sex zu haben. Aidan entscheidet sich für die Sexvariante.

»Naja, sein Verschleiß ist natürlich nicht ganz normal.«

»Er ist die größte männliche Hure von hier bis ... ach, bis keine Ahnung wo.«

»Leute, ihr wisst schon, dass ich noch da bin?«, melde ich mich zu Wort.

»Pass auf, Kumpel. Du weißt, ich bin wirklich oft auf deiner Seite, aber in dieser Sache stimme ich Meg zu. May ist wirklich unglaublich nett, aber halt etwas schüchtern, was manche Themen betrifft. Sie lebt ihren Traum, indem sie schreibt. Gerade du dürftest das von uns allen doch am besten verstehen.«

Von der Warte aus habe ich das noch gar nicht betrachtet. Letztlich sitzen wir auf verquere Weise im selben Boot. Wir beide möchten das tun, was wir lieben. Helfe ich ihr bei diesem seltsamen Buch, helfe ich auch mir, denn dann lassen sich die Jungs darauf ein, es mit eigenen Songs zu versuchen. Endlich wären die Songtexte, die aus meiner Feder stammen, nicht für andere Künstler, sondern für unsere Band bestimmt.

»Diese ganze Sache wirft tausend Fragen bei mir auf, aber okay. Ich mache es.«

Meg jubelt laut los. »Ehrlich? Vader, du wirst es nicht bereuen.« Sie schlingt mir die Arme um den Hals und küsst mich auf die Wange. Ihr liegt wirklich viel an May und wenn eine coole Schnecke wie sie mit ihr befreundet ist, muss sie ja irgendeine interessante Ader haben.

»Ist ja gut.«

»Ach, und Vader?«

»Hm?«

»Du lässt die Finger von ihr.«

EPISODE 2 - Angriff der Klonkrieger… okay, es ist nur ein Rockstarrüpel

MAY

»Und du kannst nicht übers Wochenende nach Hause kommen?«

»Du musst das verstehen. Es ist mein Job, und wenn ich Sergej überzeugen kann, wird das mein Durchbruch an der Börse.«

»Ich verstehe.«

»Sei nicht sauer. Einer von uns beiden muss schließlich erfolgreich sein, um uns ein anständiges Leben zu sichern.«

»Was soll das denn heißen?«

»Bitte fang nicht wieder an, zu diskutieren. Sieh es so, dass du jetzt das ganze Wochenende Zeit für deine kleinen Geschichten hast.«

»Aber ich sitze hier auf gepackten Koffern.«

»Ich muss los. Wir hören uns nächste Woche.«

Noch ehe ich etwas erwidern kann, ist die Leitung tot. Ich schmeiße mein Handy neben mir aufs Bett und betrachte den Koffer, der mich vom Flur aus höhnisch auslacht. Garret und ich wollten es uns in einem Wellnesshotel gut gehen lassen. Da er so viel arbeitet, sehen wir uns momentan nicht mal jeden Sonntag. Dieses Wochenende sollte uns gehören, stattdessen verbringt er es irgendwo in Miami bei einem steinreichen Russen, um irgendwelche Deals abzuschließen.

Die Zeiten, in denen er sich am Telefon vernünftig verabschiedete oder gar *Ich liebe dich* sagte, sind schon lange vorbei. Ich muss sogar so lange darüber nachdenken, wann er zuletzt etwas in der Richtung ausgesprochen hat, dass ich es irgendwann sein lasse und lieber den Koffer wieder ausräume.

Es ist Freitagabend; Meg ist damit beschäftigt Aidan, der sich bei seinem Bruder mit einer Erkältung angesteckt hat, gesundzupflegen und auch sonst gibt es niemanden, den ich anrufen kann. Vermutlich auch besser so, denn meine Stimmung ist derart mies, ich kann mich gerade selbst nicht leiden. Also entschließe ich mich, den Abend in meinen ältesten Gammelklamotten, mit einer Gesichtsmaske gegen Falten und einem Film zu verbringen.

Gesagt getan, sitze ich mit meinen Freunden »Ben & Jerry« auf der Couch und starte *Weil es dich gibt*, während die Heilerde-Maske in meinem Gesicht langsam zu trocknen beginnt. Keine zwei Minuten später, die Hauptdarsteller Sarah Thomas und Jonathan Trager greifen gerade beim Weihnachtseinkauf in einem New Yorker Kaufhaus nach demselben Paar Handschuhe, klingelt es an der Haustür. Mein Herz setzt kurz aus, denn da ich eben noch mit Meg getextet habe und somit ausschließen kann, dass sie es ist, und ich sonst nie unerwarteten Besuch bekomme, kann es nur Garret sein. Er überrascht mich. Ich springe auf und sprinte zur Haustür, um sie freudestrahlend aufzureißen. Doch da steht nicht mein Freund.

»Vader?«

Er sieht ein bisschen erschrocken aus.

»Ich würde ja May sagen, aber ich bin nicht sicher, ob du nur das Ding aus dem Sumpf bist, welches Mays alte Jogginghose trägt.«

Ich bin schon dabei, die Tür genervt wieder zu schließen, als er einen Fuß dazwischenschiebt und mich somit stoppt.

»Es ist wirklich unglaublich nett, dass du den weiten Weg auf dich genommen hast, um mich persönlich zu beleidigen, doch ich verzichte gerne darauf.«

Sein Gesichtsausdruck wird etwas versöhnlicher.

»Ich mach doch nur Spaß. Ich weiß von Meg, dass du einen freien Abend hast, und dachte mir, ich komme vorbei, damit wir beide uns besser kennenlernen können.«

Ich werde Meg umbringen. Aber erst nachdem ich Mr. Obermacho abgewimmelt habe.

»Ich hab zu tun.«

»Ich habe aber wirklich Angst, dass dir dein Gesicht auseinanderbröckelt, wenn ich nicht bleibe, um das zu verhindern.«

Erschrocken stelle ich fest, wie ich gerade aussehen muss. Das Ding aus dem Sumpf ist überhaupt kein soooo schlechter Vergleich. »Oh Gott. Ich sehe echt ein bisschen freaky aus, was?«

Sein Mundwinkel zieht sich vorsichtig hoch und ich erkenne zum ersten Mal ein kleines, wirklich ernst gemeintes und nicht boshaft beabsichtigtes Lächeln auf seinem Gesicht. Steht ihm gar nicht mal so schlecht.

»Lässt du mich rein? Bitte? Das wird langsam schwer.« Er hält eine Einkaufstüte hoch, und obwohl ich nicht glaube, dass es eine gute Idee ist, trete ich zur Seite und bitte ihn herein.

Er sieht sich um und ich bemerke, wie er dabei die Stirn runzelt.

»Geradeaus geht's ins Wohnzimmer«, weise ich ihn an.

Das Wohnzimmer ist der einzige Raum im ganzen Haus, der bisher fertig ist. Da ich größtenteils alles alleine mache, komme ich nicht wirklich schnell voran, sodass dem Rest noch der Charme eines floralen Desasters anhaftet. Gott habe sie selig, doch Geschmack hatte meine Großmutter nicht.

»Okay. Was hat es mit diesem Haus auf sich?«, fragt Vader, als er das Wohnzimmer mit anerkennendem Nicken lobt.

»Die kurze Version ist, dass meine Grandma nie über die Siebziger hinweggekommen ist und ich die Renovierung alleine mache.«

»Du? Nicht ihr?«

Ich verstehe nicht sofort, was er damit meint und lege den Kopf schräg.

»Wohnst du hier nicht mit deinem Mann?«

»Ach, du meinst Garret? Er ist mein Freund und nein.«

»Meg meinte, ihr seid schon ewig zusammen. Da dachte ich, ihr würdet zusammenleben.«

»Tun wir nicht. Also, was machst du hier?«

Vader kneift die Augen zusammen und mustert mich skeptisch, zuckt dann jedoch mit den Schultern und beginnt, den Inhalt seiner Einkaufstüte auf meinem Couchtisch auszubreiten. »Ich habe Schokolade, Chips, Mikrowellen-Popcorn und tadaaa ...« Er zückt eine Flasche Sekt.

»Das ist sehr schön. Kauf dir ’nen Van, halte dich vor Schulen auf, und die Polizei kassiert dich innerhalb von dreißig Minuten ein, um dich in Verwahrung zu nehmen.«

Er verdreht die Augen. »Kannst du nicht einmal dankbar sein?«

»Ich wüsste nicht wofür.«

»Wasch dir doch den Kram aus dem Gesicht und hol ein paar Gläser, dann erkläre ich es dir.«

Vader ist eine Nervensäge, und ich weiß schon jetzt, dass jegliche Diskussion mit ihm vergeblich wäre, daher gehe ich ins angrenzende Gästebad, um mir die mittlerweile hartgewordene

Tonerde aus dem Gesicht zu waschen. Als ich meine Haut von allen Resten befreit habe, leuchten meine Wangen rosig. Mein Blick wandert von meinem Spiegelbild weiter hinunter. »Shit.« Ich trage ein altes Tanktop, jedoch keinen BH darunter. Das ist verdammt peinlich.

»Soll ich dir helfen?« Es klopft an der Tür, und Vaders Stimme erklingt nur wenige Meter von mir entfernt. Dahin ist die Möglichkeit, heimlich ins Schlafzimmer zu huschen, um das BH-Problem zu lösen. Ich öffne schwungvoll und laufe fast in ihn hinein. Er steht mit verschränkten Armen in einer selbstverliebten Pose an der gegenüberliegenden Wand.

»Wieso, bist du nebenbei Kosmetiker und entfernst tagtäglich Gesichtsmasken aus den Visagen billiger Damen?«

»Nicht wirklich. Aber wie du weißt, bin ich gut darin, Gesichtsmasken zu verteilen.«

Er spielt auf den Donnerstagnachmittag an, an dem ich gesehen habe, wie er Unaussprechliches mit einer Frau getan hat. Es schaudert mich, und ich verdränge den Gedanken daran, denn bis dato wusste ich nicht, dass es außerhalb von diversen Filmen Frauen gibt, die so was mit sich machen lassen. Der Moment, als ich erkannte, was da vor sich ging, war dabei mehr als seltsam. Sofort wollte ich meinen Blick abwenden, doch Vader sah mich an, genau in der Sekunde, in der er ... Ich gebe Würgegeräusche von mir und gehe an ihm vorbei in die Küche. Natürlich folgt er mir. Ich hole ein Sektglas aus dem Küchenschrank und reiche es ihm, wobei er das Gesicht verzieht.

»Willst du mir nicht auch ein Glas anbieten?«

Ich schenke ihm ein zuckersüßes Lächeln, während ich den Kühlschrank öffne.

»Aber natürlich. Was wäre ich sonst für eine Gastgeberin? Das Glas ist natürlich für dich. Ich trinke lieber Bier.«

Vader presst die Lippen aufeinander und beginnt dann, laut zu lachen. Wie dieser Kerl da steht, in seiner schwarzen Jeans und dem verwaschenen *Black Sabbath*-Shirt, mit kleinen Lachfältchen um die Augen. Er wirkt überhaupt nicht wie der Arsch, der er eigentlich ist.

»Eins zu null für dich. Gibst du mir eins ab? Ich hasse diese Nuttenbrause, aber für dich hätte ich eine Ausnahme gemacht.«

Darüber muss selbst ich lachen, wobei der Gedanke daran, diesen Rüpelgott Sekt trinken zu sehen, sehr belustigend ist. »Klar.«

Auf dem Weg ins Wohnzimmer entledigt er sich seiner Chucks und schlendert auf Socken zur Couch, um sich darauf niederzulassen. *Ja, fühl dich ganz wie zu Hause.*

»Also, was tust du hier?« Ich setze mich mit genügend Abstand zu ihm ebenfalls hin und ziehe mir die Decke bis zu meiner Brust.

»Wie schon gesagt, ich helfe dir. Was ist das für ein Film?« Er weist auf den Fernseher. *Das soll also die ganze Erklärung gewesen sein?*

»Er heißt *Weil es dich gibt*. Wobei genau hilfst du mir?«

Vader reißt eine Tüte Chips auf, hält sie mir hin, doch ich verneine kopfschüttelnd. Mit vollem Mund, gebannt auf den Fernseher starrend, vergisst er entweder, mir zu antworten oder er macht es extra.

»Vader?«

Er schaut sich weiterhin den Film an, ringt sich aber eine Erwiderung ab.

»Ich helfe dir bei deinem Sexproblem. Worum geht's in dem Film?«

»Ich habe kein Problem mit, ähm, Geschlechtsverkehr.«

Vader zieht die Augenbraue hoch und sieht mich an, als wolle er sagen: *Oh doch, und das wissen wir beide.*

»Hm, du kannst es ja nicht mal aussprechen.«

»Was aussprechen?«

»Sex. Ficken. Bumsen. Vögeln. Such dir was aus, nur sag bitte nicht Geschlechtsverkehr.«

»Du bist ekelhaft.«

»Also, worum geht es?«

»Du nervst.« Ich seufze.

»Ich warte.«

»Die beiden laufen sich durch einen Zufall über den Weg und verlieben sich auf der Stelle ineinander. John will sie wiedersehen, doch Sara lehnt ab und meint, sie sollen das Schicksal entscheiden lassen. Also lässt sie ihn seine Nummer auf einen Fünf-Dollarschein schreiben und kauft an einem Kiosk eine Rolle Pfefferminz dafür. Sie wiederum schreibt ihre Telefonnummer auf eine Erstausgabe des Buches *Liebe in Zeiten der Cholera*. Dann verkauft sie die Ausgabe in einem Antiquariat und nur, wenn beide diese Gegenstände mit der Nummer des anderen wiederfinden, wissen sie, dass sie füreinander bestimmt sind.«

»Du siehst diesen Film nicht zum ersten Mal, oder?«

»Nein. Ich finde ihn faszinierend.«

»Und finden sie sich wieder?«

Nun schaue ich ihn ungläubig an. »Es ist eine Hollywoodproduktion. Was denkst du?«

»Also ja. Wahrscheinlich kurz vor knapp.«

»Jap. Natürlich. Beide blasen ihre Hochzeit mit anderen Partnern ab, und sie werden glücklich und so weiter.«

Vader schnappt sich die Fernbedienung und drückt auf den Pause-Knopf.

»Das hört sich ganz schön verbittert an, wenn eine Frau das so sagt.«

»Was erwartest du denn? Wie wahrscheinlich ist es, dass so was im wahren Leben passiert?«

»Nicht sehr. Aber ich bin auch ein Mann. Das wäre ziemlich weicheimäßig, würde ich das süß finden. Aber du ...«

»Ich was?«

»Du verdienst dein Geld damit.«

»Na und? Genug davon. Du willst mir also ehrlich mit meinem Buch helfen?«

»Ja.«

»Warum?«

»Weil ich ein netter Kerl bin.«

Klar, und ich bin das schlafende Dornröschen.

»Versuch es noch mal.«

Er überlegt einen Moment, scheint abzuwägen, was er mir sagen soll.

»Ich will, dass unsere Band eigene Songs spielt.«

»Was habe ich damit zu tun?«

»Drake ist der Meinung, dass das Risiko zu scheitern zu groß ist, wenn wir innerhalb unserer gewohnten Klientel plötzlich etwas anderes als Mainstream spielen. Die Publicity, die du uns verschaffen könntest, wenn du mich als Berater erwähnst, würde uns neue Türen öffnen.«

Was er sagt, klingt logisch und ich bin ein bisschen überrascht, dass er so ehrlich ist.

»Was, wenn das Buch nicht gut ankommt?«

»Bist du eine gute Autorin?«

Seine Frage erwischt mich unvorbereitet, und ich zögere. Bin ich das? Ich habe viele Leser, die mir versichern, dass das, was ich schreibe, gut ist, aber macht mich das zu einer guten Autorin?

»Ich ...«

»Mach mal deinen Kopf leer, May. Was zählt, ist das, was du selbst von dir hältst. Ist Schreiben das, was du wirklich machen willst?«

»Ja.«

»Jetzt noch mal: Bist du gut darin?«

Von diesem Standpunkt aus betrachtet, habe ich das nie gesehen. Was halte ich selbst von mir? Ich schreibe für ein sehr erfolgreiches Magazin. Auch wenn ich nicht am PC sitze, verfolge ich die Storys in meinem Kopf weiter, egal wo ich gerade bin. Es ist das, was ich will.

»Ja, ich denke, das bin ich.«

»Na also. Damit kann ich arbeiten. Du bist gut im Schreiben, ich ficke wie ein junger Gott. Was soll daran nicht grandios werden?«

Und da ist er wieder: Vader Arschloch Sweets.

»Ich weiß nicht.«

»Was weißt du nicht?«

»Wir sind grundverschieden. Mir gefällt es nicht, wie du dich ausdrückst.«

»Normalerweise stehen die Frauen drauf.«

Ich schnaube. »Das bezweifle ich doch sehr.«

»Siehst du. Ich wusste, dass so was kommt. Deswegen habe ich vorgesorgt.« Er greift wieder in die Einkaufstüte und zieht eine Ausgabe von *Shades of Grey* heraus. Trotz des ganzen Hypes darum habe ich immer einen großen Bogen um dieses Buch gemacht. Allerdings nicht, weil es schriftstellerisch gesehen nicht allzu gut sein soll, sondern eher, weil ich es geschmacklos finde, ein solches Werk zu lesen.

»Was soll ich damit?«

»Dieses Buch ist ein weltweiter Bestseller, oder?«

»Schon, aber ...«

»Kein Aber. Das Buch ist ab heute Nacht deine Hausaufgabe. Meg meint, du bist das ganze Wochenende frei, also hast du Zeit zu lesen.«

»Ich werde das ganz sicher nicht ...«

»May, wenn dir dein Job lieb ist, wirst du das müssen.«

Es nervt, doch er hat recht. Egal in welchem Forum ich mich herumtreibe, Mr. Grey verfolgt mich. Und die Frauen lieben ihn.

»Wenn es sein muss.«

»Sehr schön.«

Er nimmt die Fernbedienung und drückt die Play-Taste.

»Was tust du da?«

»Na, was wohl? Mich interessiert, wie das Schicksal die beiden wieder zusammenführt.«

Zwei Stunden später liege ich in meinem Bett und denke über diesen verrückten Abend nach. Vader Sweets saß auf meiner Couch und schaute eine Liebeschnulze mit mir an. Er machte wider Erwarten keinerlei dumme Bemerkungen, naja keine, bis auf den Kommentar zum Schluss, dass die Hauptdarstellerin Sarah diesen John ja ruhig mal hätte ranlassen können.

Ich traute dem Braten trotzdem nicht. Die ganze Zeit über hockte ich stocksteif neben ihm und überlegte, was ich täte, wenn er mich anbaggern oder nach dem Film nicht gehen würde. Doch nichts dergleichen trat ein. Als der Abspann lief, streckte er sich, was dazu führte, dass sein Shirt hochrutschte und seine Bauchmuskeln meinen Blick in ihren Bann zogen. Ungewollt natürlich. Noch bevor er es bemerken konnte, stand ich auf, was er mir gleichtat. Dann zog er seine Schuhe an und erinnerte mich an der Haustür noch mal daran, ich solle das Buch lesen. Zum Abschied hob er die Hand und verschwand in die Dunkelheit.

Jetzt liege ich hier und bin mir sehr bewusst über die Anwesenheit des Buches auf meinem Nachttisch. Mir widerstrebt es, den Schinken zu lesen, wo doch so viele andere Bücher auf mich warten, doch letztlich siegt das schlechte Gewissen und ich schlage die erste Seite auf.

VADER

Als ich aufwache, ist es bereits nach Mittag. Entgegen der normalen Samstage dröhnt mein Kopf heute mal nicht, da ich mich gestern Abend auf nur zwei Bier beschränkt habe. Irgendwie ist es ganz angenehm, mal nicht den halben Tag im Koma zu liegen. Normalerweise bestehen meine Wochenenden aus Schlafen, Saufen, Ficken und Musik. Die Reihenfolge spielt dabei keine Rolle, aber manchmal überlappen verschiedene Aktivitäten sich auch.

Dieses Wochenende ist alles etwas anders. Seit Langem habe ich jede Menge Freizeit zur Verfügung, und was mache ich? Ich verbringe den heiligen Freitagabend mit der wohl prüdesten Frau auf diesem Planeten. Nun, ich weiß zumindest, wofür, und wenn ich erst mal mit ihr fertig bin, dann hält *Sinister Five* nichts mehr auf. Vorausgesetzt, sie schmeißt ihre scheiß Engstirnigkeit über Bord und wird lockerer. Unweigerlich frage ich mich, ob sie diesen Mr. Grey-Scheiß gelesen hat.

Nach meinem Gespräch mit Meg und Aidan habe ich eine ganze Weile überlegt, wie ich die Sache mit May angehen soll. Fuck, das ist absolutes Neuland für mich. Denn normalerweise machen Frauen grundsätzlich das, was ich von ihnen verlange. Nur eben nicht May. Sie ist ein Eisberg, zumindest nach außen hin. Einer Frau zu helfen, ein Buch über schmutzige Fickereien mit einem Rockstar zu schreiben, sollte ein Klacks sein und keine Doktorarbeit.

Also rief ich am späten Abend desselben Tages meine Schwester Amber an, um sie zu fragen, wie ich vorgehen könnte. Natürlich war sie zunächst amüsiert, doch letztlich hatte sie ein paar gute Tipps. Vader Sweets sollte einen Mädelsabend mit Miss Oberprüde verbringen und seinen Schwanz in der Hose behalten.

Als wäre Letzteres ein Problem gewesen. Ganz im Gegenteil, es wäre eine Beleidigung für mein bestes Stück, auch nur daran zu denken, es ausgerechnet in May zu stecken.

Ich gab mich also nett und freundlich, schluckte all die gemeinen Sprüche, die mir im Laufe des Abends in den Sinn kamen, runter, und es funktionierte. Gut, ich muss zugeben, dass ich ein- oder zweimal einen Blick auf ihre perfekten Brüste riskiert habe, aber selbst die sind es nicht wert, mir Schwierigkeiten mit Meg oder meinem guten Geschmack einzuhandeln.

Zufrieden strecke ich mich aus und überlege, eine der immer geilen Weiber anzurufen, die mir jederzeit willig zur Verfügung stehen, damit sie sich um meine Morgenlatte kümmern können. Ich greife nach meinem Smartphone auf dem Nachttisch und beginne, meine Kontakte durchzuscrollen. Nur bei denen, die richtig gut im Bett waren, habe ich mir die Mühe gemacht, ihre Nummern abzuspeichern. Die eine bläst fantastisch, die andere steht auf die härtere Nummer, wieder andere sind ziemlich gelenkig ... Doch irgendwie törnt keines der Szenarien zu der jeweiligen Schlampe mich wirklich an, also drücke ich die Kontaktliste weg und öffne die Videos. Schon lange habe ich es mir nicht mehr selbst gemacht, und gerade als ich die Hand um meinen Schwanz schließe, werden plötzlich die Lesben, die es sich gegenseitig besorgen, durch eine eingehende Nachricht verdeckt.

MAY: Sorry, ich kann das nicht.

Als hätte man die Luft rausgelassen, verschwindet meine Erektion und mein bester Freund bricht in sich zusammen. Ich weiß nicht, ob ich mehr angepisst bin, dass sie mich vom Wichsen abhält, oder ob meine Panik, sie könnte alles hinschmeißen, siegt, also antworte ich ihr umgehend.

VADER: Du bist doch Autorin, oder? Wäre es dir also möglich, dich etwas präziser auszudrücken? Mit mehr Worten, die mir ermöglichen zu verstehen, was du meinst?!

Mir ist klar, dass meine Antwort alles andere als nett ist, doch gerade im Moment fallen mir tausend Dinge ein, die ich hätte schreiben können und noch viel unfreundlicher ausgefallen wären. Bevor ich gestern gegangen bin, stellte ich sicher, dass sie meine Nummer abspeichert, um in Kontakt zu bleiben, aber damit waren keine Hiobsbotschaften am Morgen gemeint.

Ich sehe, dass sie tippt und frage mich, ob sie gerade ein ganzes Buch eingibt oder aber, wie Frauen es so gern tun, etwas schreibt und es dann wieder löscht.

MAY: Dieses Buch, das du mir gegeben hast. Ich kann so was nicht schreiben.

Meine Fresse. Mein Blutdruck schießt in die Höhe. Zum ersten Mal hat eine Frau mich an den Eiern. Kein Buch für May bedeutet keine Songs für Vader. Ich atme tief durch und schließe für einen Moment die Augen. Nach einer Minute habe ich mich so weit zusammengerissen, dass ich das Gefühl habe, wieder Herr meiner Sinne zu sein. Vielleicht liegt es auch daran, dass das Blut aus meinem Schwanz jetzt erst in meinem Hirn angekommen ist.

VADER: Was genau ist an diesem Buch so schlimm, May?

Sie tippt, doch ich erhalte keine weitere Antwort. Nach fünf Minuten, die ich wie ein Teenager auf mein Smartphone starre und abwarte, stehe ich auf und gehe unter die Dusche.

Ich frühstücke und setze mich danach an meinen Schreibtisch. Die Verärgerung, die May in mir auslöst, beflügelt meine Kreativität, und in nicht mal zwei Stunden schreibe ich einen kompletten Entwurf für einen neuen Song runter. Immer wieder checke ich zwischenzeitlich meine Nachrichten, doch was May betrifft, bleibt mein Telefon stumm. Um halb sechs klappe ich den Laptop zu und beschließe, dieser ätzenden Warterei ein Ende zu bereiten.

VADER: Ich muss dich nicht daran erinnern, wie wichtig dieses Buch für dich ist, oder? Ich habe dir meine Hilfe angeboten, und du wolltest es versuchen. Leider sehe ich nicht, dass du etwas versuchst. Stattdessen versteckst du dich hinter irgendwelchen Ausreden, die du derart verinnerlicht hast, dass du dir selbst im Wege stehst. Du solltest für dich selbst entscheiden, ob du mit deinem Leben so weitermachen willst wie bisher – wahrscheinlich dann bald ohne Job – oder ob du diese Chance ergreifst und den Arsch hochkriegst, um etwas zu riskieren. Solltest du dich für Letzteres entscheiden, so erwarte ich dich heute um 19.30 Uhr bei mir zu Hause. Wir werden reden, offen und ehrlich.

Ohne den Text noch einmal zu lesen, füge ich der Nachricht meine Adresse hinzu und versende sie.

Um Viertel nach acht gebe ich es auf, darauf zu warten, ob May erscheint oder sich melden wird. Meine Laune hat ihren

Tiefpunkt erreicht, und was das betrifft, bin ich wie eine Frau: Ich esse aus Frust.

Mein Kühlschrank ist übervoll und ich packe alles, was ich für Spaghetti al forno benötige auf die Arbeitsfläche neben dem freistehenden Herd.

Als ich fertig bin und gerade essen will, klingelt es an der Tür. Einen Moment überlege ich, ob ich wirklich öffnen soll, und blicke zwischen Flur und meinem Teller hin und her.

Genervt stehe ich dann doch auf und betätige die Gegensprechanlage.

»Ja?«, motze ich in den Hörer.

»Ähm ja. Hi. Hier ist May.«

Die Frau hat Nerven. »May. Was kann ich für dich tun?«

Stille. Ich frage mich bereits, ob sie wieder gegangen ist, da erklingt ihre zaghafte Stimme.

»Deine Nachricht ... ich will es versuchen.«

Ich betätige den Knopf, um sie unten reinzulassen, öffne die Wohnungstür und gehe wieder in die Küche.

»Hallo?«, ruft sie vom Flur aus.

»Küche. Flur runter und dann rechts«, antworte ich, während ich einen zweiten Teller mit Pasta befülle.

Sie erscheint im Türrahmen und schaut mich schuldbewusst an. Mein Blick verweilt nicht lange auf ihrem Gesicht, denn sie trägt heute schlichte, aber enge Jeans, ein weißes Tanktop und eine Strickjacke, die in der Mitte mit einem Knopf zugeknöpft ist. Hätte sie ihre Haare nicht zu diesem grässlichen Dutt frisiert und ihre Titten versteckt, würde sie fast attraktiv aussehen.

»Hi.«

»Ich hab nicht mehr mit dir gerechnet.«

Ihr Blick wiederum klebt auf meiner nackten Brust und gleitet über die zahlreichen Tattoos, die sich von meinem Oberkörper zu meinem Bauch und den Armen ziehen. Entweder gefallen sie ihr oder sie schockieren sie, denn ihre Wangen werden in Sekundenschnelle rot.

»Wenn du dich sattgesehen hast, kannst du dich hier hinsetzen und essen.« Ich deute auf den zweiten Teller, den ich gegenüber von meinem auf die kleine Theke an meinem Fenster gestellt habe.

»D ... danke. Ich habe keinen Hunger.«

Ich setze mich auf einen der Hocker und werfe ihr einen bösen Blick zu. »Komm her und iss. Das ist keine Bitte.«

Ihr zögerlicher Ausdruck weicht auflodernder Wut, doch sie presst die Lippen aufeinander und bewegt sich auf mich zu. Als sie neben mir Platz genommen hat, rücke ich das Besteckset, welches ich für sie rausgelegt habe, ein Stück zu ihr, worauf sie es ergreift und zu essen beginnt.

Als ein leises Stöhnen an mein Ohr dringt, lasse ich fast die Gabel fallen. Ich drehe den Kopf zu ihr und schaue fasziniert zu, wie sie mit geschlossenen Augen fast einen Pasta-Orgasmus bekommt. Noch immer sind ihre Wangen leicht gerötet, doch ihre Miene ist völlig entspannt, und wie sie da so sitzt, den Kopf ganz leicht nach hinten gebogen und Geräusche von sich gibt, die nicht mehr jugendfrei sind, wirkt sie viel jünger und anders. Mein Schwanz zuckt in meiner Hose, doch ich mache ihm geistig die klare Ansage, dass er sehr lange keine Pussy mehr zu sehen bekommt, wenn er bei May steif wird. Das wäre der Tiefpunkt meines sexuellen Lebens.

»Schmeckt's?«, frage ich also plump, und May reißt erschrocken die Augen auf.

»Ähm ... oh Gott.«

Es ist ihr mehr als peinlich, und sie tupft ihren Mund mit der Serviette ab.

»Heißt das Ja?«

»Ja. Ich hab nur sehr lange nicht mehr so was gegessen.«

»Es ist nur Pasta.«

»Normalerweise verzichte ich größtenteils auf Kohlehydrate. Hin und wieder ein Bier ist okay, aber Garret meint, es sei besser, wenn ich sie ganz weglasse, damit ich nicht irgendwann aussehe wie ein Walross.«

Verdutzt ziehe ich die Augenbrauen hoch und auch in Mays Kopf scheint etwas zu rattern. Sie blickt geradeaus aus dem Fenster und runzelt leicht die Stirn.

»Scheint ja ein echt netter Kerl zu sein, dein Freund«, erwidere ich sarkastisch.

Sie dreht sich zu mir und öffnet den Mund, doch sie benötigt einen zweiten Anlauf, um mir zu antworten.

»Er sorgt gut für mich.«

»Besorgt er es dir denn auch gut?« Innerlich klopfe ich mir für diese fantastische Überleitung auf die Schulter.

»Ich denke nicht, dass dich das etwas angeht.«

Ich räume die leeren Teller in den Geschirrspüler und lehne mich dann an die Arbeitsfläche.

»Ich denke schon, dass mich das in gewisser Weise etwas angeht. Wenn ich dir von meinem Sexleben erzählen soll, finde ich es nur fair, wenn du mir auch von deinem berichtest.«

Sie verschränkt die Arme und dreht sich auf dem Barhocker zu mir um.

»Der Deal lautet, dass du mir hilfst, indem du mir von deinen Eskapaden berichtest und ich dich im Umkehrschluss beim Magazin als Berater erwähne und somit Werbung für euch mache.«

Mit zwei großen Schritten überwinde ich die Distanz zwischen uns und bleibe direkt vor ihr stehen. Ihr Blick wandert hektisch zwischen meinen Augen und meiner nackten Brust, mit der sie sich auf einer Höhe befindet, hin und her. Ich mache sie nervös, und irgendwie gefällt mir das.

»Sagen wir, ich habe die Regeln leicht geändert. Angenommen, ich erzähle dir, was ich mit all den Frauen getan habe, wie ich sie zum Stöhnen gebracht habe, wie nass sie für mich waren und wie heftig sie sich um meinen Schwanz zusammengezogen haben, wenn sie gekommen sind ... Was ist, wenn du mit all diesen Informationen nichts anfangen kannst? Baby, ich werde deine Gedanken ficken, aber du musst schon mitmachen, damit dieses Buch erfolgreich wird. Es bringt nichts, wenn ich dir beschreibe, wie es sich für mich anfühlt, wenn du nicht im Gegenzug vermitteln kannst, was die Ladys dabei spüren. Also ist es wichtig, dass wir Grundlagen schaffen. Ich frage dich noch mal: Besorgt dein Garret es dir gut?«

May schluckt heftig, und ihre Atmung hat sich merkbar beschleunigt.

»Hast du vielleicht ein Bier für mich?«, fragt sie kleinlaut.

Okay, sie braucht etwas flüssigen Mut. Ich schlendere zum Kühlschrank, aus dem ich zwei Flaschen nehme und bitte sie, mich ins Wohnzimmer zu begleiten. Sie setzt sich ans andere Ende meiner Ledercouch und nippt an ihrem Bier. Anscheinend braucht sie ein wenig Zeit, um über ihre Antwort nachzudenken. Ich gewähre sie ihr, werde aber schnell ungeduldig.

»Pass auf, May, ich hab dir geschrieben, dass du dich darauf einlassen musst. Anders geht es nicht. Wenn du einen Roman über einen Chirurgen schreibst, brauchst du auch Fachwissen und kannst nicht einfach etwas erfinden. Nur dass in diesem Fall vielleicht nicht so schnell auffällt, dass du keine Ahnung davon hast. Ein paar der Leser werden mit dem Kopf schütteln, weil sie in dieser Branche arbeiten, doch bei dem Rest könntest du Glück haben. So funktioniert das mit Sex aber nicht. Die Frauen, die dein Buch lesen werden, erwarten, dass du ihr langweiliges Sexleben auffrischst und sie in eine Welt entführst, in der sie sich vor Verlangen und Geilheit winden.«

»Garret und ich, wir haben ...«

»Sex?«, biete ich ihr unterstützend an.

»Ja.«

»Okay, das ist ein Anfang. Ich kann dir helfen, was Ort, Stellung oder Dirty Talk angeht, aber ich hab nun mal keine Muschi und deswegen ist es wichtig, dass, wenn ich dir sage, was ich mit der Frau mache, um sie zum Kommen zu bringen, du hinzufügst, wie sich das anfühlt. Sonst schreibst du keinen erotischen Roman, sondern einen Tatsachenbericht.«

May nimmt einen weiteren großen Schluck Bier und hält dann die Flasche krampfhaft fest. Ihr Blick ist Richtung Fußboden gerichtet. Sie räuspert sich und leckt über ihre Lippen, bevor sie zu einer Antwort ansetzt.

»Vader, ich verstehe, was du mir da zu sagen versuchst. Ich bin nicht dumm, und das ist nicht mein erstes Buch. Mir ist bewusst, dass alles, was ich beschreibe, auch echt wirken muss, um einen Leser zu fesseln. Das ist der Grund, weswegen ich diesen Auftrag am liebsten ablehnen würde. Ich habe nicht genügend Erfahrung, um ...« Sie bricht ab, und langsam geht mir ihr jungfräuliches Getue auf die Nerven.

»Es bringt uns wirklich nicht weiter, wenn du mit mir nicht Klartext sprichst. Alles, was wir hier besprechen, bleibt auch hier. Ich werde wohl kaum mit deiner Prüderie hausieren gehen. Ich helfe dir, du hilfst mir, und danach sehen wir uns nie wieder. Was also hast du zu verlieren?«

Sie blickt mich direkt an und es scheint, als wäge sie mein Gesagtes ab. Mit einem letzten Schluck leert sie ihr Bier und stellt die Flasche dann auf dem Couchtisch ab.

»Es wird schwierig für mich, das so zu beschreiben, denn ich hatte beim Sex noch nie einen Orgasmus.«

Ungläubig starre ich sie an. Mich verwirrt die Tatsache, dass sie zum ersten Mal das Wort Sex ausgesprochen hat und noch mehr verwundet mich der Teil, der danach kam. Ich weiß, dass die meisten Frauen nicht so einfach und schnell kommen und ich würde lügen, wenn ich bei jeder, die ich gefickt habe, dafür gesorgt hätte, dass auch sie einen Höhepunkt hat. Doch noch nie?

»Okay, ich weiß, dass dieses Rein und Raus viele nicht zum Kommen bringt, aber du hattest doch sicher mit etwas Fingerarbeit ...«

»Nein. Nie.«

Bevor ich etwas erwidern kann, klingelt ihr Telefon. Sie entschuldigt sich und nimmt das Gespräch an. Ihr Handy ist so laut gestellt, dass ich auch den Mann am anderen Ende der Leitung glasklar verstehen kann. Ich nehme mein Bier und schaue teilnahmslos in der Gegend rum, um ihr nicht das Gefühl zu geben, belauscht zu werden.

»Hi Garret.«

»Wo bist du? Ich habe es bei dir zu Hause versucht«, lauten die ersten Worte ihres Freundes.

»Ich hab ein Gespräch wegen meines Buches.«

»An einem Samstagabend? Mit wem?«

»Ich hab dir doch erzählt, dass ein Bandkollege von Drake mir helfen wird. Sie haben heute zufällig keinen Auftritt, und er hat mir angeboten, dass wir uns zusammensetzen.«

»Du hast diese schwachsinnige Idee mit dem Buch also noch immer nicht aufgegeben?«

Ich bin ehrlich überrascht, dass es ihn offenbar kalt lässt, dass sie an einem Samstagabend bei einem anderen Mann ist.

»Können wir vielleicht ein anderes Mal darüber sprechen?«

»Ich hab momentan wenig Zeit. Die Stelle im Büro ist noch frei. Für Montag habe ich ein Vorstellungsgespräch für dich vereinbart. Also zieh dir etwas Nettes an und geh zu Billy.«

Mays Gesichtsausdruck spiegelt eine Mischung aus Traurigkeit und Wut wider. Was denkt dieser Kerl eigentlich, wer er ist?

»Tut mir leid. Ich habe Montagmorgen einen Termin mit Nora. Außerdem habe ich dir doch gesagt, dass ich nicht interessiert bin.«

»Wie du meinst. Noch mal werde ich dir eine solche Gelegenheit nicht bieten.«

Plötzlich ist eine Frau im Hintergrund zu hören, doch im Gegensatz zu May verstehe ich nicht, was sie sagt.

»Wer ist da bei dir, Garret?«

»Niemand. Der Fernseher läuft.«

Wieder ertönt die Frau, gefolgt von einem Fluch seitens Mays Freund.

»Ich muss los. Nächstes Wochenende bin ich in Chicago, also sehen wir uns danach, okay?«

»Okay.«

Selbst für mich als absoluten Beziehungsloser ist klar, dass bei den beiden was nicht stimmt. May reißt sich sehr schnell wieder zusammen und versucht, mich anzulächeln, was ihr nicht ganz glückt. Hoffentlich fängt sie nicht gleich an zu heulen, weil ihr böser Freund wahrscheinlich eine Schlunze vögelt, die geiler aussieht als sie. Wer sollte es ihm verübeln?

»Alles klar?«, frage ich rein aus Höflichkeit und nicht, weil es mich interessiert.

»Ja. Alles klar.«

Ich blicke auf die Uhr. Noch ist Zeit, um mich umzuziehen und in der nächstgelegenen Bar etwas Spaß zu suchen.

»Okay. Also, ich schlage vor, dass du es noch mal mit dem Buch, das ich dir gegeben habe, versuchst. Oder von mir aus mit einem anderen. Schau dir an, wie andere Autoren Sex beschreiben und versuch doch einfach, es ihnen nachzuahmen. Vielleicht plottest du schon mal die grobe Story. Wir sind in zwei

Wochen für eine größere Veranstaltung gebucht, daher hab ich erst mal nur nächste Woche Zeit für dich. Ich schlage vor, du kommst einfach mal bei den Proben vorbei, und vielleicht können wir dich zu der Hochzeit am Wochenende mitnehmen. Das ist zwar kein Rockkonzert, aber wahrscheinlich die beste Gelegenheit, für dich zu sehen, wie wir uns vorbereiten und so.«

»Klingt gut.«

Sie steht auf und ich tue es ihr gleich. Dann begleite ich sie zur Tür, wo sie sich verabschiedet, sich jedoch noch mal rumdreht, bevor sie verschwindet.

»Danke, dass du mir hilfst, Vader. So ungern ich es zugebe, bist du momentan wohl meine letzte Chance.«

»Kein Ding.«

Dass ich froh bin, es zu versuchen, weil auch sie in irgendeiner Weise momentan meine einzige Chance ist, behalte ich für mich.

MAY

Am Donnerstag bin ich wirklich stolz auf mich. Ich habe, wenn auch widerwillig, zwei Romane gelesen, die Meg mir empfohlen hatte, und mit dem Plotten der Story geht es auch voran. Die letzten Tage konnte ich das unangenehme Gespräch mit Vader sowie das Telefonat mit Garret durch viel Arbeit gedanklich beiseiteschieben. Auch jetzt, fünf Tage später, habe ich von meinem Freund nichts als eine SMS bekommen, in der er mir mitteilte, er wolle sich nur kurz melden, um mir zu sagen, dass es ihm gut geht und ich nicht auf seinen Anruf warten soll, da er geschäftlich zu viel um die Ohren hat. Ich lasse dieses Gefühl, dass unsere Beziehung einen sehr kritischen Punkt erreicht hat, schon seit Monaten nicht an mich heran. Würde ich das, was wir haben, mit dem, was für Paare normal ist, vergleichen, so wäre das Ergebnis alles andere als aufbauend.

Als ich vor einer halben Stunde den Proberaum von *Sinister Five* betrat, machte ich das jedoch mit gemischten Gefühlen. Die Angst, dass Vader den Jungs womöglich doch von unserem Gespräch am Samstag erzählt hatte und sie sich dabei köstlich amüsierten, begleitete mich den ganzen Weg hierher. Noch nie hatte ich mich diesbezüglich jemandem anvertraut, doch der Gedanke, dass ich ihn nicht wiedersehen müsste, sobald das Buch fertiggestellt ist, gab mir genug Mut, um offen mit ihm zu sprechen. Er hat schließlich recht damit, dass ich unmöglich über etwas schreiben kann, von dem ich keine Ahnung habe. Das haben leider auch die Bücher bestätigt, die ich mit viel Überwindung las. Es war ungewohnt, Szenen durchzusehen, an die ich im Leben noch nie zu denken gewagt hätte. Mit der Zeit stellte ich jedoch fest, dass sie trotz ihres schlüpfrigen Inhaltes ziemlich gut waren. Zwar stand oftmals das Sexuelle im Vordergrund, was der Story aber keinen Abbruch tat. Die Bücher waren anspruchsvoll geschrieben, und die intimen Szenen verliehen den Beziehungen der Protagonisten eine gewisse Tiefe.

»Wir planen die Show, aber es gehört auch immer etwas Improvisationstalent dazu, denn das Publikum ist manchmal wählerisch, und nicht immer passt das, was wir geplant haben, zu der Stimmung der Gäste.«

Malfoy hat sich Zeit genommen, mir ein wenig über das zu berichten, was vor den Auftritten geschieht. Meine Ängste bezüglich Vaders Verschlossenheit waren wohl unbegründet, denn alle behandeln mich nett und zuvorkommend.

»Könnt ihr denn so viele Songs auswendig? Was, wenn ihr feststellt, dass euer Programm nicht ankommt?«

»Na, das ist zum Glück noch nie passiert. Manchmal ändern wir die Reihenfolge der Lieder. Wenn die Menge tanzt und mitsingt, ist es nicht unbedingt angebracht, eine ruhige Nummer zu spielen. Vader und Drake singen manche Songs zusammen und manche allein, sodass wir ein großes Repertoire vorzuweisen haben, sollte mal eine bestimmte Musikrichtung nicht ankommen.«

»Und das«, bringt sich Drake nun ein, »ist auch der Grund, weswegen eigene Songs eine Gefahr darstellen. Menschen mögen Lieder, die sie kennen und mitsingen können. Das erwartet man von einer Coverband. Solange wir nur als solche bekannt sind, birgt es Risiken, einfach unser Ding durchzuziehen und zu hoffen, dass es ankommt.

»Was es wird«, ergänzt Vader. Vorhin, als ich reinkam, saß er knutschend mit einer blonden Schönheit auf einer Kiste und nahm mich erst ein paar Minuten später, nachdem das Mädchen sich verabschiedet hatte, wahr. Ich war schon froh darüber, dass die anderen Bandmitglieder auch hier waren und ich nicht wieder in etwas hineingeplatzt war.

Als die Jungs die ersten Takte anschlagen, habe ich so langsam ein Verständnis dafür entwickelt, was Vader dazu bewegt, mir helfen zu wollen. Ihn bei allen Interviews als Berater zu erwähnen, wäre Werbung für sie als Band. Die Leute würden selbstverständlich an ihn denken, wenn sie sich meinen Hauptprotagonisten vorstellten, und sie würden sich für ihre Musik interessieren und nicht für sie als Coverband. Nach einem kleinen Soundcheck beginnen sie mit einer Coverversion von *I Want you to Want me* von Cheap Trick. Bisher war Vader in meinen Augen Arschloch, Macho und Frauenverschleißer, doch als seine Stimme erklingt und er mich dabei mit einem Grinsen bedenkt, das direkt aus der Hölle stammen könnte und pure Sünde verkörpert, erstirbt mein freundliches Lächeln. Die Art, wie er das Mikrofon umklammert und dabei das Stativ zur Seite neigt, zieht mich in ihren Bann. Ich kann nicht sagen, ob es an seiner Stimme liegt, seinen Bewegungen oder den Blicken, die er mir immer wieder zuwirft, doch es verursacht mir eine Gänsehaut. Ein seltsames Ziehen im Bauch, das sich, je länger ich ihn beobachte, in ein Prickeln verwandelt, wandert durch meinen Körper und erweckt jede Zelle zum Leben. Erst als die letzten Klänge des Songs vergehen, reiße ich mich zusammen und notiere auf dem mitgebrachten Notizblock ein paar Stichpunkte. Nicht, dass diese irgendeinen Sinn ergeben; ich will nur den Anschein wahren, aus rein beruflichen Dingen hier zu sein. Den nächsten Song singt Drake, und obwohl auch er gutaussehend ist und eine anbetungswürdige Stimme hat, löst er nicht dasselbe in mir aus wie Vader zuvor. Natürlich bekomme ich eine Gänsehaut, als er den Refrain von Seals *Kiss from a Rose* anstimmt, doch das Prickeln bleibt aus.

Noch eine ganze Weile bleibe ich sitzen und höre ihnen zu. Sobald die Bandprobe sich jedoch dem Ende neigt und Vader immer wieder zu mir herüberblickt, fühle ich mich zunehmend unwohl und packe meine Sachen zusammen, um anschließend zu verschwinden.

»May, wir wollen noch was trinken gehen. Hast du Lust, mitzukommen? Dann kannst du mich mal in Action sehen«, ruft er zu mir rüber.

Ich erzwinge ein Lächeln und lehne dankend ab. Meine Erinnerungen an ihn mit einer anderen Frau reichen für die nächsten zehn Jahre.

»Ich muss noch was tun heute. Ein andermal vielleicht.«

Nachdem ich mich von den Jungs verabschiedet habe, gehe ich mit einem seltsamen Gefühl zum Wagen.

***

»Hallo?«, melde ich mich am Sonntag verschlafen und mit belegter Stimme am Telefon.

»Du solltest eine Szene einbauen, in der eine sexy Brautjungfer dem Rockstar unter dem Tisch einen bläst, während er sich mit einer anderen Brautjungfer unterhält, die neben ihm am Tisch sitzt und keine Ahnung hat, was sich eine Etage tiefer abspielt.«

»Vader?« Ich bin noch nicht ganz wach und mein Kopf dementsprechend weniger aufnahmefähig für das, was er mir da gerade schildert.

»Wer soll es denn bitte sonst sein? Oder hast du noch fünfzehn andere Typen, mit denen du Dirty Talk am Telefon betreibst?«

»Sorry, ich hab noch geschlafen.«

Nachdem ich die Band gestern zu einer Hochzeit begleitet hatte, unterhielt ich mich noch lange mit Drake, der mir immer wieder neuen Champagner vor die Nase stellte. Da er wegen seiner Erkältung, die mittlerweile so weit abgeklungen war, noch Antibiotika nehmen musste, fuhr er an diesem Tag den kleinen Bus der Band. Es wurde schon hell, als er mich etwas angetrunken zu Hause absetzte. Von Vader fehlte jede Spur, als wir aufbrachen. Jetzt habe ich eine Ahnung davon, wieso.

»Na, dann raus aus den Federn und ab an den Schreibtisch. Du hast ein Buch zu schreiben, und ich habe gerade eine kreative Phase.«

Langsam setze ich mich auf und gebe ein zufriedenes Seufzen von mir, als ich feststelle, dass mein Kopf mir den Alkohol nicht krummnimmt.

»May?«

»Hm?«

»Machst du es dir gerade selbst?« Seine Stimme klingt düsterer als zuvor.

»Was? Nein!«

»Wieso keuchst du dann in den Hörer?«

»Mein Gott, ich habe noch geschlafen und mich gerade aufgesetzt und gestreckt, wenn du es ganz genau wissen willst.«

»Was hast du an?«

»Wieso?«

»Na, weil ich es ganz genau wissen will.«

»Ha, ha.«

»Also, hast du zugehört? Die Brautjungfernsache?«

»Hatten wir nicht besprochen, dass die Prota die Einzige ist, mit der der Rockstar in der Story schläft?«

»Sie schlafen nicht miteinander, er fickt sie. Rockstars schlafen nicht mit Frauen, sie nehmen sie hart ran.«

»Nenn es, wie du willst, aber schmink dir diese Brautjungfernsache ab.«

»Dann könnte ja die Prota unter dem Tisch ...«

»Nein.«

»Wieso nicht? Der Kleinen gestern Abend schien es äußerst gut gefallen zu haben. Ich schwöre, sie hatte keinerlei Würgereflex.«

»Ich habe aber einen und den reizt du gerade aus. Lass mich einen Kaffee trinken und ...«

»Ja, koch schon mal Kaffee, ich bin in zehn Minuten da.«

Bevor ich etwas erwidern kann, hat er aufgelegt. Ich lasse mich noch mal ins Kissen sinken und denke über den Abend nach. Die Jungs sind für die Bühne geboren. Jeder Einzelne von ihnen beherrscht sein Handwerk perfekt. Nur weiß ich noch immer nicht, wer der Kopf der Bande ist. Zwar scheint Drake alles zu organisieren, doch so durchgedreht Vader auch ist, legen alle viel Wert auf seine Meinung. Eine ganze Weile unterhielt ich mich auch mit Kerry, Hitchs Freundin. Sie begleitet ihn zu fast allen Auftritten und unterstützt ihn, wo es nur geht. Die Frauen, die sich selbst auf der Hochzeit massenweise um die Band scharrten, interessierten sie nicht. Kerry vertraut ihm grenzenlos, und als ich sah, wie die beiden miteinander umgingen, wurde mir ein wenig schwer ums Herz, weil ich ganz klar zu etwas solch Großem einfach nicht fähig bin. Es ist keine Schwarzmalerei, so zu denken, sondern realistisch. Garret und ich waren nie ein Paar, wie es im Buche steht, womit ich bisher auch keine Probleme hatte, denn an die wahre, einzigartige und große Liebe glauben weder er noch ich, weswegen wir auch so gut zusammenpassen.

Ich gähne und strecke mich erneut, wobei mein Top hochrutscht und ein Windzug meine nackte Haut am Bauch auf angenehme Weise kühlt. Gedankenlos blicke ich an mir herab, betrachte das schlichte hellblaue Oberteil und die Shorts. Ich habe bei offenem Fenster geschlafen, sodass die Luft im Zimmer heute Morgen noch recht kühl ist. Eine Gänsehaut bildet sich auf meinen Armen und meine Brustwarzen werden hart. Ausgiebig inspiziere ich meine Brüste in dem knappen Top und denke mir, dass sie gar nicht mal so schlecht aussehen. Sie haben eine hübsche Form. Vaders Frage, ob ich es mir selbst mache, kommt mir wieder in den Sinn. Was für ein Schwachsinn. Ich habe einen Freund, wieso sollte ich mich dann anfassen? Und ist das nicht eh nur was für Singles?

Wie von Geisterhand gelenkt, hebe ich trotzdem die Hand und streiche ganz leicht mit dem Finger über einer meiner Brustwarzen. Ein Kribbeln zieht von dort bis in meinen Schritt und ich presse reflexartig die Beine zusammen, was die Wirkung noch verstärkt. Jetzt, wo ich so viel über Lust und Verlangen gelesen habe, frage ich mich, wie sich ein Orgasmus wohl anfühlt. Ist es wirklich so weltverändernd, wie es immer beschrieben wird? Instinktiv umfasse ich meine Brust und drücke leicht zu. Es fühlt sich gut an, doch noch bevor ich auf andere Ideen kommen kann, klingelt es an der Haustür.

Fuck, hat Vader es ernst gemeint, als er sagte, er käme vorbei? Es klingelt erneut, gefolgt von stetigem Klopfen. Ich springe fast aus dem Bett und renne die Treppe hinunter, um dann die Haustür aufzureißen. Ein gut gelaunter Mr. Sweets steht grinsend auf der Fußmatte und hält zwei To-Go Becher in den Händen.

»Guten ... What the Fuck trägst du da?« Sein Blick gleitet über meinen Körper, und ich fühle mich plötzlich nackt.

Ich ziehe mein Top runter, was jedoch nur bewirkt, dass meine Brüste noch besser zur Schau gestellt werden.

»Ich sagte doch, dass ich noch geschlafen habe. Ich dachte, du machst Scherze.«

»Damit mache ich nie Scherze. Wenn ich sage, dass ich komme, solltest du damit rechnen, dass ich vorbeischaue oder gleich abspritze.«

»Wow, du hast es geschafft, einen einzigen Satz zu sagen, bevor es wieder widerlich wurde. Gratulation. Vielleicht schaffen wir beim nächsten Mal schon zwei.«

Ich mache einen Schritt zur Seite und bedeute ihm, reinzukommen, was er auch tut, nicht jedoch, ohne meinen Körper vorher noch mal genau zu inspizieren.

Im Flur streift er sich die Schuhe ab und geht dann ganz selbstverständlich barfuß durch zum Wohnzimmer, wo er die Glastür zum Garten öffnet, die Terrasse betritt und die Kaffeebecher dort auf dem kleinen runden Bistrotisch abstellt. Ich folge ihm und genieße kurz darauf die Sonnenstrahlen, die meine Haut erwärmen, während ich Vaders Blick auf mir spüre.

»Ich glaube, du hast da ein Tier.«

Panisch springe ich zur Seite, stelle mir ein fieses Insekt mit Flügeln und tausend Beinen vor und suche meinen Körper danach ab.

»Wo? Mach es weg«, schreie ich panisch.

»Dann halt doch mal still.«

Augenblicklich erstarre ich zur Salzsäule und höre auf zu atmen. Es gibt nichts, wovor ich mich mehr ekle als vor Krabbelviechern, die auf mir rumkriechen.

Vader schaut um mich herum und holt mit der Hand aus, um mir dann einen festen Schlag auf den Hintern zu verpassen.

»Ist es weg? Wo ist es?«

Ich drehe mich um und suche den Boden nach dem vermeintlichen Killer ab, doch es ist nichts aufzufinden. Als ich in meiner Panik Vader ansehe, dämmert mir jedoch, was da gerade passiert ist. Er presst die Lippen aufeinander und versucht, ernst zu schauen, wobei er leidlich versagt.

»Es gab nie ein Tier, oder?«

»Ich würde mich ja entschuldigen, aber das war's wert. Gar nicht mal so schlechtes Material.«

»Hast du gerade meinen Hintern als Material bezeichnet?«

Er schlendert um den Tisch und setzt sich auf einen der gusseisernen Stühle. »Du glaubst gar nicht, was man mit einem Frauenhintern so alles anstellen kann.«

Ich lasse mich ebenfalls auf einen der Stühle sinken und versuche, bis zehn zu zählen, um ihn nicht rauszuschmeißen und mich somit von dem Gedanken, irgendwann mein eigenes Buch in den Händen zu halten, zu verabschieden.

»Du hast echt einen Schaden, Vader Sweets.«

»Je größer der Dachschaden, desto besser der Blick auf die Sterne.«

Er sagt das mit einer Selbstsicherheit, um die ich ihn glatt beneide, aber auch so überzeugend, dass ich geneigt bin, alles zu glauben, was er so von sich gibt, denn bei Vader hören sich die seltsamsten Dinge logisch an. Oder spielt er nur eine Rolle? Zudem frage ich mich, ob er mit seiner Lebenseinstellung einfach nur dumm oder gar brillant ist.

Es interessiert ihn anscheinend weder, was ich über ihn denke, noch tut er irgendwas, um die Stille zwischen uns zu durchbrechen. Lächelnd lehnt er sich in seinem Stuhl zurück und nimmt einen Schluck von seinem Kaffee.

»Dass ich dich nervös mache, ist mir klar. Ich frage mich nur, ob es daran liegt, dass du jedes Mal, wenn du mich siehst, ein nasses Höschen bekommst, oder ob du Angst vor mir hast«, bemerkt er schließlich nach ein paar Minuten.

Wütend funkle ich ihn an.

»Mit meinem Höschen ist alles in bester Ordnung.«

»Das wage ich zu bezweifeln.«

Ich weiß, dass ich die Frage bereuen werde, noch bevor ich sie stelle. »Wie meinst du das?«

Er beugt sich vor und streicht fast unmerklich mit einem Finger über meinen Handrücken. Sofort beginnt die Stelle, an der er mich berührt, zu kribbeln, als würden lauter kleine Blitze explodieren. Adrenalin jagt durch meinen Körper, und obwohl mein Kopf ganz klar das Signal gibt, die Hand wegzuziehen, bleibe ich völlig reglos sitzen.

»Ich meine, dass du untervögelt bist. Du bist ganz schön leicht zu durchschauen, May. Deine Wangen und dein Dekolleté zeigen gerade dieselbe Röte wie an jenem Abend, als du bei mir aufgetaucht bist und meinen nackten Oberkörper inspiziert hast. Und das nur, weil ich dich ansehe und deine Hand berühre. Wenn ich das hier mache ...«, er nimmt meine Hand, führt sie zu seinem Mund und lässt für einen Sekundenbruchteil die Lippen darüber gleiten, »setzt kurz dein Atem aus, und ich wette ebenso dein Herz, nur um dann doppelt so schnell weiterzuschlagen.« Seine Lippen schweben über meinen Fingern. »Tja, und daraus schließe ich, dass ich dich tierisch anmache. Außerdem warst du vorhin, als du mir die Tür geöffnet hast, ziemlich außer Puste und hattest ähnlich rosa Wangen. Da ich nicht in der Nähe war, gehe ich davon aus, dass du es dir mit diesen schönen, zierlichen Fingerchen eben noch selbst gemacht hast.« Im nächsten Augenblick umschließt sein Mund die Fingerkuppe meines Mittelfingers und ich spüre seine warme, feuchte Zunge daran. Ich zerfließe förmlich unter dieser Berührung und merke deutlich, dass ich feucht werde. Wahrscheinlich empfinde ich in eben diesen Sekunden gerade mehr Lust als in meinem ganzen bisherigen Leben.

»Ich weiß nicht, warum, aber du machst mich hart, May. Ich wette, dass du, würde ich dir jetzt diese kleine Shorts ausziehen, dich auf den Tisch heben und deine Beine weit spreizen, klitschnass für mich bist. Hast du dich eben gestreichelt und dabei an mich gedacht?«

Völlig perplex muss ich aufpassen, dass mir der Mund nicht offen stehen bleibt. Ich schieße von meinem Stuhl hoch und würde ihm am liebsten eine reinhauen. Ohne groß darüber nachzudenken, sage ich das Erstbeste, was mir in den Sinn kommt. Info an mich selbst: Erst denken, dann sprechen.

VADER

»Erstens bist du ein riesengroßes Arschloch, zweitens habe ich vor Kerlen wie dir sicher keine Angst und drittens mache ich mir nie selbst irgendwas. Aber würde ich es tun, dann ganz sicher, ohne an dich zu denken.«

Während May wutentbrannt in das Innere des Hauses stapft, vergeht mir das dreckige kleine Grinsen auf meinem Gesicht. Hat sie gerade ernsthaft gesagt, dass sie es sich nie selbst macht? Meint sie damit in letzter Zeit oder seit sie ihren Börsenfutzi hat oder tatsächlich nie? Völlig unmöglich.

Ich verstehe selbst nicht so genau, wieso ich sie gerade so sehr herausgefordert habe. Eigentlich war ich super drauf. Nachdem eine der Brautjungfern gestern Abend unter dem Tisch gezeigt hatte, wie begabt ihre Mundfertigkeiten sind, ging es mir richtig gut. May war nach unserem Auftritt bei Drake geblieben, sodass sie mir zum Glück nicht wie ein Klotz am Bein hing.

Als ich später Runde zwei mit dem Blasemaul beendet habe, bin ich nach Hause gefahren und heute Morgen mit einem Kopf voller Ideen aufgewacht. Drei Songs kamen dabei raus, die im Groben fertig sind. Und weil ich danach offenbar geistig nicht mehr ganz zurechnungsfähig war, dachte ich mir, ich spiele mal den Heiligen und beginne, mit May an der Story zu arbeiten. Ganz ohne Hintergedanken. Wer rechnet auch damit, dass Miss Oberprüde einem die Tür in den knappesten Schlafshorts dieser

Erde und einem Top, auf dem sich ihre Nippel abzeichnen, öffnen könnte? Obwohl sie völlig ungeschminkt ist und ihr Haar aussieht, als hätte sie die ganze Nacht durchgevögelt, ist sie irgendwie ansehnlich. Allein der Gedanke ist erschreckend. Fuck!

Vielleicht lag es daran oder an der Tatsache, dass ich sie so gern zum Erröten bringe, aber ich konnte es mir nicht verkneifen, sie ein wenig zu reizen. Zumal ihre eingefärbten Wangen an heiße Dildo-Action erinnern, ganz zu schweigen von ihrer schuldbewussten Miene. Fast hätte ich kurz Lust bekommen, sie mit meinem Schwanz bekannt zu machen, doch den Gedanken verwarf ich sehr schnell wieder. Das wäre wirklich der Tiefpunkt meiner sexuellen Karriere. Wenn ich eine wie die ficken würde, müsste ich meinen Kumpel wahrscheinlich mit einer Nagelbürste abschrubben, damit ich und auch er sich merken, zukünftig nicht unter unserer Würde zu vögeln. Denn wen gab es Schlimmeres als May? Eine Nonne? Wobei das wieder was hätte. All die aufgestaute sexuelle Energie freizulassen ...

Nach fünf Minuten ist sie noch immer nicht wieder aufgetaucht und ich finde, dass ich lange genug gewartet habe. Vorsichtig luge ich ins Wohnzimmer, entdecke sie aber nirgends. Alles ist still, weswegen ich mich etwas genauer umschaue. Als ich zum ersten Mal hier war, hatte sie lediglich eine kleine Lampe neben der Couch an, obwohl es draußen stockdunkel war. Heute durchflutet Licht den Raum, und ich muss zugeben, dass es gar nicht mal so schlecht hier drin aussieht. Wie ich hat sie einen Hang zu modernen Möbeln und glatten Oberflächen. Die weißgraue Hochglanz-Wohnwand ist nicht mit Kitsch vollgestopft, den ich ihr eher zugetraut hätte. Hier und da stehen zwar kleine weiße Porzellanengel, die jedoch auf die grobe Form reduziert sind und somit stylisch anstatt kindisch wirken. Zwei schlichte Bilderrahmen erregen meine Aufmerksamkeit. Auf einem ist May mit einem Kerl abgebildet. Zur Abwechslung sieht sie mal nicht ganz so spießig aus, im Grunde sogar ganz nett. Was man von dem Heini neben ihr nicht sagen kann. In seinem Anzug wirkt er wie der typische Porschefahrer, der seinen mickrigen Schwanz durch ein dickes Auto kompensieren muss. Irgendwie amüsiert mich die Vorstellung, dass Mays Kerl einen kleinen Schwengel hat und wahrscheinlich exakt 2,3 Minuten beim Ficken durchhält. Das wäre zumindest eine logische Erklärung für die fehlenden Orgasmen seiner Freundin. Wobei, bei dem Stock in ihrem Arsch, hat er einen Orden für den Versuch verdient. Selbst eine Couchritze ist hingebungsvoller als dieses Weib.

Ich gehe zum nächsten Foto. Es zeigt drei junge Frauen auf einer Art Hawaiparty. Sie lachen losgelöst in die Kamera und halten ihre Cocktails in die Höhe. Jede von ihnen trägt eine Blumenkette sowie einen knappen Jeansrock. Ziemlich heiß. Bei genauerem Hinsehen erkenne ich rechts außen sogar Meg wieder.

»Was tust du da?«

Etwas ertappt drehe ich mich mit dem Bild in der Hand zu May um, die gerade reingekommen sein muss. Ich runzle die Stirn, denn sie hat eine knappe Jeansshorts und ein weißes T-Shirt an, auf welchem im Andy Warhol-Style die Köpfe der Bandmitglieder von *Kiss* abgebildet sind. Immer dann, wenn ich denke, ich habe ihren Kleidungsstil durchschaut, überrascht sie mich erneut.

»Äh, was?«, frage ich, denn sie hat mich mit dem für sie ungewöhnlichen Outfit aus dem Konzept gebracht.

»Was du da tust, habe ich gefragt.«

Ich hebe den Bilderrahmen hoch. »Ich hab mir deine Fotos angesehen. Hätte nicht gedacht, dass du außer Meg noch andere heiße Freundinnen hast.«

Sie kommt auf mich zu und reißt mir das Bild aus der Hand. Bevor sie es zurück ins Regal stellt, wirft sie einen wehmütigen Blick darauf.

»Es war Megs einundzwanzigster Geburtstag. Wir haben Tage zuvor stundenlang an diesen dämlichen Blumenketten gesessen. Das in der Mitte ist Amanda, eine gute Freundin, aber wir sehen uns nur noch sehr selten. Sie arbeitet mit Garret und Aidan an der Börse, aber als es mit Garret und mir ernst wurde, hat sie sich immer mehr distanziert. Vielleicht liegt es daran, dass sie nie Glück mit Männern hatte und nicht damit zurechtkam, dass Meg und ich in festen Beziehungen sind.«

»Und die Linke?«, frage ich.

»Hast du was Falsches geraucht, Vader? Das bin ich.«

»Was? Niemals. Sie ist heiß und sexy und du bist ...«

»Was bin ich?«

Okay, es wird nicht gut ausgehen, wenn ich jetzt das Erste sage, was mir einfällt. Also betrachte ich das Bild noch mal genauer und blicke von ihr zu der Frau auf dem Foto. Sie hat recht. Es ist eindeutig May, wenn auch eine heißere und fröhlichere Version. Eigentlich sieht sie gar nicht so anders aus als gerade. Etwas Make-up und ein Glätteisen, und sie wäre ziemlich passabel.

»Vielleicht liegt es einfach daran, dass du immer dreinschaust, als hätte ich deinem Teddy den Kopf abgerissen. Hin und wieder lächeln kann nicht schaden.«

May lässt mich einfach stehen und stolziert raus in den Garten. Sie beginnt zu sprechen, und ich muss ihr unweigerlich folgen, wenn ich verstehen will, was sie sagt.

»Wahrscheinlich hätte ich mehr zu lachen, wenn ich nicht gezwungen wäre, meine Zeit mit dir zu verbringen.«

Autsch, das hat noch nie eine Frau zu mir gesagt.

Sie setzt sich auf einen der Stühle und zieht einen weiteren zu sich, um ihre Beine darauf abzulegen.

»Vielleicht wäre ich ein freundlicherer Zeitgenosse, wenn du etwas netter anzuschauen wärst.«

Ein verletzter Ausdruck huscht über ihr Gesicht und selbst für meine Verhältnisse war der Spruch scheiße. Ich rudere zurück.

»Sorry, das war so nicht ...«

»Oh doch, das war es, Vader. Tu nicht so, als würde es dir leidtun, denn das hast du genauso gemeint, wie du es auch gesagt hast. Ich kenne dich, also erwarte ich auch gar nichts anderes von dir.«

Sie greift nach dem Stift, der auf dem Tisch liegt, und beginnt, auf dem danebenliegenden Block zu kritzeln.

»Du denkst also, du kennst mich, ja?« Keine Frau tut das, am allerwenigsten sie.

»Das denke ich nicht, das weiß ich. Beantworte mir nur eine Frage ehrlich. Stell dir vor, du wärst an jenem Abend, als das Foto aufgenommen wurde, auf der Party gewesen. Hättest du mich ins Bett kriegen wollen?«

Ich zögere. Die Frau links außen auf dem Foto war tatsächlich mein Favorit. Was also habe ich zu verlieren?

»Wenn keine andere da gewesen wäre, die mir besser gefallen hätte, wahrscheinlich schon. Ich verstehe dich nicht. Du kannst so aussehen und läufst stattdessen in diesen hässlichen Klamotten rum, bindest dir das Haar wie eine in Rente gegangene Domina zusammen und lachst weniger als Lord Voldemort.«

»Auch wenn ich sicher bin, dass es sinnlos ist, dir das zu erklären, mache ich das jetzt genau ein Mal. Danach kannst du dir überlegen, ob du das hier durchziehst oder nicht.«

Sie wartet so lange, bis ich ihr bedeute, fortzufahren.

»Als ich sagte, ich kenne dich, meinte ich viel mehr, dass ich Männer wie dich kenne. Du siehst eine Frau auf einem Foto und sagst mir, dass du mit ihr geschlafen hättest ...«

Ich hebe den Finger und unterbreche sie.

»Ich hätte sie gefickt. Von Liebe und Blümchen war keine Rede.«

Sie ignoriert meinen Einwand einfach und fährt fort.

»Nenn es, wie du willst, du hättest einen so intimen Moment mit einer wildfremden Frau geteilt. Dir ist egal, ob deine Gespielinnen strohdumm oder hochstudiert sind. Dir ist auch egal, welche Geschichte sich hinter ihrer Fassade verbirgt. Du wirst nie wissen, ob du Hobbys mit ihr teilst oder ob sie in der Lage ist, dich zum Lachen zu bringen. Ob ihr so gut zusammenpassen würdet, dass du eine ganze Nacht neben ihr auf dem Bett liegen und dich mit ihr unterhalten könntest und dabei nicht mal merkst, dass die Sonne längst wieder aufgegangen ist. All diese Dinge wirst du nie erfahren, denn du bist nur auf ihren Körper aus, der bestenfalls recht spärlich bekleidet ist. Für Männer wie dich zählt das perfekt geschminkte Gesicht und nicht die Tränen, die ihre hübsch gepuderten Wangen vielleicht schon bedeckten. Vader, ich bin bei Weitem nicht so offen oder direkt, wie du es bist. Vielleicht wirke ich verklemmt und bin Frauen meines Alters in manchen Dingen hinterher. Aber ich bin nicht blöd. Ich weiß, dass ich nicht hässlich bin, aber ich habe gelernt, dass ich Typen wie dir nichts beweisen muss. Wenn sich ein Mann mit mir unterhält, wenn er mich mit Respekt behandelt und hört, was ich zu sagen habe, erst dann hat er meine Aufmerksamkeit verdient. Ich bin mir selbst wichtig genug, als dass ich mich über mein Aussehen definieren muss. Weißt du, ich atme, denke und habe Gefühle, und das alles ist so viel mehr als ein Körper, der vergänglich ist. Fragst du mich also, wieso ich hier nicht in einem knappen Kleidchen, mit perfekt gestylten

Haaren und einer Menge von Make-up im Gesicht sitze, dann lautet die Antwort ganz einfach: Weil ich Männer wie dich kenne und weil ihr es nicht wert seid.«

Ich schlucke mehrmals, denn ob ich es zugeben will oder nicht, diese Ansage war ziemlich beeindruckend. Nur ungern gestehe ich mir ein, dass ich genau diese Art von Kerl bin, und zum ersten Mal fühle ich mich deswegen unwohl.

»Jedenfalls, um auf den Punkt zu kommen, liegt die Entscheidung bei dir, ob wir das hier wie zwei erwachsene Menschen durchziehen können oder ob du mich weiterhin nur als die Frau sehen willst, die nicht deinem Schönheitsideal entspricht und es deswegen nicht wert ist, dass du über deinen Schatten springst. Ich bin in dieser Sache auf dich angewiesen und du wohl auch irgendwie auf mich. Also, was sagst du?«

Mein Kopf ist leer, das System startet neu, und plötzlich sehe ich May anders. Sie mag mich genauso wenig wie ich sie, doch wir sind momentan die Einzigen, die einander helfen können. May will es versuchen und ich wäre ein verdammter Idiot, wenn ich es nicht auch täte.

»Ich sage, lass uns dieses Buch schreiben.«

Fast erwarte ich, dass sie – wie jede andere Frau auch – jetzt noch mal ordentlich Gas gibt, um ihrer kleinen Ansprache Nachdruck zu verleihen, doch sie lächelt einfach nur, und irgendwie macht es mich stolz, dass ich der Grund dafür bin.

***

Bücher sind verdammt kompliziert. Wenn ich einen Song schreibe, dann kann ich meinen Gedanken freien Lauf lassen. Es kann poetisch, sexistisch, wütend oder schnulzig sein, und ich brauche keine Erklärung dafür, warum das so ist oder wohin es führen soll. Als ich also annahm, Mays Buch könnte ruhig mit einer Sexszene à la Doggystyle beginnen, dann habe ich mich getäuscht. Nein, ein Prolog muss stimmig sein, gleich gefolgt von viel Bla bla, Gedankengängen, bla bla bla ... Dazu ein Plot, ein roter Faden inklusive Logik. Kurzum, ich wollte mir sofort die Kugel geben.

Ich habe mich gelangweilt. Vor allem, weil heute nicht ein einziges Mal von Sex die Rede war. Jedenfalls nicht von Mays Seite her. Nachdem sie mir ein paar Seiten ihres Plots zu lesen gegeben hatte, habe ich sie völlig aus der Fassung gebracht, als ich andeutete, sie wolle also wissen, wie ein Rockstar fickt. Es war lustig, wie sie beim Versuch, aufzustehen, fast von der Couch gefallen ist. Als ihre Gesichtsfarbe wieder von tomato-rot auf normal wechselte, quetschte sie mich aus wie eine Zitrone. Sie wollte wissen, wie mein Tagesablauf aussieht, wenn wir einen Auftritt haben; wie ich mich fühle, wenn ich singe; ob ich aufgeregt bin, sobald ich auf die Bühne gehe, und ob ich nach jedem Auftritt eine Frau mit nach Hause nehme. Dabei klang sie, als würde ich die Mädels zum Tee einladen, anstatt ihnen das Hirn rauszuvögeln. Ich glaube, ich habe noch nie so viele Stunden am Tag nicht über Sex nachgedacht oder darüber gesprochen oder ES gemacht. Betrachtet man May von dem Standpunkt eines Mannes, der schwul ist – lässt also die Fickerei mal außen vor –, ist sie ganz okay. Nach ihrer Predigt gab ich mir wirklich Mühe, das Ganze auf professionelle Weise anzugehen. War irgendwie klar, dass es nicht so einfach sein würde, wie ich mir gewünscht hatte.

Bevor ich May zum ersten Mal traf, dachte ich mir, wenn sie heiß ist, zeige ich ihr, wie geil Rockstarsex sein kann – sozusagen Demonstration am lebenden Objekt. Stattdessen muss ich mir wirklich Mühe geben, um diesen Deal für meine Songs und die Band aufrechtzuerhalten. Doch wie soll man einer dermaßen asexuellen Person erklären, wie geil ein Dreier sein kann? Wie soll ich jemandem verständlich machen, der beim Sex nie einen

Orgasmus hatte, dass die Frauen nach dem Akt mit mir nicht mehr laufen können, weil sie so hart gekommen sind, dass ihre Muskeln den Dienst versagen? Ich habe heute meinen guten Willen gezeigt; jetzt ist sie an der Reihe, etwas über Sex zu lernen. Sie wird mir wohl oder übel zuhören müssen, und als ich ihr das gesagt habe, hat sie zu meiner Verwunderung, wenn auch nicht begeistert, zugestimmt.

EPISODE 3 - Krieg der Sterne für Dachgeschädigte

MAY

»Ich finde nicht, dass sie ihm hinterherrennen sollte.«

»So läuft das aber im wahren Leben.«

»Tut es ganz sicher nicht.«

»Wer von uns beiden ist hier der Profi? Sie laufen mir IMMER hinterher.«

»Ich würde dir niemals hinterherlaufen.«

»Du hattest ja auch noch keinen Sex mit mir.«

Ich verdrehe die Augen. Mit Vader zu diskutieren ist so sinnvoll, wie bei Regen die Fenster zu putzen. Das Wort Kompromiss kennt er nicht, und wir drehen uns momentan im Kreis. Nachdem ich das erste Kapitel, das unsere Hauptprotagonistin vorstellt, beendet hatte, habe ich vorgestern mit ihm gemeinsam begonnen, aus der Sicht des Rockstars zu schreiben. Wider Erwarten macht sogar dieser Part Spaß, auch wenn der Text, würde es nach Vader gehen, zu fünfzig Prozent aus Schimpfworten bestünde.

Da *Sinister Five* am morgigen Freitag und auch am Samstag gebucht sind, ist heute der letzte Tag der Woche, an dem wir gemeinsam an der Story arbeiten können, und wenn es so weitergeht, wird das eine Nachtschicht, denn es ist bereits nach zweiundzwanzig Uhr.

»Das *noch* kannst du aus diesem Satz streichen. Ich bin vergeben, schon vergessen?«

Vader schnaubt amüsiert. »In einer Beziehung zu sein, hält Frauen nicht davon ab, Sex mit anderen Männern zu haben. Aber wo du schon von dem Börsenheini sprichst, ich hab ihn hier noch nie gesehen. Bist du sicher, dass er nicht nur in deinem Kopf existiert?«

»Garret hat viel zu tun.«

»Du solltest ihn mal in heißen Dessous überraschen. Vielleicht würde er seine Arbeit dann hintenanstellen.«

Jetzt fängt das schon wieder an. Ich nehme einen großen Schluck von meinem Wein und genieße das wärmende Gefühl, welches sich langsam in mir ausbreitet.

»Du bist anstrengend.«

»Und du hast mir versprochen, etwas aufgeschlossener zu sein. Deine Werte und diesen ganzen Kram in Ehren, aber sich manchmal etwas aufzuhübschen, kann einer Frau nicht schaden.«

Wir sitzen noch immer im Garten und jetzt, wo die Sonne weg ist, kühlt es langsam ab. Vader nimmt unsere Gläser und steht auf. Er war nun schon ein paar mal hier und fühlt sich anscheinend wie zu Hause, denn er steuert zielsicher ins Innere des Hauses.

»Lass uns reingehen. Dir ist kalt und die prüde May reicht schon völlig. Ich brauche nicht auch noch eine verrotzte. Willst du noch Wein?«

Ich stehe ebenfalls auf, packe Block und Laptop unter den Arm und gehe hinterher.

»Ja, bitte.«

Ich pflanze mich aufs Sofa, und nachdem er die zwei aufgefüllten Weingläser auf dem Couchtisch abgestellt hat, setzt er sich zu mir.

In den letzten Tagen sind mir an Vader ein paar Dinge aufgefallen. Er reißt sich wirklich zusammen, mir nicht zu offensichtlich zu zeigen, wie ungerne er mit jemandem wie mir abhängt. Seine Sprüche bezüglich meiner Kleidung haben sich auf ein Minimum beschränkt, und er hört mir wirklich zu, wenn es um das Buch geht. Dass wir dabei nicht immer einer Meinung sind, lassen wir mal außen vor. Aber da ist noch etwas, was ich nicht erwartet hätte. Vader ist aufmerksam. Zwar auf seine eigene verquere Art und Weise – manchmal stellt man es erst im Nachhinein fest –, aber er kümmert sich um seine Mitmenschen. Obwohl ich nichts gesagt habe, wusste er vorhin, dass mir kalt ist, weswegen er reingehen wollte. Vorgestern balancierte ich meinen Laptop, zwei Gläser, eine Flasche Wasser und einen Block in den Armen. Er kam auf mich zugerannt, nahm mir Gläser und Flasche ab und murmelte etwas, dass er keinen Bock hätte, den Scheiß noch mal zu machen, wenn ich den Laptop schrotte. Natürlich könnte er diese Dinge auch einfach mit einem *Lass mich dir helfen* oder *Lass uns reingehen, wenn dir kalt ist* direkt ansprechen, doch das würde wohl sein Arschloch-Image beschädigen. Unweigerlich ziehe ich Vergleiche zwischen ihm und Garret. Garret sieht mich meistens noch nicht mal lange genug an, um überhaupt festzustellen, ob mir etwas fehlt oder ich Hilfe benötige. Das ist schade, aber ich habe es mir so ausgesucht, daher will ich mich nicht beklagen. Früher war das anders, früher war auch ich anders. Nach etlichen Experimenten habe ich eingesehen, dass es keinen Unterschied macht, wenn ich mich herausputze oder vorschlage, etwas Neues zu probieren. Wahrscheinlich könnte ich die heißesten Dessous überhaupt tragen, und er würde trotzdem lieber über seinen Diagrammen und Kalkulationen brüten.

»Ich war nicht immer so, wie ich jetzt bin. Als ich Garret kennenlernte, war ich diese Frau auf dem Foto«, rutscht es mir raus, und als Vader die Stirn runzelt, weise ich auf das Bild, welches er vor einer Weile in meiner Wohnwand entdeckt hat. Er schaut zu dem Schnappschuss und wieder zu mir und gibt mir zu verstehen, dass ich fortfahren soll.

»Meg hat mich irgendwann überredet, auf so ein dämliches Doppel-Date zu gehen. Sie war gerade ein halbes Jahr mit Aidan zusammen, und die beiden hielten es für eine gute Idee, uns zu verkuppeln. Garret war zu Beginn unserer Beziehung noch nicht ganz so arbeitsversessen, wie er es jetzt ist, und wir haben mehr miteinander unternommen. Mein Kleidungsstil gefiel ihm von Anfang an nicht, denn er bewegte sich schon damals in gehobeneren Kreisen. Also kaufte ich teure Kleider, um in seiner Welt akzeptiert zu werden, doch irgendwann stellte ich fest, dass auch das nichts daran änderte, dass er immer eifriger seinem Job nachging. Irgendwann akzeptierte ich es einfach. Seitdem ist mir egal, was andere Menschen über mich denken. Ich verbiege mich für keinen. Gerade du solltest das doch verstehen können.«

Er lehnt sich zurück und betrachtet mich eingehend. Sein Blick wandert zwischen dem Bilderrahmen in der Wohnwand und mir hin und her. Es macht mich nervös, denn eigentlich wollte ich nichts von alldem sagen. Der Wein und die Tatsache, dass ich Vader nach dieser Sache mit dem Buch nie wiedersehen muss, verleiten mich zu seltsamen Dingen. Es hat etwas Unverbindliches, mit ihm zusammen zu sein, und wenn er mal gerade nicht unverschämt ist, muss ich zugeben, dass Vader Sweets ganz okay sein kann, wenn er denn will.

»Dass du dich nicht für andere verstellen willst, finde ich gut. Das mache ich auch nicht, aber es gehört eine Menge Mut dazu, nicht mit dem Strom zu schwimmen. Allerdings kannst du mir nicht erzählen, dass du morgens in den Spiegel blickst und lieber dieses verbissene, prüde Wesen betrachtest als das heiße Gestell, das du durchaus sein könntest.«

Ich weiß nicht, ob ich beleidigt oder geschmeichelt sein soll.

»Ich bin diese Frau. Ich habe nicht nur eine Facette. Im Gegensatz zu dir bin ich nicht zutiefst schockiert, wenn ich mich so, wie ich jetzt bin, im Spiegel betrachte, denn ich weiß, was hinter der Fassade steckt. Die Frauen, mit denen du intim wirst, sehen doch sicher am nächsten Morgen auch nicht so aus wie am Abend, als du sie in dein Bett eingeladen hast?«

»Falsch. Erstens sieht keine von denen mein Bett und zweitens bleibt keine so lange, dass ich weiß, wie sie morgens aussieht.«

»Keine sieht dein Bett?«

»Nein. Ich ficke sie da, wo es sich gerade ergibt, aber mein Schlafzimmer ist tabu.«

Meine Gedanken driften ab und unweigerlich stelle ich mir vor, wie es sein muss, so vernarrt ineinander zu sein, dass man es nicht ins Schlafzimmer schafft. Dass man es mit Vader nicht ins Schlafzimmer schafft. Mist, habe ich das wirklich gerade gedacht? Ich spüre, wie mir die Hitze in die Wangen schießt. Hastig nehme ich einen großen Schluck Wein, obwohl Alkohol gerade wohl nicht der beste Weg ist, damit umzugehen.

Vader grinst und legt den Kopf schräg.

»Was war der verrückteste Ort, an dem du Sex hattest?«, fragt er völlig ungeniert. Über den Punkt, an dem ich ihm für eine so unverschämte Frage eine scheuern möchte, sind wir schon seit einigen Tagen hinaus. Mit ihm ist es, als würde man sich in einer Parallelwelt aufhalten, in der man einfach über das spricht, was einem gerade durch den Kopf geht. Ich kann fast dabei zusehen, wie Vader meine Hemmschwelle tagtäglich niedriger setzt. Was soll ich also tun? Wenn ich schwindle, bemerkt sein innerer Lügendetektor es sowieso. Davon abgesehen habe ich versprochen, offener zu sein.

»Ich hatte noch nie woanders ...«

»Du hattest noch nie Sex an ungewöhnlichen Orten?« Er wirkt geradezu verwundert, wobei schockiert es wohl eher trifft.

»Nein. Nie außerhalb des Bettes.«

»Du verarschst mich, oder?«

Ich blicke auf meinen Schoß. Plötzlich ist mir meine Unerfahrenheit peinlich. Jetzt, wo das erste Kapitel der Story steht, müssen wir zu den ersten schlüpfrigeren Szenen kommen, und mir wird immer bewusster, dass es noch viel schlimmer wird als gedacht. Ich habe keine Ahnung, wie ich etwas schreiben soll, von dem ich so wenig Ahnung habe. Was, wenn Vader es sich anders überlegt und feststellt, dass es sinnlos ist, seine Zeit mit mir zu verschwenden? Ich könnte meinen Job vergessen und den Kredit, den ich für die gröbsten Sanierungsarbeiten an Grandmas Haus aufgenommen habe, nicht mehr abzahlen. Panik steigt in mir auf. Das darf auf keinen Fall passieren, denn damit würde ich alles verlieren, was mir etwas bedeutet. Also blicke ich zu ihm auf und lege in einem Anflug von Angst die Hand auf sein Bein, als wollte ich ihn abhalten, aufzustehen, und mich, den hoffnungslosen Fall, hier sitzenzulassen. Sobald meine Finger den Jeansstoff berühren, bereue ich es sofort, denn ein extremes Prickeln zieht von den Fingerspitzen durch meinen gesamten Arm. Mir stockt der Atem, denn dieses Gefühl hatte ich bisher nur zweimal, aber immer mit ihm. Damals im Club, als er meinen Arm festgehalten hat und vor ein paar Tagen im Garten.

Vader sieht mir tief in die Augen und blickt dann zu der Stelle, an der ich ihn berühre. Hat er es auch gespürt? Gott, sicher nicht. Vermutlich fragt er sich nur, wieso ich ihn so antatsche.

Hätte ich wenigstens das gesagt, was ich vorhatte zu sagen, wäre es anders rübergekommen, aber jetzt wirkt es einfach so, als wollte ich ihn anmachen. Ich will gerade meine Hand wegziehen, als er seine darüberlegt und das leichte Prickeln in etwas verwandelt, das sich anfühlt wie Tausende von Stromschlägen.

»Hat er dich wirklich noch nie zum Kommen gebracht, May?«

»W ... was?«

»Du hast mich schon verstanden. Also?«

Zittrig atme ich ein und schüttle dann den Kopf.

»Du weißt nicht, wie es sich anfühlt, wenn ein Mann tief in dir drin ist und sich die Muskeln deiner Pussy um ihn zusammenziehen, jeder Gedanke aus deinem Kopf gefegt wird und du nur noch für dieses eine Gefühl existierst?«

Ich spüre, wie ich unter seinen Worten und der einfachen Berührung seiner Hand auf meiner feucht werde. Schon wieder, verdammt.

»Nie nur mit einem Mann oder auch nicht, wenn du dich selbst berührst?« Seine Stimme ist wieder rau und dunkel. Ich traue mich nicht, ihn dabei anzusehen, aber ich will ehrlich sein.

»Ich hab das noch nie gemacht.«

»Gott ...« Vader unterbricht unsere Berührung und schlägt sich beide Hände vors Gesicht, wobei er wirkt, als hätte er Schmerzen. »Du bist so verdammt unschuldig, dass ich davon eine Latte bekomme.«

Mein Blick schießt von seinem noch immer mit den Händen bedeckten Gesicht zu seinem Schritt. Da er zurückgelehnt auf dem Sofa sitzt, erkenne ich, dass es nicht einfach ein Spruch war, sondern zutrifft. Er hat wegen mir eine Erektion? Noch immer liegen meine Finger auf seinem Bein und Bilder davon, wie ich die wenigen Zentimeter zu der Stelle hinüberstreiche, an der seine Jeans ausgebeult ist, blitzen vor meinem inneren Auge auf.

»Wirst du es trotzdem mit mir versuchen?«

Sein Kopf schießt hoch, und er sieht ernsthaft schockiert aus.

»Ich ... ich meine die Story.«

Vader beginnt zu lächeln. »Puh, ich dachte schon, du willst, dass ich dich ficke. Wie abwegig wäre das bitte?«

Seine Worte versetzen mir einen Stich. Diese ganzen Hormone, die gerade durch meinen Körper jagen, machen mich verletzlich, und ich versuche, sie dahin zurückzudrängen, wo sie keinen Schaden anrichten können. Ich habe selbst gesehen, was solche Gefühle mit einem Menschen anstellen. Das ist es nicht wert.

»Es ist spät«, setze ich an.

»Willst du mich rauswerfen, jetzt, wo es lustig wird?«

Endlich nimmt mein Hirn seinen Betrieb wieder auf, und ich ziehe die Hand von seinem Bein.

»Schön, dass mein Leben dich so sehr belustigt.«

»So wars nicht gemeint. Wirklich nicht. Ich habe endlich das Gefühl, dass du dich aus deinem Schneckenhaus raustraust. Glaub mir, hier draußen ist die Welt ein bisschen bunter, also bleib bei mir.«

Seine Augen funkeln, und für einen kurzen Augenblick erlaube ich mir, darin zu versinken. Wäre er nicht manchmal ein so riesiger Idiot, dann könnte ich mir fast vorstellen ... Oh Mann, ich verbringe echt zu viel Zeit mit ihm und davon abgesehen habe ich einen Freund.

»Können wir unsere Aufmerksamkeit jetzt wieder auf Julie und Bennet richten?«

»Jap. Lasset die Spiele beginnen.«

***

»Er ist ein Arschloch. Du weißt, ich hab mich bisher immer bedeckt gehalten, was das betrifft, aber es ist dein großer Tag und den solltest du dir nicht versauen lassen.«

Ausnahmsweise ist mal nicht die Rede von Vader, sondern von Garret. Eine Stunde bevor ich zur ersten offiziellen Presseveranstaltung für das Buch aufbrechen muss, erkläre ich Meg, was mir nunmehr den ganzen Morgen versaut hat.

Zwei Wochen war ich jetzt mit dem Buch auf mich gestellt, denn Vader und ich telefonierten zwar oft miteinander, doch gesehen haben wir uns in dieser Zeit nicht, da er die aus seiner Feder stammenden neuen Songs mit der Band einspielen musste. Nora war von den ersten beiden Kapiteln hellauf begeistert, und mit Vaders Unterstützung hinsichtlich der Gedanken eines Rockstars konnte ich auch den Hauptprotagonisten Bennet Peers perfekt in die Story einfügen. Da die Kapitel in zwei Wochen abgedruckt werden sollen, findet heute eine Veranstaltung für die Beteiligten sowie die ortsansässige Presse statt. Dazu wurde ein Weingut etwas außerhalb angemietet, denn die *Women's Lifestyle* scheut keine Kosten und Mühen, wenn es um diese neue Rubrik gehen soll.

Heute Abend werden *Sinister Five* erstmalig eigene Songs spielen, und wenn man bedenkt, wie nervös ich deswegen bin – jetzt, wo ich die Jungs besser kenne –, will ich nicht wissen, wie sie sich so kurz davor fühlen. Tja, und damit komme ich schon zum Aufreger des Tages, denn eigentlich sollte ich der glücklichste Mensch überhaupt sein, doch der gestrige Anruf von Garret in den späten Abendstunden versetzte mir einen gehörigen Dämpfer. Da ich ihn in den letzten Tagen telefonisch nicht erreichen konnte, sendete ich ihm eine Mail, in der ich ihn zu der Presseveranstaltung und der Feier am nächsten Tag einlud. Endlich habe ich im Leben etwas erreicht, und ich war wahnsinnig stolz, das mit ihm teilen und ihn vielleicht überzeugen zu können, dass mein Job doch etwas einbringt. Er reagierte nicht darauf, bis er gestern Abend anrief und mir geradeheraus sagte, dass das mit uns beiden nicht funktionieren würde. Ich würde den falschen Träumen nachjagen, und er könne nicht mit einer Person zusammen sein, die nicht bereit sei, für etwas zu arbeiten. Er stellte mich wie einen Hippie dar, der in einer Wohnwagensiedlung lebt und sich mit diversen Drogen berauscht. Als wäre das nicht genug, durfte ich mich auch noch den ganzen Morgen mit der Bank herumstreiten, da mein gut gefülltes Sparkonto angeblich die Kreditrate nicht decken würde. Nachdem der Bankmitarbeiter mich dann beruhigt und mir gesagt hatte, er würde sich die Angelegenheit noch mal ansehen, konnte ich dann endlich kurz vor knapp meinen Koffer packen.

»Schon okay, Meg. Wirklich. Ich komme klar.«

Sie schaut mich skeptisch an. »Es tut mir so leid. Aidan erkennt Garret in letzter Zeit auch nicht wieder. Er ist ja auch kaum noch im Büro. Ich bereue diesen bescheuerten Abend, an dem wir euch bekanntgemacht haben. Du fährst aber trotzdem zu dieser Pressesache, oder?«

»Natürlich fahre ich hin.« Ich zögere kurz, ob ich meine Gedanken wirklich aussprechen soll, gebe mir aber dann einen Ruck. »Meg, kann ich offen mit dir reden?«

»Als müsstest du das fragen. Ich bitte darum.«

»Ich sollte traurig sein, oder? Ich meine, ja, seine Worte haben mich verletzt. Aber ich habe ihn schon seit einiger Zeit nicht mehr vermisst, wenn er weg war. Ich glaube, mit mir stimmt was nicht. Ich bin vielleicht gefühlskalt oder so was. Das ist doch nicht normal, oder?«

Sie legt mir die Hände auf die Schultern und lächelt mich an.

»May, mit dir ist alles in Ordnung. Dass du nichts fühlst, bedeutet nicht, dass etwas nicht mit dir stimmt, sondern, dass er einfach nicht der Richtige war. Du bist der liebste Mensch auf dieser Erde und hast mehr Emotionen in deinem Herzen als jeder andere, den ich kenne. Du brauchst jemanden in deinem Leben, der dich unterstützt bei dem, was du liebst. Garret war nie dieser Jemand.«

»Vielleicht ist es wirklich besser so. Es ist nur so seltsam, nach vier Jahren wieder mit allem allein dazustehen.«

»Also erstens stehst du nicht alleine da, denn mich wirst du niemals los. Zweitens, wenn du mal tief in dich reinhörst, war es dann nicht schon immer so? Du bist stark, und Garret hat in den letzten Jahren nicht wirklich etwas getan, um dir das Leben leichter zu machen. Du hast schon immer alles selbst geregelt, und jetzt startest du durch. Ich glaube fest an dich!«

Einmal mehr danke ich dem lieben Gott, eine Freundin wie Meg zu haben. Ich hoffe nur, sie hat recht.

VADER

Es ist kurz nach eins, als wir den Tourbus ausgeladen haben und uns noch mal auf unsere Zimmer verziehen, bevor nachher diese Pressesache losgeht. Ich kann den morgigen Tag kaum erwarten, denn unsere neuen Songs sind einfach grandios, und ich bin sicher, sie werden sie lieben.

Ich springe unter die Dusche und schlüpfe danach in eine schwarze Jeans und ein Shirt, über das ich dann ein Hemd ziehe, welches ich jedoch offenlasse. Von der Rezeptionistin weiß ich, dass für May und ihren Trottel das Zimmer am Ende des Ganges reserviert ist. Ich bin etwas zu früh dran, also beschließe ich, sie abzuholen, damit wir gemeinsam zum Meetingraum gehen können.

Heute sind nur May und meine Wenigkeit gefragt, da der Fokus auf dem Buch liegt. Morgen, wenn die kleine Party stattfindet, werden jedoch alle Augen auf *Sinister Five* gerichtet sein. Endlich geht dieser Traum in Erfüllung. Diese Freude kann auch ein Aufeinandertreffen mit dem Börsenheini nicht untergraben. May zuliebe werde ich versuchen, den Penner nicht zu fragen, wo er seine Eier versteckt hat und wieso er zu dämlich ist, seine Freundin zu befriedigen.

Ich klopfe an ihre Tür und höre im Inneren des Zimmers etwas klappern, dann ertönen Schritte, und die Tür öffnet sich.

Nicht May oder Kleinpimmel öffnet mir, sondern eine Stylistin tritt auf den Flur, bepackt mit Kleidersäcken und einer Tasche voller Make-up und Mädchenzeugs.

»Ah, wie ich sehe, muss ich bei Ihnen nicht mehr vorbeischauen, Mr. Sweets. Sie sehen perfekt aus.«

»Äh, danke?«

Die ältere Dame zwinkert mir zu und verschwindet im Aufzug.

Da die Tür noch angelehnt ist, klopfe ich erneut an und werfe dann einen Blick ins Zimmer. Zwei Einzelbetten? Muss ja richtig heiß hergehen zwischen den beiden.

»May, ich bin´s, Vader.«

»Ja, Moment. Bin sofort da«, ruft sie aus dem anliegenden Bad. Ich gehe zum Fenster und betrachte den fantastischen Ausblick auf den angrenzenden Wald. Kein Straßenlärm, keine Kiddies, die nachts betrunken lauthals durch die Gegend brüllen, einfach nur Ruhe.

»So, wir können.«

Ich wende mich ihr zu, und mich trifft fast der Schlag.

Sie trägt einen ultraengen schwarzen Rock, der ihr knapp bis zu den Knien geht. Die smaragdgrüne Bluse verschwindet darin und ist obenrum weit genug ausgeschnitten, sodass man den Ansatz ihrer Brüste gut erkennen kann. Ihr Haar ist leicht gelockt und so zurückgesteckt, damit es seitlich über die Schulter fällt und ihr Dekolleté berührt. Mays Augen sind dunkel geschminkt und betonen ihr tiefes Blau, was mich gefährlich anstrahlt. Ihre vollen Lippen glänzen und verziehen sich langsam zu einem Lächeln.

»Alles okay?«, erkundigt sie sich.

»Du siehst ...«

Sie blickt an sich herab und Zweifel macht sich in ihrem Gesicht breit.

Hat sie denn nicht in den Spiegel geschaut? Verdammt, dagegen war selbst ihr Auftritt damals im Club langweilig.

Ich setze also erneut an. »Du siehst umwerfend aus.«

Sie lächelt, diesmal jedoch unsicherer als zuvor.

»Danke.«

»Heute hat Börsenheini wahrscheinlich keine Arbeit im Kopf gehabt, als er dich sah.«

Sie greift nach ihrer Tasche auf dem Schreibtisch und steckt die Schlüsselkarte ein.

»Er ist nicht mitgekommen.«

»Wieso nicht? Nicht, dass ich deswegen traurig wäre ... «

»Tja, wahrscheinlich hattest du recht und ich hätte öfter mal was aus mir machen sollen. Er hat sich gestern von mir getrennt.«

Mein erster Gedanke ist, dass der Kerl ein Idiot sein muss. Mein zweiter, dass ich ein Idiot bin, so was zu denken. Wo kommt das denn jetzt her?

»Finden wir das traurig, gut oder schlecht?«

May hilft mir ab und an in puncto menschlichen Emotionen, was Beziehungen angeht, denn ich bin, was das betrifft, nicht mehr unbedingt auf dem neusten Stand.

»Wir finden es okay. Alles ist gut. Lass uns gehen.«

Die Pressekonferenz ist ein voller Erfolg und wir werden abwechselnd gefragt, wie es ist, miteinander zu arbeiten; woher uns die Ideen kommen und inwieweit wir einander ergänzen. Beim anschließenden Essen hängt mir Nora die ganze Zeit am Ärmel. Sie ist weniger interessiert an der Band oder meinen Songs als viel eher an meinem Schwanz. Eigentlich wäre sie ein idealer Zeitvertreib für den Abend, doch da sie mit May zusammenarbeitet, warte ich lieber, bis die Story durch ist. Ohne May hätten wir diese Chance nicht, und jetzt ihre Chefin zu verärgern, wäre eher kontraproduktiv. Also beschränke ich mich auf einen Drink an der Bar und eine unverbindliche Flirterei.

Nora fängt schon sehr bald zu gähnen an, und als sie sich streckt, gehe ich fast in Deckung, aus Furcht, mein Augenlicht durch ein Knopfgeschoss ihrer Bluse zu verlieren.

»Es ist spät«, säuselt sie.

»Jap. Zeit fürs Bettchen.«

Sie legt ihre Hand auf meinen Arm und sieht mich vielversprechend an.

»Wenn Sie nicht schlafen können, Mr. Sweets, dann finden Sie mich in Zimmer 92.«

»Danke. Aber ich habe für gewöhnlich keine Schlafprobleme.«

Ich erhebe mich, ohne ihr weitere Beachtung zu schenken und blicke durch das Restaurant. Der Tisch, an dem wir vorhin gesessen haben, ist mittlerweile leer. Wo zum Teufel ist May hin? Ich sehe mich um, doch sie befindet sich nicht mehr unter den Gästen.

Angepisst steige ich in den Aufzug und fahre hoch in unser Stockwerk. Was genau mich daran ärgert, weiß ich nicht, aber ich hätte sie noch gerne gesprochen, wobei ich nicht mal weiß, worüber eigentlich. Oben angekommen, steuere ich das Zimmer an, welches ich mit Drake teile. Das Nicht-stören-Schild hängt an der Tür.

»Verfickte Scheiße.« Ich klopfe an und Drake öffnet mir nur mit einem Kissen vor seinem Gehänge.

»Alter, macht es dir was aus, woanders zu pennen? Ich hab hier Besuch.«

»Du bist ein beschissenes Arschloch.«

Da alle anderen Bandmitglieder sich ebenfalls die Zimmer teilen und Hitch seine Freundin dabeihat, bleibt mit nur die Wahl zwischen Nora und May. Ich schlendere den Gang hinunter, erreiche das Ziel und klopfe an die Tür, die einen kleinen Spalt geöffnet wird.

»Vader? Was machst du hier?«

Ich schiebe die Tür auf, was trotz Mays Protest kein großes Problem darstellt.

»Ich muss bei dir pennen. Drake hat sich ’ne Tussi angelacht.«

»Ist kein anderes Zimmer frei?«

»Ich hab keine Lust, jetzt so ’nen Aufstand zu machen. Du hast ein freies Bett, ich brauche eines. Problem gelöst.« Ich werfe mich auf das gemachte Bett und betrachte May genauer. Sie hat sich abgeschminkt und trägt ihr Haar nun offen, doch trotzdem sieht sie fast besser aus als vorhin. Es ist seltsam, aber ich mag es, wenn sie ganz natürlich ist. Das ist neu.

»Es hat keinen Sinn, zu diskutieren, oder?«, fragt sie genervt.

»Nope.«

Sie setzt sich im Schneidersitz auf das Bett und betrachtet mich eingehend.

»Ich hätte gewettet, dass du mit zu Nora gehst.«

»Ich bin halt unberechenbar«, erwidere ich. Dabei zwinkere ihr zu und stehe auf, um ins Bad zu gehen, wo ich mich kurz abdusche. Es ist seltsam, so profane Dinge zu tun, wenn im Nebenraum eine Frau halbnackt auf dem Bett sitzt. Normalerweise treibe ich es mit den Damen, und dann sind sie auch schon wieder weg. Es gibt keine Alltagsroutine mit ihnen.

In Boxershorts trete ich wenig später aus dem Bad. May liegt mit angezogenen Beinen auf dem Bett und liest. Ihre Schlafshorts sind so kurz, dass ich den Ansatz ihres nackten Hinterns erkennen kann, und der Anblick ist nicht von schlechten Eltern. Sie hat einen unbeschreiblich schönen Körper. Sosehr ich diesen Gedanken auch hasse, lässt sich nicht leugnen, dass ich in den letzten Tagen und Wochen zunehmend scharf auf sie war und leider auch noch bin. Ihre Unerfahrenheit weckt in mir anscheinend so ein Steinzeitmenschen-Gen.

Als ich die Badezimmertür hinter mir schließe, sieht sie auf. Ihr Blick wandert ungeniert über meinen Körper, wobei ihre Augen sich leicht weiten und irgendwie aufblitzen.

Ich bemerke, dass meine Boxershorts beginnen, eng zu werden, also gehe ich ins Bett und ziehe mir die Decke bis zu den Hüften. Ich will die Arme ja nicht verschrecken.

»Was liest du da?«, frage ich irgendwann.

»Ach, so ein Buch von Meg.«

»Kommt Sex darin vor?«

»Ja.«

Es gefällt mir, dass sie nicht mehr so zögerlich antwortet, wenn ich das böse Wort, welches mit *S* anfängt und mit *ex* endet, erwähne.

»Magst du mir was daraus vorlesen?«

»Ganz sicher nicht.« Ich höre das Lächeln in ihrer Stimme, und es vergehen nur wenige Minuten, bis sie das Buch zur Seite legt.

»Brauchst du noch Licht, sonst schalte ich es ...«

Ich habe bereits den Lichtschalter zwischen unseren Betten betätigt und das Zimmer in Dunkelheit getaucht, bevor sie ihren Satz beenden kann.

»Ich wichse in Anwesenheit junger Damen lieber im Dunkeln.«

Stille.

Zu gerne hätte ich ihr Gesicht gesehen. Als ich ernsthaft überlege, das Licht noch mal einzuschalten, nur um herauszufinden, ob mein Spruch sie hat rot werden lassen, trifft mich plötzlich etwas Weiches im Gesicht.

»Hast du gerade ernsthaft ein Kissen nach mir geworfen?«

»Würde ich niemals tun.«

Ein weiteres Kissen trifft mich.

»Na warte.«

Ich schleiche aus meinem Bett und beuge mich über sie, um sie zu erschrecken. Mit einem lauten Buhhh versuche ich, ihr die Bettdecke wegzureißen, sodass sie schreit und sich in dem Stoff festkrallt. Wir beginnen, darum zu kämpfen, aber sie will einfach nicht loslassen, also greife ich auf unfaire Mittel zurück und kitzle sie. Das wirkt immer. Sie windet sich kichernd unter mir, und als sie mich schwer atmend bittet, endlich aufzuhören, weil sie vor Lachen keine Luft mehr bekommt, ändert sich plötzlich die Stimmung. Ich lache nicht mehr, denn ich bin nicht länger belustigt, sondern verdammt hart. In was habe ich uns gerade nur hineinmanövriert? Ich halte ihre Hände über dem Kopf fest, während meine andere Hand auf ihrem oberen Rippenbogen ruht. Sie ist noch immer außer Puste, doch sobald meine Hand sich wieder in Bewegung setzt, stockt sie und atmet zittrig aus. Ihre Geräusche törnen mich an, also streiche ich von ihrer rechten Seite hinüber zur linken und rechne mit Protest, doch sie sagt nichts. Unendlich langsam lasse ich meine Finger über den Brustkorb hinaufwandern und erreiche die Wölbung ihrer Brüste. Schon als ich ihre erregte Brustwarze unter meinen Fingern spüre, schmerzt mein Schwanz. Vollkommen untypisch, denn ich kann mich nicht erinnern, dass eine solch unschuldige Fummelei über einem Shirt mich jemals so erregt hat. Ein leises Wimmern entspringt ihren Lippen, als mein Finger die Brustwarze umkreist.

Zögerlich löse ich den Griff um ihre Handgelenke und warte ab, was passiert. Ich will, dass sie mich berührt, doch ihre Arme sinken zaghaft ein Stück hinunter und verweilen dort auf dem Kissen. Jede andere Frau hätte mir bereits jetzt in die Hose gegriffen, doch May tut so was nicht. Die Fragen, ob sie entweder wirklich prüde ist, doch noch an ihrem Ex hängt, oder einfach keine Ahnung hat, was sie tun soll, geistern mir durch den Kopf.

Zum ersten Mal überhaupt weiß ich selbst nicht so genau, was ich hier gerade mache. Ich will sie, das ist klar, doch ich weiß auch, dass, wenn ich es falsch angehe, nicht nur der Sex, sondern auch der Deal in einer Katastrophe enden wird.

Eher widerwillig ziehe ich auch die andere Hand zurück. May ist so unschuldig, dass sie zwar ziemlich sicher keine Ahnung von dem hat, was sie von mir kriegen könnte, doch sie muss das Tempo bestimmen. Ich kann sie nicht einfach ficken und hoffen, dass sie damit klarkommt.

Die Jungs bauen auf mich und auch, wenn ich prädestiniert dafür bin, Mist zu bauen, so kann ich das nicht auf die leichte Schultern nehmen. Schweren Herzens löse ich mich von ihr und mache die zwei Schritte zu meinem Bett, um mich hinzulegen. Sie hat nichts gesagt oder versucht, um mich davon abzuhalten. Angepisst ist gar kein Ausdruck für meine Situation. Mein Schwanz ist so hart, dass ich spüre, wie das Blut darin pulsiert.

»Es ... es tut mir leid«, flüstert May und durchbricht damit Minuten später die Stille.

»Was zur Hölle tut dir leid?« Meine Stimme klingt gröber als beabsichtigt, doch ich mache mir gerade ernsthafte Gedanken darum, ob mein Schwanz die Nacht übersteht.

»Ich weiß nicht, wie so was abläuft. Wenn ich was falsch gemacht habe, dann ...«

Sie hat wirklich keinen Schimmer und zum Dank pöble ich sie auch noch so unsagbar dämlich an.

»Du hast nichts falsch gemacht. Ich will nur nichts tun, was du nicht auch willst.«

Ich denke schon fast, dass sie eingeschlafen ist, als sie dann doch ganz leise antwortet.

»Es hat sich gut angefühlt.« Okay, damit habe ich nicht gerechnet.

»Hättest du gewollt, dass ich weitermache?«

»Ich weiß es nicht«, gibt sie ehrlich zu.

»Wie fühlst du dich jetzt?«

»Seltsam. Warm irgendwie.«

»Hätte es dir gefallen, wenn ich dich angefasst hätte, May?« Ich kann nicht anders und lege die Hand um meine Erektion.

»Ich bin nicht sicher.«

»Deswegen habe ich aufgehört. Ich werde nichts tun, was du nicht zu hundert Prozent auch willst.«

Ich verstärke den Griff und erhoffe mir dadurch zumindest ein wenig Erleichterung, doch das Gefühl gleich zu explodieren, wenn ich nicht bald komme, wird immer stärker.

»Vader?«

»Hm?«

»Ich will wissen, wie es sich anfühlt.«

Keine Ahnung, ob ich die Antwort verkrafte, aber ich frage dennoch nach. »Wie was sich anfühlt?«

»Das, was du vor einer Weile beschrieben hast. Wenn man alles um sich herum vergisst und nur noch fühlt.«

»Gott, du bringst mich um.« Ich atme mehrmals tief durch. May ist so weit von Sex mit mir entfernt, wie eine Frau es nur sein kann, und auch wenn ich dann wohl an einer Erektion krepieren werde, mache ich ihr einen Vorschlag.

»Wenn du wissen willst, wie es ist und dich frei dazu entscheidest, dann kannst du gerne zu mir rüberkommen.«

»Ich kann keinen Sex mit dir haben«, platzt es aus ihr heraus.

»Baby, von Sex hat niemand gesprochen. Ich muss dich dazu noch nicht mal anfassen. Es ist deine Entscheidung.«

Wieder bringt sie mich mit ihrem Schweigen fast um. Als sie sich bewegt und der Boden unter ihren Füßen knarrt, bleibt mir das Herz fast stehen. Meine Augen haben sich an die Dunkelheit gewöhnt und durch den Vorhang am Fenster dringt abgedämpft das bläuliche Licht des Mondes. Direkt vor meinem Bett bleibt

May unschlüssig stehen. Ich strecke die Hand nach ihr aus, rutsche ein Stück zur Seite und ziehe sie näher. Dabei fühle ich mich ein bisschen wie der böse Wolf, der Rotkäppchen überredet, sich ihm zum Fraß vorzuwerfen. May klettert zu mir und legt sich auf den Rücken. Ich streiche über ihr Handgelenk und spüre den rasenden Puls.

»Hier sind nur du und ich. Niemand wird davon erfahren, was auch immer es ist, dass hier stattfindet«, versuche ich sie zu beruhigen und beschwichtige mich damit auch selbst irgendwie.

»Versprichst du, morgen wieder derselbe Arsch zu sein, der du sonst auch bist?«

Ich muss lachen. »Dürfte kein Problem sein.«

»Ich komme mir so dämlich vor.«

Sie hat ihre große Klappe verloren und wirkt unheimlich zerbrechlich. Ich käme mir vor wie das mieseste Arschloch, wenn ich jetzt etwas täte, dem sie vielleicht nur zustimmt, weil sie das Gefühl hat, sich etwas beweisen zu müssen. Natürlich habe ich bei anderen Frauen damit so gut wie keine Probleme, doch die kenne ich nicht. Ich weiß nicht, was sie beruflich machen, dass sie lieber Weißwein als Rotwein trinken, nie ungesunden Kram im Kühlschrank lagern oder auf Stiften rumkauen, wenn sie nachdenken. May ist prüde, nervig und läuft manchmal rum wie meine Großmutter, und doch will ich sie nicht nur wegen des Deals nicht verärgern, sondern weil ich es nicht ertragen könnte, ihr wehzutun.

»Baby, das ist nicht dämlich, sondern ziemlich heiß.«

Behutsam gleite ich mit meinen Fingerspitzen über ihren Arm, auf dem sich umgehend Gänsehaut bildet. Völlig verkrampft und steif liegt sie da, hat wahrscheinlich Angst vor dem Ungewissen. So wird das nichts. Ich beuge mich über sie, streiche ihr eine Strähne zur Seite und streife die Stelle unter dem Ohr mit den Lippen, woraufhin sie aufkeucht. Meine Zunge fährt über die verdammt weiche Haut hinunter bis zu ihrem Schlüsselbein. Gott, sie ist so unglaublich empfänglich, und gerade, als ich mir vorstelle, was ich alles mit ihr machen könnte, greift sie in mein Haar. Dann gleitet sie weiter zu meinem Nacken und setzt damit das Stück Haut unter meinem Haaransatz in Flammen. Der Geruch von Vanille und Blumen steigt mir in die Nase, und der Geschmack nach süßer Vanille entfaltet sich in meinem Mund, während mich ihre Berührungen um den Verstand bringen. All meine Sinne sind hellwach, denn auch für mich ist es neu, so auf eine Frau zu reagieren. Das hier ist nicht normal, und ich kann es nur mit allerletzter Selbstbeherrschung aufhalten.

Ich ziehe mich zurück und stütze den Kopf auf eine Hand, während ich seitlich neben ihr liege.

»Habe ich was ...«

»Du hast nichts falsch gemacht. Ich merke nur, wenn etwas aus dem Ruder läuft, und wenn du nicht willst, dass ich dich ficke – tief und hart –, dann war es genau der richtige Zeitpunkt, um aufzuhören. Fühlt es sich noch immer so warm an wie eben?«

»Nein, eher heiß.«

Das war genau die falsche Antwort, wenn es darum gehen sollte, mich zurückzuhalten. Ich zupfe am Saum ihres Shirts und sie hebt den Rücken an, sodass ich es bis über ihre Brüste schieben kann. Völlig fasziniert von diesen makellosen Erhebungen, muss ich mich zusammenreißen, mich nicht vorzubeugen und die Lippen um einen ihrer perfekten Nippel zu legen. Stattdessen greife ich nach ihrer Hand und lege sie auf ihre Brust, leite ihre Finger an, über die Brustwarzen zu streichen, ohne sie selbst dabei anzufassen. Zunächst zögert sie, doch schon bald berührt sie sich so, wie es ihr gefällt, und meine Hand schwebt nur noch über ihrer, während ich versuche, nachzuempfinden, was sie gerade spürt und wie sich ihre Haut dort anfühlt. Kurz vor dem Wahnsinnigwerden presse ich meine

Finger wieder fest auf ihre und leite sie hinunter, geradewegs in ihre Shorts. Sie trägt kein Höschen, und obwohl ich sie nicht direkt berühre, spüre ich die Hitze, die von ihrer Haut ausgeht. May hält die Luft an, doch zögert kaum, als ich ihre Hand weiter hinunterschiebe. Dass wir an ihrer Klitoris angekommen sind, merke ich spätestens daran, dass sie scharf die Luft einzieht. Ihr dabei zuzusehen ist schärfer als jeder Porno und zu meinem Bedauern ebenso aufregender als fünfundneunzig Prozent der Nummern, die ich mit anderen Frauen geschoben habe. Ich bewege ihre Hand ganz langsam hin und her und kriege fast einen Herzinfarkt, als sie lediglich mit dem Mittelfinger auf ihrer Klitoris verweilt, denn dadurch spüre ich nun ihre weiche, feuchte Haut ebenfalls ohne eine Barriere. Ich atme sehr, sehr tief ein, um dem Verlangen, ihr die Shorts vom Leib zu reißen, nicht nachzugeben, und spreize meine Finger so, dass sie Mays wieder bedecken. Meinen Mittelfinger auf ihrem, beginne ich, leicht zu kreisen. Dabei betrachte ich ihr Gesicht, und als sie die Lippen aufeinanderpresst, weiß ich, dass sie kurz davor ist und sich zusammenreißt, um keinen Laut von sich zu geben.

»Baby, lass los. Nicht denken, nur fühlen. Mach deinen Kopf leer und lass dich einfach mitreißen.«

Sie öffnet ihre Lippen und gibt einen Laut von sich, der mich fast in meiner Hose kommen lässt. Ich kann nicht anders und presse meinen Mund auf ihren, dringe mit meiner Zunge ein, so, wie ich es gerade gerne mit meinem Schwanz zwischen ihren Beinen tun würde. Zögerlich erwidert sie den Kuss, stöhnt in meinen Mund und krallt die freie Hand in meinen Oberarm. Mein Finger bewegt ihren schneller und ihre Nässe dringt an meine Haut. Sie ist so glatt und feucht, dass mir fast schwarz vor Augen wird. Bereits einen kurzen Moment später versteift sich ihr ganzer Körper und beginnt, zu beben, als sie kommt und damit selbst meine Welt erschüttert.

Was hier gerade geschehen ist, läuft vor meinem geistigen Auge immer wieder ab, wie ein Film. Sie schnappt nach Luft, und ich löse meine Lippen von ihren, springe aus dem Bett und renne ins Bad. Dort mache ich die Dusche an, reiße mir die Shorts vom Leib und stelle mich unter den Wasserstrahl. Meinen Schwanz in der Hand reicht es aus, zweimal auf und wieder ab zu gleiten, um so heftig zu kommen wie seit Ewigkeiten nicht.

»Fuck«, fluche ich.

Ich weiß nicht, was mich mehr aus der Bahn wirft: Dass ich mit Miss Oberprüde gefummelt habe wie ein Teenager, ich heftiger gekommen bin als jemals zuvor beim Wichsen oder dass ich in dem Moment, in dem sie kam, mal ausnahmsweise nicht an mich, sondern nur an sie gedacht habe. Dabei habe ich gegen jede meiner Regeln verstoßen. Nie schaue ich Frauen in die Augen, wenn sie gerade einen Orgasmus haben. Nie habe ich das Bedürfnis, sie zu küssen, weswegen der Drang, das noch mal zu sehen, auch so neu für mich ist.

MAY

Fröhlich summe ich einen meiner Lieblingssongs mit, während ich die Haare mit dem Glätteisen bearbeite. Ich lächle meinem eigenen Spiegelbild entgegen, als ich darüber nachdenke, wie suspekt diese Situation in all ihren Facetten ist. Vor zwei Tagen trennte sich mein Freund nach mehrjähriger Beziehung von mir, und heute stehe ich hier und kann mich vor guter Laune kaum retten. Die gestrige Nacht war einfach unbeschreiblich. Wer hätte gedacht, dass der Kerl, den ich noch vor wenigen Wochen überhaupt nicht leiden konnte, mir den unglaublichsten Orgasmus überhaupt verschafft - mit meinen eigenen Fingern? Als er anschließend förmlich die Flucht ergreift, so, als hätte ihn etwas gestochen, war ich zunächst verunsichert, doch dann hörte ich im Bad ein Stöhnen und ein *Fuck* und reimte mir den Rest selbst zusammen. Ich schlich in mein Bett und stellte mich schlafend, als er zurück ins Zimmer kam. Erst als sich seine Atemzüge beruhigten, schlief auch ich ein. Heute Morgen war er schon weg, wofür ich ihm irgendwie dankbar bin, denn es ist etwas anderes, sich in Anwesenheit anderer Menschen erneut unter die Augen zu treten, anstelle im selben Zimmer aufzuwachen. Noch immer bin ich über meine eigene Verwegenheit verwundert und den Mut, den ich aufbringen konnte, zu ihm ins Bett zu steigen. Es ist verrückt, doch ich vertraue ihm und irgendwie bin ich dankbar für diese Erfahrung, an die keinerlei Bedingungen geknüpft waren.

Das Frühstück habe ich ausgelassen und mich durch das TV-Programm gezappt. Am frühen Mittag bestellte ich mir Essen aufs Zimmer und begann am Nachmittag mit einem kleinen Beauty-Programm. Da ich mich fantastisch fühle, kann man mir das auch ruhig ansehen. Kein Freund mehr, der eh nur gegen mich arbeitet. Abgesehen davon bin ich bereit, dieses Buch zu schreiben und damit die Leserwelt zu rocken. Jetzt, wo ich weiß, wie es sich anfühlen kann, wird es mir auch viel leichter fallen, die Szenen zu beschreiben – hoffe ich zumindest.

Ich ziehe die neue Jeans an, welche ich gemeinsam mit Meg ausgesucht habe. Sie ist dunkelblau und an manchen Stellen am Oberschenkel eingerissen. Dazu kombiniere ich das korallfarbene Top und einen Blazer in Lederoptik. Ja, ich fühle mich verdammt wohl in meiner Haut. Als ich hinaus auf den Flur trete, laufe ich in Malfoy hinein, der gemeinsam mit den anderen Jungs ebenfalls auf dem Weg hinunter zur Eventlocation ist.

»Oh la la. Wohin des Weges, schöne Frau?«, fragt er und einer der anderen – ich glaube, es ist Drake – stößt einen Pfiff aus. Ich werfe ein allgemeines *Hi* in die Runde und werde gleich mit in den Aufzug gezogen. Glücklicherweise ist dieser groß genug für acht Personen, wobei ich mich frage, wozu ein so kleines Gasthaus einen so großen Aufzug benötigt.

Mir gegenüber lehnt Vader an der Wand und schaut mich irgendwie fragend an. Als ich ihn mit einem kleinen Lächeln bedenke, beginnt auch er zu grinsen.

»Na, May. Gut geschlafen?«, fragt er ganz unschuldig.

»Klar, Vader. Und du? Gestern Abend noch das Lichtschwert geschwungen?« Ich zwinkere ihm zu.

»Kann man so sagen. Ich habe die unschuldige Prinzessin Leia auf die dunkle Seite der Macht gezogen.«

»Eure Überheblichkeit ist Eure Schwäche«, zitiere ich Luke Skywalker.

Vader beißt sich kurz auf die Lippe, was mich stark daran erinnert, wie sich sein Mund auf meinem und das kühle Metall seines Piercings auf meiner warmen Haut angefühlt hat.

»Viel zu lernen du noch hast«, gibt er in alter Yoda-Manier zum Besten. Die Luft zwischen uns scheint sich statisch aufzuladen.

»Möge die Macht mit dir sein«, töne ich herausfordernd.

»Alter, habt ihr eure gemeinsame *Star Wars*-Leidenschaft entdeckt?«, erkundigt sich Saint.

»Das klang wie so ein ekliges Nerd-Vorspiel«, ergänzt Mal und lacht.

Vader hingegen sieht mich einfach nur an und schaut dann demonstrativ zu meinen Händen. Mir steigt die Röte bei dem Gedanken daran, wie er gestern meine Finger geführt hat, ins Gesicht und ich bin froh, als der Aufzug im Erdgeschoss hält und wir diesen engen Raum verlassen können.

Sobald wir die Location betreten haben, hängen sich sofort diverse Presseleute an die Jungs, und ich ziehe mich in den Hintergrund zurück. Keine Ahnung, was Nora denen erzählt hat, doch sie werden bereits jetzt gefeiert wie Superstars. Es freut mich, dass meine Entscheidung, dieses Projekt umzusetzen, auch das Leben anderer Menschen positiv beeinflusst, daher betrachte ich das Spektakel zufrieden eine Weile aus sicherer Entfernung und erwische mich immer wieder dabei, Vader anzustarren. Natürlich war mir sein Äußeres vom ersten Moment, an dem ich ihn gesehen habe, bewusst, doch jetzt nehme ich ihn noch mal ganz anders wahr. Ich bin fast sicher, dass tief in ihm drin nicht dieser riesen Arsch steckt, der er immer vorgibt zu sein. Ja, er hat ein Problem mit Frauen – warum auch immer. Er ist nicht der liebende Ehemann, der nach der Arbeit nach Hause kommt, mit den Kindern spielt und seine Partnerin auf Händen trägt. Da diese Version einer Ehe in der Realität aber ohnehin nicht existiert, kann ich ihn auch problemlos als das sehen, was er ist: Ein heißer Kerl, der genau weiß, welche Knöpfe er bei weiblichen Geschöpfen drücken muss, um sie zu einem willenlosen Etwas zu machen. Also zu etwas, das ich gestern Nacht war. Und es hat mir gefallen, nicht nachzudenken. Noch mehr gefällt mir, dass er sich nun ganz normal verhält. Ich wäre aufgeschmissen, würde er unseren Deal platzen lassen. Da die Jungs aber irgendwie auch von mir abhängig sind, bedeutet ihm diese Sache, eigene Songs zu schreiben, wohl so viel, dass er sich zu benehmen weiß. Eigentlich sollte mich als Frau der Gedanke stören, aber es kümmert mich nicht. Ich erwarte nichts weiter als Hilfe bei der Story. Der Orgasmus war nur so was wie die Kirsche auf der Sahne.

So tief in meine Grübeleien versunken ist es Vaders Stimme, die mich ins Hier und Jetzt katapultiert. Er singt. Ich kenne das Lied nicht, also scheint es einer seiner eigenen Songs zu sein. Verlangen, purer Sex und Verzweiflung klingen darin mit, die mich mitten ins Herz treffen – aber nicht nur dort. Seine Augen sind geschlossen, als blende er alles um sich herum aus. Mir geht es nicht anders, nur dass ich meinen Blick nicht von ihm abwenden kann. Dafür sieht er einfach zu gut aus. Es gibt nur ihn und seine Stimme. Eine Gänsehaut zieht sich über meine Arme, und mein Herz setzt einen Moment aus, als er die Augen öffnet und mich direkt anvisiert. Dabei lächelt er und zwinkert mir zu, was dazu führt, dass ich mich selbst dabei erwische, über beide Ohren grinsend laut zu seufzen. Peinlich. Wirklich peinlich.

»May? Haben sie einen Augenblick?«

Richard, einer der Verlagsbosse, der mir bereits gestern vorgestellt wurde, verwickelt mich in ein belangloses Gespräch. Nach Lobeshymnen auf meine früheren Werke ist der Konsens des Ganzen, dass man sich auf die Zusammenarbeit freut und ich noch groß rauskommen werde. Auch als er sich verabschiedet, schwebe ich noch im siebten Autorenhimmel, finde es nur etwas schade, dass ich den Auftritt der Jungs nicht weiterverfolgen konnte. Sie waren nur für eine halbe Stunde eingeplant, und als Richard den Tisch verlässt, an welchen wir uns gesetzt haben, höre ich lediglich die letzten Klänge des Gitarrensolos, gefolgt von tosendem Applaus.

Nora stolziert derweil aus der Menge auf mich zu.

»Du bist wirklich zu beneiden, dass du so viel Zeit mit diesem Sahneschnittchen verbringen kannst.«

»Wie bitte?«

»Na, Vader Sweets. Er ist verdammt heiß. Aber er kommt später noch bei mir vorbei, daher kann ich mich entspannt zurücklehnen und auf das freuen, was mich erwartet.«

»E ... er kommt bei dir vorbei?«

Sie streicht ihr viel zu kurzes schwarzes Cocktailkleid glatt.

»Ich weiß, verrückt oder? Man muss sich auch mal was gönnen. Genieß den Abend und komm morgen gut nach Hause. Ich denke, ich werde nicht zum Frühstück erscheinen.«

»Äh. Okay. Bis dann.«

Meine Laune sinkt schneller in den Keller, als ein Marmeladentoast auf der bestrichenen Seite landen kann, was einfach nur nervt. Ich bin nicht eifersüchtig, außer vielleicht auf die Orgasmen, die Nora bekommen wird und ich nicht.

Gott, bin ich froh, dass niemand außer mir selbst weiß, was in meinem Kopf abgeht.

Eine weitere Stunde lasse ich mich von allen möglichen Menschen in Gespräche verwickeln und halte dabei immer mal wieder Ausschau nach Vader. Er ist nicht da. Dass auch die anderen Bandmitglieder nicht auffindbar sind, bringt mich auch nicht von dem Gedanken ab, dass er wohl gerade mit Nora zugange sein könnte.

Sobald ich den Kerl von der lokalen Presse losgeworden bin, hole ich meinen Laptop aus meinem Zimmer und schleiche über einen der Nebeneingänge aus dem Gasthaus. Ein Stück vom Haupthaus entfernt befindet sich ein kleiner Biergarten, der gestern Abend mit Lichterketten beleuchtet war. Ich kann ihn von meinem Fenster aus sehen und jetzt, wo sich ein Großteil der Gäste im Eventraum befindet, besteht die Möglichkeit, dass ich dort in Ruhe schreiben kann. Es tut gut, sich in andere Welten zu flüchten, wenn die reale mal wieder schwer zu ertragen ist.

Nachdem ich Bekanntschaft mit diversen Schlaglöchern gemacht habe, diese aber mit viel Balance und ohne hinzufallen überwinden konnte, erreiche ich den kleinen Außenbereich. Völlig allein genieße ich die nächtlichen Geräusche des Waldes und die kühle Brise. Ich setze mich auf eine Bank am hinteren Ende und breite eine der kleinen Fleecedecken, die hier über sämtlichen Rückenlehnen hängen, auf meinen Beinen aus.

Ich schaffe ein gutes Stück meines Manuskriptes; als ich jedoch an jene Stelle komme, an die wir Sex eingeplant haben, stocke ich. Zwar habe ich ein Gefühl dafür entwickelt, unseren Hauptprotagonisten Bennet zu beschreiben und wie er in diversen Situationen reagiert – wobei ich mich an Vader orientiere –, doch wie gehe ich das jetzt an? Seit gestern Abend sehe ich das, was zwei Menschen miteinander haben können, anders, zumindest den körperlichen Aspekt.

Allein Vaders Anwesenheit löst in meinem Körper eine Art Summen aus, das sich, je nachdem, was er sagt oder tut, zusätzlich intensiviert. Dieses Gefühl lässt sich nicht lokalisieren oder mit Worten beschreiben, davon abgesehen beschränkt es sich bisher nur auf eine Person. Garret war beispielsweise nicht mal im Entferntesten dazu in der Lage, diese Reaktion in mir hervorzurufen. Doch wodurch wird es in Gang gesetzt, wie wächst es, lässt es sich in jeder beliebigen Situation auslösen? Es gibt zu viele Unbekannte in der Gleichung, um es zu Papier zu bringen.

Das Knacken eines Astes erweckt meine Aufmerksamkeit, und ich drehe den Kopf vorsichtig in die Richtung, aus der das Geräusch kam. Niemand anderes als mein persönlicher Rockstarberater schlendert gerade auf mich zu. Unwillkürlich frage ich mich, ob es Zufall sein kann, dass er genau jetzt hier auftaucht. Ziehen unanständige Gedanken ihn an?

»Ich hab dich gesucht«, murrt er und klingt dabei leicht säuerlich.

»Jetzt hast du mich ja gefunden«, antworte ich nur wenig freundlicher.

»Was tust du hier draußen?«

Ich lege einen Finger an meine Lippen und tue so, als müsste ich angestrengt überlegen.

»Hm, ich sitze hier mit meinem Laptop, berühre dessen Tastatur, wodurch Worte wie durch Zauberhand auf dem Display erscheinen. Ich würde sagen, ich male ein Bild.«

Vader nimmt den Stuhl, der mir gegenübersteht, dreht ihn um und setzt sich rücklings darauf.

»Du bist ja ein richtiger Scherzkeks«, motzt er vor sich hin. »Ich stelle meine Frage anders. Warum sitzt du so spät allein hier draußen und schreibst, während drinnen gefeiert wird?«

»Ich habe mit jedem da drin gesprochen, und als du zu Nora bist und die Jungs auch nicht mehr ...«

»Moooment«, unterbricht er mich. »Wer sagt, dass ich bei ihr war?«

»Warst du?«

»Ja, aber ...«

»Frage beantwortet, erspar mir bitte die Details. Mit ihr hab ich auch noch das zweifelhafte Vergnügen, wenn wir beide uns endlich nicht mehr sehen müssen.« Ich bin sauer. Warum, weiß ich nicht so genau. Doch wenn es hier verdammt noch mal sexuelle Erlebnisse gab, wieso konnte ich dann nicht daran beteiligt sein? Nora datet dauernd neue Typen, mit dem Unterschied, dass sie keine Story über etwas schreiben muss, von dem sie keine Ahnung hat.

Vader funkelt mich wütend an. Bedenke ich, dass ich nach unserem Erlebnis auch heute Morgen noch ein Dauergrinsen auf dem Gesicht hatte, dann war sein Treffen mit Nora wohl bei Weitem nicht so befriedigend wie die Nacht für mich. Zumindest ein kleiner Trost.

»Richtig. Dann sollten wir wohl zusehen, dass wir den Mist hinter uns bringen und nicht länger miteinander auskommen müssen als unbedingt nötig.«

»Fein.«

»Fein«, wiederholt er. »Also, wie weit bist du?«

»Du willst jetzt daran arbeiten?«

»Je früher, desto besser.«

Darth Arschloch ist zurück. Ich habe ihn schon vermisst. Nicht.

Mir war aber eigentlich klar, dass sein unfreundliches Alter Ego früher oder später wieder auftauchen wird, also gebe ich mich mit dem zufrieden, was ich kriegen kann. Ich brauche ihn lediglich für die Story. Danach kann er seine Launen wieder an allen Frauen der Erde auslassen.

»Ich bin an der Stelle, an welcher er nachts vor ihrer Tür steht und sie ihn fragt, was er will.«

»Lass mich raten, und jetzt, wo es zum Sex kommt, weißt du nicht weiter.« Sein Lächeln ist so düster wie vermutlich seine Seele. Es macht ihm Spaß, andere Menschen zu verletzen. Daraus zieht er wahrscheinlich seine Lebensenergie. Ich senke den Kopf. Plötzlich verzerren sich die Bilder von seiner Hand auf meiner, mit der er mich vergangene Nacht hat all die wundervollen Dinge fühlen lassen, von etwas Einzigartigem zu etwas absolut Peinlichem.

Nichts wünsche ich mir mehr, als das er aufsteht und verschwindet – vorzugsweise für immer –, aber natürlich bleibt er sitzen.

Ich höre, wie er tief einatmet; sehe, wie er seine Hände ausstreckt und sie mir hinhält. Also blicke ich zu ihm auf und er deutet mit dem Kopf auf die meinen. Langsam hebe ich sie aus meinem Schoß, und er greift meine Handgelenke. Unbeabsichtigt atme ich zischend ein, als die Wärme seiner Haut mein Blut erhitzt. Er packt fester zu und lässt ein paar Sekunden verstreichen, bevor er meine Finger auf die Tastatur des Laptops sinken lässt.

»›Ich habe heute über dich nachgedacht‹«, setzt er an und ich verenge die Augen zu Schlitzen. Unbeeindruckt macht er mit seinen eigenen Fingern tippende Bewegungen auf der Tischplatte, um mir zu vermitteln, dass ich schreiben soll. Also tue ich es. Sobald ich fertig bin, sehe ich ihn an und er gibt mir zu verstehen, dass nun mein Part an der Reihe ist. Julie soll Bennet antworten.

»›Worüber hast du nachgedacht?‹«, hake ich nach und gebe die Worte gleichzeitig ein.

»›Ich frage mich, ob deine Pussy in Wirklichkeit genauso süß schmeckt wie in meiner Vorstellung.‹«

Ich schlucke und versuche, mir nicht anmerken zu lassen, was diese Worte mit meinem Inneren anstellen.

»Das wirst du wohl nie erfahren«, erwidere ich und hoffe, dabei bestimmt zu klingen.

»Die Frage ist nicht, ob oder wann, sondern wie lange du rumzicken wirst, bevor du unter der Berührung meiner Zunge an deiner Klitoris laut stöhnen wirst.«

Meine Finger zittern, und obwohl ich weiß, dass wir hier gerade genau das tun, was vereinbart war, fällt es mir schwer, seine Worte nicht persönlich zu nehmen. Er will das nicht mit mir tun, sondern unser Rockstar mit der Protagonistin.

»Keine Sorge, ich werde nicht lange rumzicken, denn es bedarf nur ein paar Sekunden, dir zu sagen, dass ich deine Finger, mit denen du wahrscheinlich vorhin noch an einer anderen rumgefingert hast, mit Sicherheit nirgendwo auf meinem Körper spüren will. Du kannst also gerne wieder gehen.«

Ich hoffe, dass Vader diesen Dialog nicht ähnlich auf uns bezieht wie ich, sonst könnte er auf die Idee kommen, dass ich eifersüchtig auf Nora bin.

»Bennet sinkt vor Julie auf die Knie und hebt ihr Nachthemd hoch. Sie trägt keine Unterwäsche, und als seine Zunge über ihre Schamlippen gleitet, stöhnt sie laut auf. Jeglicher Protest weicht dem Verlangen danach, Bennets Kopf zu der Stelle zu lotsen, an der sie ihn so dringend spüren will ...« Vader macht eine Pause und beißt sich amüsiert auf die Unterlippe, wobei sein Piercing im Mondlicht leuchtet. Gott diese Lippen, das Gefühl, als das kühle Metall auf die meinen traf ...

»Hast du das, May?«

»Hmmm?«

»Ob du das aufgeschrieben hast?«

Mist, keine Ahnung, wann ich mit dem Tippen aufgehört habe.

»Äh, ja«, lüge ich.

»Gut. Du fügst jetzt einfach noch hinzu, wie es sich halt anfühlt, geleckt zu werden; wie das große Finale aussehen kann. Davon dürftest du ja seit gestern eine vage Ahnung haben.«

Ich presse die Lippen aufeinander, nicht fähig zu einem einzigen zusammenhängenden Gedanken, geschweige denn in vollen Sätzen zu antworten. Ja, ich weiß, wie sich das *große Finale* anfühlen kann, doch ausgelöst durch seine Zunge ... Völlig undenkbar, so etwas zu überleben.

»Alles okay? Du siehst aus, als hättest du Schmerzen.«

»Alles okay.« Meine Stimme klingt so schrill, dass Vader mich skeptisch beäugt.

»Was?«, frage ich schnippisch.

»Du weißt doch, wie es sich anfühlt, oder?«

Ich klappe meinen Laptop zu und stehe auf. Momentan fühle ich mich zu erhitzt, was dem Durcheinander in meinem Kopf neue Nahrung gibt. Meine Fantasie spielt mir Streiche, und ich ahne, dass mir etwas rausrutscht, was ich nicht mehr zurücknehmen kann, wenn ich noch länger mit ihm hier sitze.

»Ich kann's mir vorstellen, ja.«

Auch Vader erhebt sich und macht einen Schritt auf mich zu. Intuitiv weiche ich ein Stück zurück.

»Wir sollten vielleicht da weitermachen, wo wir aufgehört haben ...« Er beißt sich auf die Lippe und mein Unterleib zieht sich unheilvoll zusammen, reagiert instinktiv ohne mein Zutun. Vader weckt Empfindungen und Reaktionen in mir, die mir bis dato fremd waren und mich nun völlig aus der Bahn werfen, da sie so unglaublich mächtig sind.

»Das ist ja nett von dir, a ... aber ich glaube nicht, dass wir ...«, stottere ich.

Er umrundet den Tisch und bleibt erst unmittelbar vor mir stehen. Ich starre seine Brust an, denn ich traue mich nicht, zu ihm aufzusehen.

»May?«

»Hm?«

»Wieso sollten wir nicht an der Story weiterschreiben?«

Mein Kopf schießt hoch, und er schaut amüsiert zu mir herunter.

»Ach, du meintest die Story«, stelle ich fest.

Vader streckt die Hand aus und spielt mit einer meiner Haarsträhnen.

»Was sollte ich denn sonst meinen?«

Gott, ist das peinlich. Als ich still bleibe und einfach dämlich Löcher in die Luft starre, ergreift er abermals das Wort.

»Es ist nicht so, dass ich dich nicht ficken will. Ich hab mich ehrlich gesagt schon damit abgefunden, dass ich dich aus irgendeinem Grund manchmal attraktiv finde. Aber mich reizt lediglich deine Unerfahrenheit, der Gedanke daran, dich für jeden Kerl, der nach mir kommt, zu versauen und dich so zu formen, wie es mir gefällt. Allerdings würde es dich zerstören, und selbst, wenn mir das egal wäre, würde es unserem Deal schaden. Du brauchst einen netten Kerl, der dir drei Kinder macht und genug verdient, sodass du weiterhin unbesorgt über eine Liebe schreiben kannst, an die du selbst nicht glaubst.«

Seine Worte wirken wie eine Eisdusche auf mich. Jedenfalls was meinen Kopf angeht, denn in meinem Unterleib ist die Demütigung wohl noch nicht angekommen. Als hätte er ein Eigenleben entwickelt, will er schreien: *Ja, versau mich für die Nachwelt, mach mit mir, was immer du willst.* Ich bin so eine blöde Kuh.

»Weißt du, darüber musst du dir keine Gedanken machen, denn ich stehe nicht so auf Geschlechtskrankheiten und auch nicht auf Schlampen. Du bist nicht mehr als die männliche Version eines leichten Mädchens. Bevor ich dich ranlasse, verzichte ich lieber ganz darauf.«

Damit drehe ich mich um und stolziere erhobenen Hauptes zum Gebäude zurück. Gut nur, dass er mir nicht folgt, denn mein spontanes Selbstbewusstsein schwindet mit jedem Schritt, den ich mich von ihm entferne.

VADER

Sofort, als ich das das Hotelzimmer betrete, steigt mir dieser penetrante Duft von billigem Frauenparfum in die Nase. Ich schalte das Licht ein, was dazu führt, dass Drake, der gerade eine Blondine befummelt, wüste Beschimpfungen in meine Richtung schleudert. Nicht meine Schuld, dass dieses scheiß Gasthaus mit so vielen Reportern und Zeitungsheinis völlig überladen ist und somit keine Einzelzimmer für uns zur Verfügung standen. Ich lege mich auf das Einzelbett, welches durch einen Nachttisch von Drakes getrennt ist.

»Alter, echt jetzt? Raus hier«, brüllt er.

»Was sonst? Platzen deine Eier? Fick sie doch einfach draußen irgendwo und gönn mir meine Nachtruhe.«

»Geh von mir aus dahin, wo du gestern warst, aber geh. Ich schwöre dir, ich überlasse dir die nächsten fünf Hotelzimmer, die geteilt werden müssen.«

»Und das tust du nur, weil du genau weißt, dass wir bald ganz sicher keine Zimmer mehr teilen müssen. Dann hat jeder sein eigenes verdammtes Penthouse, egal in welchem Hotel.«

»Wir spielen Songs, eigene. Auf der Veranstaltung nächste Woche«, bietet er mir an.

»Deal?«, frage ich nach.

»Deal, und jetzt verpiss dich.«

Ich stehe auf und verbeuge mich vor den beiden. Die Blondine schaut mich grinsend an, als hätte sie am liebsten, dass ich bei ihr bleibe und Drake stattdessen rauswerfe. Mit einem Zwinkern verabschiede ich mich.

»Angenehme Bettruhe wünsche ich euch.«

Als ich mich auf dem Flur wiederfinde, hab ich keine Ahnung, wo ich pennen soll. Na ja, eine Ahnung schon, aber ich bin nicht sicher, ob ich eine weitere Nacht mit dicken Eiern überstehe. Nachdem ich mir gestern Nacht unter der Dusche einen runtergeholt hatte, hätte ich in dem Augenblick, als ich ins Zimmer zurückgekehrt bin, wieder von vorne anfangen können.

Ihr dabei zuzusehen, wie sie kam, war so abgefuckt geil, dass sich selbst jetzt in meiner Hose ein halbes Zelt aufbaut. Mann, ich bin doch kein scheiß Pfadfinder. Wenn ich ihn nur einmal reinstecken könnte, wäre das Problem gelöst. Ganz sicher. Sie wäre wahrscheinlich prüde wie eh und je, und bevor ich mich versehe, habe ich keine Lattenprobleme mehr bei May. Aber sie ist ein richtiges Mädchen, und diese kleinen, unschuldigen Dinger verknallen sich, egal, wie mies man sie behandelt. Sie würde mir so lange auf die Nerven gehen, bis ich die Schnauze voll hätte, wodurch unsere Abmachung Geschichte wäre. Doch trotz all der Gedanken finde ich mich vor ihrer Zimmertür wieder. Hat ja super funktioniert, die Selbstbeweihräucherung. Ich klopfe an, doch sie öffnet nicht. Als ich teste, ob die Tür verschlossen ist, kommt gerade eine Hotelmitarbeiterin über den Flur. Mir entgeht natürlich nicht, dass sie errötet und mich aufreizend anlächelt, als sie mich sieht.

»Kann ich Ihnen helfen?«, säuselt sie. Schlampe.

»Ja, ich denke, du könntest mir eine große Hilfe sein. Ich hab mich ausgesperrt.«

»Kein Problem.« Sie klimpert so sehr mit den Augen, dass ich einen Anfall vermute, denn das kann unmöglich normal sein.

Problemlos zückt sie eine Schlüsselkarte und öffnet mir die Zimmertür. Der Raum liegt im Dunkeln, was bedeutet, dass May entweder schläft und gleich ausrasten wird, wenn sie von diesem ungeplanten Besuch wach wird. Vielleicht ist sie aber auch im Bad und wird jeden Moment, mit viel Glück, nackt ins Zimmer kommen.

Leise bedanke ich mich bei der Mitarbeiterin. Sie sieht fast ein bisschen enttäuscht aus, als ich im Zimmer verschwinde und sie nicht reinbitte. Ich sag es ja immer wieder: Vögeln ist zu einfach geworden. Wer braucht Nutten, wenn sich einem sämtliche Weiber eh an den Hals werfen?

Ich schalte das Licht ein und bekomme fast einen Herzinfarkt, als ich nicht auf May treffe, sondern von etwas Umherflatterndem fast umgenietet werde. Nach dem ersten Schock stelle ich fest, dass es eine Fledermaus ist, die sich in das Zimmer verirrt hat. Nur von May fehlt weiterhin jede Spur, denn auch im Bad ist sie nicht. Sie wird wohl vor diesem kleinen Gast geflüchtet sein. Ich schnappe mir eine Zeitung vom Schreibtisch und lotse die Fledermaus damit in die richtige Richtung, raus aus dem geöffneten Fenster. Als ich gerade das Fenster schließe, kommt May gefolgt von Mal ins Zimmer.

Beide schauen mich verwirrt an.

»Okay, ich glaube, mein Problem ist gelöst«, sagt sie etwas unsicher zu ihm.

»Wenn du Hilfe bei diesem neuen Problem brauchst, du weißt, wo du mich findest.« Er zeigt mit seinem nackten, krüppeligen Finger auf mich und bezeichnet mich als Problem? Was soll der Scheiß? May schließt die Tür jedoch, bevor ich mich dazu äußern kann, lehnt sich dann mit dem Rücken dagegen und verschränkt die Arme.

»Will ich wissen, wieso du in meinem Zimmer bist?«, fragt sie schnippisch.

»Nein, aber ich, wieso du ihn rufst und nicht mich«, entgegne ich genauso angepisst, wobei das noch untertrieben ist. Dass sie einen anderen Kerl um Hilfe bittet, anstatt mich, geht mir gehörig gegen den Strich.

»Wundert dich das ernsthaft?«

»Ja.«

»Ich ziehe es nun mal vor, jemanden zu fragen, dem ich vertraue und der mir nicht nur hilft, weil er sich davon eine Gegenleistung verspricht. Also, was willst du hier?«

Das sitzt. Sie vertraut mir nicht?

»Drake hat eine Frau auf dem Zimmer und ...«

»Und da dachtest du, du spazierst hier rein, ohne mich vorher zu fragen?«

Langsam gehe ich auf sie zu, schaue ihr tief in die Augen und knie mich dann vor sie.

»May, dürfte ich in Eurem Gemach nächtigen? Ich wurde von meinem Gefährten verstoßen und wäre ansonsten gezwungen, in der Kälte zu erfrieren. Ich flehe Euch an, erhört meine Bitte und gewährt mir Unterschlupf.«

Ihre Lippe zuckt, doch sie verkneift sich das Lachen.

»Was bietet Ihr mir, wenn ich Euch Asyl gewähre?«

»Was wollt Ihr haben von einem Mann, der nichts als seine Kleider am Leibe trägt?«

Ihre Augen funkeln. Der Eisberg, den ich noch vor Kurzem dort sah, hat sich in ein glitzerndes Meer verwandelt. Obwohl sie keinerlei Make-up mehr trägt, wirkt sie alles andere als gewöhnlich. Etwas in ihrer Mimik hat sich verändert und zieht mich magisch an. Ich will sie besitzen und jede kleinste Reaktion, zu der sie fähig ist, hervorlocken.

Wie in Trance lege ich die Hände auf ihre Beine und lasse sie seitlich bis hin zu ihren Hüften gleiten. Dabei ist mir egal, wohin das führt, denn ich will sie einfach nur berühren.

»Was tust du da?«, fragt sie und mir entgeht nicht die Nervosität, die in ihrer Stimme mitschwingt. Die Frage ist berechtigt. Was mache ich hier? Ich kann es selbst nicht sagen, will aber auch nicht aufhören, sie anzufassen. Mir wird erst jetzt bewusst, dass sie mit diesen Schlafshorts über den Flur gelaufen ist, dass Mal sie darin gesehen hat und weiß Gott, wer noch alles. Meine Brust wird eng; mir ist, als ließe jemand die Luft aus meinen Lungen. Ich wünsche mir diese hässlichen Klamotten an ihr zurück, damit keiner sieht, was ich sehe. Noch immer ruhen meine Hände auf ihren Hüften, ich will alles und doch nichts. Hilflos schaue ich zu ihr auf und begegne ihren warmen Augen. Sie soll mir sagen, was ich nicht weiß.

»Vader? Alles okay bei dir?«

May legt eine Hand an meine Wange, und ich erwische mich dabei, wie ich den Kopf leicht neige, um diese Berührung voll auszukosten. Es fühlt sich gut an, wenn sie mich anfasst, doch sie tut es viel zu selten. Immer dann, wenn wir uns zufällig berühren, reißt sie sich von mir los, als stünde ich unter Strom. Als wollte das scheiß Schicksal diese Situation untermalen, erhellt ein Blitz das Zimmer und May zuckt zusammen. Das sofort folgende Grollen des Donners hallt im ganzen Gebäude wider. Sie löst sich von mir und huscht zu dem kleinen Nachttisch zwischen den Betten, wo sie ihr Handyladegerät aus der Steckdose zieht und auch gleich die Nachttischlampe aussteckt. Ich stehe auf und sehe ihr dabei zu, wie sie auch den Fernseher und jegliche anderen elektrischen Geräte von der Stromversorgung kappt.

»Was bitte tust du da?«

Ertappt blickt sie auf und errötet.

»Ähm. Das ist so ’ne Eigenart von mir. Ich hasse Gewitter und will nicht, dass alles kaputtgeht, wenn der Blitz einschlägt.«

»Ich wette, das Gasthaus ist gut versichert.«

»Aber wenn ich so ...« Sie kommt nicht dazu, den Satz zu beenden, denn das erneute Donnern, diesmal viel lauter als zuvor, lässt sie fast erstarren. Regentropfen prasseln gegen das Fenster und werden mit jeder Sekunde lauter.

May setzt sich kerzengerade auf ihr Bett, zieht sich die Decke bis zur Brust und lehnt sich dann mit dem Rücken gegen das Kopfende.

»So schlimm?«, frage ich und lasse mich auf dem anderen Bett nieder.

Sie nickt nur, und ich bin überfragt, was ich tun soll, denn mal ehrlich, so etwas wie das hier ist mir vollkommen fremd. Wenn ich mit einer Frau zusammen bin, dann herrscht pure Action und nicht das große Schweigen. Normalerweise gehe ich allein zu Bett, und wenn draußen ein Gewitter aufzieht, betrachte ich es von meinem Fenster aus.

Allein.

Immer.

Ich habe keine Ahnung, ob die Frau, mit der ich zuvor geschlafen habe, danach bei sich zu Hause sitzt und Angst vor Blitz und Donner hat.

Zum ersten Mal verstehe ich wirklich, was May mir damals sagen wollte, als sie meinte, ich wisse rein gar nicht, was hinter der Fassade der Person steckt, mit der ich ins Bett gehe.

Doch jetzt bin ich hier. Zwar weiß ich nicht, wie es sich anfühlt, mit May Sex zu haben, doch ich blicke hinter ihre Maske. Mir fallen tausend mögliche Stellungen und Praktiken ein, doch die helfen mir jetzt nicht weiter.

Das Deckenlicht beginnt, unregelmäßig zu flackern und erlischt dann ganz. Kein Wunder bei der alten Bude hier. Wahrscheinlich haben sie noch nicht mal ein Notstromaggregat. Eigentlich kann man sich nichts Besseres vorstellen, als mit einer Frau, die man knallen will, in einem Hotelzimmer festzusitzen.

Erinnert ein wenig daran, mit ihr einen Horrorfilm zu schauen. Sie schlingen verängstigt die Arme um einen, während man sie auf die bestmögliche Art und Weise ablenkt. Ich wette, ich könnte auch May jetzt ablenken, indem ich sie ausziehe und zum Stöhnen bringe. Doch es sind nicht die Bilder von nackten ineinander verschlungenen Leibern, die sich gerade in meinen Kopf stehlen, sondern die Erinnerung an meine Kindheit.

Ich war dreizehn und mit meiner fünf Jahre jüngeren Schwester Amber allein zu Hause. Ein Unwetter zog zum frühen Abend auf und erreichte seinen Höhepunkt irgendwann in der Nacht. Mit Tränen in den Augen stand sie vor meinem Bett und fragte, ob sie bei mir schlafen könne. Sie zitterte vor Angst am ganzen Leib und schluchzte bei jedem Donnerschlag laut auf. Damals war ich völlig überfordert und tat dann instinktiv das Richtige, indem ich sie in mein Bett krabbeln ließ, die Decke über uns zog und sie in den Armen hielt. Bestimmt eine Stunde lang, sang ich ihr ihre Lieblingslieder vor und irgendwann schlief sie ein. Sie war so klein und verletzlich, und ich kam mir wie ein Held vor, da es mein Verdienst war, dass sie sich sicher fühlte. Danach war sie nicht mehr so frech, schob Dinge, die sie verbockt hatte, nicht dauernd auf mich und erledigte hin und wieder sogar meinen Teil der Hausarbeit. Ich wusste überhaupt nicht, dass diese Erinnerung in meinem Kopf noch existierte.

Es klopft an der Tür und ich stehe auf, um zu schauen, wer es so spät wagt, bei May aufzutauchen.

Saints verwundertes Gesicht blickt mir entgegen.

»Was willst du hier?«

»Alter, was tust du in Mays Zimmer?« Er versucht, an mir vorbeizuschauen, doch ich versperre ihm die Sicht, indem ich mich wie ein Schrank vor ihm aufbaue.

»Das geht dich einen verdammten Kehricht an. Ich empfehle dir, jetzt zu gehen und nie wieder auf die dämliche Idee zu kommen, nachts bei May aufzutauchen.«

Saint legt den Kopf schräg und verzieht das Gesicht zu einem dämlichen Grinsen.

»Kumpel, alles gut. Ich war nur bei der Rezeption. Ein Strommast in der Nähe wurde vom Blitz getroffen und es wird bis morgen früh dauern, bis sich jemand darum kümmern kann. Sie haben mir Kerzen und Streichhölzer mitgegeben, und ich wollte nicht, dass May hier im Dunkeln sitzen muss.«

Erst jetzt fallen mir die Kerzen in seiner Hand auf. Ich nehme ihm eine ab und schlage ihm dann die Tür vor der Nase zu. Bleibt nur für ihn zu hoffen, dass er die Wahrheit gesagt hat, denn sonst muss er auf den nächsten Pressefotos leider mit vermöbelter Visage in die Kamera grinsen.

Ich zünde die Kerze an und stelle sie auf den Nachttisch zwischen uns. Mays Augen sind geschlossen, doch sie sitzt noch immer aufrecht im Bett.

»Er wollte sicher nur nett sein«, sagt sie irgendwann.

»Glaub mir, die Art von nett sein hat nichts mit der Rettung einer hilflosen Maid zu tun.« Eher mit ihrem Verderben.

Sie öffnet ein Auge und blinzelt mich an.

»Und woher willst du wissen, dass ich kein Interesse daran gehabt hätte, die hilflose Maid zu spielen?«

Bei dem Gedanken daran, dass einer der Jungs oder ein anderer Kerl sie anfassen könnte, wird mir schlecht. Ich bin ein verschissener Egoist und muss mir eingestehen, dass ich sie haben will. Bevor ich mit ihr fertig bin, soll kein anderer Wichser seine Finger auch nur in ihre Nähe bringen.

»Ist es das, was du willst? Von der unschuldigen, prüden Autorin zu einem Bandgroupie werden?«

»Das war ein Scherz, Vader.«

Sie schaut aus dem Fenster. Ihr Dekolleté hebt und senkt sich viel zu schnell, als wäre sie gerade einen Marathon gelaufen.

»Du solltest versuchen zu schlafen«, schlage ich vor und stehe dabei auf, um mich auszuziehen. Normalerweise bevorzuge ich es, nackt zu schlafen, doch ausnahmsweise spiele ich mal den Gentleman und behalte die Boxershorts an. Als ich gerade meine Klamotten auf dem Stuhl neben der Tür abgelegt habe, fällt mir auf, wie May mich angafft. Völlig unverhohlen gleiten ihre Augen über meinen Körper, und ich habe plötzlich keine Kontrolle mehr darüber, unter ihrem Blick nicht hart zu werden.

MAY

Vader ist unberechenbar, unvorhersehbar und ein arroganter Mistkerl. Es ist also ganz natürlich, dass ich, als sein Bett quietscht und er aufsteht, zu ihm sehe, um herauszufinden, was er nun schon wieder vorhat. Da er sich lediglich auszieht, will ich im Grunde sofort wieder wegschauen. Aber dieser Körper, diese Muskeln, die bei jeder Bewegung unter seiner Haut tanzen, machen es mir unmöglich. Wie hypnotisiert betrachte ich jeden Zentimeter Haut, den er freilegt, und als er sich umdreht, nur noch in sehr tief auf seinen Hüften sitzenden Boxershorts, muss ich aufpassen, dass mir der Mund nicht aufklappt. Seine Bauchmuskeln sind definiert; bunte Tattoos zieren seine Brust, und dann ist da dieses verräterische V, welches auf Beckenhöhe beginnt und schließlich in seinen Shorts verschwindet. Ich folge den Linien und versuche mir vorzustellen, was sich unter dem Stoff verbirgt. Dieses Kribbeln, das sonst nur einsetzt, wenn er mich berührt, überwältigt mich. Wie ein Magnet, der sein Gegenstück gefunden hat, fühle ich mich von ihm angezogen, und selbst wenn ich wollte, könnte ich den Blick nicht abwenden. Mir ist bewusst, dass er jetzt, wo er zu mir gewandt dasteht, sehen kann, dass ich ihn anstarre. Unbewusst presse ich die Schenkel fest zusammen, was ein fataler Fehler ist, denn ein unbändiges Verlangen schießt mir dabei in den Unterleib und bringt mich ungewollt dazu, zu stöhnen. Vader setzt sich in Bewegung und kommt auf mich zu. Zum ersten Mal seit Minuten traue ich mich, sein Gesicht zu betrachten. Es ist, als spiegle sich meine eigene Lust in ihm wider. Er wirkt entschlossen, als er vor meinem Bett stehen bleibt. Ich habe keinen blassen Schimmer, wie so was abläuft, doch mein Kopf schaltet sich in dem Moment, als ich wieder an ihm hinunterblicke und die beachtliche Erektion in seiner Hose erspähe, komplett ab. Dieser Abend, dieser Mann, dieses Leben, alles ist derart unwirklich, dass ich keinen Gedanken daran verschwende, was richtig und falsch ist oder welche Konsequenzen mich erwarten, wenn ich die Hand ausstrecke und ihn berühre. Also tue ich es einfach. Meine Fingerspitzen gleiten über seinen Bauch, und mein vernebelter Kopf vernimmt gerade so noch das zischende Geräusch, welches er von sich gibt, als ich ihn anfasse. Ungeniert erkunde ich die straffe Haut und die Muskeln, die fest und unnachgiebig darunterliegen. Er bekommt eine Gänsehaut, und als wären unsere Körper miteinander verbunden, geht diese auch auf mich über. Alles um mich herum summt und schwingt im Einklang. Gedanken verschwinden im Nichts, und obwohl ich keine Ahnung habe, was ich tun soll, scheint mein Körper instinktiv zu wissen, was *er* will. Von seinem Bauch streiche ich zu seinem Arm. Feine Härchen kitzeln unter meinen Fingerspitzen, und ich taste weiter bis zu seiner Hand, doch als ich danach greifen will, zieht er sie zurück. Ich sehe zu ihm hoch und begegne seinem unsicheren Blick. Wüsste ich nicht, dass das hier für ihn das Normalste der Welt ist, hätte ich glatt gesagt, er wäre nervös. Mir fallen seine Worte von gestern Abend ein. Er wollte nichts tun, was ich nicht auch wollte. Aber das hier will ich. Noch nie zuvor wollte ich es mehr und mit einer solchen Intensität, also greife ich erneut nach seiner Hand. Diesmal lässt er es geschehen und blickt herab auf unsere ineinander verschlungenen Finger. Ich ziehe ihn zu mir aufs Bett und schiebe dabei die Bettdecke von mir. Nichts soll mir die Sicht auf seinen perfekten Körper versperren. Die Matratze gibt unter ihm nach und er legt sich seitlich, mit dem Gesicht zu mir, neben mich. Noch immer hält er meine Hand und streicht mit seinem Daumen über meine Haut.

»Wieso fasst du mich nicht an?«, flüstere ich.

Er wendet den Blick nicht ab, sondern schaut mir noch tiefer als zuvor in die Augen.

»Weil ich dich nicht zerstören will. Wenn ich dich jetzt berühre, dann will ich alles von dir. Wenn ich spüre, wie nass du bereits bist, will ich dich kosten, und wenn ich dich auf meiner Zunge schmecke, dann will ich mich in dir verlieren. So lange und so tief, bis du deinen eigenen Namen nicht mehr kennst.«

Seine Worte treffen mich direkt zwischen den Beinen, wo sich das leichte Kibbeln in ein starkes Pulsieren verwandelt. Ich will alles von dem, was er gesagt hat. Dabei ist mir völlig egal, wie verquer die Situation danach zwischen uns werden könnte. Mein Kopf hat Sendepause, und ich lasse mich von der süßen Qual antreiben, die verspricht, dass diese Nacht mich verändern wird. Also stehe ich auf, finde den Mut, mein Shirt über den Kopf zu ziehen und meine Schlafshorts von den Hüften zu schieben. Vollkommen nackt, entblößt und erhitzt, stehe ich vor ihm, spüre seine Blicke, die meine Haut streicheln.

»Verdammte Scheiße, May. Ich hoffe, du bist dir darüber im Klaren, dass du noch maximal zehn Sekunden hast, um ins Bad zu flüchten und dich einzusperren, bevor ich für nichts mehr garantieren kann.«

Zehn Sekunden, bis all das, was ich mir wünsche, wahr wird? Langsam beginne ich, zu zählen, komme jedoch nur bis fünf, als Vader sich aufrichtet, auf die Knie setzt und mit seinem sündigen Mund meine Brustwarze umschließt. Das Gefühl seiner saugenden Lippen entlockt mir ein kehliges Stöhnen. Ich kann rein gar nichts dagegen tun, denn etwas Vergleichbares habe ich nie zuvor gespürt. Es ist, als wäre jede einzelne Zelle meines Körpers mit dieser einen Stelle verbunden. Mit seiner Hand zieht er mich zum Bett, hält mich zwischen ihm und seinem Mund gefangen. Ganz leicht knabbert er mit den Zähnen an meinem Nippel, bevor er seine seidenweiche Zunge wie Balsam darüber gleiten lässt. Meine Beine geben nach, also lehnt er sich nach hinten, sodass ich ihm folge, bis er mich auf die Matratze drückt und sich über mich beugt, um das Spiel erneut zu beginnen. Bereits ziemlich sicher, allein dadurch jeden Moment zu kommen, hört er plötzlich auf.

»Ist alles okay?«, fragt er ganz vorsichtig.

»Nein, verdammt«, gebe ich wütend zurück. Bei Garret bin ich nie gekommen, doch Sex mit ihm löste auch kein solch unbändiges Verlangen aus wie Vader nur mit seinem Mund an meiner Brust.

Fast reumütig sieht er mich an, und die Muskeln an seinen Armen beginnen zu tanzen, sobald er sich etwas aufrichtet und damit immer weiter von mir entfernt.

»Was zur Hölle tust du da?«

Er hebt abwehrend die Hände und stammelt eine Entschuldigung. Er entschuldigt sich? Denkt er, ich will das hier doch nicht?

»Es ist nicht okay, weil du aufgehört hast«, wispere ich nun etwas versöhnlicher.

Ein teuflisches Grinsen erscheint auf seinem Gesicht, und er berührt mit einem Finger meine Brust, fährt hinunter über meinen Bauch und schaut mir dann ganz ungehemmt zwischen die Beine. Seine Hand folgt seinem Blick und als er meine Klitoris berührt, zerspringe ich fast.

»Gott, May, du bist klitschnass.«

Er sagt das so ernst, dass ich mich augenblicklich schäme. »Sorry, ich ...«

»Du entschuldigst dich gerade nicht ernsthaft dafür, feucht für mich zu sein?«, fragt er ungläubig und ich drehe den Kopf weg.

Vader setzt sich auf, krabbelt ans Bettende und packt mich an den Hüften, um mich in die Bettmitte zu ziehen. Bevor ich auch nur ahnen kann, was er vorhat, spüre ich seine Hände auf meinen Schenkeln. Sie gleiten bis hin zu meinen Knien und drücken sie auseinander, nur um sie dann hochzuschieben und somit anzuwinkeln. Mit weitgespreizten Beinen liege ich vor ihm, seinen Blicken völlig ausgeliefert. Ich spüre die kühle Luft, die nun auf meine feuchte Haut trifft. Er sieht wirklich alles von mir.

»Baby, du bist verdammt perfekt. Schäme dich nie, so dermaßen bereit für mich zu sein. Ich kann es kaum erwarten, von dir zu kosten.«

Er platziert sich genau zwischen meinen Beinen und rutscht ein Stück herunter. Seine Lippen schweben vor meiner Mitte und ich spüre seinen warmen Atem dort, wo noch nie zuvor ein Mann mit seinem Gesicht war. Garret hat mich nie wirklich berührt, geschweige denn seinen Mund an eine andere Stelle als auf meine Lippen gelegt. Er hat mir immer vermittelt, dass sich so was nicht gehört, dass es etwas Verbotenes ist. Niemals hätte er gesagt, dass es ihn anmacht, wenn ich feucht für ihn bin. Doch das war ich auch nie so sehr wie jetzt.

Als Vaders Mund auf meine Schamlippen trifft, werfe ich den Kopf nach hinten und schließe die Augen.

Er küsst mich, streicht währenddessen mit einem Finger vorsichtig über die empfindliche Haut und schiebt ihn dann ganz langsam in mich hinein. Ich gebe unzusammenhängende Worte von mir und kralle meine Finger in die komplett zerwühlten Laken.

»Du schmeckst süßer, als ich jemals gedacht hätte. Gib mir mehr davon. Lass los, May. Ich will, dass du an meinem Mund kommst, laut und heftig.«

Er leckt über meine feuchte Mitte und konzentriert sich dann auf meine Klitoris. Abwechselnd streicht seine Zunge federleicht darüber, nur um dann wieder mit mehr Druck kleine Kreise zu ziehen. Ich stütze mich auf die Ellbogen, bin völlig fasziniert, wie sehr mich dieses Bild von ihm, den Kopf zwischen meinen Beinen vergraben und den Blick auf mein Gesicht gerichtet, anmacht. Ein freches Lächeln breitet sich auf seinen Zügen aus, nur erkennbar anhand der kleinen Fältchen an seinen Augen, die sich dabei bilden. Noch ehe ich im Stande bin zu verstehen, was ihn dazu bewegt, krümmt er den Finger, der bisher völlig reglos tief in mir verweilt hat und beginnt, über einen Punkt in meinem Inneren zu reiben, der mir fast das Bewusstsein raubt. Seine Zunge bewegt sich schneller, und in mir baut sich etwas auf, das so viel größer ist, als das gestern Abend. Ich habe fast Angst, es zuzulassen und verkrampfe mich, was Vader natürlich nicht entgeht.

»May, lass los. Ich bin hier.«

Mein Körper reagiert augenblicklich, und die Welt bricht um mich herum auseinander und setzt sich dann neu wieder zusammen. Bunte Blitze zucken vor meinen Augen, reißen alles unter mir weg, lassen mich in die Tiefe stürzen. Ein Laut dringt an mein Ohr, doch erst Momente später eröffnet sich mir, dass er von mir kam. Das einzig Beständige sind Vaders Augen, die keine Sekunde den Blickkontakt unterbrechen und mich halten, während alles andere auseinanderfällt. Als das Gefühl nachlässt, ist sein Mund noch immer da. Seine Lippen verteilen beruhigende Küsse, erst auf meinen Schenkeln, dann auf meinem Bauch, bis hin zu meinem Hals. Zuletzt schweben sie über meinem Mund und ich überbrücke die letzten Millimeter, die fehlen, indem ich den Kopf anhebe und mich einem Kuss ergebe, der jeden zuvor in den Schatten stellt und letztlich auslöscht.

EPISODE 4 – Der Todesstern ist ein Wellnesshotel

VADER

»Das war der absolute Wahnsinn. Hast du gesehen, wie sie abgegangen sind? Sie haben es geliebt.« Mal ist ähnlich high von unserer Show wie wir anderen auch. Erstmalig haben wir auf einem Festival neben unserer Covershow auch ein paar eigene Songs gespielt und das Publikum ist voll darauf abgefahren. Ich habe bisher viel Musik und auch Texte dazu geschrieben und sie an andere Künstler verkauft, die damit richtig erfolgreich waren und anständige Chartplatzierungen erreichen konnten, doch mit meinen Jungs auf der Bühne zu stehen und Songs aus meiner Feder zu spielen, ist wie ein Rausch und mit nichts vergleichbar.

Nachdem die *Women's Lifestyle* im Zusammenhang mit dem Buchprojekt auch einen Bericht über *Sinister Five* gebracht hatte, zogen andere Magazine nach und wir wurden über Nacht bekannter, als wir uns je hätten träumen lassen. Drake macht wahnsinnig gute Öffentlichkeitsarbeit, richtete eine Facebookseite ein und beauftragte einen Kerl namens Dave damit, eine gescheite Homepage zustandezubringen. Weil mehrere Plattenlabels bei uns angeklopft haben, beratschlagen wir aktuell, wie es mit der Band weitergehen soll. Bisher kam keiner von uns auf die Idee, dass wir irgendwann mal an diesen Punkt kommen könnten. Mein Wunsch, etwas Eigenes auf die Beine zu stellen, erfüllte sich. Die Leute lieben es, und damit bin ich zufrieden. Doch richtig auf Tour gehen, monatelang in einem Bus leben, der Presse mein Privatleben auf dem Silbertablett liefern? Schwer vorstellbar. Glücklicherweise müssen wir uns darüber noch keine Gedanken machen, denn für dieses Jahr sind wir ohnehin ausgebucht und haben so noch reichlich Zeit, zu entscheiden, wohin der Weg führen soll.

»Wir sollten los, wenn wir noch zur Aftershowparty wollen.« Seit die Frauen uns aus ihren Klatschblättern kennen, rasten sie geradezu aus, sobald wir den Raum betreten. Dachten wir früher, wir könnten uns nicht vor Angeboten retten, dann war das ein Witz gegen das, was jetzt abgeht. Frauen wollen einen Rockstar zwischen ihren Beinen; dabei ist ihnen jedes Mittel recht und keine Anmache zu billig. Drake, der selbst kein Kind von Traurigkeit ist, hat uns geraten, die Rumfickerei in nächster Zeit nicht zu übertreiben, um nicht sofort von gute in schlechte Presse zu geraten. Die Ansage hätte er sich bei mir sparen können, denn mir ist die Lust darauf vergangen. Einmal mehr muss ich den Kopf über mich selbst schütteln. Ich bin echt im Arsch, dabei fängt es gerade erst an.

Am folgenden Montag, ich bin gerade beim Frühstück, klingelt der Postbote. Neben einem Päckchen übergibt er mir auch einen großen braunen Umschlag. Zurück in der Küche bei meinem heißgeliebten Kaffee begutachte ich zunächst das Päckchen, welches die DVDs beinhaltet, die ich vorgestern bestellt habe. Der Inhalt des Umschlags verwundert mich zunächst und ich denke schon darüber nach, in den Flur zu rennen und dem Postboten zu sagen, er habe sich wohl in der Hausnummer vertan, doch dann wird mir klar, warum mir jemand eine

Frauenzeitschrift schickt. Es ist die *Women's Lifestyle*-Ausgabe, mit dem ersten Teil von Mays Buch. Es ist als Heft extra verpackt, und als ich noch mal in den Umschlag schaue, finde ich eine kleine Karte.

Großartige Leistung. Ruf mich an, wenn du einen freien Abend hast. XXX Nora

Würg. Selbst erfolgreiche Zeitungstanten sind Opfer ihrer notgeilen Hormone.

Wie ein Individuum aus einer anderen Galaxie betrachte ich das kleine Heftchen. Das Cover glänzt mir silbern entgegen und der Titel *I want you to Want me* wird von schwarzen Buchstaben gebildet, die nach unten hin zu zerfließen scheinen. Irgendwie bringe ich es nicht über mich, diese ersten Kapitel zu lesen. Ich meine, ich weiß, was sinngemäß drinsteht, aber wirklich gelesen habe ich nur einmal etwas von dem, was wir gemeinsam zu Papier gebracht haben. Manchmal hat May mir eine Passage vorgetragen – natürlich immer darauf bedacht, dass es keine Sexszene war, damit sie nicht die bösen Worte aussprechen musste – und ich gab meinen Senf dazu. 21 Tage ist es jetzt her, dass wir uns in diesem Gasthaus zuletzt gesehen haben. Dabei war es nicht May, die sich in ihrer Prüderie zurückgezogen hat, sondern meine mitleidserregende Wenigkeit. Ich wollte nicht, dass sie in das Ganze etwas hineininterpretiert, und dachte, etwas Abstand würde uns guttun. Aus ein paar Tagen wurden Wochen. Anfangs rief sie mich dauernd an und schrieb mir Nachrichten, doch mit der Zeit wurde es weniger, und seit letzter Woche höre ich gar nichts mehr von ihr. Ich las jede SMS und fragte auch jede Nachricht auf der Mailbox ab, daher wusste ich, dass es immer nur um das Buch ging. Klang sie zunächst noch freundlich, wurde ihr Tonfall zunehmend wütend, bis sie irgendwann nur noch enttäuscht seufzte. Oft saß ich vor meinem

Handy, starrte es an, während mir ihr Name engegenleuchtete, und doch konnte ich mich einfach nicht überwinden, sie anzurufen. Frauen haben mir schon viele Titel verpasst. Von *Schwanzlutscher* bis hin zu *Arschloch* war wirklich alles dabei, aber ich wollte nicht, dass auch May irgendwann so über mich spricht.

Ich weiß, wie sie aussieht, wenn sie abends im Garten sitzt und die letzten Sonnenstrahlen ihr Haar in tausend Nuancen erscheinen lassen; ich weiß, dass sie viel zu viel Milch in den Kaffee kippt; habe die Angst in ihren Augen gesehen, als das Gewitter aufzog, und ich höre noch immer ihre Stimme oder wie sie stöhnt, während sie kommt. Ob ich will oder nicht, ich kann sie nicht mit demselben Stempel versehen, den ich bisher jeder anderen aufdrückte. Dafür kenne ich sie zu gut.

Die letzte Frau, mit der ich so viel Zeit verbracht habe, war Kelly, und wie das ausging, habe ich nur zu deutlich vor Augen. Auch nach all den Jahren.

Ich schwinge also meinen Hintern ins Bad, um zu duschen und dann an ein paar Songideen zu arbeiten. Trotzdem geistern May und diese Rockstar-Story immer wieder durch meine Gedanken. Am frühen Abend habe ich das Gefühl, dieses beschissene Heft brennt sich gleich durch meinen Schreibtisch. Ich habe es von der Küche mit ins Wohnzimmer, wieder in die Küche und letztlich mit zu meinem Schreibtisch im Schlafzimmer geschleppt. Den ganzen scheiß Tag lang frage ich mich, wieso ich es nicht einfach lese. Es ergibt einfach keinen Sinn, dass ich mich so dagegen sträube. Auf der anderen Seite bin ich May nicht aus dem Weg gegangen, um dann geradewegs in ihren Kopf zu schauen, denn nichts anderes ist dieses Buch. Es ist etwas, das zwei Menschen, die unterschiedlicher nicht sein könnten, an einen Tisch und letztlich auch irgendwie in ein Bett gebracht hat. Dieses Heft stellt meinen ganz persönlichen Absturz dar.

Abgefuckte fünfundvierzig Minuten später habe ich es getan. Ich habe jedes kleine Wörtchen aufgesaugt. Es ist Frauenkram, aber brillant geschrieben. May hat's echt drauf.

Das sind zumindest die Gedanken, die mein Verstand mir weiszumachen versucht und die auch der Wahrheit entsprechen. Etwas tiefer in mir läuft jedoch eine völlig andere Story ab, denn obwohl sie das erste Aufeinandertreffen und die Dialoge zu Beginn so geschrieben hat, wie wir es geplant haben, so glich der letzte Teil – nun ja, wie soll ich es nennen? – einer Liveberichterstattung!

***

Ich misshandle die Türklingel so lange mit meinem Finger, bis mir endlich geöffnet wird. Eine völlig verdutzte, zurechtgemachte May blickt mich aus zusammengekniffenen Augen an. Ihr Haar ist offen und fällt in hübschen goldbraunen Wellen über die Schulter. Dezentes Make-up lässt sie geradezu strahlen und ihre Lippen noch köstlicher wirken, als sie es ohnehin sind. Wieso in Hergottsnamen trägt sie ein Kleid? Und wieso ist dieses Kleid nicht so hässlich wie die, die sie sonst anhatte? Es ist korallfarben, geht ihr bis zur Mitte der Oberschenkel, und obenrum korsagenähnlich geschnitten. Es überlässt wirklich nichts der Vorstellung, ist aber auch nicht so freizügig, dass irgendwas heraushängt oder so. Aber fuck ... So kann sie doch nicht rumlaufen. Ich stürme an ihr vorbei, klatsche den braunen Umschlag auf ihren Küchentresen und renne wie ein Irrer auf und ab.

»Kannst du mir sagen, was das ist?«, frage ich sie, als sie endlich ebenfalls im Raum erscheint.

»Hm, auf den ersten, ungeschulten Blick würde ich sagen, es ist ein Umschlag.«

»Baby, versuch's noch mal«, bringe ich zwischen zusammengebissenen Zähnen hervor.

Sie tritt näher an den Tresen heran, beugt sich über den Umschlag und zieht die Augenbrauen hoch.

»Okay, es IST ein Umschlag. Und er ist an jemanden adressiert, dessen Eltern ihn zu hassen scheinen. Wilson Eugene Quentin Swee ...« Sie beendet ihren Satz nicht, sondern schaut mich ernst an.

Und dann bricht sie in Gelächter aus.

»Oh mein Gott, sag mir nicht, dass das dein Name ist?«

»Lass es, Baby«, knurre ich. Ich bin hier, um mich zu streiten und nicht, um die Witzfigur zu spielen. Langsam gehe ich um den Tresen herum, den Blick auf den Umschlag gerichtet. May muss ahnen, was ich vorhabe, denn sie greift danach und rennt damit ins Wohnzimmer.

»Oh mein Gott. Echt jetzt?«, quiekt sie, während ihr Lachtränen die Wangen herunterrinnen.

»Gib mir den verschissenen Umschlag wieder«, sage ich in ruhigem Ton.

»Du willst diesen Umschlag, Wilson ... Eugene ... Quentin?« Vollkommen ernst betont sie jedes einzelne Wort und prustet dann sofort wieder los. Als sie den Blick senkt, mache ich zwei große Schritte auf sie zu. Sie will zurückweichen, doch direkt hinter ihr befindet sich der Wohnzimmerschrank. Also sitzt sie in der Falle.

Mit beiden Armen stütze ich mich rechts und links von ihr ab und erdolche sie geradezu mit meinen Blicken. Ganz langsam fällt ihr Grinsen in sich zusammen.

»Genug gelacht?«

Ihre Augen weiten sich, während ich mit einem Finger an ihrem nackten Bein hinauffahre. Als ich das Kleid bis zum Becken hochgeschoben habe, öffnen sich ihre Lippen und sie atmet scharf ein. Man kann fast dabei zusehen, wie sich die Röte über den Ansatz ihrer Brüste bis hin zu ihren Wangen ausbreitet. Als ich mich vorbeuge, den Mund so nah an ihrem, dass ich das Zittern ihrer Lippen spüren kann, hält sie den Atem an.

»Glaubst du wirklich, es ist klug, dich über mich lustig zu machen?«

Als Antwort erhalte ich ein leises Stöhnen. Ich kann das nicht, wenn sie mich so ansieht, als würde sie mir nur allzu gerne ihre Seele verkaufen, also packe ich fest ihre Hüften und drehe sie um. Eingekeilt, mit der Wange an die hochglänzende Oberfläche des Schrankes gelehnt, gefällt sie mir schon besser. Erneut fahren meine Finger über die glatte, kühle Haut ihres Schenkels. May stöhnt jetzt schon lauter, streckt den Hintern raus und reibt sich an meiner nicht mehr zu verbergenden Erektion. Ich greife in ihr Haar und wickle mir ganz sanft, aber bestimmt eine Strähne um den Finger. Dabei geht es lediglich darum, ihr klarzumachen, dass ich den Takt vorgebe. Während ich sie an Ort und Stelle halte, gleite ich mit meiner anderen Hand zu ihrem Höschen. Ich streiche über den Spitzenstoff und spüre, wie feucht sie bereits ist. Gott, wie habe ich das vermisst. Diesmal drückt sie mir nicht ihren süßen kleinen Arsch in den Schritt, sondern kommt meiner Hand mit den Hüften entgegen. Gieriges kleines Biest. Ich ziehe den Spitzenstoff zur Seite und dringe ohne Vorwarnung mit einem Finger tief in sie ein. Bei den Lauten, die sie von sich gibt, werden selbst mir fast die Beine weich. Sie spielt nichts vor, bemüht sich nicht, erotisch zu klingen, wie die Schlampen in den Pornos. Mays Stimme ist viel mehr Lust, Verführung, Anspannung und Verlangen. Ihr ganzer Körper signalisiert mir, dass sie mich will. Nein, nicht einfach nur von einem halbwegs berühmten Kerl gevögelt werden, sondern wirklich mich. Meine Berührungen, meine Lippen auf ihrer erhitzten Haut, meine

Stimme, mit der ich sie durch versaute kleine Sprüche zum Kommen bringe.

Mit meinem Mund ganz nah an ihrem Ohr lache selbstgefällig.

»Baby, nenn mich, wie du willst, doch sei dir gewiss, dass ich zwar altmodische Vornamen trage, ich dich aber auf jede erdenklich neumodische Art ficken kann.« Mit dem Daumen umkreise ich ihre Klitoris, spüre, wie sie immer mehr verkrampft und somit ganz nah davor ist. Immer dann, wenn sie zu zittern beginnt, ihre Muskeln fest um meinen Finger zusammenzieht, höre ich auf.

»Vader, bitte«, fleht sie.

Ich nehme einen zweiten Finger hinzu, gleite langsam aus ihr heraus und wieder hinein, immer darauf bedacht über den Punkt in ihrem Inneren zu reiben, der sie absolut willenlos macht. Mir ist klar, dass sie sofort in tausend Teile zerspringen würde, wenn ich meinen Daumen erneut über ihre Klit kreisen ließe, doch ich bin nun mal ein selbstgerechtes Arschloch, und bevor ich nicht loswerde, was ich loswerden wollte, kommt hier nichts und niemand.

»Du lachst ja gar nicht mehr, May. Hast du gelacht, als du in deinem Buch geschildert hast, wie ich es dir mit deiner eigenen Hand gemacht hab?«

»Nein, ich ...«

Wieder setze ich meinen Daumen ein und wieder lasse ich sie nicht kommen. Verzweifelt presst sie ihren Unterleib gegen meine Finger, bewegt sich auf und ab, versucht es sich selbst, mit Hilfe meiner Hand zu machen. Mein Schwanz schmerzt. Ich will sie, will mich endlich in ihr versenken, spüren, wie sie sich um mich zusammenzieht, während sie kommt, doch das muss warten.

»Hat es dich amüsiert, als du beschrieben hast, wie ich dich geleckt habe, May? Hast du währenddessen mitgeschrieben oder hat sich diese Nacht in dein Hirn gebrannt? Denkst du daran, wie sich meine Zunge zwischen deinen Beinen angefühlt hat, wenn du nachts im Bett liegst?«

Besessen von ihrem Körper und ihrer Lust krümme ich die Finger in ihr und bearbeite ihre Perle so intensiv, dass sie innerhalb von Sekunden kommt. Ihre Muskeln kontrahieren so heftig, dass mir fast schwarz vor Augen wird. Ein heiserer Schrei verlässt ihre Kehle und mit Mühe stützt sie sich an der Wohnwand ab, um auf den Beinen zu bleiben. Wir schnappen beide nach Luft und ich fürchte, wenn ich es nicht bald schaffe, mich von ihr fernzuhalten oder sie endlich zu ficken, wird mir der Schwanz abfallen.

Vorsichtig ziehe ich meine Finger aus ihr heraus und sie dreht sich zu mir um. Ihre Augen sind glasig, kleine Einkerbungen auf ihrer Unterlippe lassen darauf schließen, dass sie eben darauf gebissen hat, und im Ganzen wirkt sie ziemlich erhitzt. Am liebsten würde ich sie über die Couch werfen, ihr Höschen zerreißen und sie so lange ficken, bis sie ihre scheiß Story vergisst.

»Du bist sauer«, schlussfolgert sie aus meinem wahrscheinlich immer noch angepissten Gesichtsausdruck.

»Sauer wäre untertrieben. War das der Plan? Ich hab echt schon viele billige Schlampen erlebt, die sich die tollsten Storys ausgedacht haben, damit ich meinen Schwanz in sie stecke, aber du toppst echt alles. Gibst das kleine Unschuldslamm, erzählst mir, du glaubst nicht an die Liebe, bist noch nie gekommen, bla bla bla. So viel Aufwand, nur damit du aus deinem kleinen Buch eine detailgetreue Berichterstattung nach dem Motto: *Wie bringe ich einen Kerl dazu, mir die Muschi zu lecken* machst? Chapeau, May.«

Mir entgeht nicht, wie sie sich versteift, erst ungläubig und dann ziemlich sauer dreinschaut. Sie ballt ihre Hände zu Fäusten und funkelt mich wütend an.

»Das denkst du von mir?«

Ich lasse von ihr ab und gehe ein paar Schritte durchs Wohnzimmer.

»Du hast jede Bewegung, die meine Zunge an deiner Muschi gemacht hat, detailgetreu beschrieben, also ja, das denke ich von dir.«

»Ganz ehrlich, Vader, du bist ein riesengroßes Arschloch, wenn das dein Ernst ist. Du warst derjenige, der mich hat hängen lassen, der nie an sein Telefon gegangen ist und der meine Nachrichten wahrscheinlich noch nicht mal gelesen hat. Genau an der Stelle des Buches, die so verdammt wichtig war, hast du entschieden, weiterzuziehen und dir neue Spielzeuge zu suchen. Ich hatte einen Abgabetermin und das, was ich da geschrieben habe, war das Einzige, was mir eingefallen ist. Ich habe dich also weder benutzt noch sonst was. Glaub mir, nie im Leben wäre ich allein auf die Idee gekommen, dich überhaupt anzufassen.«

Ich lächle sarkastisch. Verarschen kann sie einen anderen.

»Ich glaube viel mehr, dass du das alles geplant hast und mir dann auf den Keks gegangen bist, weil du dich verknallt hast.«

May lacht verächtlich. »Da glaubst du aber falsch. Mir ging es immer nur um dieses Buch, und mit Sicherheit wäre ich lieber arbeitslos geworden, als dich verführen zu wollen.«

»Da muss ich dir recht geben, denn bei der Klamottenauswahl hättest du das mit dem Verführen auch falsch verstanden.«

»Gut, wo ist dann dein Problem?«, fährt sie mich an.

Ich schnaube und besinne mich dann eines Besseren. May ist wichtig für die Band, denn noch brauchen wir sie für die Publicity. Unser Ruf wäre im Arsch, wenn sie jetzt schlecht in der Presse über mich sprechen würde.

»Ich hab einfach keinen Bock darauf, dass du das, was zwischen uns war, falsch verstehst. Ich bin kein Kerl für was Festes und ich hab keinen Bock auf Liebesgeständnisse bei Kerzenschein.«

»Vader, wie oft denn noch? Ich sehe keine rosa Herzchen, wenn ich an dich denke. So was ist absoluter Schwachsinn. Liebe gibt es nicht wirklich. Zuneigung, Verlangen, Leidenschaft, ja, all das ist existent, aber lass dir gesagt sein, dass ich mich niemals in dich verlieben könnte, denn das ist ein Gefühl, das nicht real ist.«

»Hat der böse Garret der kleinen May etwa so sehr das Herz gebrochen, weil er sie abgesägt hat und jetzt eine andere vögelt?«, ziehe ich sie in kindlicher Sprache auf.

Ihre Miene verfinstert sich, und ihre Augen werden leer, gefrieren wieder zu den Eisklötzen, die ich bei unserer ersten Begegnung gesehen habe.

»Nicht Garret, aber wenn dein eigener Vater dich und deine Mum sitzenlässt für eine Nutte aus Vegas, dann reicht das schon. Wenn er dir am Telefon sagt, es wäre besser, wenn ihr euch nie wiederseht, denn Vatersein sei nicht so sein Ding, und du deine Mum jede Nacht weinen hörst, miterleben musst, wie sie immer mehr dem Alkohol verfällt und dann irgendwann einfach abhaut und sich nie wieder blicken lässt, dann reicht das für ein ganzes Leben.«

Sie hat Tränen in den Augen, und ich fühle mich wie der größte Arsch der Nation. Als ich auf sie zugehe, macht sie einen Schritt zurück.

»Nein, Vader. Geh einfach.«

Zögerlich bleibe ich stehen. Was macht man in einer solchen Situation? Soll ich wirklich gehen oder ist das so ein Frauending, wo sie etwas sagen und das Gegenteil meinen? Kann ich den Telefonjoker wählen und meine Schwester anrufen? Denken bringt nichts; ich höre auf mein Herz, ignoriere ihre abwehrende Haltung und ich schlinge die Arme um sie. Sie wehrt sich, doch wie ein Fels in der Brandung stehe ich da und umfasse sie noch fester. Ihre Versuche, sich von mir zu lösen, werden immer schwächer und schließlich hört sie ganz damit auf und lehnt den Kopf gegen meine Brust.

Sie zittert, will stark sein, kämpft dagegen an, dass ihre Gefühle sie übermannen und ich verstehe sie. Wirklich. Es gab Zeiten, da fühlte ich mich ähnlich. Ich weiß, dass ich nichts sagen kann, was sie irgendwie aufmuntert, deswegen lasse ich es ganz bleiben und streichle ihr stattdessen beruhigend über den Rücken. Wir stehen eine gefühlte Ewigkeit so da, und ich wäre ein Lügner, würde ich es nicht irgendwie genießen, mal ausnahmsweise das Richtige zu tun. Ihr Haar kitzelt an meinem Kinn, als sie den Kopf bewegt und zu mir aufblickt. Sie sieht so unendlich traurig aus, und obwohl ich sie zum ersten Mal so sehe, will ich es nie wieder miterleben müssen. Ich hasse es. Das passt nicht zu ihr. May ist schlagfertig und witzig. Prüde, schlagfertig und witzig – und nervig. Aber diese Traurigkeit macht mich verdammt noch mal fertig, also lege ich die Hände an ihre Wangen, beuge mich zu ihr hinunter und küsse sie so vorsichtig, als wäre sie zerbrechlich. Meine Lippen fahren sanft über ihre. Es hat nichts Lustvolles, obwohl ihr Mund anbetungswürdig ist, doch gerade will ich ihr nur zeigen, dass ich hier bei ihr bin. Keine Ahnung, worüber wir in zehn Minuten wieder streiten, aber in diesem Augenblick möchte ich ihr das Gefühl geben, sicher vor all diesen Dingen zu sein.

Unser Kuss, der irgendwie seltsam intim ist, wird durch das Klingeln an Mays Tür jäh unterbrochen.

»Erwartest du jemanden?«, frage ich leise.

Verdutzt blickt sie mich an, dann lichtet sich der Schleier um uns herum und sie reißt die Augen auf.

»Oh Mist, das ist Drake. Ich hab völlig die Zeit vergessen.« Hektisch löst sie sich von mir, und ohne sie fühlt sich alles plötzlich etwas kälter an.

»Drake?«, frage ich entgeistert. Moment mal, sie hat das für ihn angezogen? »Was will er hier?«

»Er wollte mir mit dem Buch helfen. Wir gehen was trinken.« Sie streicht ihr Haar glatt und schlüpft in die Pumps, die neben der Couch stehen. Derweil bleibe ich an Ort und Stelle wie ein festgewachsener Idiot und starre sie an.

»Tut ihr nicht.«

Sie runzelt die Stirn. »Wie bitte?«

»Ganz sicher gehst du mit Drake nirgendwo hin. Er ist ein Aufreißer, geht mit jeder Frau in die Kiste und ...«

»Ähm, also ist er wie du? Keine Sorge, damit weiß ich ja mittlerweile umzugehen.«

»Sag ihm, du bist krank«, erwidere ich, ohne auf ihren Seitenhieb einzugehen.

»Ganz sicher hast du mir nicht zu sagen, was ich zu tun habe.« Sie nimmt ihre Tasche vom Sideboard und verschwindet mit klackernden Absätzen im Flur.

»May. Du gehst nicht mit ...«

»Du findest sicher allein raus.«

Als die Haustür zufällt, platze ich fast vor Wut, doch da ist noch was anderes, von dem ich nicht weiß, was es ist, allerdings habe ich auch keine Lust, es zu ergründen.

Sie hat mich einfach stehen gelassen. Für einen anderen Kerl. Für Drake.

Er ist so was von tot.

MAY

»Ich stehe also in dieser Kirche vorne am Altar, und alle sehen mich an. Sie sind feierlich gekleidet, was bei uns in der Gegend an Heiligabend absolute Pflicht ist. Meine Grandma tippt sogar jemanden in der Reihe vor sich an und zeigt dann ganz stolz auf mich. Das Licht wird gedimmt und die Geigerin beginnt zu spielen. Meine Auserwählte, Kara Myers, wirft mir verstohlene Blicke zu, was im Alter von 13 Jahren das Größte war, und ich fange an, zu singen. Schon beim ersten Ton bemerke ich, dass etwas nicht stimmt, aber ich mache tapfer weiter. Die freundlichen Gesichter, die mir eben noch entgegenblickten, verziehen sich immer mehr, manche sehen mitfühlend aus, andere eher so, als würde ihnen gleich das Trommelfell platzen. Nach der Hälfte breche ich ab, fange an zu heulen und renne den Gang entlang nach draußen.«

Drake gibt ein paar Storys aus seiner Kindheit zum Besten, und ich kann mich vor Lachen kaum auf dem Stuhl halten. Die Vorstellung von ihm an Heiligabend in einer rappelvollen Kirche und das Einsetzen seines Stimmbruchs genau zu dem Zeitpunkt, als er seinen heimlichen Schwarm begeistern möchte, ist zu komisch. Er hatte absolut recht, dass er mit der Story meine, als ich mich im Feriencamp so erschreckt habe, dass mir die Milch wieder aus der Nase lief, toppen könne.

»Okay, okay, hör auf. Ich kann nicht mehr. Mein Bauch tut schon vom Lachen weh.«

Er grinst mich an, schaut dann auf sein Handy und verzieht das Gesicht ein wenig.

»Alles in Ordnung?«, erkundige ich mich.

Erwacht, aus was auch immer diese Nachricht auf seinem Telefon verursacht hat, schaut er mich wieder freundlich an.

»Hey, die schönste Frau in der ganzen Bar sitzt mit mir an einem Tisch. Es kann also nicht besser sein.«

Fast werde ich etwas verlegen. Drake könnte Flirtweltmeister sein. Er sagt immer genau die richtigen Dinge im richtigen Moment und schafft es, dass man sich in seiner Gegenwart wirklich wie die schönste Frau des Abends fühlt. Nicht wie andere Kerle, die einfach nur unverschämt und egoistisch und ... Ich schüttle den Kopf, um die Gedanken an diesen Jemand zu verwerfen. Morgen habe ich genügend Zeit, darüber nachzudenken, was das vorhin war und was es eventuell zu bedeuten hat. Oder auch nicht.

»Also, wie wird man von dem Jungen, der in der Kirche auf ganzer Linie versagt hat, zu dem, der du jetzt bist?«

Er beugt sich über den Tisch zu mir rüber. »Was bin ich denn jetzt?« Drakes Stimme klingt verführerisch dunkel und vielsagend.

»Willst du Streicheleinheiten für dein Ego?«, scherze ich.

»Wenn es so wäre, was würdest du dann tun, um mein Ego zu streicheln?«

Er ist wirklich gut. Seine Worte erreichen genau das, was er damit wohl zu erreichen versucht: Ich beginne zu flirten, erwische mich dabei, wie ich eine meiner Haarsträhnen um den Finger wickle, ihn so anlächle, wie ich wohl in früheren Jahren Nick Carter von den *Backstreet Boys* angelächelt hätte - nämlich total dämlich - und genauso bescheuert kichere ich über alles, was er sagt.

»Ich stelle meine Frage erneut. Wie wurdest du zu dem gutaussehenden, talentierten, erfolgreichen Musiker, der du heute bist?«

Er lehnt sich zufrieden in seinem Stuhl zurück. »Du findest, ich bin gutaussehend?«

»Beantworte die Frage.«

»Tja, hm. Lass mich nachdenken. Es waren viele Zufälle, aber alles in allem habe ich das wohl Vader zu verdanken.«

Da war er, der eine Name, den ich heute nicht mehr hören wollte.

»Wir sind seit unserer frühen Kindheit befreundet, wuchsen im selben Ort auf, besuchten dieselbe Schule und bauten in unserer Freizeit zusammen mit meinem Bruder jede Menge Mist.« Wieder vibriert sein Handy und wieder hat er diesen Ausdruck auf dem Gesicht, als er darauf schaut. Er legt es weg und sieht mich an.

»Wo war ich? Ach ja. Also wir kennen uns ewig, und nach der Sache in der Kirche hatte ich erst mal die Schnauze voll. Irgendwann kamen Aidan und Vader auf die Idee, eine Garagenband zu gründen, weil die Mädels Bandtypen lieben.«

»Sie wollten eine Band gründen, nur um die Mädels zu beeindrucken?«

Er überlegt kurz und nickt dann. »Ja. Verdammt, wir waren jung, und wir hatten Druck.«

»Bis auf das Jungsein klingt es so, als hätte sich nichts verändert.«

»Glaub mir, May, es hat sich eine Menge verändert.« Er zwinkert mir zu, und ich fühle mich seltsam erhitzt. Die normalsten Dinge klingen aus seinem Mund sündig.

»Ich lasse das einfach unkommentiert. Also, welche Wunder hat Darth Schandmaul vollbracht, dass du ihm das alles zu verdanken hast?«

Drake prustet los und kriegt sich kaum ein. Als sein Handy diesmal vibriert, beachtet er es nicht.

»Du solltest wissen, dass ich für alle immer der hässliche kleine Bruder von Aidan war. Ich war zu dick, trug eine Zahnspange und irgendwie war ich auch peinlich, weil ich all diese Superhelden T-Shirts trug. Was heute als cool gilt, war früher ein Grund, Leute zu verhauen. Vader und Aidan hingegen waren die wirklich coolen Jungs der Schule. Jeder wollte mit ihnen befreundet sein, und jedes Mädchen wollte mit ihnen ausgehen. Uns trennen zwar nur zwei Jahre, aber zu Schulzeiten sind zwei Jahre das, was heute zwanzig sind, und deswegen war Aidan oft genervt, wenn ich überall dabei sein wollte. Vader hingegen war immer nett zu mir, hat mich mitgezogen und mich in Schutz genommen. Wenn ein Mädchen ihn anbaggerte, von dem er wusste, dass ich auf sie stand, hat er sie, ohne zu blinzeln, weggeschickt.«

»Das kann ich mir kaum vorstellen.« Ich verdrehe die Augen.

»Glaub mir, May, er war zwar schon immer ein wenig so, wie er jetzt ist, aber er hatte auch immer ein gutes Herz und das hat er heute auch noch. Er versteckt es halt nur unter ...«

»Unter asozialem, egoistischen Verhalten? Darunter, dass er denkt, er wisse alles besser oder könne sich nehmen, was er will, wann er will?« Ich rede mich in Rage und bemerke es, bevor mir weitere Tiraden herausrutschen. So, wie Drake mich ansieht, war das ohnehin schon zu viel des Guten.

»Du magst ihn, oder?«, fragt er ganz direkt.

»Bei allem, was ich gesagt habe, kommst du darauf, dass ich ihn mag?«

»Na ja, ihr verbringt viel Zeit miteinander.«

»Eigentlich haben wir uns nicht wirklich gesehen, seit wir diese Pressesache hatten.«

»Das ist interessant.«

»Wieso?«

»Weil Vader seitdem ziemlich angepisst ist. Also angepisster als sonst.«

Wieso sollte er sich den anderen gegenüber anders verhalten als sonst auch? Ich war nicht diejenige, die sich nicht gemeldet hat. Wenn er Panik hatte, dass aufgrund dessen, was in diesem Gasthaus gelaufen ist, unsere Vereinbarung ins Wasser fällt, hätte er doch eher alles darangesetzt, mich nicht zu verärgern.

»Keine Ahnung, wovon du sprichst.« Ich schaue auf meine Uhr, um vom Thema abzulenken. Wir sitzen bereits seit drei Stunden hier, und ich werde langsam müde, denn ich bin es nicht gewohnt, mitten in der Woche um kurz nach elf noch in einer Bar zu hocken.

»Ich sollte dich heimfahren. Du siehst müde aus«, spricht Drake meine Gedanken aus.

»Ich kann auch ein Taxi nehmen.«

»Nein. Ich will nicht, dass du so spät noch allein unterwegs bist.«

Er zahlt unsere Rechnung, wehrt jeden meiner Versuche ab, sie zumindest zu teilen, und wir spazieren auf dem Parkplatz zu seinem Jeep, mit dem er mich vorhin auch abgeholt hat. Als ich auf dem weichen Ledersitz Platz genommen habe, habe ich das Gefühl gleich einzuschlafen.

»Hattet ihr Sex?«, reißt Drakes Frage mich aus meiner vorkomatösen Ruhephase.

»Was? Nein. Wie kommst du darauf? Hat er das gesagt? Oh, ich werde ihn umbringen. Es ging ganz sicher nicht von mir aus, ich bin keines seiner Flittchen.« Zu spät stelle ich fest, dass ein einfaches Nein ausgereicht hätte.

»Vader hatte die Chance, dich flachzulegen, und hat es nicht getan?« Drake sieht überrascht aus.

»Drake, wenn du das nicht für dich behältst, bist du tot. Toter als tot. Dann verkaufe ich Nora deine Kirchenstory.«

Er hebt die Hände, als wolle er sich ergeben. »Komm mal wieder runter. Meine Lippen sind versiegelt. Aber wow, das gab's nicht mehr seit ... keine Ahnung. Wahrscheinlich seit Kelly. « Er reißt die Augen auf, doch der Name ist gefallen und er kann ihn nicht mehr zurücknehmen.

»Wer ist Kelly?«

»Sie war seine Freundin. Ich hätte das nicht sagen sollen, vergiss es.«

»Er hatte eine Freundin? Dauerte es länger als eine Woche, bis er es verbockt hat?«

Drake sieht plötzlich ernst aus. »Es dauerte fünf Jahre, und nicht Vader hat Mist gebaut. May, bitte sprich es nicht an. Wenn er dich mag, wird er es dir irgendwann selbst erzählen.«

Als wir vor meinem Haus ankommen, beäuge ich ihn skeptisch.

»Er mag mich nicht. Manchmal glaube ich, er hasst mich regelrecht.«

»Das bezweifle ich sehr. Würde er dich nicht mögen, hätte er mir nicht den ganzen Abend Nachrichten geschrieben, in denen er mir mit Kastration, gebrochenen Knochen und Entblößungen vor der Menschheit droht.«

»Er hat was?«

»Da möchte jemand wohl nicht, dass ich dich nur mit der Fingerkuppe berühre.«

»Ich glaube, ich spinne. Ich bin doch nicht sein Eigentum. Weißt du was? Ich kann ihm einen Grund geben, angepisst zu sein.«

Ohne Vorwarnung beuge ich mich zu Drake rüber und presse meine Lippen auf seine. Nach einer Sekunde in absoluter Schockstarre bewegt er sich und legt eine Hand an meinen Hinterkopf, um mich zu sich zu ziehen. Er fühlt sich gut an, ist ein fabelhafter Küsser und ich fühle mich wohl bei ihm. Dieser Kuss könnte perfekter nicht sein, doch es ist einfach der falsche Mann. Als wir uns voneinander lösen, schaue ich ihn peinlich berührt an.

»Es tut mir ...«

»Keine Entschuldigungen, Kleines. Wäre dieser Idiot nicht, würde ich vieles darum geben, das zu wiederholen. Aber du bist halt nicht mein Mädchen, sondern seines.«

»Bin ich nicht.«

»Vielleicht wirst du es sein, vielleicht versaut er es, denn ich denke, bisher weiß er das selbst noch nicht. Aber ich kenne Vader, und so, wie er sich gerade aufführt, mag er dich entweder oder wir müssen bald die Kerle mit den weißen Zwangsjacken für ihn anrufen. Ich hoffe auf Ersteres, sollte aber Letzteres zutreffen, dann würde ich diesen Abend gerne wiederholen.«

»Du bist wirklich nett. Danke Drake.«

»Behalt das für dich, sonst ist mein Image ruiniert.«

Ich steige aus dem Wagen und hebe die Hand zum Abschied; er fährt los, der Wagen verschwindet am Ende der Straße und lässt mich mit einer Menge offenen Fragen zurück.

Ja, eine Menge Fragen geistern mir durch den Kopf und sind wie weggeblasen, als ich das Haus betrete und im ersten Stockwerk etwas höre. Es poltert, und ich widerstehe dem ersten Impuls, schreiend wieder rauszurennen und die Polizei zu rufen. Warum? Weil ich vielleicht geisteskrank bin. Also nehme ich eine der Tapetenrollen, die im Flur liegen und darauf warten, an die Wand zu kommen, und schleiche ninjamäßig die Treppe hoch. Das

Poltern ertönt aus dem Raum neben meinem Schlafzimmer. Die Tür ist lediglich angelehnt und Licht dringt in den Flur. Licht und Musik. Musik?

Entgeistert stoße ich die Tür auf und finde Vader Sweets beim Tapezieren vor. Dieses Bild brennt sich mir mit großer Sicherheit in die Top Ten der seltsamsten Erlebnisse ein.

»Was bitte tust du hier?«

Er dreht sich zu mir um und mein Herz stolpert gefährlich. Dieser Kerl ist die pure Sünde. Als er am frühen Abend bei mir auftauchte, hatte ich nicht wirklich viel Zeit, ihn anzuschauen. Zunächst nicht, weil ich flüchten musste, und später nicht, weil ich an meine Wohnwand gepresst dastand, während er mich mit seinen Fingern um den Verstand gebracht hat. Wie kann es sein, dass mich ein Kerl, den ich nicht mal sonderlich mag, jedes einzelne Mal zum Kommen bringt, während mein Exfreund es in vier Jahren nicht einmal schaffte?

Vaders Gesichtsausdruck ist so ziemlich undurchschaubar. In jedem Fall sieht er ernst aus, doch ob Wut, Ärger oder weiß der Geier, was der Grund dafür sind, ist nicht ersichtlich.

»Du bist doch so eine Schnellmerkerin. Wonach sieht es denn aus?«

»Du tapezierst?«

»Tausend Punkte an die Lady in dem nuttigen Kleid. Hat es seine Wirkung erzielt? Hat er dich um den Verstand gevögelt?«

Okay, jetzt ist er eindeutig wütend. Aber warum?

»Mein Kleid ist nicht nuttig. Den Unterschied solltest du kennen, schließlich hast du einen Radar für Frauen in billigen Outfits.«

Er legt den Kopf schräg. »Stimmt. Wahrscheinlich bin ich deswegen hier.«

»Du bist so ein Blödarsch.«

»Danke für die Blumen. Also, hast du dein Ziel erreicht und für Drake die Beine breitgemacht?«

»Ich wüsste nicht, dass dich das etwas angeht.«

»Oh, das geht mich sehr wohl was an, denn wenn du dich jetzt durch die gesamte Band hurst, dann machst du Ärger, und Ärger führt dazu, dass es nicht läuft bei uns.«

»Ach, so ist das. Plötzlich ist Mr. Sweets der verantwortungsbewusste Typ, der nur das Beste für seine Band im Kopf hat. Falls es dich beruhigt, es ist nichts gelaufen. Wir haben geredet. Weißt du, Menschen tun so was. Sie reden und lernen sich kennen. Außerdem solltest du ihm dankbar sein, denn in den letzten Wochen war er derjenige, der mir mit dem Buch weitergeholfen hat, und nicht du.«

»Wochen?«

»Vader, worüber diskutieren wir hier überhaupt? Was machst du so spät noch hier und ...« Zum ersten Mal blicke ich mich wirklich in dem Raum um. Heute Morgen noch herrschte hier das blanke Chaos, halb abgerissene Tapete hing von der Wand und überall lag Dreck. Aber jetzt? Er hatte die Tapetenreste von der Wand gezogen und fein säuberlich in Säcke gepackt. Zwei Wände sind bereits neu tapeziert; die eine mit der grauen, die andere mit der weißen Vliestapete. Es sieht fantastisch aus.

»Wieso hast du das getan?« Ich bin ernsthaft gerührt.

»Ich ... keine Ahnung. Das hier ist eine Bruchbude, und du bist ein Mädchen. Mädchen sollten nicht in Bruchbuden leben.«

Ohne groß darüber nachzudenken, gehe ich auf ihn zu und schließe die Arme um ihn. Ich spüre, wie verwundert er darüber ist, denn er steht einfach nur da und lässt es über sich ergehen.

»Danke«, flüstere ich und er wird etwas lockerer, tätschelt mir unbeholfen den Rücken.

»Kein Ding.«

»Willst du ein Bier?«, frage ich, nun schon versöhnlicher.

»Klar, gerne. Wo ist das Badezimmer? Ich bin etwas verklebt vom Kleister.«

»Du bist hier hoch spaziert und tapezierst mein Zimmer, warst aber in keinem anderen Raum?«

»Ich hab aus der Küche Wasser geholt, denn irgendwie funktioniert dein Waschbecken im Gäste-WC unten nicht.«

Ah ja, eine weitere kleine Katastrophe, um die ich mich kümmern muss, sobald ich Geld dafür habe. Letzte Woche stand morgens das gesamte Gästebad unter Wasser und ich musste das Wasser dort abdrehen.

»Ähm, stimmt. Du musst durchs Schlafzimmer.«

Eilig stürme ich voran, um die Klamotten, welche meinen Schlafzimmerboden schmücken, zumindest zu einem einzelnen Haufen zusammenzuschieben. Gleich als Vader den Raum betritt, spüre ich es. Die Luft knistert, und obgleich er schon diverse Dinge mit mir getan hat, ist es etwas anderes, in meinem eigenen Schlafzimmer mit ihm allein zu sein. Ich drehe mich zu ihm um und betrachte ihn dabei, wie er sich hier umsieht. Als unsere Blicke sich treffen, verspüre ich dieses Rumoren tief im Bauch. Er ist so absolut schwer zu durchschauen.

Ein Lächeln ziert seine Lippen, die Unglaubliches zu tun vermögen, wie ich weiß.

»May?«

»Mh?«

»Das Bad?«

Gott, wie peinlich.

»Ja, da.« Ich zeige auf die weiße Holztür und dränge mich dann an ihm vorbei, denn er macht keinen Schritt zur Seite.

»Ich warte dann unten mit dem ...«

»Bier?«, hilft er mir aus.

»Genau.«

Vader

Nachdem ich meine Hände und Arme vom Kleister befreit habe, schaue ich mich im Badezimmer um. Alles ist geordnet und steht an Ort und Stelle. Anders als bei anderen Schlunzen, befinde ich mich nicht im absoluten Schminkutensilien-Chaos. Das einzig Verstörende, was man ihr aber nicht wirklich vorwerfen kann, weil es das Haus ihrer Grandma war, sind die oberhässlichen rosa Kacheln mit dem Blumenmuster. Ich schalte das Licht aus und bemühe mich, im Schlafzimmer angekommen, nicht in ihrem Nachttisch nachzuschauen, ob sich dort vielleicht doch ein paar Sextoys befinden.

Die Treppenstufen knarren unter meinen Füßen, als ich runtergehe, was irgendwie etwas Heimisches hat. Ich glaube, ich war noch bei keiner anderen Frau so oft zu Hause wie bei May. Die meisten, die ich flachgelegt habe, sind sowieso damit beschäftigt, ihr Geld für Klamotten und sonst was auszugeben, weswegen sie oftmals in einer kleinen Wohnung leben, die ihr Dad finanziert.

May sitzt im Wohnzimmer auf der Couch und nimmt gerade einen Schluck von ihrem Bier, als ich hereinkomme. Sie hat mich nicht gehört und denkt wahrscheinlich, dass sie weiterhin ganz für sich ist. Wie sie mich vorhin hat stehen lassen, war, zugegeben, eine Premiere. Auch wenn das, was an ihrer

Wohnwand geschehen ist, nicht von ihr ausging, habe ich mich doch anschließend ausgenutzt gefühlt.

Als sie bekommen hat, was sie wollte, stand ich wie der Trottel mit einer Latte da. Ich war so verdammt sauer, dass ich etwas kaputt machen oder mir in ihrem Bett einen runterholen und ihr ein Foto davon schicken wollte – na ja, irgendwas, das sie schockierte jedenfalls. Also trampelte ich wie ein Elefant die Treppe hoch, stoppte jedoch im Flur. An einer Wand mit der hässlichsten Tapete, die die Menschheit je gesehen hat, hängt ein Bild. Es zeigt eine ältere Frau und ein junges Mädchen, die vor eben diesem Haus hier stehen, sich an den Armen halten und einander ansehen. Erst auf den zweiten Blick erkannte ich, dass es sich bei dem Mädchen um May handelte. Daraufhin bekam ich ein schlechtes Gewissen, weil ich die Absicht hatte, etwas Gemeines zu tun. Also marschierte ich geradewegs ins erste Zimmer und fand mich in einem Schlachtfeld aus Tapetenfetzen am Boden und neuen Tapetenrollen, die an der Wand lehnten, wieder. Letzteres sowie Farbeimer sind in diesem Haus grundsätzlich überall. May hatte irgendwann mal gesagt, dass sie schon genaue Vorstellung habe, wie es hier einmal aussehen sollte, und so gut wie alle Materialien, komme aber nur langsam voran. Inmitten dieses Chaos, aus welchen Gründen auch immer, verspürte ich den Drang, ihr zu helfen, also suchte ich in der Küche nach Müllsäcken und machte mich an die Arbeit. Als die Tapete runter war und säuberlich in den Säcken verstaut, rührte ich Kleister an und tapezierte das halbe Zimmer. Wahrscheinlich hätte ich den ganzen Raum und das restliche Haus fertiggestellt, wäre May über Nacht weggeblieben. Zwischenzeitlich sendete ich Drake Nachrichten, in denen ich ihm mit allem drohte, was mein krankes Hirn ausbrütete. Wenn er es wagte, nur einen Finger an sie zu legen, wäre ich so sauer, dass ich ihn zusammenschlagen müsste, was mit Sicherheit zu Unstimmigkeiten innerhalb der Band führen würde.

Offensichtlich besaß er einen Rest Lebenswillen, denn er brachte sie wieder nach Hause, bevor ich ihm derart die Hölle heißmachen konnte, dass er den Todesstern für ein Wellnesshotel halten würde.

Ich räuspere mich und May zuckt leicht zusammen.

Als ich mich zu ihr setze, scheint sie irgendwie befangen zu sein.

»Du siehst nicht wie 'ne Nutte aus.«

Sie schaut mich an und lächelt dann. »Wow, Vader. Du weißt wirklich, wie man einer Frau Komplimente macht. Aber ... danke.«

»Ist die Frau auf dem Bild oben im Flur deine Grandma?«

»Ja, sie war großartig.«

»Ihr standet euch sehr nah, oder?«

Sie nickt geistesabwesend und sieht sich im Raum um.

»Ich habe einen Großteil meiner Kindheit hier verbracht. Seit ich acht war, habe ich zusammen mit ihr hier gelebt.«

»Du hast bei deiner Grandma gewohnt? Deine Mum auch?«

»Nein. Als Dad sie verlassen hat, brach ihre Welt zusammen. In den ersten Wochen holte er mich an den Wochenenden immer für ein paar Stunden ab, was sie nutzte, um ihn zwischen Tür und Angel anzuflehen, wieder zu ihr zurückzukehren. Irgendwann kam er immer seltener, sagte mir am Telefon dann, dass er einfach kein Dad sein kann, die Welt erkunden will und es besser wäre, wenn wir uns nicht mehr sehen. Ein paar Monate später schickte er mir eine Woche vor Weihnachten eine Karte, in der er mir ein schönes Fest wünschte. Das war das letzte Mal, dass ich von ihm hörte. Mum ging es danach immer schlechter; sie fing an zu trinken und nahm Tabletten, um darüber hinwegzukommen. Ein Jahr, nachdem Dad gegangen war, setzte sie mich hier bei meiner Grandma ab, weil sie es nicht mehr ertragen konnte, in meinem Gesicht meinen Vater wiederzuerkennen.«

Mir wird geradezu schlecht. Wie kann man einem Kind so was antun? Die Vorstellung, wie eine viel kleinere und jüngere Version von May mit riesigen blauen Augen am Telefon hockt und dort von ihrem Dad damit abgespeist wird, dass er nicht länger ihr Vater sein will, tut weh. Der Gedanke daran, dass dieses kleine Mädchen, welches nur noch seine Mum hat, dann auch ein Jahr später von ihr abgeschoben wird, ist hingegen fast zu viel für mich. Ich will etwas sagen, doch mir stecken die Worte im Hals fest.

Mays Augen glitzern verdächtig, aber sie ist stark. Ihre Mundwinkel setzen zu einem Lächeln an, als sie weiterspricht.

»Jedenfalls war meine Grandma das Beste, was mir im Leben passiert ist. Es war schön hier mit ihr, und deswegen bedeutet mir diese Bruchbude, wie du so schön sagst, so unheimlich viel.«

»Wow. Ich hab keine Ahnung, was ich sagen soll.«

»Du kennst meine düsteren Familiengeheimnisse, da wäre es nur fair, wenn du mir deine erzählst.«

»Ich komme mir jetzt wie ein mieser Kerl vor, weil ich nur sagen kann, dass sie großartig sind. Wenn jemand etwas zu beklagen hätte, dann wahrscheinlich sie, denn Amber und ich haben ihnen das Leben nicht leicht gemacht.«

»Amber?«

»Meine kleine Schwester. Früher dachte ich, der Teufel persönlich hätte sie geschickt, denn sie nervte unentwegt.«

»Muss in der Familie liegen, dasselbe dachte ich auch schon von dir«, erwidert May und lacht.

»Na danke. Was würdest du tun, wenn deine Mum oder dein Dad plötzlich hier auftauchen würden?«

»Darüber habe ich noch nie nachgedacht.«

»Natürlich hast du das. Sag's mir. Du weißt schon, ich bin die Schweiz und werde irgendwann aus deinem Leben verschwinden, also kann dir egal sein, was ich von dir denke, oder?«

»Ich hasse ihn.«

Damit habe ich nicht gerechnet. Ich dachte wirklich, May würde es irgendwie schönreden oder einfach gar nichts sagen.

»Ich hab versucht, es anders zu sehen, aber er hat mich verlassen. Dass es zwischen Mum und ihm nicht klappte, kann ich verstehen, aber ich bin seine Tochter. Er hätte sich nicht so verhalten dürfen. Sehe ich das falsch?«

Sie hat ihre Frage nun direkt an mich gerichtet, und der Schmerz in ihren Augen ist kaum zu fassen. Instinktiv greife ich nach ihrer Hand. Sie ist weich und ganz kalt. Ich lege beide Hände darum, um sie zu wärmen.

»Nein. Du siehst das nicht falsch. Er ist dein Vater und er hat die Pflicht, dich zu lieben. Das ist die einzige Aufgabe, die er hat, und er hat sie nicht erfüllt. Es ist okay, ihn zu hassen, denke ich.«

Tränen laufen über ihre Wange, und ich bin wieder mal hilflos. Verdammt, am liebsten würde ich den Kerl ausfindig machen und ihn zusammenschlagen. Ich ziehe May zu mir rüber auf meinen Schoß und sie lehnt den Kopf in meine Halsbeuge. Ihr Gewicht auf mir fühlt sich neuartig und irgendwie gut an.

»Ich hasse sie beide. So oft habe ich mich gefragt, was ich falsch gemacht habe, was mit mir nicht stimmt.«

»Mit dir ist alles bestens; mit ihnen stimmt etwas nicht.«

Sie schnieft und schaut mich dann aus verheulten Augen an.

»Sagt der, der mir nicht oft genug an den Kopf werfen kann, dass ich mich anders anziehen oder anders reden ...«

Ich stoppe ihren Redefluss, indem ich meinen Mund auf ihren presse. Sie soll aufhören, all die grausamen Wahrheiten zu sagen, denn ich hatte unrecht. Zu meiner Überraschung schlingt sie die Arme um meinen Hals und öffnet leicht die Lippen, um meiner

Zunge Einlass zu gewähren. Sie schmeckt nach Bier und trotzdem süß. Ihre weichen Lippen bringen mich um den Verstand. Tagelang könnte ich hier sitzen und sie küssen. Wie ein verdammtes Weichei.

Ihre Zunge tastet sich ganz vorsichtig vor, berührt zaghaft meine Lippen, und ich bewege mich nicht, lasse sie probieren, was sie probieren will. Es kitzelt, als sie feucht über meine Unterlippe fährt, und prickelt, als sie meinen Mund erkundet, meine Zunge findet und mich auffordert, mitzumachen. Langsam erhebt sie sich, schlingt ein Bein um mich und setzt sich wieder auf meinen Schoß. Schon das Spiel unserer Zungen hat mich angetörnt, aber ihren warmen Schritt an meinem Schwanz zu spüren, macht es zu einer richtigen Qual. Ich will sie. Will mich tief in ihr versenken ...

Als würde sie meinen Gedanken hören, unterbricht sie irgendwann den Kuss und schaut mich aus lüstern glitzernden Augen an.

»Ich will dich anfassen.«

Einen Moment lang betrachte ich sie und schaue dann hinab auf ihre Hände, die sich mittlerweile in meinem Shirt festgekrallt haben.

»Das tust du doch.«

Sie spitzt die Lippen, zögert kurz, findet dann aber doch den Mut, mir zu sagen, was Sache ist.

»Nicht so. Ich will dich da unten anfassen.«

Mein Kopf sinkt auf die Rückenlehne der Couch wie ein Sack Beton auf den Meeresgrund. Sie macht mich fertig und das auf so viele verschiedene Arten.

»Baby, wenn du meinen Schwanz anfassen willst, dann solltest du die Dinge beim Namen nennen. Über *da unten* solltest du seit der achten Klasse hinweg sein.«

Ich habe sie eingeschüchtert, und auch wenn es mir nicht gefällt, dass sie nun reglos auf mir sitzt und ich schon fast mit einer schallenden Ohrfeige rechne, ist es wahrscheinlich das Beste. Denke ich zumindest, bis sie mir den Boden unter den Füßen wegreißt.

»Okay. Vader, ich will deinen Schwanz anfassen. Zeigst du mir, wie es sich für dich gut anfühlt?« Aufreizend kreist sie mit den Hüften und ich beiße auf die Innenseite meiner Wange, um nicht in meine Hose abzuspritzen. Ich bin im Himmel. Oder in der Hölle. Will der Herr meine Willenskraft testen? Wenn ja, werde ich wohl spätestens jetzt in die Hölle kommen. Ich hebe den Kopf und schaue sie an. Sie sieht entschlossen aus, also meint sie wohl das, was sie gesagt hat, auch so.

»Wieso willst du das tun, May?«

»Weil ...« Sie bricht ab und errötet.

»Willst du es wieder für dein Buch verwenden?«

»Bist du immer noch sauer deswegen?«

»Ja, verdammt. Und jetzt antworte mir. Die Wahrheit. Ist es wegen des Buches?«

Langsam schüttelt sie den Kopf. »Nein. Du hast das mit mir gemacht und im Gegenzug ...«

Okay, jetzt reicht´s. Ja, ich habe sie gefingert und geleckt und ich würde lügen, wenn mir währenddessen nicht fast die Eier geplatzt wären, aber wer bin ich, dass ich mir jetzt dafür einen Handjob verpassen lasse, nur weil sie das Bedürfnis hat, sich zu revanchieren? Fest umschließe ich ihre Handgelenke und schiebe sie von mir weg.

»Danke, aber hätte ich eine Gegenleistung gewollt, dann hätte ich dich entweder gefickt oder eine der Schlampen angerufen, die neben ihren Handys verkümmern und darauf warten, dass ich mich melde und sie einlade.«

Wut zeichnet sich in ihrem Gesicht ab und sie reißt ihre Hände aus meinem Griff, um aufzustehen.

»Du bist ein so selten dämlicher Idiot. Ich wollte das nicht als Gegenleistung tun, sondern weil ich Lust dazu hatte. Ich wollte wissen, wie es sich anfühlt.«

Ich schnaube. »Als wüsstest du nicht, wie ein Schwanz sich in deiner Hand anfühlt.«

Sie schweigt.

»Moment. Du weißt es nicht? Was für eine kranke Beziehung hattest du denn eigentlich mit diesem Börsenfuzzi? Rein raus, bis er kommt, und das war's?«

May blickt verletzt zur Seite, und als sie spricht, wirkt sie müde.

»Du solltest jetzt besser gehen.«

Ich bin sauer. Auf mich selbst, auf sie und auf die verdammte Welt. »Einen Scheiß sollte ich. May, ich will die Wahrheit.«

»Die Wahrheit worüber?«

»Über diesen Garret und darüber, ob ich ihn eventuell kastrieren muss.«

Sie lacht kurz auf – hart und abwertend.

»Nein. Wirklich nicht. Zu ihm und mir gibt es weder eine Wahrheit noch eine Lüge, also worum geht es hier, Vader?«

Sie setzt sich auf den Sessel gegenüber der Couch.

»Ihr wart vier Jahre lang ein Paar; ihr hattet Sex, aber du bist weder gekommen noch hast du ihn angefasst? Steht der Kerl auf irgendeine perverse Scheiße?«

»Wieso willst du das wissen?«

»Sagen wir, weil ich es verstehen will. Wieso bist du so, wie du bist?«

»Ist daran etwas schlecht?«

Hätte sie mich das vor ein paar Wochen gefragt, hätte ich ihr eine wahnsinnig lange Liste von Dingen aufzählen können, die ich für schlecht oder falsch an ihr gehalten habe. Jetzt ... Ich betrachte sie. Sie ist gut, so, wie sie ist, innen und außen.

»Nein, du bist ganz okay!« Ich zwinkere ihr zu.

»Du wirst es niemals erwähnen, weder bei mir noch bei jemand anderem?«

»Nö, das würde ja bedeuten, dass ich zugeben müsste, wirklich mit dir gesprochen zu haben.«

»Spinner.« Sie nimmt einen tiefen Atemzug. »Also, ja. Du hast mit all deinen Aussagen recht. Garret hat mich entjungfert, ohne zu wissen, dass ich es noch nie getan habe. Es war schmerzhaft und einfach nur schrecklich. Als er feststellte, dass es mein erstes Mal war, schien er besorgter um die ruinierten Laken als um mich zu sein. Wir hatten fortan einmal in der Woche Sex, immer vor dem Schlafengehen. Oralsex war nie ein Thema, weil er es als verwerflich ansah. Davon abgesehen haben wir uns nur selten berührt. Aber ich kannte es nicht anders, daher war es okay für mich.«

Sie rattert diese Informationen runter wie eine Einkaufsliste – völlig emotionslos. Ich habe sie nie genommen, doch ich habe gesehen, wie sinnlich sie sein kann. Sex mit ihr muss der Wahnsinn sein. Wie kann ein Kerl sie also so versauen?

Ich erhebe mich und gehe zu ihr rüber, bleibe vor ihr stehen und warte, bis sie zu mir aufsieht.

»Wie denkst du jetzt darüber? Ist es immer noch okay? Ist es okay, wenn du weißt, dass Sex sich noch tausendmal besser anfühlen kann als das, was ich mit dir getan habe?«

Ihre Lippen teilen sich, als suchte sie nach den richtigen Worten, und glänzen dabei so verführerisch, dass ich ihren süßen Mund zu gern entjungfern würde. Sie befindet sich auf genau der richtigen Höhe, um mir ihre Haare um meine Faust zu wickeln und ... Fuck, ich muss diese Gedanken loswerden.

»Nein, es ist nicht okay.« Sie steht auf und schaut mir genau in die Augen. »Seit du das mit mir gemacht hast, will ich es immer wieder tun. Es ist, als hättest du einen Schalter in meinem Kopf umgelegt.«

Ihre Hand an meinem Schritt zu spüren, kommt so unverhofft, dass ich zusammenzucke. Sie reibt so leicht über meine Jeans, dass es mich wahnsinnig macht.

»Ich will sehen, wie du kommst«, flüstert sie so nah an meinem Mund, dass ich ihren Atem auf den Lippen spüren kann. May löst meine Gürtelschnalle und öffnet die Knöpfe und den Reißverschluss meiner Hose. Unzählig viele Frauen haben das bereits vorher gemacht, ohne dass sich bei mir im Geringsten etwas regte. Bei ihr ist es anders. Ihre Finger nur in der Nähe meiner Erektion zu spüren, ist der pure Wahnsinn.

Sie beugt sich vor und küsst meinen Hals. Zum ersten Mal berührt sie mich absichtlich, weil sie es so will. Ihre heiße Zunge leckt über meine Haut. Am liebsten würde ich ihr das Kleid vom Leib reißen und sie auf jede nur erdenkliche Art berühren, doch ich bin wie erstarrt. Als meine Hose offensteht, widmet sie sich kurz meinem Shirt, packt es am Saum und schiebt es hoch. Da ich viel größer bin als sie, helfe ich ihr, ziehe es mir über den Kopf und werfe es achtlos zur Seite. Sie lehnt sich zurück und betrachtet mich, lässt ihre seidigen Finger über meine Brust gleiten, als wäre ich etwas Kostbares. Mein Herz schlägt mir bis zum Hals. In diesem Moment ist May die schönste Frau auf der Welt. Fasziniert wandert ihr Blick über meinen Körper und gibt mir das Gefühl, der verdammte Held der Story zu sein. Ausgerechnet ich, der doch sonst immer den miesen Schurken darstellt. Als ihre streichelnde Hand sich meinen Boxershorts nähert, halte ich sie auf.

»Du musst das nicht tun«, bringe ich so halbwegs verständlich hervor. Zwar *sollte* sie es tun – furchtbar dringend sogar –, aber ich will sie nicht ausnutzen. May ist eine starke Frau, hat wahrscheinlich mehr Eier in der Hose als ich, doch gleichzeitig auch schon genug Müll erlebt.

Sie schaut zu mir auf, schiebt mit einem Ruck meine Jeans mitsamt Boxershorts runter und drängt mich zurück, bis ich mit den Kniekehlen an den Sessel stoße, der glücklicherweise hinter mir steht, sodass ich mich auf ihn fallen lasse.

»Ich will es aber.« Sie leckt sich über die Lippen. Das ist der Punkt, an dem sich meine Willensstärke komplett auflöst und ich ihr vollständig ausgeliefert bin. Etwas unschlüssig steht sie da, also greife ich nach ihrer Hand und ziehe sie auf meinen Schoß. Breitbeinig setzt sie sich auf mich, jedoch so, dass sie noch genug Abstand wahrt, um meinen Schwanz mit ihrer kleinen Hand zu umschließen.

»Fuck! Fuck!« Mein Wortschatz minimiert sich binnen Sekunden auf Kraftausdrücke und zusammenhanglose Wortfetzen.

Ganz leicht gleitet ihre Hand auf und ab. Erst, als ich das Gefühl habe, einigermaßen Herr der Lage zu sein, schaue ich sie an. Ihr Blick ist dunkel und lüstern auf meine Erektion gerichtet, der Mund leicht geöffnet und verdammt, sie gibt diese Laute von sich. Es macht sie an. Mit meiner Hand streiche ich über ihre Schenkel unter das Kleid zu ihrem Höschen.

»Bist du nass für mich, May?«

Große Augen richten sich auf mich. Ihre Reaktion ist nicht mehr so schüchtern wie beim ersten Mal, als ich das zu ihr gesagt habe. Sie weiß jetzt, dass absolut nichts Verwerfliches daran ist, nass und bereit zu sein. Ganz im Gegenteil. Ich glaube nicht eine, mit der ich es bisher getan habe, war so unglaublich bereit.

»Ich ... ich will mehr«, flüstert sie und schaufelt mir damit ein Grab. Ja, ich gehe schwer davon aus, dass ich das hier nicht überleben werde.

»Mehr wovon?«

Sie verstärkt ihren Griff um meinen Schwanz und ich stöhne laut auf.

»Mehr von dir.«

»Bist du sicher?«, bringe ich fast keuchend hervor.

Sie antwortet nicht, sondern erhebt sich, nestelt an ihrem Rücken herum und im nächsten Moment fällt das Kleid zu Boden. Zu ihm gesellen sich BH und Höschen. Sie ist eine verdammte Göttin, wie sie so nackt vor mir steht.

»Du bist verdammt perfekt, Baby.«

May klettert wieder auf meinen Schoß, bleibt aber auf den Knien hocken, sodass sie mich nicht direkt berührt. Ihr Gesicht schwebt über meinem und ich greife in ihr Haar, um sie näher zu ziehen. Willig öffnet sie den Mund, gewährt meiner Zunge Einlass. Als sie zu stöhnen beginnt, kann ich einfach nicht anders und grabe meine andere Hand in ihre Hüfte, um sie auf mich runter zu drücken. Sie reibt sich an meiner Erektion und verteilt damit die Nässe auf meiner Haut. Dabei fühlt sie sich so heiß und weich an, dass ich nichts anderes will, als tief in sie einzudringen, sie ganz zu spüren.

Völlig hemmungslos stöhnt sie, lässt ihre Hüften kreisen und wird dabei immer schneller. Ich muss sie stoppen, denn auch, wenn ich es nie für möglich gehalten hätte, ich könnte auf der Stelle nur dadurch kommen.

»Langsam, Baby. Ich hab zu lange auf das hier gewartet, als dass es so schnell schon vorbei sein sollte.«

»Wieso hast du es nicht schon früher getan?«

Weil ich dich nicht wollte und du die letzte Frau warst, mit der ich gevögelt hätte. Weil ich später, als du mich wahnsinnig gemacht hast, befürchtete, du würdest das hier falsch interpretieren, aber seit heute Abend denke ich einfach gar nicht mehr. Nur, dass ich dich für mich allein will. Nichts davon sage ich ihr.

»Hättest du es denn gewollt?«

»Ja«, keucht sie, und ich schiebe sie ein Stück von mir weg, sodass sie aufrecht sitzt und diese fantastischen Brüste sich direkt vor meinem Gesicht befinden. Ich lecke über die Haut dazwischen, widme mich dann einem ihrer Nippel, während ich den anderen zwischen Daumen und Zeigefinger nehme und sanft zudrücke. Lustvolle Laute dringen aus ihrer Kehle und ich kann nicht länger warten, schlinge den Arm um ihre Taille und hebe sie ein Stück an.

»Ich muss in dir sein, May.«

»Ja! Bitte!«

Ich umschließe meinen Schwanz mit der Hand und führe ihn an ihre Öffnung. Langsam streiche ich mit der Spitze hinauf über ihre geschwollene Klitoris, entlocke ihr damit meinen Namen in einer lustvoll gestöhnten Version. Ich will, dass sie ihn immer wieder sagt, sich verinnerlicht, wer sie sich so gut fühlen lässt.

»Willst du mich tief in dir?«

Fast leidvoll säuselt sie ein Ja und schaut mir dann tief in die Augen. Sie hebt ihre Hüften weiter an, und im nächsten Moment spüre ich nur noch eine verdammt enge Wärme. Ich halte meinen Schwanz fest und überlasse ihr das Tempo. Ihre Augen weiten sich, als sie mich weitere qualvolle Millimeter in sich aufnimmt.

Keiner von uns bricht den Blickkontakt ab. Dieser Moment hat etwas an sich, das mir eine scheiß Angst einjagt. Ich spüre diese unglaubliche Frau, starre sie an und habe das Gefühl, in ihre Seele blicken zu können. Sie ist keine von vielen, kein herzloses Wesen, das aus meinem Leben verschwinden wird, ohne dass ich ihren Namen oder ihre Geschichte kenne. Wie ein Gift breitet sich die Panik in meinen Adern aus, lähmt mich, führt aber gleichzeitig dazu, dass ich flüchten will.

»Vader.«

May spricht meinen Namen langsam und bestimmt aus. Als hätte sie in meinen Kopf geschaut, zieht sie mich aus der Dunkelheit ins Licht, lächelt mich an und nimmt mich schließlich ganz in sich auf. Sie ist so unglaublich eng, dass mir kurz schwarz vor Augen wird. Ich halte die Luft an und atme erst wieder aus, als sie beginnt, sich zu bewegen. Ihre Augen fallen zu, der Kopf sinkt zurück und ihr Mund öffnet sich.

Ich gebe dem Drang nach, sie noch näher an mich zu ziehen, schlinge die Arme um sie, bis unsere Körper sich an jeder möglichen Stelle berühren, während ich ihre Bewegungen dirigiere.

»Fühlt es sich gut für dich an?«, flüstere ich ihr ins Ohr und werde mit einem alles verschlingenden Kuss belohnt. Meine Hüften kommen ihr entgegen, ermöglichen es, noch tiefer in sie einzudringen. Mehr und mehr spannen sich ihre Muskeln an, pressen sich um meinen Schwanz zusammen, rauben mir das letzte bisschen Verstand.

»Gott, Vader, ich glaube, ich ...«, flüstert sie in meinen Mund. Diese Information hätte mich gefreut, würde der Gedanke, dass sie gleich kommt, mit meinem Schwanz tief in ihr drin, nicht unweigerlich dazu führen, dass sich mein eigener Orgasmus mit einem zischenden Brennen, das sich durch mein Rückgrat schlängelt, anbahnt. Mit einer Hand wandere ich über ihre Hüfte, gleite weiter zu einem ihrer von unserer Lust benetzten Schenkel, bis hin zu der Stelle, an der wir miteinander verbunden sind. Während ich ihre Klitoris reibe, spüre ich unweigerlich meinen Schwanz, den sie immer nur ein kleines Stück freigibt, bevor er wieder in sie eintaucht.

May reißt plötzlich die Augen auf, gleichzeitig krampft sie sich so stark um mich herum zusammen, dass ich es selbst nicht mehr aufhalten kann.

»Vader. Ja, hör nicht auf. Oh Gott!«

Mein Name auf ihren Lippen, während sie kommt, entreißt mir jede Kontrolle. »Himmel, Baby, ich kann es nicht mehr ...«

Ein übermächtiges Gefühl überschwemmt mich, endet in einem nicht enden wollenden Orgasmus, der mir jede Lebensenergie raubt. Wir kommen gleichzeitig, schauen uns dabei in die Augen und versinken in einem Kuss, der auch dann noch nicht abbricht, als unsere Körper sich wieder beruhigt haben. Selbst wenn ich wollte, könnte ich sie jetzt nicht loslassen. Ihre Lippen auf meinen bedeuten Stille und Frieden, die jedoch durch tosenden Lärm und Chaos abgelöst werden, wenn dieser Kuss endet. Also ziehe ich sie einfach noch näher, was eigentlich kaum möglich ist, und verschaffe uns einen weiteren Augenblick in absoluter Ruhe.

MAY

Ich wache auf, und irgendwas ist anders. Mein Kopf ruht auf dem Kopfkissen, und mein Blick schweift durch das Zimmer. Alles sieht aus wie immer. Ich liege auf dem Bauch und strecke mich leicht, als ein fieser Muskelkater durch meine Beine und meinen Bauch zieht.

»Autsch.«

Mein kleiner Ausruf wird bestraft, indem mir etwas gegen den Kopf schlägt. Es fühlt sich an wie eine flache Hand.

»Schlaf«, murmelt es neben mir. Sofort bin ich hellwach, mein Herz beschleunigt auf Turbomodus und ich erinnere mich, woher der Muskelkater kommt. Langsam drehe ich mich um, was nicht leicht ist, denn dieses grummelnde, um sich schlagende Etwas liegt halb auf mir drauf. Als ich es nach mühsamer Arbeit endlich auf den Rücken schaffe, wage ich es, den Kopf zur Seite zu wenden. Da ist er und sieht aus wie ein schlafender Engel mit weichen Gesichtszügen und zerstrubbelten Haaren.

Die Bettdecke hat er zwischen den Beinen verkeilt, wahrscheinlich, weil hier drin eine Wärme wie in einer Sauna herrscht. Und er ist nackt. Nackter als nackt. Ich nehme mir Zeit, betrachte all die bunten Tattoos, welche sich von seiner Brust über die Schultern bis über die Arme ziehen. Besonders auffällig sind die einzelnen Rosenblüten, die in diversen Stadien, mal als Knospe, mal wunderschön blühend, aber auch verwelkt, immer wieder irgendwo zu finden sind. Es wirkt, als würden hunderte von kleinen Szenarien auf seiner Haut tanzen, atmen und leben. Da sind Kreuze, Frauenköpfe im Dia de los muertos-Stil, lateinische Schriftzüge, Ketten, ein Baum, dessen Blätter aus Musiknoten bestehen. Ich glaube, ich könnte ihn stundenlang betrachten und immer etwas Neues finden. Trotz all dieser unterschiedlichen Symbole ergibt es ein Gesamtkunstwerk. Sein ganzer Körper ist höschennässend anbetungswürdig. Die Brustmuskeln laden ein, sie zu berühren und hinunter über seinen Bauch zu fahren, auf dem sich deutlich das Sixpack abzeichnet. Ich bin so in seinen Anblick vertieft, dass ich die Gedanken darüber, was gestern zwischen uns passiert ist, gut beiseiteschieben kann. Leider habe ich dabei versäumt, darauf zu achten, dass meine kleine Spanneraktion unbeachtet bleibt, denn als ich zu seinem Gesicht hochschaue, grinst er mich amüsiert an. Wieso sieht dieser Kerl verschlafen eigentlich noch besser aus als ohnehin schon?

»Genug gegafft? Ich schick dir gerne ein Foto davon. Willst du es mit oder ohne meinen Schwanz drauf?«

Stöhnend greife ich nach meinem Kissen und presse es mir mit den Worten »Warum nur« auf den Kopf.

Erbarmungslos wird mir das Kissen entzogen und Vader erscheint in meinem Blickfeld.

»Du bist nackt«, sagt er völlig ausdruckslos.

»Du auch«, gebe ich schnippisch zurück.

Er legt den Kopf schräg und denkt anscheinend nach.

»Deine Haare sind unordentlich und du siehst aus wie ein Waschbär.«

Will dieser Kerl mich verarschen?

»Leb damit, oder geh nach Hause.«

Mit einer geschmeidigen Bewegung ist er über mir, drängt meine Beine auseinander und bewegt seine Hüfte ganz leicht, sodass ich spüre, wie erregt er ist.

»Was wird das?«, frage ich so ungerührt, wie es mir möglich ist.

»Ich teste etwas.«

»Und was soll das sein?«

Wieder bewegt er seine Hüfte und stößt gegen meine Klitoris. Hat er gestern Hirn einbüßen müssen?

»Ich kenne keine Frau, der es morgens egal ist, wie sie aussieht. Normalerweise krabbelt ihr doch aus dem Bett, checkt eure Haare, putzt die Zähne und richtet euer Make-up.«

»Wieso sollte ich das tun?«

»Um mir zu gefallen.«

Ich verdrehe die Augen. »Träum weiter, Sweets. So sieht eine Frau nun mal morgens aus. Würdest du sie nicht mitten in der Nacht wegschicken, wüsstest du das. Ganz davon abgesehen hältst du auch nicht das, was du versprichst.«

»Wie bitte? Du hast dich gestern nicht beschwert, als ich ...«

»Ich thematisiere das Klischee, Vader«, unterbreche ich ihn und spreche dann weiter. »Du erfüllst es nicht. Denn würdest du das tun, würden wir dieses Gespräch nicht führen. Du sagst, du hast nur Sex und doch wache ich heute Morgen neben dir auf.« Herausfordernd ziehe ich eine Augenbraue hoch und kann fast hören, wie es in seinem Kopf rattert. Doch er rechtfertigt sich nicht, sondern grinst nur schelmisch.

»Waschbär.«

Seine Augen werden düster.

»Blödmann.«

Ich hebe das Becken und reibe mich an ihm.

»Vogelscheuche.«

Er atmet zittrig aus.

»Mistkäfer.«

Er streicht mit einem Finger über meine Lippen, über mein Kinn, zwischen meinen Brüsten entlang hinunter zwischen meine Beine.

»Notgeiles Miststück.«

Sein Finger streicht über meine Klitoris und dringt dann in mich ein.

»Notgeiler Bock.«

Ich kann ein Stöhnen nicht länger unterdrücken.

»Miss Oberprüde.«

Ich habe keinen blassen Schimmer, was in mich fährt, Folgendes zu tun – okay, eigentlich schon, denn ich habe es in einem dieser Bücher von Meg gelesen, davon abgesehen ist es mir ein Bedürfnis, Vader zu schockieren. Beherzt greife ich nach seiner Hand, die noch immer unanständige Dinge zwischen meinen Beinen anstellt, ziehe sie hoch und lutsche an seinem Finger.

Vaders Augen weiten sich. Eine Mischung aus Entsetzen und Lust spiegelt sich darin wider, und ich fühle mich plötzlich, trotz Waschbäraugen, wahnsinnig sexy.

»Fuuuuck, May.«

Er senkt seinen Kopf, zieht seinen Finger langsam aus meinem Mund und leckt selbst noch mal darüber.

»Du egoistisches kleines Ding hast nichts für mich übrig gelassen. Als Strafe wirst du dich jetzt auf mein Gesicht setzen.«

Jetzt bin ich an der Reihe, die Augen aufzureißen und schockiert aus der Wäsche zu schauen.

»Ich werde nichts dergleichen ... Vader, lass mich sofort los.« Mit festem Griff hat er meine Hüften gepackt, sich gedreht und mich halbwegs auf seiner Brust platziert.

»Du bist selbst schuld, also lebe damit.« Mit einem frechen Grinsen auf dem Gesicht rutscht er unter mir weg, sodass ich mich am Bettgestell festhalten muss, um nicht vornüber zu fallen. Bevor ich weiß, was geschieht, spüre ich seine Zähne an den Innenseiten meiner Schenkel. Das leichte Zwicken erregt mich nur noch mehr, und als seine Zunge ganz langsam über meine Haut gleitet, versteife ich meinen Griff um den Bettpfosten. Immer wieder leckt und saugt er an jedem Millimeter, macht mich willenlos, indem er die Stelle zwischen meinen Beinen stets auslässt.

»Vader! Bitte!«

»Bitte was?« Sein Atem streichelt meine feuchte Haut, und ich beginne zu wimmern. War dieses Verlangen schon immer in mir drin, oder hat er es erst entfacht? Es ist kaum auszuhalten, diese Spannung, all diese mir bisher unbekannten Gedanken, den Drang, ihn zu spüren.

»Sprich mit mir, May. Willst du meine Zunge?« Als wollte er seinen Worten Nachdruck verleihen, leckt er über meine Klitoris.

»Du schmeckst nach mehr, Baby. Ich könnte das den ganzen Tag machen.«

Ich spüre, wie ich unter seinen Worten erröte, doch das Gefühl, welches er in mir auslöst, überwiegt meine Scham bei Weitem. Seine Hände ruhen auf meinen Oberschenkeln und je länger er mich leckt, desto fester packt er zu. Vorsichtig wage ich einen Blick nach unten. Ich schaue ihm dabei zu, wie er all diese Gefühle in mir weckt. Das, was er tut, ist so verdammt intim. Niemals hätte ich gedacht, dass ich mich so etwas jemals trauen könnte. Sein Blick trifft meinen.

»Willst du so kommen, May?«

Ich muss nicht lange überlegen, denn wer einmal Blut geleckt hat ... »Nein.«

Wenn auch nur widerwillig, hebe ich mein Bein über seinen Kopf und lege mich auf die Seite neben ihn. Er rutscht hoch, tut es mir gleich und betrachtet mich. Mein Blick senkt sich auf seine

Lippen. Sie sind feucht. Als wüsste er genau, dass ich darüber nachdenke, dass es meine Lust auf seinem Mund ist, grinst er und leckt sich über die Lippen. Mein Gott, das ist so ... Mir fehlen die Worte.

»May, was jetzt?«, flüstert er.

Ich beuge mich zu ihm, gleite mit meiner Zunge über seine Unterlippe, so, wie er es zuvor getan hat. Es hat etwas Berauschendes, mich selbst zu schmecken, zu wissen, dass die Zunge, die meine neckt, eben noch ganz woanders war. Während wir uns küssen, lehne ich meinen Kopf zurück aufs Kissen, ziehe sacht an seinem Arm und er versteht sofort, was ich will, denn er beugt sich über mich. Nur dieses Mal spielt er nicht mit mir. Seine Hüfte kommt mir entgegen und ich bin so feucht, dass er problemlos in mich eindringen kann. Sein Kopf ruht in meiner Halsbeuge, dabei leckt, beißt und küsst er jedes erreichbare Stück Haut.

»Himmel, May. Du fühlst dich so verdammt gut an.«

Er zieht sich zurück und stößt dann wieder tief in mich. Auf diese Weise von ihm ausgefüllt zu werden, ist unbeschreiblich. Er weiß genau, wie er sich bewegen muss, um diese eine Stelle in mir drin zu berühren. Dieses alles überwältigende Gefühl baut sich in mir auf und rast unausweichlich auf mich zu.

»Ja, oh Gott ...«

»Maaaaaaaaay?« Megs Stimme schallt durchs Treppenhaus, und Vader hält in seiner Bewegung inne. Verdammt, ich war so kurz davor.

»Was? Scheiße«, flüstere ich.

Vader hat nichts Besseres zu tun, als dämlich zu grinsen.

»Und jetzt?«, frage ich leise.

»Weitermachen«, antwortet er und schiebt sich erneut in mich. So fantastisch er sich auch anfühlt, kann ich Meg nicht einfach ignorieren.

»May? Schläfst du noch?« Ihre Schritte sind bereits auf der Treppe zu hören.

»Nein. Ich komme gleich.«

»Oh, ja. Das wirst du.« Vader vergräbt das Gesicht an meinem Hals und beißt mich spielerisch.

»Ich kann mich nicht konzentrieren, wenn du das tust.« Nur äußerst widerwillig schiebe ich ihn von mir runter und kann ein bedauerndes Seufzen nicht unterdrücken, als er sich aus mir zurückzieht und eine unliebsame Leere in mir zurücklässt.

Ich springe aus dem Bett und werfe das erstbeste Shirt aus meinem Schrank über.

Als sich die Schritte im Flur wieder entfernen, schlendert Vader auf mich zu und legt mir die Hände um die Hüften.

»Was tust du da?«

»Na, jetzt wo sie unten wartet, könnten wir doch ...« Er wackelt aufreizend mit den Augenbrauen.

»Vergiss es. Ich gehe schon mal runter und lenke sie ab, während du LEISE verschwindest.« Damit verlasse ich das Schlafzimmer.

Meg sitzt im Wohnzimmer auf dem Sessel und ist in ihr Handy vertieft. Auf besagtem Sessel, der gestern Nacht Zeuge von etwas wurde, was man üblicherweise nicht auf Sesseln macht.

»Hey«, begrüße ich sie so normal, wie es nur möglich ist, wenn man bedenkt, dass ich fünf Minuten zuvor noch auf ganz andere Art und Weise beschäftigt war.

Meg schaut zu mir auf und legt den Kopf schräg.

»Geht's dir nicht gut?«

»Mir geht's super. Bestens. Alles gut.« Okay, ich hätte nach *super* aufhören sollen.

»Es ist fast Mittag und du siehst aus, als hättest du die Nacht durchgefeiert.«

Bevor ich mir eine Story aus den Fingern saugen kann, was als Autorin ja kein Problem darstellen sollte, höre ich Schritte im Flur. Schritte, die sich definitiv in die falsche Richtung bewegen, denn sie werden lauter. Als Megs Augen groß werden und sich ihre Mundwinkel zu einem dreckigen Grinsen verziehen, weiß ich, dass ER hinter mir steht.

»Guten Morgen, Meg.«

Amüsiert schaut sie zwischen uns hin und her. »Guten Mittag wohl eher.«

Vader geht an mir vorbei und blickt sich suchend im Wohnzimmer um. Erst jetzt sehe ich, dass er nur seine Hose trägt. Auf den nicht tätowierten Stellen seines Rückens sind vereinzelt, rote Striemen zu erkennen. Hitze schießt mir in die Wangen, als ich mich daran erinnere, wie sie dahin gekommen sind.

Er geht um Meg herum, bückt sich hinter dem Sessel, und als er sich wieder erhebt, hält er sein T-Shirt in der Hand, das er dann anzieht.

»Das hatte ich gesucht. So, Ladys. Ich bin dann mal weg.«

Ich verschränke schnell die Arme vor der Brust, damit er nicht noch auf die Idee kommt, mich zu küssen oder etwas Derartiges. Noch könnte ich mich irgendwie rausreden. Hoffe ich zumindest.

»Ich ruf dich an, Baby«, flüstert er mir ins Ohr.

Ich will schon durchatmen und dazu ansetzen, meiner Freundin zu erklären, dass er irgendwas im Haus repariert hat oder so, als er im Türrahmen noch mal innehält und zu uns rüberschaut.

»Ach, May?«

»Hm?«

»Vielleicht findest du ja beim Aufräumen meine Boxershorts. Ich konnte sie nirgends finden.«

Die Tür fällt einen Moment später ins Schloss und ich bin alleine mit Meg. Sie grinst bereits wie ein Honigkuchenpferd und folgt mir in die Küche, als ich versuche, vor ihren garantiert schon lauernden Fragen zu flüchten.

»Kaffee?«, erkundige ich mich.

»Ja, sehr gerne«, gibt sie übertrieben fröhlich zurück.

Während die Maschine ihrer Arbeit nachgeht, hole ich Milch aus dem Kühlschrank, nehme den Würfelzucker aus dem Regal und lege zwei Löffel auf dem Tresen ab. Es herrscht Stille, doch auch ohne sie anzusehen, weiß ich, dass es nicht mehr lange dauern kann, bis es aus ihr herausplatzen wird.

Viel zu schnell ist der Kaffee fertig, und ich atme tief durch, bevor ich mich Meg gegenüber auf einen der Hocker setze.

Sehr konzentriert versehe ich das Heißgetränk mit einer Ladung Zucker und Milch.

»Du kommst eh nicht drum herum, May«, beginnt Meg das Gespräch.

»Worum?« Ich blicke zu ihr auf.

»Vader Sweets, oberkörperfrei, sucht seine Unterwäsche? Klingelt da was?«

»Ach so, das ... Ja.«

»Was ja? Ich weiß, dass wir nicht sonderlich häufig über so was sprechen, aber hallo? Wir reden hier von einer lebenden Legende, da erwarte ich Informationen.«

»Was soll ich sagen? Es war nicht geplant und ist halt einfach so passiert.«

»Okaaaaay. Wieso war er denn überhaupt so früh hier?«

Mann, jetzt wird es peinlich. »Nicht früh. Seit gestern Abend.«

Megs Mund öffnet sich und bleibt dann eine Weile so stehen.

»Er hat hier geschlafen?«

Ja, irgendwie hat er das. Jetzt, wo sie meine kleine heile Welt-Seifenblase zerstört hat, muss ich mich mit den Fakten auseinandersetzen. Also erzähle ich ihr die gesamte Story.

Angefangen von vor ein paar Wochen auf dem Weingut bis gestern Abend, als plötzlich alles aus dem Ruder lief.

»... jedenfalls muss ich danach irgendwie auf ihm eingeschlafen sein. Heute Morgen wurde ich in meinem Bett wach, und er war noch da. Eines führte zum Anderen, und mittendrin kamst du dann. Ich sollte dir unbedingt meinen Schlüssel abnehmen.«

Meg lehnt sich zurück und atmet mit aufgeblähten Wangen aus. »Wow. Das ist neu.«

»Ich weiß auch nicht, wie ich mich dazu habe hinreißen lassen. So bin ich sonst nicht, das weißt du.«

»Hey. Stopp. Ich rede nicht von dir. Bei dir bin ich einfach nur froh, dass du an diesem Leben wieder teilnimmst. Es ist mir nur neu, dass Vader etwas Regelmäßiges laufen hat. Und er schläft normalerweise auch nicht bei anderen Frauen, oder tapeziert ihre Zimmer, während sie mit meinem künftigen Schwager auf einem Date sind.«

»Es war kein Date.«

»Das ist es, worüber du jetzt diskutieren möchtest?«

Ich lasse mir Megs Worte durch den Kopf gehen. Für mich waren es immer einzeln zu betrachtende Situationen, in denen Vader und ich uns näherkamen oder eben wieder meilenweit voneinander entfernten. So zusammengefasst klingt es wirklich nicht nach ihm.

»Glaubst du, er mag mich irgendwie?« Schon, als ich die Frage stelle, hört sie sich gleich wieder abwegig an.

»Ich habe keinen blassen Schimmer, summiert man die Fakten, dann könnte man es annehmen. Aber May, es ist Vader, also wäre es wohl besser, wenn du nicht zu viele Gefühle ...«

»Ich habe keine Gefühle für ihn. Zugegeben, er ist nicht so ätzend, wie ich dachte, aber ich weiß, dass er niemand ist, mit dem man von einer Zukunft träumt. Sollte es das sein, was du mir sagen willst.«

Meg greift nach meinen Händen. »Meine Süße, manchmal wünsche ich mir, ich könnte dir die rosa Herzchen ausreden, denn das würde bedeuten, dass du endlich mal welche siehst.«

»Sei doch froh, dass du mich nicht dauernd wegen eines Kerls als seelisches Häufchen Elend zusammenkehren musst.«

»Aber so gar nichts an dich ranzulassen, ist auch nicht gut.«

Jetzt fängt das schon wieder an. Wieso kann eigentlich niemand verstehen, dass es auch Menschen gibt, die rational an so was wie Beziehungen rangehen? Bedenke ich, wie oft Meg heulend auf meiner Couch saß, umringt von unzähligen Taschentüchern, in dem Glauben, ihr Leben sei vorbei, weil Schluss mit einem Kerl war, so kann sie sich doch glücklich schätzen, dass ich die Dinge anders sehe.

»Irgendwann erwischt es dich auch, ob du willst oder nicht. Nur wäre es schön, wenn du dir dazu nicht den größten Bad Boy aussuchst, der auf Erden wandelt.«

»Werde ich nicht. Ich empfinde nichts für ihn. Können wir jetzt das Thema wechseln?«

Sie zuckt mit den Schultern. »Wie du möchtest.«

»Was treibt dich um diese Uhrzeit eigentlich hierher?«

»Ich hab mir was überlegt.«

»Und das wäre?«

»Also vorgestern war Drake zu Besuch und hat Aidan und mir die Facebookseite der Band gezeigt. Sie haben binnen kürzester Zeit schon einen richtigen kleinen Fankreis. Er postet dort Bilder, Daten der öffentlichen Auftritte und kleine Videos aus dem Proberaum.«

»Das freut mich für die Jungs, aber du tauchst hier doch nicht auf, nur um mir das zu erzählen?«

»Natürlich nicht. Ich finde die Idee super und ich denke, du solltest eine Autorenseite erstellen. Du könntest so neue Zielgruppen erreichen und auf dich aufmerksam machen.«

»Ich weiß nicht.«

»Das war keine Frage. Entweder machen wir das jetzt zusammen, oder ich werde es allein machen. Also, was ist dir lieber?«

Ich seufze. »Ist ja gut. Ich hole meinen Laptop.«

Vader

Unsere Proben laufen bereits den ganzen Nachmittag. Ich bin unkonzentriert, mache Fehler und gehe mir dabei selbst übelst auf die Nerven. Da hilft es nicht, Drakes Visage zusätzlich ertragen zu müssen. Fügt man dem Ganzen seine ständigen Verbesserungsvorschläge hinzu, so grenzt es an ein Wunder, dass er noch unversehrt ist.

»Vader, das war dein Einsatz. Hast du den Text deines eigenen Songs vergessen, Kumpel?«, fragt er scherzhaft, und alle lachen. Normalerweise kontere ich so einen Bullshit mit einem dummen Spruch, bevor ich ebenfalls lache. Jedoch nicht heute.

»Vielleicht wollte ich einfach nicht in das Gejaule einsteigen, das du Singen nennst«, brumme ich.

»Oh, da ist aber jemand gereizt. Wir sollten ihm eine Braut besorgen, Jungs.«

Ehe ich mich versehe, habe ich ihn am Kragen gepackt und gegen die Wand gedrückt. »Du solltest vielleicht einfach deine Klappe halten.«

»Woah. Er hat nur Spaß gemacht. Lass ihn los«, versucht Mal zu beschwichtigen. Dabei legt er seine Hand auf meine Schulter, und ich muss mir selbst eingestehen, dass ich eventuell ein wenig überreagiere. Seit wir mit dem Proben begonnen haben, geistert mir durch den Kopf, was May gestern gesagt hat. Er habe ihr in den letzten Wochen mit dem Buch geholfen. Dass ich nicht lache.

Und zu allem Überfluss hat sie mich auch noch für ihn stehen gelassen.

Wie sind die beiden überhaupt in Kontakt gekommen? Hat sie ihn angesprochen, als sie mich nicht mehr erreichen konnte, oder ist er auf sie zugegangen, mit dem Hintergedanken, sie flachzulegen? Drake ist ein Lebemann – wie ich. Wer also wüsste besser, dass er es mit ihr nicht ernst meinen kann? Für ihn wäre sie nur eine weitere Eroberung auf dem Weg, der größte Stecher aller Zeiten zu werden. Aber es ist May, verdammt. Aus irgendeinem Grund scheint sie ihm zu vertrauen, und das kann nur in einer Katastrophe enden.

Langsam löse ich meinen Griff von seinem Kragen und trete einen Schritt zurück. Wie starren uns gegenseitig an. Die Frage, was das eben sollte, ist ihm dabei ins Gesicht geschrieben.

»Lasst uns für heute Schluss machen. Ich muss eh los«, wirft Hitch ein.

»Wahrscheinlich die beste Idee des Tages«, antworte ich und verlasse ohne ein weiteres Wort den Raum.

Eine halbe Stunde später drehe ich die Musik im Wagen auf und setze den Blinker, um auf die Interstate Richtung Westen abzubiegen. Autofahren hilft mir oftmals, den Kopf freizubekommen, jedenfalls dann, wenn ich weiß, wo das Problem liegt. Eine Lösung, für etwas zu finden, bei dem sich mir das Problem noch nicht mal erschließt, stellt jedoch eine ganz andere Herausforderung dar.

Es ist nicht das erste Mal, dass ich mit einer Frau im Bett gelandet bin, die ich anschließend wiedersehen werde. Entweder, weil ich es selber will oder eben muss. Vielleicht bin ich auch nur einfach überrascht, dass es ganz okay mit ihr war. Erstaunlicherweise ist sie im Bett überhaupt nicht so prüde, dafür mehr, wenn sie nackt ist. Wobei, wenn ich es mir recht überlege, ist *prüde* das falsche Wort. Mittlerweile glaube ich, es ist die Unerfahrenheit, welche sie in manchen Situationen seltsam reagieren lässt. Beispielsweise war ihr deutlich anzumerken, dass sie noch nie beim Sex oben war, doch sie hat diese Aufgabe mit Bravour bestanden und war nicht, wovon ich zuvor ausgegangen bin, steif wie ein Brett. Steif war wirklich nur mein Schwanz, und er wird es fast wieder, wenn ich weiterhin darüber nachdenke. Fuck, wem lüge ich hier eigentlich was vor? In ihr zu sein war einfach unglaublich. Es lag nicht daran, dass sie verdammt eng war oder ich bei ihr den Verführer raushängen lassen konnte.

Gefiel es mir, sie mit anzüglichen Kommentaren zum Erröten zu bringen und aus der Reserve zu locken? Definitiv ja. Doch das war es nicht nur. Jeder Laut, den sie von sich gab, spornte mich nur mehr an; jede Bewegung, die sie machte, ließ mich noch härter werden und jede meiner Regeln vergessen. Sieh ihnen nicht in die Augen, wenn sie kommen, denn das könnten sie falsch verstehen. Das ist meine Devise, und ich hatte nichts Besseres zu tun, als den Moment, in dem sie kam, entgegenzusehnen, nur um sie dabei zu betrachten. Wie sich zeigte, war dabei meine Vorstellung nur ein billiger Abklatsch der Realität gewesen und reichte nicht einmal annähernd an deren Intensität heran. Die Hitze in ihrem Inneren schien mich verbrennen zu wollen, während sich ihre Muskeln so stark um mich zusammenzogen, dass ich das Gefühl hatte, mein Höhepunkt nähme kein Ende und mir gingen jeden Moment die Lichter aus. Selbst nachdem ich wieder in der Lage war, einen halbwegs klaren Gedanken zu fassen, verharrten wir vermeintliche Ewigkeiten, sprachen kein Wort. Irgendwann beruhigten sich ihre Atemzüge, und sie war eingeschlafen – mit dem Kopf an meine Brust gelehnt, die Arme um meinen Hals geschlungen –, obwohl ich immer noch in ihr war. Erst als ich das Gefühl hatte, wieder die volle Kontrolle über meinen Körper zu haben, stand ich mit ihr auf, trug sie in ihr Schlafzimmer und legte sie auf das Bett. Ein dummer Impuls verleitete mich dazu, ihr einen Kuss auf die Stirn zu geben, bevor ich gehen wollte. Doch während meine Lippen ihre Haut berührten, schlang sie abermals die Arme um mich und zog mich zu sich. Also überwand ich die restliche Distanz und schmiegte mich an sie. Nur einen Moment, dachte ich zumindest.

»Nur einen Moment. Gequirlte Scheiße«, fluche ich vor mich hin, und dann trifft es mich wie ein Schlag. Ein kleines aber feines Detail hatte ich vergessen. Dabei vergesse ich das fucking niemals. Mit Übelkeit und Herzrasen rufe ich über einen Knopf am Lenkrad meine Anrufliste im Mediasystem des Wagens auf und scrolle das Telefonbuch durch, um Mays Nummer zu finden. Es dauert eine gefühlte Ewigkeit, bis endlich ein Freizeichen erklingt, und weitere Ewigkeiten, bis sie sich endlich meldet.

»Hi«, erklingt ihre Stimme durch die Freisprechanlage.

»Nimmst du die Pille?«, lautet meine panische Begrüßung.

Ein Rascheln ertönt und sie braucht mir definitiv zu lange zum Antworten. Ein Anflug Geisteskrankheit überkommt mich, und ich frage mich, ob ich auswandern soll.

»Vader, bist du es?«

»Nein, ich bin der verdammte Weihnachtsmann. Gibt es so viele, die dir diese Frage stellen könnten?«, motze ich los.

»Mein Gott, komm mal runter. Du rufst mit unterdrückter Nummer an, und nein, diese Frage ist mir neu.«

»Hör auf mit den beschissenen Witzen und beantworte meine verdammte Frage.«

»Ja, ich nehme die Pille, du Arsch.« Sie klingt angepisst, und auf ihre Antwort folgt der Besetztton. Hat sie ernsthaft aufgelegt?

Erneut wähle ich die Nummer.

»Was?«, schnauzt sie in den Hörer.

»Hast du gerade aufgelegt?«

»Natürlich nicht. Ich bin nur ungünstig gefallen und dabei auf den Knopf gekommen.«

»Willst du mich verarschen?«

»Bist du geistig umnachtet?«

Ich muss lächeln. Es macht einfach zu viel Spaß, mit ihr zu streiten, und da mir ein ganzer Felsbrocken vom Herzen gefallen ist, als sie sagte, sie verhüte, kann ich unseren kleinen Schlagabtausch richtig genießen.

»Waschbär.«

»Nenn mich nicht so.«

»Warum?«

»Weil wir gerade streiten und ich dabei ernst genommen werden will.«

»Was machst du?«

Sie schnaubt. »Denkst du, du kannst so einfach das Thema wechseln?«

»Ja.«

»Du bist ein Arsch.«

»Das sagtest du bereits. Also, schreibst du?«

»Nein.«

»Was tust du dann?«

»Ich versuche, diese Facebookseite zu verstehen, die ich gemeinsam mit Meg erstellt habe.«

»Ah, die Frau Autorin ist also nun auch ganz offiziell online?«

»So sieht's aus. Anscheinend ist der Trend an mir vorbeigegangen. Bist du unterwegs, oder was rauscht im Hintergrund so?«

»Ja, ich sitze im Auto. Bin auf dem Weg nach Gettysburg.«

»Ist euer Auftritt dort nicht erst nächste Woche?«

»Ja, ich bin privat unterwegs. Besuche eine Freundin.«

Die Leitung bleibt einen Augenblick still, nur das leise Geräusch, als sie ausatmet, lässt mich sichergehen, dass sie noch da ist.

»May?«

»Ja, ja, ich bin da. Na ja, ich sollte mal hier weitermachen. Meg erwartet, dass ich diese Autorenseite mit Inhalt fülle. Fahr vorsichtig.« Was sie sagt, klingt nicht aufrichtig.

»Okay ...«

»Also, wir hören uns. Bye.«

»Bye«, antworte ich, doch sie hat schon aufgelegt.

***

»Jetzt setz dem Kind keine Flausen in den Kopf«, ermahnt mich meine Mum.

»Er versteht doch gar nicht, was ich sage.«

»Sie verstehen viel mehr, als du denkst. Wird sein erstes Wort ein Schimpfwort, dann verhaue ich dir den Hintern, Wilson.« Solange sie mich nur mit Wilson anspricht, besteht keine Gefahr. Nennt sie jedoch mehr als zwei meiner Vornamen, wird es Zeit, das Weite zu suchen. Das war schon immer so. Ich setze Grayson also wieder in sein Gehfrei und begebe mich zu ihr an den Küchentisch. Normalerweise sind alle Anwesenden abgeschrieben, sobald ihr Enkelkind in der Nähe ist, aber da wir uns seit Wochen nicht gesehen haben, macht sie heute wohl eine Ausnahme.

»Hättest du gesagt, dass du vorbeikommst, dann hätte ich was gekocht. Isst du denn überhaupt vernünftig, Junge?«

Ich verdrehe die Augen. Sobald ich meinen Fuß in dieses Haus setze, bin ich nicht mehr achtundzwanzig Jahre alt, sondern höchstens zwölf. Beruhigend tätschle ich ihre Hand und lächle sie an.

Keine Sorge, ich habe eine großartige Mum, die mir schon sehr früh beigebracht hat, wie ich etwas Anständiges kochen kann.«

»Trotzdem. Jetzt bist du den ganzen Weg gefahren und ausgerechnet heute war ich mit deinem Vater außer Haus essen.«

»Mum, wirklich. Mach dir keine Sorgen. Ich habe eben zusammen mit Kelly und Grayson gegessen. Eigentlich wollte ich erst nächste Woche hier vorbeischauen, aber sie muss noch ein paar Besorgungen machen, deswegen habe ich mir meinen kleinen Kumpel geschnappt, und als wir so durch die Gegend fuhren, dachten wir, wir statten Grandma einen Besuch ab.«

Ein stolzes Lächeln ziert ihr liebevolles Gesicht, als sie zu dem kleinen, vor sich hinschmatzenden Jungen schaut.

»Ich freu mich, dass ihr da seid. Wann kommt ihr denn nächste Woche? Deinen Dad bekomme ich momentan ja kaum noch zu Gesicht.«

Sie spricht auf das größte Hobby meines Vaters an: In sogenannten Reenactments wird alljährlich der Schlacht zu Gettysburg gedacht. Tausende Schauspieler von überallher schlüpfen in die Rollen der Konföderierten oder in die der Unionstruppen und stellen die blutigste Schlacht des US-Bürgerkriegs nach. Zu dieser Zeit im Jahr erwacht unser geschichtsträchtiges Städtchen zu neuem Leben. Auf den Feldern, auf denen sich damals die Truppen von General Robert E. Lee und General George Gordon Meade gegenüberstanden, finden sich Hobbyhistoriker sowie Laiendarsteller ein, um den Schaulustigen ein unvergessliches Spektakel zu bieten. Mein Dad mitten unter ihnen. Schon immer liebte er die Geschichte unseres Landes und erzählte uns früher immer die spannendsten Storys. Sobald die letzten Kanonenschüsse am Abend erklingen, tummeln sich Stadtbewohner und Touristen in allen Gassen, essen an einem der vielen Stände, versuchen sich mit dem Luftgewehr an Schießbuden, fahren Karussell oder lassen sich vor einer der vielen Bühnen mit Musik unterschiedlichster Showacts beschallen. Dieses Jahr gehören wir zu denen, die auf der Bühne stehen dürfen, und dass es sich dabei um einen Auftritt in unser aller Heimatort handelt, macht es zu einer noch viel größeren Sache. Das nächste Wochenende wird *Sinister Five* erstmalig ausnahmslos eigene Songs spielen, und ich müsste lügen, würde ich behaupten, deswegen nicht jetzt schon die Hosen voll zu haben.

»Wir werden am Mittwoch den Bus laden und dann wohl gegen Mittag ankommen. Unser Auftritt findet Freitagabend um acht Uhr statt.«

Mum sieht wirklich stolz aus, und abermals schätze ich mich glücklich, in einer Familie aufgewachsen zu sein, die mich ausnahmslos bei dem, was ich tue, unterstützt. Nie sagten sie, ich solle etwas Anständiges lernen. Das, was ich kann, habe ich mir aus freien Stücken angeeignet, eben, weil ich es wollte und nicht, weil meine Eltern es gerne gesehen hätten.

»Wir sind wirklich stolz auf dich. Deine Schwester hat sich das Wochenende im Krankenhaus freigenommen und wird auch da sein.«

Kurz darauf gesellt auch mein Dad sich zu uns, und nach einer weiteren halben Stunde wird Grayson langsam unruhig, weswegen ich den kleinen Mann in die Babyschale im Auto packe und ihn zu seiner Mum fahre, damit er ins Bett kann. Sie würde mich wahrscheinlich verprügeln, wenn sie ihn wegen mir nicht zeitig hinlegen könnte, denn das würde bedeuten, dass er sie die ganze Nacht über wachhalten würde. Kein Schlaf für Kelly bedeutete für heute Nacht auch keinen Schlaf für mich. Ein No Go.

EPISODE 5 – Darth Vader und die Pollenallergie

MAY

»*Radio LiveOne* sagt guten Morgen an all die Schlafmützen da draußen. Raus aus den Federn und ab an die frische Luft, denn es verspricht, ein fantastischer Tag in Baltimore und Umgebung zu werden. Heute habe ich als Gast eine Frau im Studio, der das frühe Aufstehen anscheinend nichts ausmacht, denn sie sieht aus wie das blühende Leben. Autorin May Trenton ist zu Besuch und wird uns gleich einen kleinen Einblick in ihr aktuelles Buch gewähren. Mädels, ich sage nur Bad Boy-Alarm. Mit einer Nummer aus den späten Siebzigern bringen wir uns in die richtige Rockstarstimmung und sind dann gleich zurück.«

Tom, der Moderator des ortsansässigen Radiosenders, schiebt ein paar Regler hin und her und nimmt dann seine Kopfhörer ab. Wir haben vorhin schon ein paar Worte gewechselt, und auch wenn hier alle wirklich nett und locker sind, kann ich meine Aufregung nicht ganz bezwingen. Im Rahmen der Promoaktion für die *Women's Lifestyle* habe ich heute dieses Radiointerview. Bereits vorab schickte der Sender diverse Fragen, welche Tom mir nachher im Liveinterview stellen würde. Die Antworten darauf konnte ich mir dementsprechend bereitlegen. Was ich nicht beeinflussen kann, ist der Part mit den Hörern, denen ich mich später stellen muss. Da Radio heutzutage nicht mehr das ist, was es früher war, nämlich ausschließlich akustisch, sondern auch visuell – weil die Hörer via Webcam zusehen können –, begann mein Tag mit einem Stylistenbesuch um fünf Uhr morgens. Meg sei Dank musste ich mich also nicht selbst herrichten, sondern konnte noch ein wenig dösen, während die Dame wie durch Zauberhand meine Augenringe verschwinden ließ.

Was, wenn ich mich völlig zum Affen mache? Viel Zeit darüber nachzudenken habe ich nicht, denn Tom setzt mir bereits die Kopfhörer auf.

»Kein Grund, nervös zu sein, May. Sie werden dich lieben«, spricht er mir Mut zu.

»Wenn ich mich nicht total blamiere, reicht mir das schon«, versuche ich zu scherzen.

Tom nimmt mir gegenüber Platz und zwinkert mir zu, bevor er erneut an all diesen Hebeln hantiert und dann sein Mikro zu sich zieht.

»Viele von uns warten gespannt auf den dritten August, denn dann erscheint die neue Ausgabe des *Women's Lifestyle*-Magazins, womit auch die Story um Bennet und Julie in die zweite Runde geht. Wir dürfen heute Morgen die Autorin dieser grandiosen Geschichte um den Rockstar und die schüchterne Studentin live bei uns begrüßen. Hallo, May, schön, dass du da bist.«

»Guten Morgen, Tom, ich freue mich sehr, hier zu sein.« Okay, das lief schon mal gut.

»May, mit *I Want you to Want me* startet wortwörtlich ein neues Kapitel im Bereich der Buchveröffentlichungen. Jeden Monat erscheinen in einem Sonderheft drei Kapitel deines aktuellen Projektes, was dann im Anschluss auch die

Buchhandlungen füllen wird. Wieso hast du dich entschieden, diesen Weg zu gehen?«

»Nun, ich arbeite bereits seit einigen Jahren mit der Zeitschrift zusammen. Sie glaubten an mich, als ich noch völlig unbekannt war, weshalb es für mich nun selbstverständlich ist, mit dem Magazin gemeinsam diesen Schritt zu wagen.«

»In deinem Buch geht es um einen Rockstar, der es faustdick hinter den Ohren hat. Mit deiner Protagonistin Julie, die noch recht grün hinter den Ohren ist, schaffst du dazu einen krassen Gegensatz. Du hast dich entschlossen, ein wenig Rockstarnachhilfe von Sänger und Songwriter Vader Sweets zu nehmen. Wie dürfen wir uns eure Zusammenarbeit vorstellen?«

Meine perfekt zusammengestellte Antwort auf diese Frage kommt ins Wanken, wenn ich darüber nachdenke, wie sich diese Nachhilfe, wie Tom es so schön nennt, in den letzten Wochen entwickelt hat. Hatte ich überhaupt eine Chance, Vader dauerhaft zu widerstehen, oder war es von Anfang an sein perfider Plan, mich zappeln zu lassen und mürbe zu machen, nur um das Ganze in einer gemeinsamen Nacht vor ein paar Tagen komplett zu beenden? Ich schlucke schwer, bevor ich meine Antwort brav aufsage.

»Als ich *Sinister Five* zum ersten Mal auf einem Festival sah, habe ich mich in die Jungs verliebt. Sie leben und lieben ihren Job als Musiker, dementsprechend begeistert war ich, als Vader mir seine Hilfe zusagte. Er ist eine große Unterstützung, was Bennets Gedankenwelt betrifft, aber auch der Blick hinter die Kulissen bei diversen Auftritten half mir dabei, ein gutes Gespür für das Rockstarleben zu entwickeln.« Ich hätte Schauspielerin werden sollen, denn meine kleine Lobeshymne gerade war oscarverdächtig und das beste Beispiel für eine *geschönte Wahrheit*. Ja, die Jungs sind fantastisch und das, was ich bisher von Vaders Songs hören durfte, ist ein Erfolgsgarant, womit sie es noch weit bringen werden. Alles andere gleicht jedoch eher so etwas wie der Schneeflocke auf dem Eisberg.

Tom stellt mir weitere Fragen über das Schreiben, künftig geplante Projekte und meinen Musikgeschmack. Nachdem ein Song gespielt wurde, dem ein kleiner Werbeblock folgte, ist es nun so weit. Die Zuhörer haben die Möglichkeit, mich nach Herzenslust auszuhorchen.

Die ersten beiden Damen kennen wohl schon meine früheren Werke, denn sie loben meine Storys. Auch die Fragen sind harmlos, denn die eine will lediglich wissen, woher ich meine Ideen nehme, und die andere ist an meinen Hobbys interessiert. Auch die weiteren Gespräche laufen einwandfrei und locker, sodass ich mich etwas entspanne.

»So May, jetzt haben wir einen männlichen Hörer in der Leitung. Hallo, Kenneth.«

»Hallo ins Studio«, begrüßt er uns.

»Kenneth, du bist heute unser erster männlicher Anrufer. Hast du Mays Storys gelesen?«, erkundigt sich Tom.

Ein sympathisches Lachen ertönt am anderen Ende der Leitung, bevor er antwortet. »Nein, leider muss ich da passen. Seit der Schule habe ich Bücher eher gemieden. Hätte uns damals jemand gesagt, dass Autorinnen so aussehen können wie May, dann hätte ich sicher den ein oder anderen Wälzer gelesen.«

»Kenneth spielt auf unsere Webcam an, Leute. Auf radiolive.com könnt ihr einen Blick ins Studio und auf unsere bezaubernde May werfen, also loggt euch ein. Kenneth, was möchtest du von ihr wissen, du hast jetzt die Möglichkeit, mit ihr zu sprechen.«

»Ähm, ja. Hi, May.«

»Hi, Kenneth.«

»Ich würde gerne wissen, ob du single bist.«

Ich beiße mir kurz auf die Unterlippe und werfe einen Blick zu Tom, der mich jedoch nur fragend ansieht und dabei mit den Augenbrauen wackelt, was mich wiederum zum Schmunzeln bringt.

»Oh wow, das ist direkt. Also ja, ich bin single.«

»Cool. Also, für die Männerwelt, meine ich«, antwortet Kenneth und klingt dabei wirklich süß. »Also, May. Ich bin Mitbesitzer des *CoconutEve*, und wenn du am nächsten Wochenende nichts vorhast, würde ich mich freuen, dich in unserem Club willkommen zu heißen.«

»Ich werde sehen, was sich machen lässt. Danke, Kenneth.« Tatsächlich fühle ich mich geschmeichelt und muss zugeben, dass diese Radiosache wirklich viel mehr Spaß macht als gedacht. Doch wer sich zu früh freut, den bestraft bekanntermaßen das Leben, oder wahlweise auch Vader Sweets.

»Eigentlich war der gute Kenneth unser letzter Anrufer, doch meine Kollegen sagen mir gerade, dass wir noch einen ganz speziellen Hörer in der Leitung haben. Also hallo, Unbekannter! Was möchtest du von May wissen.«

»Guten Morgen an alle *LiveOne*-Hörer da draußen und natürlich ein Hallo ins Studio. Ganz besonders an meinen Waschbären.«. Mein Körper reagiert auf seine tiefe, geschmeidige Stimme mit dem Aufstellen sämtlicher kleiner Härchen, ohne dass ich etwas dagegen tun kann. Seine ganz spezielle Begrüßung an mich hingegen könnte ihn das Leben kosten.

»Wir haben hier Vader Sweets in der Leitung und ihr da draußen fragt euch sicher, so wie ich, was es mit dem Waschbären auf sich hat«, fragt Tom ganz begeistert.

»Nun, das bleibt unser süßes Geheimnis! Nicht wahr, May?«

Verwirrt blicke ich durch das Studio, schaue in erwartungsvolle Gesichter. Der Aufnahmeleiter macht eine

Bewegung mit seinen Händen, die mich wohl dazu aufmuntern soll, endlich zu antworten.

»Guten Morgen, Vader. Na ja, Tom, es ist kein so großes Geheimnis, sondern nur sein ganz spezieller Ausdruck für Frauen, die sich die falsche Wimperntusche gekauft haben, welche sich dann bei dem aktuellen Wetter verselbstständigt.«

»Jap, wird es zu heiß, dann macht dieser Schminkkram, was er will.«

Toms überraschtem Gesichtsausdruck zufolge klingt Vaders kleiner Spruch nicht nur für mich wahnsinnig zweideutig. Okay, für mich ist er recht eindeutig, da ich weiß, dass er nicht von den Außentemperaturen spricht.

»Na, und wo ich einmal dran bin, muss ich auch leider den kleinen Romeo für Arme von vorhin enttäuschen, denn die gute May hat an besagtem Wochenende bereits etwas vor.«

»Habe ich?« Die Frage verlässt meinen Mund, bevor ich darüber nachdenken kann, dass uns zig Leute zuhören.

»May scheint sich da noch nicht ganz sicher zu sein, Vader. Vielleicht hilfst du ihr auf die Sprünge?«, bietet Tom an, den unser Gespräch offensichtlich amüsiert.

»Aber natürlich gerne. May begleitet die Band zu unserem Auftritt in Gettysburg. Im Rahmen der Feier zu Gedenken des Bürgerkriegs wird *Sinister Five* dort erstmalig ein komplettes Set eigener, bisher unveröffentlichter Songs spielen.«

Meine Kinnlade fällt runter, und ich kann mich so gerade noch zusammenreißen, Vader nicht im Radio eine Predigt darüber zu halten, dass ich nicht sein Eigentum und somit auch nicht frei für ihn verfügbar bin.

»Ach das«, erwidere ich gespielt freundlich. »Tja, da werde ich mir wohl Gedanken machen müssen, was mich an diesem Wochenende eher reizt.«

»May, wir danken dir, dass du hier warst. Lass uns wissen, ob die Entscheidung auf Vader oder Kenneth gefallen ist.«

Nach einer kurzen Verabschiedung schlendere ich etwas später aus dem Bürokomplex des Radiosenders und steuere auf den Parkplatz zu. Ich bin stolz, dieses Interview bis auf diese letzten zwei Minuten souverän gemeistert zu haben und überlege, zur Feier des Tages frühstücken zu gehen. Als mein Wagen in Sichtweite kommt, kann ich nur hoffen, dass Vader das nicht anders sieht. Denn er steht mit verschränkten Armen und eiserner Miene gegen mein Auto gelehnt und blickt mich düster an.

Ich verlangsame meinen Schritt, kann die Augen jedoch nicht von ihm lösen, denn seine Ausstrahlung zieht mich in einen Bann, dem ich nicht entfliehen kann, bis ich vor ihm stehe.

»Hey«, begrüße ich ihn schüchtern. Plötzlich ist die Wut darüber, was er eben während des Radiointerviews gesagt hat, verpufft. Das Gefühl in meinem Bauch schlägt sogar in ein unangenehmes Gegenteil um, denn dort schwirren ungewollt Unmengen an Schmetterlingen umher. Es ist wie eine Invasion, gegen die ich mich nicht wehren kann.

»Hey«, gibt auch er zurück. Seine Gesichtszüge werden weicher. Fast würde ich behaupten, ihm ginge es ähnlich wie mir, doch das wäre wohl mit dem Wunschdenken eines kleinen Teenagermädchens vergleichbar.

»Was machst du hier?«, erkundige ich mich.

Er verzieht das Gesicht und schüttelt dann den Kopf.

»Ehrlich gesagt hab ich keine Ahnung. Ich war unterwegs, als ich dich im Radio gehört habe und bin dann hier gelandet.«

Das ist neu. Kein dummer Spruch? Keine blöde Ausrede?

»Also, ich wollte gerade frühstücken gehen. Hast du Hunger?«

Wieder dauert es ewig, bis er antwortet.

»Was hältst du von Einkaufen und Brunch bei dir zu Hause?«

»Klingt gut. Treffen wir uns am Supermarkt?«

»Klar.«

VADER

Einkaufen mit May erweitert definitiv meinen Horizont. Anstatt Bacon und Sandwichtoast will sie mir ernsthaft Obst und Müsli andrehen. Natürlich setze ich meinen Kopf durch und stelle heimlich den ganzen gesunden Scheiß wieder wahllos in die Regale zurück, wenn sie gerade nicht hinsieht. Natürlich erwischt sie mich dabei und hält mir einen nicht enden wollenden Vortrag darüber, wie wichtig gesunde Ernährung sei. Bla bla. Ich verdrehe die Augen und wandere in den Gang mit den glasierten Donuts mit Vanillefüllung. Als ich noch jede Menge anderen Mist in meinen Armen balanciere, mache ich mich auf die Suche nach unserem Einkaufswagen. Verlassen steht er in der Grünzeugabteilung, und ich lade all meine zuckerhaltigen Freunde darin ab. Von May ist weit und breit nichts zu sehen, aber ich höre sie. Offensichtlich steht sie an einem Regal um die Ecke und unterhält sich mit jemandem. Als ich den Stimmen folge, halte ich mich ein wenig bedeckt, denn es scheint kein normales Gespräch zu sein, das zwei Menschen führen, wenn sie sich zufällig im Supermarkt begegnen.

»Du solltest endlich vernünftig werden. Ich gebe dir eine Chance, doch du musst natürlich an dir arbeiten. Vergiss die Schreiberei und verkaufe diese Bruchbude, die du Haus nennst.«

Mir ist sofort klar, dass es sich bei dem Typen im Anzug um diesen Börsenheini handelt. Er steht mit dem Rücken zu mir, doch spätestens als May antwortet, bin ich mir sicher, dass Mr. Ex-Wichser hier versucht, sie wieder unter seine Fuchtel zu kriegen.

»Garret, ich brauche keine Chance. Ich will das nicht mehr.«

»Ach, hör schon auf. Du hast jetzt lange genug rebelliert. Es wird Zeit, dass du an deine Zukunft denkst.«

»Die bist aber nicht du.« May wirkt eingeschüchtert und mir platzt so langsam der Kragen. Keiner redet so mit meinem Mädchen. Ein besitzergreifendes Gefühl breitet sich in meiner Brust aus, und der Höhlenmensch in mir will dem Kerl sofort eine reinhauen, wenn er nicht augenblicklich ihren Arm loslässt.

»May, wirf doch nicht alles weg, was wir in diesen vier Jahren aufgebaut haben. Ich war dumm und hätte mehr Zeit für dich haben müssen. Daran arbeite ich. Für dich.«

Als May die Stirn runzelt, macht sich Panik in mir breit. Ich will nicht, dass sie sich wieder einlullen lässt und ganz sicher werde ich nicht zulassen, dass sie mir jemand wegnimmt.

Lässig schlendere ich auf sie zu, umrunde den Kerl und bleibe hinter May stehen. Als ich die Arme um ihren Bauch schlinge, versteift sie sich kurz, lehnt sich dann aber sofort gegen mich. Das ist mir neu. Ich hätte mit Gegenwehr gerechnet. Ihre Haare duften köstlich, und ich beuge den Kopf vor, um mit den Lippen ihren Hals zu streifen, worauf May einen Laut von sich gibt, der mich sofort hart werden lässt.

Das Räuspern des Börsenheinis passt allerdings so gar nicht in meine Vorstellung von dem, was ich nun gerne mit ihr machen würde, also richte ich meine Aufmerksamkeit auf ihn und grinse ihn siegessicher an.

»Baby, wir sollten los«, raune ich ihr ins Ohr, und sie kichert.

»Hallo. Ich bin Garret Mitchell, Mays Lebensgefährte.«

Er streckt mir die Hand entgegen, doch ich mache mir nicht die Mühe, seine Geste zu erwidern.

»Wer ich bin, geht dich einen Scheißdreck an. Ich könnte dir aber die Nummer meiner Schwester geben. Sie ist Psychologin und wird dir sicher den Unterschied zwischen der Möchtegern-Lebensgefährte von jemandem zu sein und vom aktuellen Freund dieses Jemands ein paar aufs Maul zu kriegen erklären.«

»May, willst du dazu etwas sagen?« Jetzt starrt er sie an wie ein wildgewordener Dackel.

»Nein Garret. Es ist alles gesagt. Wenn du uns dann entschuldigen würdest.«

Sie greift nach meiner Hand und zieht mich mit sich.

Erst als wir den Einkaufswagen erreichen, sieht sie mich wieder an. Dabei funkeln ihre Augen und strahlen etwas Jugendliches, Leichtsinniges aus. Es gefällt mir, dafür verantwortlich zu sein.

»Danke fürs Retten.«

»Gern geschehen, holde Maid.«

»Komm, lass uns bezahlen, damit ich meinem Ritter in glänzender Rüstung ein Frühstück zubereiten kann.«

***

Bei May angekommen, nehme ich die Einkaufstüten aus dem Kofferraum meines Wagens und warte vor der Haustür auf sie, während sie ihr Auto eine Minute später auf der Einfahrt des Hauses abstellt.

In stiller Eintracht räumen wir in der Küche die Lebensmittel aus. Nach all den Wochen kenne ich mich hier fast besser aus als bei mir zu Hause. Es ist ungewohnt, so viel Zeit mit immer derselben Frau zu verbringen. Ungewohnt, aber nicht unangenehm.

Sie streckt sich, um zwei Tassen aus dem oberen Regal eines Küchenschrankes zu nehmen, dabei rutscht ihr graues Top hoch und legt einen Streifen Haut auf Hüfthöhe frei. Wie ein Magnet zieht mich jener Bereich an, und ich kämpfe gegen meine erste Intention an, sie genau dort zu berühren. Es fasziniert mich, wie sehr ich sie noch will, obwohl ich sie bereits hatte. Schon sehr lange gab es keine Frau mehr, die wirklich mein Interesse geweckt hat. Sie waren alle mehr oder weniger eine Alternative zum eigenen Handbetrieb. Böse Zungen würden es Mittel zum Zweck nennen. May hingegen ist sexuell so unerfahren, dass sie mir nichts Neues oder Außergewöhnliches bieten konnte – das dachte ich zumindest. Wie dumm von mir, denn alles an ihr ist neu und anders als alles, was ich kenne.

Als sie sich zu mir umdreht, betrachtet sie mich eingehend. Etwas hat sich an der Stimmung zwischen uns geändert. Sie lehnt sich gegen den Tresen und verschränkt die Arme, was dazu führt, dass ihre fabelhaften Brüste ein wenig weiter hochgedrückt werden. Alles an ihr ist so einladend, dass ich sie den ganzen Tag über anschauen könnte und dennoch nie genug bekäme. Das macht es nicht leichter zwischen uns.

»Wieso warst du heute beim Sender? Warum hast du dort angerufen?«

»Das sind gleich zwei Fragen.«

»Vader«, drängt sie mich.

»Okay, dann beantworte du mir vorher eine Frage.«

Sie zieht die Augenbraue hoch, und ich gehe auf sie zu, kessle sie zwischen Tresen und mir ein. Alles an ihrer Körpersprache schreit mich an, sie umzudrehen, den Rock hochzubauschen, ihr Höschen beiseitezuschieben und sie zu ficken. Tief und hart. Aber noch weigere ich mich, meinem Drang nachzugeben.

»Sag mir, May, wie hat es sich angefühlt, Drake zu küssen und wenig später mit mir zu vögeln?«

Geschockt reißt sie die Augen auf. Die Scham ist ihr ins Gesicht geschrieben.

»Ich ...«

»Ich will die Wahrheit. Keine Sorge, ich bin nicht sauer deswegen, es interessiert mich nur.« Wem spiele ich hier eigentlich etwas vor? Als ich gestern bei den Proben davon erfuhr, bin ich fast Amok gelaufen. Ich wollte mich wirklich mit Drake aussprechen, denn die Stimmung innerhalb der Band war zum Zerreißen gespannt, was nicht minder an mir lag. Also bat ich ihn, etwas früher zum Proberaum zu kommen, um das Problem aus der Welt zu schaffen. Als ich ihn fragte, ob er May ins Bett kriegen wollte, stritt er das sofort ab, nicht jedoch, bevor er mir sagte, dass außer diesem Kuss nichts mit ihr gelaufen wäre und selbst das nicht mehr passieren würde. Trotzdem hab ich ihm eine reingehauen, noch bevor uns die anderen Jungs auseinanderreißen konnten, die genau in diesem Moment dazukamen. Danach habe ich eventuell ganz leise und versöhnlich verkündet, dass jeder, der sie auch nur falsch anschaut, schon mal einen Termin beim Kieferchirurgen machen soll.

»Ja, ich habe ihn geküsst, aber eigentlich ist das deine Schuld.«

Ich dränge mich an sie. »Meine Schuld?«, knurre ich.

»Ja, Vader. Hättest du dich nicht so dämlich aufgeführt, wäre ich nicht auf die Idee gekommen, dir eins auswischen zu wollen.«

Ich streiche ihr mit dem Finger über die Wange.

»Du wolltest mir eins auswischen, indem du einen Typen küsst, während ich noch nicht mal anwesend bin? Angenommen, ich würde dich genug mögen, sodass mich das tangieren würde – wie hätte ich denn davon erfahren?«

Sie verzieht den Mund, und ihr Blick senkt sich Richtung Boden.

»Die Sache war wohl nicht so gut durchdacht.«

Ich lege einen Finger unter ihr Kinn und zwinge sie so, mich anzuschauen. Nur Zentimeter trennen ihr Gesicht von meinem, und ich gleite mit dem Daumen über ihre Unterlippe, bevor ich mich zu ihr beuge und ihren süßen Geruch in mich aufnehmen kann.

»Und, willst du ihn, so, wie du mich willst?«

Sie antwortet nicht sofort, stattdessen unterbricht nur ihr zittriger Atem die Stille.

»Wer sagt, dass ich dich will«, wispert sie.

»Dein Körper verrät dich.«

Ich streiche über ihre Seite hinunter, über ihren Rock, bis ich die nackte Haut ihres Oberschenkels erreiche. Nur mit den Fingerspitzen fahre ich über die glatte, weiche Haut hinauf bis zu ihrem Höschen. Nur ein einziges Mal gleite ich über ihre Mitte und spüre die Feuchtigkeit deutlich durch den dünnen Spitzenstoff. Ein leises Wimmern kommt über ihre Lippen, und sie schließt die Augen, als ich meine Stirn gegen ihre lehne und das Höschen zur Seite schiebe. Sie ist so unglaublich nass, dass es mich all meine Willenskraft kostet, nicht auf die Knie zu gehen und sie zu kosten. Mein Finger touchiert ganz leicht ihren Kitzler, umkreist ihn und dringt dann mühelos in sie hinein. Gott, was wäre es für ein Gefühl, mich jetzt in ihr versenken zu können. Mein Schwanz rebelliert, als ich ihre Enge spüre und sie sich sehnsüchtig zusammenzieht. Sie krallt die Finger in meine Oberarme und öffnet die Augen, um mich anzusehen. Ich spiele mit ihr, will jede nur mögliche Emotion aus ihr herauskitzeln, denn es macht mich an, zu wissen, dass ich der Auslöser für ihre Lust bin. In einem quälend langsamen Rhythmus gleitet mein Finger tief in sie hinein, dann wieder ganz heraus, reizt ihre geschwollene Perle und findet dann wieder den Weg zurück in ihre Hitze. Mittlerweile frage ich mich, wen von uns beiden ich damit mehr quäle.

»Bitte ...«, fleht sie.

»Du gehörst mir, verstehst du das?«

Ihre Augen weiten sich, doch dann nickt sie. Ein besitzergreifendes Gefühl breitet sich in meiner Brust aus, denn meine Worte entsprechen der Wahrheit. Ich will sie für mich allein.

»Sag es, May.«

»Ich gehöre dir, Vader«, befolgt sie augenblicklich meine Forderung.

»Kein anderer fasst dich an, keine Spielchen mehr.«

»Keiner außer dir«, erwidert sie und keucht, als ich den Druck meines Fingers auf ihrem Kitzler verstärke. Ich weiß, dass ihr Orgasmus in greifbarer Nähe ist, wenn ich auf diesem einen Punkt verweile, daher löse ich den Kontakt und hebe meine Hand zu meinem Mund. Genüsslich lecke ich meinen Finger ab, was May augenblicklich erröten lässt. Der blumige Geruch ihres Haares gemischt mit ihrem süßen Geschmack auf meiner Zunge sind eine gefährliche Mischung. Als würde jede einzelne Sicherung in meinem Kopf durchbrennen, umfasse ich ihren Hintern und hebe sie hoch, um sie auf meinen Hüften abzustützen. Als sie instinktiv die Beine um mich schlingt, presst sich ihre Mitte fest gegen meinen Schwanz.

»Was hältst du davon, wenn wir das Frühstück auf später verschieben?«

MAY

Vader hat tief in mir einen Schalter umgelegt, und nun durchflutet mich ein grelles Licht aus Verlangen und Begierde. Als würde ich nichts wiegen, hält er mich nur mit einer gespreizten Hand unter meinem Hintern in Position, während die andere mein Rückgrat hinauffährt und schließlich unnachgiebig in meinem Nacken verharrt. Seine Berührungen verursachen in mir süße Schauer, und sein starker Griff wiegt mich in Sicherheit. Die unausgesprochene Frage, ob wir Sex haben werden, steht im Raum. Abwartend betrachtet er mich aus seinen warmen braunen Augen. Er ist so unglaublich schön, und auch wenn dieses Adjektiv in Bezug auf Männer selten genutzt und von ihnen geradezu abgelehnt wird, so fällt selbst mir als Autorin keine andere Bezeichnung dafür ein.

Auf den ersten Blick nimmt man einen fremden Menschen womöglich als sympathisch oder anziehend wahr. Wechselt man dann die ersten Worte und verschafft sich einen Eindruck, mischt sich zu diesem Cocktail der Charakter. Allerdings kann eine Person nie schöner sein, als sein Charakter es zulässt. Wahrscheinlich erkenne ich deswegen erst jetzt, da ich Vader von einer anderen Seite erleben durfte, wie unfassbar attraktiv er ist. Er ist nicht nur der frauenaufreißende Arsch, sondern gleichzeitig jemand, der für seine Freunde einsteht und sich nie schämt, ehrlich das auszusprechen, was er gerade denkt. Davon abgesehen hat er mir vorhin mit Garret geholfen und meinte, dass ich ihm gehöre – was auch immer das bedeuten soll. Außerdem will ich nicht länger jedes Wenn und Aber abwägen, also sage ich etwas, was mir sonst in einer solchen Situation wohl nie über die Lippen gekommen wäre.

»Ganz aufs Frühstück verzichten möchte ich nicht, nur habe ich eher Hunger auf dich.«

Noch bevor ich darüber nachdenken kann, ob mir dieser Spruch vielleicht peinlich sein soll, liegt Vaders Mund hart auf meinem, während er sich mit mir in Gang setzt. Er saugt an meiner Unterlippe, leckt darüber, bis mir diese relativ harmlose Zuneigungsbekundung nicht mehr reicht und ich ihm mit meiner Zunge entgegenkomme. Nur am Rande nehme ich wahr, dass er mich die Treppe hinaufträgt, ins Schlafzimmer geht und mich auf der Bettkante absetzt. Er unterbricht unseren Kuss nur, um mir mein Top über den Kopf zu ziehen und gleich darauf den Verschluss meines BHs zu lösen. Wider Erwarten macht es mir überhaupt nichts aus, so entblößt vor ihm zu sein, denn als er sich hinkniet und beginnt, meine Brüste mit dem Mund zu liebkosen, ist kein Platz mehr für Scham – oder Gedanken generell. Er knetet sie mit beiden Händen, saugt abwechselnd an meinen Brustwarzen und sucht zwischendurch immer wieder meinen Blick. Seine Hände gleiten über meine Seite bis hin zu meinem Rücken und er bedeutet mir, aufzustehen, ohne sich selber zu erheben. Ihn so kniend vor mir zu sehen, erfüllt mich mit einem machtvollen Gefühl, obwohl ich genau weiß, dass ich ihm hilflos ausgeliefert bin. Trotzdem bringe ich den Mut auf, an seinem Shirt zu zerren, um ihn dazu zu bewegen, sich dessen zu entledigen. Fasziniert starre ich auf das Spiel seiner Muskeln, als er es sich über den Kopf streift. Achtlos wirft er es zur Seite und vergräbt dann sein Gesicht in meinen Brüsten, die sich auf seiner Augenhöhe befinden, während er mir den Rock mitsamt dem

Höschen hinunterschiebt, die Hände in meinen Po gräbt und mich näher an sich heranzieht. Ganz langsam erhebt er sich und mir wird einmal mehr bewusst, wie groß er eigentlich ist, als ich völlig nackt vor ihm stehe und zu ihm aufblicke. Beinahe ferngesteuert wandert meine Hand zu seiner Hose, knöpft sie auf und streicht über seine Boxershorts. Er schließt die Augen und legt den Kopf zurück. Es fühlt sich wie die pure Sünde an, seine Erektion durch den Stoff zu reiben und zu spüren, wie er unter meinen Berührungen noch härter wird. Ich schiebe seine Hose über die Hüften und ziehe dann auch den Bund der Shorts herunter. Vader folgt jeder meiner Bewegungen interessiert und tritt dann aus der Jeans. Atemlos, was ich wohl ein wenig meiner Aufregung zu verdanken habe, sehe ich ihn in seiner perfekten Pracht ohne störende Barriere an. Aber auch sein Brustkorb hebt und senkt sich hektisch, während er mich weiterhin betrachtet. Als richteten wir uns nach einem Drehbuch und hätten nur auf ein Zeichen gewartet, schließt er seine Arme um mich, während wir verheißungsvolle Küsse austauschen.

Langsam lasse ich mich aufs Bett sinken und Vader folgt mir, bis er neben mir liegt. Dann beugt er sich über mich, küsst erst meine Mundwinkel und schließlich meinen Hals. Noch immer hat er einen Arm um mich geschlungen, der nun unter meinem Rücken ruht, und streichelt mit der anderen Hand meine Brüste. Das Verlangen pocht erbarmungslos zwischen meinen Beinen, und ich sehne mich danach, ihn zu spüren, fühle mich leer und unvollständig. Er hebt meinen Oberschenkel an und dreht meinen Unterkörper ein wenig zur Seite, sodass er sich mit seinem Becken an meinen Hintern schmiegen kann, während mein Gesicht seinem zugewandt ist. Seine Finger liebkosen meine Haut und machen mich wahnsinnig vor Verlangen, während er schließlich seinen Arm unter meinem Rücken hervorschiebt, die freie Hand in meinen Haaren vergräbt und meinen Kopf zu sich zieht. Vertieft in einen Kuss, der sehr viel ruhiger ist als die vorherigen, keuche ich auf, als sein Finger über meinen Kitzler streicht.

»Gott, May, du bist so perfekt«, flüstert er in mein Ohr.

»Ich will dich spüren. Bitte.«

Seine Augen finden meine. »Wie könnte ich dir das abschlagen?« Er bewegt sich, und im nächsten Augenblick reibt sich seine Erektion an meiner feuchten Haut. Seine Finger streichen weitere Male über meine Perle und wandern dann zwischen meinen Beinen zu seinem Schwanz. Er bringt sich in Position und dringt ohne Schwierigkeiten in mich ein, gibt mir, was ich unbedingt brauche.

»Baby, verlieb dich nicht in mich«, flüstert er. Es ist kein Spruch à la Vader Sweets, um klarzustellen, wie toll er ist. Die Art, wie er diese Worte sagt, klingen fast wie ein stilles Flehen. Mein Verstand bereitet eine spöttische Erwiderung vor, wird jedoch durch mein Herz gebremst, das sich unangenehm zusammenzieht. Vader erwartet keine Antwort. Sein Gesicht schwebt vor meinem, hält meinen Kopf noch immer in Position. Ich bin ganz von ihm umgeben; er füllt mich aus und sein abgehackter Atem, als er beginnt, sich in mir zu bewegen, nimmt mich zusätzlich völlig ein. Ich stöhne hemmungslos in seinen geöffneten Mund. Immer wieder treffen sich unsere Zungen und verlassen einander dann wieder, wenn wir uns vor Lust daran erinnern müssen, Luft zu holen. Tief in mir baut sich eine Lawine auf, die mit Sicherheit alles unter sich begraben wird. Vaders Finger findet erneut meine geschwollene Klitoris, und nur wenige Reize sind erforderlich, um die Welt um mich herum erschüttern zu lassen. Alles in mir zieht sich krampfhaft zusammen, während ich mich ihm entgegendränge. Ich drücke meinen Rücken durch und spüre, wie ich um ihn herum zu krampfen beginne.

»Himmel, May, was tust du da? Baby, ich werde so tief in dir kommen.« Seine Worte sind wie der letzte benötigte Schubser, um die Klippe hinabzustürzen. Ich komme so heftig und derart lange, dass ich für einen Moment jenseits von Raum und Zeit zu existieren scheine und mir sicher bin, diesen Orgasmus nicht zu überleben. Alles, was ich wahrnehmen kann, ist Vaders raue Stimme, die meinen Namen ruft, als er immer härter zustößt und tief in mir drin explodiert.

Meine Lungen brennen, und meine Haut fühlt sich wund an, als ich nach Atmen ringe und erst langsam wieder runterkomme. Es ist ein fantastisches Gefühl von Zufriedenheit und Euphorie, das seinen Schleier über mich legt, doch ich habe Angst, die Augen zu öffnen. Denn Vaders Erzählungen zufolge wäre es normal für ihn, dass er jede Sekunde aufsteht und geht. Schlagartig fällt meine Laune in sich zusammen, und ich frage mich, ob dieser krasse Stimmungswechsel von den Hormonen verursacht wird, die durch meinen Körper tanzen. Die Matratze bewegt sich, was bedeutet, dass Vader sich neben mir rührt. Unbewusst spanne ich jeden meiner Muskeln an, gleichzeitig ist mir kalt und ich fühle mich nackt, verletzlich und traurig. Tief traurig sogar. Meine Augen brennen unter den geschlossenen Lidern. Gott, wieso sagt einem niemand, dass Orgasmen aus einer starken Frau ein Häufchen Elend machen? Ich versuche, mich dafür zu wappnen, dass nun ein blöder Spruch kommt, oder er einfach so aufsteht und wortlos verschwindet, doch ich bringe die Kraft dazu einfach nicht auf. Alle Schutzschilder sind runtergefahren. Vaders Arm unter meinem Kopf bewegt sich.

»May?«, fragt er leise. Wieso geht er nicht einfach? Muss er noch eine Show daraus machen? Ich schweige, denn meine Zunge fühlt sich zu groß in meinem Mund an und meine Kehle ist wie zugeschnürt.

»May, schau mich an«, fordert er. Ich schüttle nur den Kopf und drehe mich von ihm weg, denn die Tränen brennen so sehr in meinen Augen. Mit einer Hand streichelt er zärtlich über meine Wange und zwingt mich dazu, mich ihm wieder zuzuwenden. Diese Geste sprengt alle Dämme und eine kleine Träne stiehlt sich aus meinem Augenwinkel und kitzelt meine Schläfe, als sie darüber rinnt.

»Fuck. Rede mit mir. Habe ich dir wehgetan?«

Die Panik in seiner Stimme veranlasst mich, ihn doch anzusehen. *Wehgetan?* Er hat mir den Himmel gezeigt. Dass ich danach sofort in der Hölle gelandet bin, kann ich ihm nicht anlasten, schließlich wusste ich vorher, worauf ich mich einlasse.

Vaders Anspannung ist spürbar und bringt die Luft zum Flimmern.

»Alles ist gut«, erwidere ich mit brüchiger Stimme.

»So gut, dass du aussiehst, als sei jemand gestorben. May, die Wahrheit. Jetzt.«

»Ich will nicht, dass du jetzt gehst.« Erst denken, dann sprechen. Eine einfache Regel, die mir gerade jedoch entfallen sein muss.

»Wieso sollte ich gehen?«, fragt er und seine Worte streicheln meine Seele.

»Weil du mir erzählt hast, dass ...«

Vader setzt sich so abrupt auf, dass mein Kopf ohne seinen stützenden Arm auf die Matratze zurückfällt. Doch er steht nicht auf, sondern greift nach der Bettdecke, breitet sie über uns aus und lehnt sich wieder zurück. Er hebt seinen Arm und schaut mich so liebevoll an, dass es mir das Herz zerreißt.

»Komm her, Waschbär.«

Ich rutsche näher an ihn ran und kuschle mich an seine Seite. Seine Armbeuge ist wie für mich gemacht. Mein Kopf ruht auf seiner Brust und lauscht seinem stetigen Herzschlag, während er meinen Rücken streichelt.

»Vergiss, was ich gesagt habe. Nichts davon trifft auf dich zu, May.«

Seine Worte hallen noch so lange durch meinen Kopf, bis meine Augenlider schwer werden und ich einschlafe.

***

»Ihr seid zu spät!« Grimmig beäugt Drake uns, als wir den Proberaum betreten.

»Mein Gott, eine halbe Stunde später bei Mommy anzukommen, wird dich schon nicht umbringen«, kontert Vader, lächelt aber dabei.

»Wir wollten uns um neun Uhr treffen, jetzt ist es Viertel vor zwölf.«

Peinlich berührt starre ich auf den Fußboden. Wirklich schöne Fliesen. Vader legt den Arm um mich und zieht mich an sich.

»May brauchte Hilfe bei ihrem Buch. Das konnte nicht warten.«

Ich muss mich zusammenreißen, um nicht zu lachen. Dass wir uns wegen des Buches verspäten, ist äußerst weit hergeholt. In den vergangenen anderthalb Wochen fiel es mir täglich leichter, an Bennets und Julies Story zu arbeiten, woran Vader wohl nicht ganz unbeteiligt war. Er lieferte mir Ideen auf sehr anschauliche und detaillierte Art und Weise. Okay, wir hatten Sex, wirklich viel Sex – eigentlich andauernd. Ich habe eine Vorliebe für Orgasmen *Made by Vader* entwickelt. Wenn man einmal damit angefangen hat, wird man süchtig danach und bekommt nicht genug davon. Manchmal glaube ich, dass es sich bei uns so verhält wie bei Magneten. Sobald wir uns im selben Raum aufhalten, entsteht dieses Knistern. Dann existieren nur noch Vader und ich, als hätte jemand die Welt auf stumm geschaltet.

Alles um uns herum wird still, und wir ziehen einander an. Und dann ziehen wir einander aus.

Der Morgen nach dem Radiointerview hat etwas zwischen uns verändert. Wir reden nicht darüber, doch man kann es spüren. Bis auf zwei Abende haben wir die letzten neun Tage größtenteils gemeinsam verbracht. Dabei haben wir uns nie vorher verabredet, es war immer irgendwie spontan.

Nachdem ich an jenem Morgen auf seiner Brust eingeschlafen war, weckte er mich zwei Stunden später und wir nahmen ein verspätetes Frühstück im Bett zu uns. Er hatte Rührei gemacht und überraschte mich mit einem Tablett voller ungesunder, köstlicher Dinge. Donuts sind meine neue Leidenschaft, besonders, wenn ich die Vanillefüllung von seiner Haut lecken darf. Nun ja. Den restlichen Tag arbeiteten wir am Buch und schauten am Abend einen Film. Es war herrlich normal, und ich wundere mich immer wieder aufs Neue, wie viel wir gemeinsam haben. Am nächsten Tag rief er am späten Nachmittag an und meinte, er habe zu viel gekocht, und fragte mich, ob ich schon gegessen hätte. Nach dem Essen gab es Nachtisch auf seiner Couch, wobei ich der Nachtisch war.

Ich gebe mir Mühe, die Gedanken an die vergangenen Tage beiseitezuschieben, denn mein Erröten wäre jetzt nicht förderlich.

»Äh ja, ich hatte da Probleme mit einer Szene und Vader musste mir helfen, es auf die Reihe zu kriegen.«

»Ich finde, du hast es wunderbar auf die Reihe gekriegt«, kommentiert Vader mein hilfloses Gestammel und zwinkert mir dabei zu. Die Blicke der anderen entgehen mir dabei nicht.

»Leute, ich weiß zwar nicht, wie Sex bei dem Buch hilft, aber wir sollten jetzt echt los.« Drake macht keine Umschweife, das muss man ihm lassen. Mal, Saint und Hitch werfen sich bedeutungsschwangere Blicke zu und tragen dann ein paar Koffer nach draußen, wo der Kleinbus schon bereitsteht.

»Eifersüchtig?«, fragt Vader zu allem Überfluss und bestätigt somit auch noch Drakes Vermutung.

»Nein, aber ich könnte deiner Mum, die schon drei Mal angerufen hat, ja beim vierten Mal erklären, wieso wir zu spät zum Essen kommen.« Ohne auf eine Erwiderung zu warten, gesellt er sich zu den anderen nach draußen.

Heute fahren wir nach Gettysburg, wo die Band am Wochenende einen großen Auftritt hat. Da die Jungs alle aus der Gegend stammen, nehmen sie dies als Anlass, ihre Familien schon ein paar Tage vorher zu besuchen und etwas Zeit in der Heimat zu verbringen.

»Ich könnte am Wochenende nachkommen, weißt du«, setze ich erneut dieselbe Diskussion an, welche wir seit Tagen führen. Vader legt mir seine großen, fantastischen, talentierten Hände auf die Hüften und schaut mich vielsagend an.

»Du kommst mit, Waschbär. Keine Widerrede.«

»Aber ihr besucht eure Familien.«

»Hast du ein Problem mit meiner Familie?«

»Was? Nein, Gott. Nein. Ich kenne sie doch nicht mal. Ich will mich nur nicht aufdrängen. Wieso willst du überhaupt, dass ich mitkomme?« Betrübt starre ich wieder auf die Fliesen.

Seine Finger streichen über meinen Kiefer und zwingen mich dann, ihn anzusehen.

»Wieso brauchst du für alles auf der Welt einen Grund oder eine Erklärung? Ich möchte dich gerne bei mir haben und wüsste nicht, was dagegenspricht. Es sei denn, du willst mich nicht in deiner Nähe, dann bleib einfach hier und besuch den Depp in seinem Club und lass dich anschließend von ihm vögeln.«

»Das ist der Grund, weshalb du mich dabeihaben willst? Damit ich keinen anderen Kerl treffe?«

Genervt atmet er aus und geht Richtung Tür.

»Wenn es das ist, was du glauben möchtest.«

Er gesellt sich zu den anderen, und ich bleibe allein zurück. Die letzten Tage schwebten wir in einer kleinen Seifenblase ohne Raum und Zeit. Langsam holte uns jedoch die Realität ein, und es wurde schwerer und schwerer, unsere Beziehung zueinander nicht zu kategorisieren. Früher oder später würde jemand Fragen stellen, was wiederum dazu führen würde, dass wir uns damit auseinandersetzen mussten. Am letzten Sonntag, als er früh morgens von einem Auftritt kam und vor meiner Tür stand, hatte ich das erste Mal das Bedürfnis, darüber zu sprechen.

Verschlafen tappte ich zur Haustür und öffnete sie. Draußen wurde es bereits wieder hell, doch meiner Müdigkeit nach zu urteilen, war es viel zu früh, um aufzustehen. Vader stand da, hinreißend wie immer, in einer schwarzen Jeans, einem ausgewaschenen Bandshirt und seiner Lederjacke. Er betrachtete mich prüfend von oben bis unten und drängte mich dann zurück, keilte mich zwischen ihm und der Wand ein, und raubte mir den Atem mit einem alles verzehrenden Kuss. Als er sich von mir löste, um die Tür zu schließen, sah ich den Lippenstift auf seiner Wange. Ein tiefroter Kussmund hatte sich dort verewigt und automatisch wich ich zurück, als er sich mir wieder zuwandte, doch er folgte mir und presste sich an mich. Sein Mund glitt voller Verlangen über meinen Hals und mein verräterischer Körper reagierte darauf natürlich mit absoluter Hingabe. Glücklicherweise war mein Selbsterhaltungstrieb stärker und ich schob ihn von mir.

»Warte, Vader, ehrlich. Hör auf.« Die letzten Worte sprach ich sehr vehement aus.

»Was ist? Sag nicht, du hast die rote Woche des Grauens.« Es war so unglaublich eingebildet, zu glauben, dass ich ihn nur aus dem Grund nicht wollte.

»Hast du auch ungeschützten Sex mit anderen Frauen?«

Entsetzen legte sich auf seine Miene. »Wie bitte kommst du darauf?«

»Du hast sofort ohne Kondom mit mir geschlafen. Wenn das für dich normal ist, sollten wir uns vielleicht beim Arzt auf ...«

»Whoa. Stopp. Ich habe in meinem ganzen verschissenen Leben niemals ohne Kondom mit einer anderen Frau geschlafen, ergo besteht kein Grund zur Sorge.«

Ich gab ein ungläubiges Zischen von mir. »Klar. Und ich bin die Eine, bei der du es vergessen hast. Das macht Sinn. Und die, die dir diesen netten Kussmund auf deiner Wange hinterlassen hat, war auch so eine Ausnahme?«

Vader verengte die Augen zu Schlitzen und rieb sich über die Wange.

»Weißt du, May, manchmal bist du einfach nur scheiße. Ja, du bist die Eine, bei der ich alles andere vergessen habe. Nur im Gegensatz zu dir sehe ich keinen Grund darin, alles schlechtzureden. Ich geh jetzt besser zurück zu der Großmutter der Braut, auf deren Hochzeit wir heute gespielt haben, und vergesse bei ihr dann alles.«

Ich fühlte mich grauenhaft und glücklich zugleich. Natürlich hielt ich ihn ab, zu gehen und wir verbrachten das restliche Wochenende nackt.

Doch noch immer weiß ich nicht, wie er zu uns steht. Ob er andere Frauen trifft, ob ich andere Männer treffen sollte, ob das alles nach Abschluss des Buches enden wird. Es sind zu viele Fragen, doch wieder kommen mir Vaders Worte ins Gedächtnis, dass ich nicht immer für alles einen Grund brauche. Also entschließe ich mich, auch endlich einmal den Kopf auszuschalten und gehe nach draußen, wo er am Bus lehnt und mich skeptisch beäugt.

»Und?«, fragt er.

»Kann's jetzt losgehen?«, erwidere ich und ernte damit ein spitzbübisches Lächeln.

VADER

Wir sind seit einer halben Stunde unterwegs. Mit May sitze ich ganz hinten auf der zweiten Rückbank des kleinen Busses. Ihr Schenkel ist gegen meinen gepresst, was an sich nicht schlimm ist. Schlimm sind die Gedanken, was ich alles mit diesem Schenkel anstellen könnte, wie ich ihn mir an meine Hüfte presse, wie ich ihn hochschiebe, während ich sie ficke, um noch tiefer in sie eindringen zu können; wie meine Zunge darüber gleitet. Ja, insbesondere dieser letzte Gedanke macht mich hart. May ist eine Sucht geworden. Ich will sie den lieben langen Tag und jede Kleinigkeit an ihr reizt mich. Dabei war ich mir so sicher, dass ein- oder zweimal ausreichen würde, um ihrer überdrüssig zu werden. Aber das Gegenteil war der Fall. Also habe ich es akzeptiert, denn entgegen all meiner Vermutungen ist Sex mit ein und derselben Frau alles andere als langweilig.

Ein Song der Band *B.C.U* beginnt im Radio und Saint stellt ihn lauter, weil er weiß, dass ich ihn geschrieben habe. Ein leises Summen neben mir weckt meine Aufmerksamkeit. Als der Refrain beginnt, werden aus dem einfachen Summen klare Worte, so rein und süß gesungen, dass mir die Brust enger wird. May blickt gedankenverloren aus dem Fenster und hat keine Ahnung, dass alle Augen auf sie gerichtet sind. Ich greife nach ihrer Hand und mache etwas, was im absoluten Widerspruch zu meinen sonstigen Handlungen steht: Ich singe den Song mit ihr gemeinsam. Dabei ist mir völlig egal, was die Jungs davon halten, denn das Lächeln, welches May mir schenkt, ist so ehrlich und liebevoll, dass es das wert ist.

Als wir die Auffahrt meines Elternhauses erreicht haben, ist es bereits Nachmittag. Meine Mum erscheint in der Haustür und strahlt uns alle an. Ich habe ein schlechtes Gewissen, weil ich sie nicht oft genug besuche, obwohl ich häufig in der Gegend bin. Schon als ich May aus dem Wagen helfe, sehe ich die Unsicherheit in ihren Augen.

»Keine Sorge, meine Mum mag keine der Frauen, die ich mit nach Hause bringe. Es wird also nicht an dir liegen.«

Sofort bleibt sie stehen und zieht mich mit der Hand, die ich in meiner halte, zurück.

»May, er scherzt. Vader bringt nie Mädchen mit nach Hause. Wahrscheinlich wird der einzige Grund, weshalb sie dich komisch anschauen könnte, der sein, dass sie sich schon damit abgefunden hat, dass er schwul ist«, erwidert Hitch und versaut mir somit meinen kleinen Scherz. May und ich kommen zuletzt auf der Veranda an, und nachdem die Jungs Mum begrüßt haben, sind wir an der Reihe. Ich umarme sie und drücke ihr einen Kuss auf die Wange, bevor Mum mit funkelnden Augen May betrachtet.

»Das ist May«, erkläre ich.

»May, schön, dich kennenzulernen.« Mum schließt auch sie sofort in die Arme, was ein seltsames Gefühl in mir auslöst, da ich mit May etwas am Laufen habe. Okay, Kelly umarmt sie auch, aber das ist was anderes.

Das verspätete Mittagsessen ist in vollem Gange, als Mum May danach fragt, was sie beruflich macht. Etwas schüchtern antwortet sie: »Ich schreibe für ein kleines Magazin.«

»Oh, Sie sind Reporterin?«

»Nein, nein. Ich schreibe kleine Liebesgeschichten, die monatlich in einer Zeitschrift erscheinen. Nichts Besonderes«, entgegnet sie schulterzuckend. Was soll der Scheiß? May schreibt großartig, hat Talent und das kleine Magazin ist zufällig eines der größten in Amerika. Wieso stellt sie ihr Licht so unter den Scheffel?

»Mum, glaub ihr kein Wort. Sie ist eine fantastische Autorin und schreibt für die *Women's Lifestyle*.«

»Na, das darf doch nicht wahr sein. Sie sind die Maysille Trenton?«

»Ja, das ist sie«, tönt Drake.

»Ach Schätzchen, da haben Sie aber wirklich untertrieben. Ich kenne all Ihre Geschichten und freue mich jeden Monat darauf. Bei Ihrem aktuellen Werk wollte ich warten, bis das Buch erscheint und es dann in einem Zug lesen.«

Ich verschlucke mich an meiner Cola und erleide einen Hustenfall, an dem ich hoffentlich ersticke, bevor Mum die Zeitschrift in die Finger bekommt.

»Mrs. Sweets, haben Sie es etwa versäumt, den Bericht in der aktuellen Ausgabe zu lesen? Vader höchstpersönlich dient May als Berater in Sachen Rockstar-Dasein«, witzelt Saint. Er war schon immer eine Petze.

»Das hat er mir gar nicht gesagt. Stimmt das, Vader?«

»Ja, Mum. Und du solltest dieses Buch wirklich nicht lesen.«

»Ach, wieso das denn?«

May beißt sich auf die Lippe, um nicht zu lachen, doch sie erwärmt sich dann doch, anstelle meiner Wenigkeit, zu antworten.

»Nun, es ist nicht das, was man von mir gewohnt ist. Das Blatt verlangt etwas explizitere Liebesszenen, wenn sie verstehen, Mrs. Sweets.«

»Liebes, nenn mich doch Rose. Und was das betrifft, ich habe drei Kinder zur Welt gebracht, die keineswegs vom Storch stammen, wenn du verstehst.«

Übelkeit kriecht in mir hoch. »Können wir vielleicht das Thema wechseln?«

»Wo ist das Problem, Junge? Du bist erwachsen, und ich denke, wir haben dich und deine Geschwister recht weltoffen erzogen.«

»Vielleicht etwas zu offen«, flüstert Drake.

Nachdem wir uns anderen Themen gewidmet haben, sitzen wir noch eine ganze Weile beisammen, und zu späterer Stunde gesellt sich auch mein Dad dazu. Er hat wieder den ganzen Tag mit Vorbereitungen für das Spektakel am Wochenende verbracht und ist dementsprechend müde. Als alle aufgebrochen sind, sehe ich auch May an, dass es ein anstrengender Tag für sie war.

»So, wir werden mal nach nebenan gehen. Es war ein langer Tag.« Ich grinse May an, denn nachdem ich ihr heute Morgen sehr anschaulich gezeigt habe, wie Bennet Julie von hinten nehmen könnte, war sie schon völlig erschöpft.

»Schlaft gut, ihr beiden. Morgen früh fahren dein Vater und ich in die Stadt, ihr müsst also selbst für euer Frühstück sorgen.«

»Das kriegen wir hin.« Wir verabschieden uns, und ich spaziere mit May über den kleinen Gartenweg zum Gästehaus.

Sobald wir den Flur betreten, blickt May sich mit großen Augen um. »Wow, dieses Gästehaus ist so groß wie meins. Wozu brauchen deine Eltern so viel Platz?«

»Nicht meine Eltern brauchen den Platz, sondern ich. Bevor ich nach Baltimore gezogen bin, habe ich hier drin gelebt.« Irgendwann muss jeder Mann mal aus seinem Elternhaus ausziehen. Die Tatsache, dass Mum nebenan war, gekocht und meine Wäsche gewaschen hat, war der positive Nebeneffekt an diesem Deal.

»Ja, das klingt nach dir.«

Ich lege die Arme von hinten um sie und atme den Duft ihres Haares ein. »Wird da jemand frech?«

»Niemals. Jetzt zeig mir deine Junggesellenbude.«

Ich nehme sie an der Hand und führe sie durch den schnittigen Bungalow. Zuletzt kommen wir in mein altes Schlafzimmer. Schon ewig habe ich hier nicht mehr übernachtet, sondern nutzte immer Ambers altes Zimmer, wenn ich zu Besuch war.

Der Bungalow verfügt ebenfalls über zwei Schlafzimmer, von dem das andere hin und wieder von Gästen meiner Eltern bewohnt wird.

May geht voran und betrachtet die Urkunden und Bilder an den Wänden sowie die Footballtrophäen auf den Regalen.

Vor einem älteren Familienfoto bleibt sie stehen. »Wenn ich mich dem Bild zufolge nicht ganz täusche, hast du mir verschwiegen, einen Bruder zu haben. Seid ihr Zwillinge?«

Ja, die Ähnlichkeit zwischen meinem Bruder und mir war früher wirklich erschreckend. »Ich habe nichts verschwiegen, sondern hielt es einfach für unnötig ihn zu erwähnen. Er ist zwei Jahre älter als ich.«

May runzelt die Stirn, doch geht nicht weiter darauf ein, worüber ich wirklich froh bin, denn ich habe keine Lust die alten Familiengeschichten auszupacken. Natürlich sticht ihr sofort ein weiteres Foto ins Auge, zu welchem sie mir eine Frage stellt.

»Wer ist das?«

Ich geselle mich zu ihr und betrachte das Bild, welches auf dem Abschlussball aufgenommen wurde.

»Das ist Kelly.«

»Ist das die, die dir das Herz gebrochen hat?«

»Wie kommst du denn darauf?«

»An dem Abend, an dem ich mich mit Drake getroffen habe, hat er sich auf dem Rückweg im Auto verplappert. Er hat mich gebeten, dir nichts zu sagen. Aber er meinte, dass sie dich verlassen hat.«

Wut keimt in mir auf, denn es steht Drake nicht zu, solche Dinge preiszugeben.

»Wir haben uns in der Highschool kennengelernt und waren beide noch sehr jung, als wir zusammenkamen. Später dann entwickelten wir uns in unterschiedliche Richtungen. Sie wollte Familie, ich wollte Musik machen und ausloten, wie erfolgreich ich damit sein könnte. Als vor zwei Jahren zur Debatte stand, mit der Band nach Baltimore zu gehen, wollte sie nicht mitkommen. Wir hatten einen Clubbesitzer gefunden, der uns regelmäßig buchte, und es war einfach der logische Schritt, an den Ort des Geschehens zu ziehen. Aidan lebte schon eine ganze Weile in der Gegend und hatte gute Kontakte, um jedem von uns eine Wohnung zu vermitteln. Aber Kelly weigerte sich. Ich glaube, sie ist davon ausgegangen, dass ich irgendwann zur Besinnung komme und erwachsen werde, ihr einen Antrag mache und ein paar Babys. Als sie feststellte, dass es erst da so richtig losging mit der Band, trennte sie sich von mir. Keiner von uns hat etwas Dummes getan oder den anderen verletzt, es war einfach die falsche Zeit.«

May betrachtet das Foto eingehend. Sie ist still geworden und sieht müde aus. »Hast du sie geliebt?«

»Ja. Sie ist ein großartiger Mensch. Ich weiß, du glaubst ja nicht daran, aber sie war damals die Eine für mich. Leider war ich zu egoistisch, um das zu erkennen.«

»Wenn du sie heute wiedersehen würdest, würdest du es dann anders machen?«

Ich wende mich von dem Bild ab und werfe mich aufs Bett. »Was heißt hier, wenn? Ich sehe sie sehr regelmäßig. Aber um zu deiner eigentlichen Frage zu kommen: Ich bin älter geworden. Wäre ich heute in der Situation, hätte ich einen Kompromiss finden wollen und versucht, beides unter einen Hut zu kriegen. Wie seid ihr überhaupt auf das Thema gekommen?«

May dreht sich zu mir und lächelt vorsichtig. »Drake meinte, er hat dich seit der Trennung nicht mehr so erlebt. Irgendwie hat er uns anscheinend miteinander verglichen.«

Ich lache laut auf. »Oh Mann, wie kommt er darauf?«

Langsam schlendert sie auf mich zu und kniet sich zu mir aufs Bett. »Vielleicht habe ich dir ja ähnlich den Kopf verdreht.«

Ich lege ihr eine Hand an die Wange und streiche mit dem Daumen über ihre Lippe. »Baby, du könntest mir niemals den Kopf so verdrehen, wie sie es getan hat. Ihr habt so gar nichts gemeinsam. Glaubst du wirklich, ich wäre so dumm, einer Frau mein Herz zu schenken, die es gar nicht haben will?« Dann schiebe ich meine Finger in ihre Haare und will May zu mir ziehen, als sie sich komplett versteift.

»Ich ... ich muss noch mal kurz raus. Hab was vergessen.«

Sie springt auf und richtet ihren Pullover.

»Was willst du draußen?«

»Ich muss telefonieren.«

Ohne sich noch mal umzudrehen verlässt sie fluchtartig den Raum. Frauen soll mal einer verstehen.

MAY

Tränen brennen scharf in meinen Augen, und ich bin froh, dass Vader mir nicht gefolgt ist, denn das Letzte, was ich will, ist, dass er sieht, wie sehr mich seine Worte verletzt haben. Ich verstehe es ja selbst nicht. Wieso war es ihm möglich, mich so zu kränken?

Ziellos wandere ich über das riesige Grundstück der Sweets und finde mich irgendwann auf einer kleinen, weißen Holzbank wieder. Mittlerweile ist es dunkel, und lediglich in der Ferne hört man vereinzelt ein paar Autos vorbeifahren. Die kühle Brise streift meine nackten Arme und trägt dazu bei, dass ich mich unwohl fühle. Innen sowie außen. Ich spiele mit dem Gedanken, Meg anzurufen, doch was soll ich ihr sagen? Der Kerl, den ich nicht leiden kann, meinte, dass seine Ex sein Ein und Alles ist? Meg würde mich fragen, ob ich Gefühle für ihn hätte, was ich strikt verneinen würde. So ist es doch, oder? Tiefe Gefühle führen dazu, dass man nicht mehr klar denken kann und letztlich endet man so wie meine Mum. Die Liebe zu meinem Dad hat schließlich dazu geführt, dass sie mich nicht mehr lieben konnte. So wollte ich nie werden. Und doch sitze ich nun hier im Garten fremder Menschen und weine wegen einer Lappalie. Wegen Garret habe ich nie nur eine Träne vergossen. Was sagt das über mich aus?

»May, bist du das?« Eine männliche Stimme lässt mich aufschrecken, und ich reibe mir schnell die Tränen aus dem

Gesicht. Als ich mich umblicke, sehe ich Vaders Vater auf mich zukommen. Er ist ungefähr so groß wie sein Sohn und hat für sein Alter – ich schätze ihn um die fünfzig – eine wirklich gute Figur. Sein dunkelblondes Haar ist etwas länger und zurückgekämmt. Ja, er sieht wirklich ziemlich gut aus, und wenn Vader seine Gene geerbt hat, kann er auch in zwanzig Jahren noch Frauen aufreißen.

»Ja, hi«, gebe ich etwas schüchtern zurück. Er setzt sich zu mir, schaut mich aber nur kurz an und inspiziert dann den Garten.

»Brauchst du eine Verschnaufpause von meinem Sohn?«

Unsicher, was ich antworten soll, zögere ich, was er zum Anlass nimmt, weiter zu sprechen: »Keine Sorge, wir lieben ihn abgöttisch, aber wir wissen auch, dass er manchmal den Bogen etwas überspannt.«

»Eigentlich ist er wirklich okay, wenn man ihn mal besser kennt.«

»Nur, dass er nicht viele Menschen so nah an sich heranlässt, um das festzustellen«, erwidert er und zwinkert mir dabei zu.

»Ja, er versteckt das sehr gut hinter der dunklen Seite der Macht«, antworte ich mit einem Lächeln.

»Wobei selbst diese Seite bei ihm recht hell beleuchtet ist, wenn man hinter die Fassade blickt. Unser Junge war als Kind ein richtiges Weichei. Wahrscheinlich hat er das Gefühl, jetzt was nachholen zu müssen.«

»Vader ein Weichei? Das kann ich mir gar nicht vorstellen.«

»Hat er dir je erzählt, wieso er von allen so genannt wird?«

»Weil ein böser Sith Lord ihn auf die dunkle Seite zog?« Im selben Augenblick wird mir klar, dass ich gerade einem Vater sage, sein Sohn wäre das pure Böse. Ich will schon zurückrudern, als Andrew Sweets herzlich zu lachen beginnt.

»Der war gut. Auch wenn ich das manchmal nicht ganz ausschließen kann, so hat er den Namen mir zu verdanken. Als

Kind war Vader immer der Erste, der sich in der Schlange anstellte, wenn es darum ging, sich eine Krankheit einzufangen. Von Erkältungen, Masern, Mumps bis hin zu Allergien gegen alles und jeden konnte er sämtliche Punkte auf seiner Liste abhaken. Mit fünf entwickelte er tatsächlich eine leichte Form von Asthma, die durch seine Pollenallergien bedingt war. In dem Jahr war es besonders schlimm, und als im Frühjahr alle Kinder draußen spielten, musste er sich im Haus verkriechen und diverse Medikamente einnehmen. Der Arzt empfahl ihm deshalb ein Inhalationsgerät, von dem er nicht gerade begeistert war, einfach, weil das Mundstück ihn störte. Also bekam er die Version für Kleinkinder. Eine Art Atemmaske, die mit Gummiband um den Hinterkopf befestigt wurde. So konnte er inhalieren und hatte dabei die Hände frei. Er nannte dieses Gerät R2D2, denn er war ein riesiger *Star Wars*-Fan. Mit der Zeit wurde es zu einem Running Gag, dass meine Frau und ich ihn fragten: ›Vader, bist du bereit, mit R2D2 in die Schlacht zu ziehen?‹ Seine Schwester war damals gerade ein Jahr alt und so kam es, wie es kommen musste, ihr erstes Wort war Vader. Sie nannte ihren Bruder immer und überall so, und irgendwann färbte es auf uns ab.«

Vor Lachen tut mir der Bauch weh. Dieser harte, sexy Frauenheld hatte seinen Namen aufgrund eines Inhalators?

»Dad, weiß sie zu viel? Muss ich sie töten?«, ertönt Vaders Stimme, und augenblicklich bekomme ich eine Gänsehaut. Etwas Weiches legt sich um meine Schultern, bevor er in mein Blickfeld tritt. Er hat mir eine seiner Strickjacken gebracht? Ich schlüpfe mit den Armen hinein und nicke ihm zum Dank zu.

»Mein Sohn, ich würde nie etwas sagen, was dich in Verlegenheit bringen könnte. Oder May?«

Ich schüttle energisch den Kopf.

Vader runzelt die Stirn, lächelt aber dabei.

»So, Kinder, ich muss ins Bett. Es war sehr nett, mich mit dir zu unterhalten, May. Du solltest sie öfter mitbringen, Junge.« Er küsst mich auf die Wange und scherzt mit Vader herum, bis er sich dann nochmals verabschiedet und ins Haupthaus geht. Als Vader seinen Platz neben mir einnimmt, kehrt Stille zwischen uns ein. Mittlerweile bin ich über meinen kleinen Gefühlsausbruch hinweg, zumindest so weit, dass mir nicht mehr nach Heulen zumute ist.

Als Vader sich bewegt, erregt er meine Aufmerksamkeit und ich sehe, wie er etwas aus seiner Tasche zieht und es mir vor die Nase hält. Es ist mein Handy.

»Du bist so panisch rausgerannt, dass du vergessen hast, dein Handy mit zum Telefonieren zu nehmen.«

Ich nehme es peinlich berührt entgegen.

»Willst du mir sagen, was eben da drinnen passiert ist? Ich hab darüber nachgedacht, aber ich verstehe es nicht. Würde ich dich nicht kennen, hätte ich gedacht, du seist eifersüchtig.«

Seine Worte hallen in meinem Kopf nach. Eifersucht. Ich habe sie nie verspürt. Jedenfalls nicht bei einem Mann. Bin ich eifersüchtig auf etwas, das er mit einer anderen hatte, ich aber gar nicht haben will?

»Ich habe Drake geküsst, um dich aus dem Kopf zu bekommen.«

»Hat es funktioniert?«

Ich schaue ihn an, und mir wird schwer ums Herz. Vader ist ein unvollständiges Puzzle. Man erwartet, dass es fertig zusammengesetzt eine düstere Kreatur ergibt, doch je mehr Teile man hinzufügt, desto schöner und bunter wird es.

»Nein«, bringe ich so leise hervor, dass ich hoffe, der Wind möge meine Stimme weit von ihm hinforttragen.

»Gut. Ich fühle mich wohl in deinem Kopf, und ich habe nicht vor, ihn mit jemand anderem zu teilen.«

Endlich traue ich mich, ihn anzusehen, und sein Lächeln ist so ehrlich, dass mein Herz etwas schneller klopft.

»Komm, ich will dir was zeigen.« Er streckt die Hand nach mir aus und zieht mich mit sich hoch, als ich sie ergreife. Schweigend gehen wir ein Stück und halten bei einem alten Baum an. Zunächst weiß ich nicht, was wir hier machen, doch als er mich um ihn herumführt, erkenne ich das kleine Baumhaus oben in der Krone.

»Da willst du hoch?«

»Hast du Angst, dir einen Fingernagel abzubrechen?«

»Niemals.«

Sobald wir an der Strickseilleiter hochgeklettert sind, schaltet Vader im Baumhaus eine kleine Lichterkette ein.

Überall liegen Decken und Kissen verstreut, und Vader setzt sich inmitten von ihnen hin und zieht mich zwischen seine Beine. Ich fühle mich wohl in seiner Nähe und lasse wie selbstverständlich den Kopf gegen seine Brust sinken. Seine starken Arme halten mich fest umschlungen und wieder mal erwische ich ihn dabei, wie er die Nase in meinem Haar vergräbt und daran riecht, bevor er es zur Seite schiebt und mir einen unschuldigen Kuss auf den Hals drückt.

»Was ist das hier für dich, May?«

»Ein Baumhaus?«

Er zwickt mich in die Seite. Natürlich weiß ich, was er meint, aber die Antwort auf seine Frage kenne ich nicht.

»Versuchs noch mal, Waschbär.«

Dieser dämliche Kosename brennt sich durch alle Schichten meines Bewusstseins, bis tief in meine Seele. Kosenamen haben eine Bedeutung. Sie vermitteln eine gemeinsame Geschichte und das man einander kennt. Doch kenne ich Vader nicht wirklich? Mit jedem Tag, an dem er einen weiteren Teil meines Denkens für sich einnimmt, macht er mich schwächer.

»Müssen wir denn allem einen Namen geben? Es ist gut, so, wie es ist, und wir sollten es genießen, bis wir das Buch beendet haben.«

Vader verkrampft sich hinter mir und seine Arme um mich herum werden locker, bis er sie dann zur Seite fallen lässt.

Einen langen Augenblick schweigt er und macht die Stille zwischen uns zu etwas Großem.

»Wir sollten reingehen. Ich muss morgen früh raus.«

»Ich dachte, wir können ausschlafen.« Mit dem Finger fahre ich aufreizend über seinen Oberschenkel, was ihn normalerweise ziemlich anmacht. Warum auch immer. Auch jetzt reagiert er darauf – nur nicht so, wie ich es erwartet hätte.

»Ich hab morgen früh eine Verabredung.«

»Davon hast du aber heute Morgen nichts gesagt.«

»Ich glaube auch nicht, dass ich dir Rechenschaft schuldig bin.«

Damit steht er auf und klettert an der Leiter hinunter. Perplex starre ich ihm hinterher. Wieso ist er sauer? Schließlich war ich nicht diejenige, die ihm brühwarm erzählt hat, wie großartig mein Ex doch ist. Mal davon abgesehen, dass auf Garret eher das Gegenteil zutrifft. Ich rapple mich auf, und als ich an der Leiter hinunterschaue, ist Vader bereits außer Sicht. Mit gemischten Gefühlen klettere ich das wacklige Seil herunter und verheddere mich in der letzten Stufe, sodass mein übriger Körper zu Boden geht, während mein Bein in der Schlaufe hängen bleibt und unsanft über den Baumstamm scheuert. Schmerz, gemischt mit dem beklemmenden Gefühl in meiner Brust, machen mich sekundenlang bewegungsunfähig. Ich gestehe mir ein, dass ich dafür verantwortlich bin. Vader nahm mich sicherlich nicht mit auf dieses Baumhaus, um mir zu sagen, wie scheiße er mich findet, während ich ihn zum Dank davon überzeuge, was für ein trostloses, schwarzmalendes, kleines Ding ich doch sein kann.

Schniefend befreie ich mich aus meinem Seilgefängnis und humple zum Haus. Okay, ich bin nicht schwerverletzt, aber ein wenig Selbstmitleid hat noch keinem geschadet. Bevor ich die Tür öffne, atme ich noch mal tief durch und fahre mit den Fingern durch mein zerzaustes Haar. Alles ist still, bis auf die Gitarrenklänge, die neben dem Lichtschein zu mir in den Flur dringen. Es ist eine langsame Nummer, und sie untermalt perfekt die tieftraurigen Gefühle in mir. Eine Weile stehe ich da und lausche seinem Spiel, unschlüssig, was ich nun tun soll. Der stechende Schmerz in meinem Knie ruft mir jedoch bald in Erinnerung, dass ich ins Bad gehen und die Wunde reinigen sollte.

VADER

Die Saiten der Gitarre unter meinen Fingern zu spüren, beruhigt mich und hält mich davon ab, rauszugehen und May zu schütteln.

Was sie sagt, passt nicht mit dem überein, wie sie mich anschaut, wenn ich die Arme um sie schließe, oder mich mustert, wenn sie annimmt, dass ich noch schlafe. Ausnahmsweise will ich aus dem Mund einer Frau mal nicht hören, wie toll ich bin, um mich begehrt zu fühlen, sondern lediglich eine Bestätigung, dass sich auch für sie etwas geändert hat. Aber offensichtlich bin ich ein Idiot und bei der kleinen, »schüchternen« May an jemanden geraten, der mir meine eigene Medizin zu schlucken gibt - und die ist bitter. Hat mich ihre Abwehrhaltung mir gegenüber früher hart gemacht und meinen Kampfgeist geweckt, so lässt sie mich jetzt zum absoluten Schlappschwanz mutieren, insbesondere als ich sie mit meinem Dad lachen sah. Es war eine dämliche Idee, sie mit hierher zu nehmen. Das hätte ich eher wissen müssen. Denn nach Kelly gab es keine andere, die ich mit nach Hause gebracht habe, schließlich ist das hier mein Fels in der Brandung, mein Rückzugsort, der Platz, an dem ich immer abschalten konnte. Jetzt jedoch fühle ich mich verletzlich, was mich gleichzeitig unsagbar wütend macht.

Ich spiele so lange unzusammenhängende Tonfolgen, bis daraus ein Ganzes wird. Worte tanzen durch meinen Kopf, schlängeln sich um die Melodie und setzen sich zu einem Text zusammen. Eine gefühlte Ewigkeit versinke ich in meiner eigenen Welt, denn der Gedanke an May treibt mich zur Höchstform an. Sie ist in ihrer Art so unvergleichlich wie eine Melodie, die einem nicht mehr aus dem Kopf geht. Vielseitig, überraschend, beruhigend und gleichzeitig manchmal aufbrausend. Sie ist weder Anfang noch Ende, und wäre sie ein Song, dann definitiv der Refrain, den man den ganzen Tag vor sich hinsummt.

Als die letzten Akkorde meiner Gitarre verklingen, habe ich drei Blätter vollgekritzelt und ein komplettes Lied geschrieben. Es fühlt sich an, als wäre etwas, das Besitz von mir ergriffen hatte, aus meinem Kopf gewichen, nur um Leere zu hinterlassen. Kranke Scheiße.

Der plötzliche Drang, May zu suchen, wird überwältigend, also lege ich die Gitarre beiseite. Eigentlich dachte ich, sie würde irgendwann im Schlafzimmer auftauchen, doch vermutlich nimmt sie mir meinen kleinen Abgang vorhin krumm. Nachdem ich das halbe Haus nach ihr abgesucht habe, finde ich sie letztlich im Gästezimmer wieder. Der Raum liegt im Dunkeln. Nur der Mondschein streichelt ihre Haut und tönt sie in ein silbriges Blau. Sie trägt ein trägerloses Top und die Boxershorts, welche ich vor ein paar Tagen bei ihr vergessen habe und wohl nie wieder zurückbekommen werde. Doch das will ich auch gar nicht. Etwas von mir, an ihr zu sehen, gefällt mir. Es markiert sie als die Meine, und ich bin über den Punkt hinweg, an dem mich dieser Gedanke in Angst und Schrecken versetzt.

»May? Bist du wach?«

Sie antwortet mir nicht, und ich bin nicht sicher, ob das so ein Frauending à la *Ich rede nicht mehr mit dir, weil ich sauer bin* ist oder ob sie wirklich schläft.

Ich setze mich auf die Bettkante und streiche ihr mit dem Handrücken über die Wange. »Baby?«

»Hm?«, murmelt sie.

»Schläfst du schon?«

»Natürlich nicht. Ich hab Schäfchen gezählt. Eines ging verloren und nun werde ich die ganze Nacht wach liegen und mich sorgen, wo es abgeblieben ist.«

»Ein einfaches Ja hätte auch gereicht. Wieso schläfst du hier?«

»Wahrscheinlich, damit du morgen ausgeruht zu deiner Verabredung gehen kannst.«

Oho. Eifersucht steht ihr verdammt gut. »Du hattest also vor, mich die ganze Nacht wachzuhalten?«

»Das wirst du wohl nie erfahren.«

»Wer sagt das?«

»Gute Nacht, Vader.«

Sie dreht den Kopf zur Seite, um mir zu verdeutlichen, dass das Gespräch vorbei ist. Für sie vielleicht, allerdings nicht für mich. Also klettere ich über sie hinweg und lege mich zu ihr ins Bett. Sie blinzelt mich mit einem Auge an, schließt es aber dann wieder, ohne mir weitere Beachtung zu schenken. Ungefähr drei Minuten halte ich es aus, so zu tun, als würde ich sie mit dieser miesen Nummer davonkommen lassen.

»Ich kann nicht schlafen.«

»Das Böse schläft nie, Quentin.«

»War heute der Clown deine wichtigste Mahlzeit des Tages?«

Genervt atmet sie geräuschvoll aus. »Manchmal wäre ich gerne dumm, vielleicht könnte ich deine Fragen dann besser beantworten.«

Eine Weile grinse ich in mich hinein, stelle jedoch schnell zu meinem Bedauern fest, dass sie wirklich sauer ist. Ich habe absolut keinen Schimmer, wie man mit erbosten Frauen umgeht. Natürlich hat mein Verhalten in der Vergangenheit häufig dazu geführt, dass die ewig lächelnden Barbiepuppen dezent ausgerastet sind, nachdem ich ihnen den Weg zu meiner Haustür gezeigt hatte, aber damals bestand meine Art der Konfliktlösung darin, die Tür hinter ihnen zu schließen. May will ich jedoch nicht abweisen, sondern hier bei mir, wo ich auf sie aufpassen, sie nackt sehen und anfassen kann.

»Was würde Bennet tun, um Julie-Kätzchen nach einem Streit zu zähmen?«, frage ich und werde mit dem erneuten Öffnen eines Lides bedacht.

»Was denkst du?«

Ich will schon zu einer Antwort ansetzen, da schlägt sie beide Augen auf und runzelt die Stirn.

»Wehe, deine Antwort hat etwas mit nackten Körpern zu tun.«

»Du könntest dein Shirt anlassen, während ich dich le ...«

»Vader, nein.«

Schwermütig atme ich aus. »Ist ja gut. Hm. Er könnte ihr Blumen kaufen?«

»Dein Ernst?« Sie dreht ihren Kopf wieder weg und zieht die Decke so hoch, dass ich nicht mehr weiß, ob May neben mir liegt oder diese widerliche Tussi mit den verrenkten Gliedmaßen aus dem Horrorfilm, den ich letzte Woche geschaut habe.

Meine Fresse, verteilt hier jemand Arschkarten? Denn die scheine ich gerade zu sammeln. Es gibt mit Sicherheit fünfunddreißig Arten, diese Angelegenheit hier zu verhauen – ich kenne sogar vierzig davon.

»Was würde Bennet tun, um Julie wieder glücklich zu stimmen?«

Sie erwidert nicht sofort etwas, und gerade, als ich denke, sie sei vielleicht schon eingeschlafen, räuspert sie sich.

»Vielleicht würde er ihr was vorsingen?«

»Ist Bennet etwa schwul?«

Ein Ellbogen trifft mich und liefert mir damit die Antwort. Hätte sie nicht einfach sagen können, dass er es ihr von hinten besorgen soll? Alternativ wäre er sicherlich auch mit einem Blowjob zufrieden, weil sie einsieht, dass sie mit dem ganzen Theater angefangen hat. Das hier ist definitiv kompliziert. Dabei gehe ich komplizierten Dingen gerne aus dem Weg, doch irgendetwas sagt mir, dass sie es vielleicht wert ist, am Ball zu bleiben. May ist anders als die Frauen, die ich bisher in mein Leben gelassen habe. Immer wenn ich denke, ich habe sie durchschaut, macht sie etwas völlig Unvorhersehbares und stellt damit wieder alles auf den Kopf.

Singen also? Klar, das ist etwas, dass ich mit am besten kann, aber ich bin auch ein Weltmeister im Ficken, wieso also ein Liedchen trällern?

Ich atme tief durch die Nase ein und durch den Mund wieder aus. Würde ich kein Kerl sein und nicht gerade in einem Bett liegen, hätte man mich auch mit einer Frau mit Wehen verwechseln können. Keine Ahnung, was es bringen soll, doch ich stehe auf, verlasse das Zimmer und hole meine Gitarre. Als ich zurückkomme, schalte ich das Licht ein und ernte einen weiteren Blick Satans.

»Es gibt Menschen, die möchten schlafen, Vader.«

»Erzähl das jemandem, den es interessiert, und nun beweg deinen Arsch aus dem Bett, Dornröschen.«

Mays Augen verengen sich zu Schlitzen. »Wieso sollte ich?«

»Weil ich jetzt romantisch bin, verfickte Scheiße noch mal.«

Sie legt den Kopf schräg und eine alte Bekannte kommt zum Vorschein: Die hochgezogene Augenbraue. Echt jetzt, der sollte man eine eigene Daily Soap geben.

»Und der Teil mit der Romantik kommt noch, oder hab ich den verpasst?«

»Würdest du mir die Ehre erweisen, mich nach draußen zu begleiten?«, versuche ich, mich nun etwas gewählter auszudrücken.

Die Augenbraue sinkt wieder auf Höhe der anderen und daher weiß ich, dass ihre Neugierde die Oberhand gewonnen hat. Die Gitarre in der einen Hand, strecke ich die andere aus und sie legt tatsächlich ihre hinein. Barfuß tapsen wir durchs Haus und erreichen durch die hintere Haustür die Terrasse. May setzt sich im Schneidersitz auf die große Liege und beäugt mich skeptisch.

Ich nehme mit dem hölzernen Terrassenboden vorlieb und zupfe ein paar mal an den Saiten der Gitarre. Eigentlich hatte ich vor, irgendwas von James Arthur oder Lifehouse zu singen, doch als ich zu ihr aufblicke, weiß ich, was ich spielen will. Es ist ein Song, den ich erst vor ein paar Wochen geschrieben habe, kurz, nachdem wir uns kennengelernt hatten. Er handelt von einer Frau, die einen Typen irre macht, der sich jedoch letztendlich in all ihre Ecken und Kanten verliebt. Während ich singe, halte ich die Augen geschlossen, denn irgendwie geht der Mist ziemlich unter die Haut. Bislang hat nur die erste Strophe zu Mays und meiner Situation gepasst, doch während die Worte meinen Mund verlassen, stelle ich fest, dass dieser ganze Song von ihr handelt. Unweigerlich frage ich mich, ob ich unterbewusst schon damals gewusst habe, dass May die Eine sein könnte, die mich einfängt und nicht mehr von der Leine lässt. Alles um mich herum blende ich aus und hoffe, dass ich mich hiermit nicht zum Idioten mache. Es ist eine kleine Premiere, dass ich so privat ohne Band für jemanden etwas singe. Die nächtlichen Schlafliedchen für meine Schwester mal außen vor gelassen.

Mein Herz rast, als die letzten Töne der Gitarre verklingen und ich mich gezwungen sehe, die Augen zu öffnen. May ist verdächtig still, und als ich sie anblicke, kullert gerade eine Träne von ihrer Wange. Was geht denn hier ab?

»Alles okay?«, frage ich besorgt.

Sie nickt, die Tränen fließen jedoch weiter.

»Ich bin echt schlecht in zwischenmenschlichen Dingen und was weinende Frauen angeht, sowieso. Hab ich also wieder Mist gebaut?«

Sie streckt die Hände nach mir aus und ein Lächeln bildet sich auf ihren Lippen.

»Alles ist gut. Das war ... es war so schön.«

Also lege ich die Gitarre behutsam auf dem Boden ab und stehe auf, um mich neben sie zu setzen. Vorher schnappe ich mir die Fleecedecke, die fein säuberlich gefaltet über dem Schaukelstuhl zu meiner Rechten hängt.

Ich nehme neben meinem Mädchen Platz und breite die Decke über uns aus. Als ich mich zurücklehne, tut es mir May gleich und legt ihren Kopf auf meine Brust. Sie schnieft noch ein bisschen und malt mit ihrem Finger kleine Muster auf meinen Bauch. Gedankenverloren fahre ich ihr mit einer Hand durchs Haar, worauf sie erschauert und zufriedene Geräusche von sich gibt.

»Vader?«

»May?«

»Dieser Song, handelt er von mir?«

Mein Herz schlägt prompt ein bisschen schneller. Wenn ich jetzt ja sage, bedeutet das, dass ich zugebe, sie zu mögen. Sehr sogar.

»Als ich die erste Strophe geschrieben habe, war ich dir gerade ein paar Mal begegnet. Du hast mich völlig wahnsinnig gemacht mit deiner Art, alles um dich herum kontrollieren zu wollen. Manchmal hätte ich dich gerne einfach geschüttelt, bis du wieder normal funktionierst. Es hat unendlich genervt, dass du so undurchschaubar warst. Als wir uns dann öfter getroffen haben ... Ach, keine Ahnung.«

May hebt ihren Kopf und sieht mich an. »Was war dann?«

»Du wärst angepisst gewesen, denn ich hab keine Märchenprinznummer auf Lager.«

»Mir wäre auch die ehrlich Vader-Nummer lieber.«

»Also gut. Aber beschwer dich nicht, dass es nicht das ist, was du hören willst.«

»Ich gehe das Risiko ein.«

»Du warst so unerfahren, dass es fast jungfräulich wirkte. Es hat mich tierisch angetörnt und irgendwann wollte ich dich nur noch auf jede erdenkliche Art vögeln und aus dir mein persönliches Sexspielzeug machen.«

Sie beißt sich auf die Unterlippe und errötet sichtlich.

»Dann hast du dein Ziel ja erreicht.« Sie klingt enttäuscht, auch wenn sie versucht, es wegzulächeln.

»Nein, May. Ich hab mein Ziel nicht erreicht. Hätte ich das, dann würde ich dich nicht ansehen und tausend Dinge sagen wollen, aber nichts davon über die Lippen bringen können. Dann würde ich nicht immer nur dich sehen, sobald ich die Augen schließe und ganz sicher, würde ich mich nicht so unvollständig fühlen, wenn du nicht um mich herum bist. Habe ich also an dich gedacht, als ich diesen Song geschrieben habe? Ja, das habe ich. Aber ich glaube, mein Unterbewusstsein wusste lange vor mir, dass du etwas ganz Besonderes bist.«

May rückt zu mir hoch und presst ihre Lippen fast verzweifelt auf meine. Völlig überwältigt davon, all diese Dinge zu ihr gesagt zu haben, fällt mir erst viel später in dieser Nacht, die wir draußen auf der Liege verbringen, auf, dass sie nichts in der Art erwidert hat. Während May friedlich in meinen Armen schläft, macht sich in mir das unwillkommene Gefühl von Zurückweisung breit.

EPISODE 6 – Das Imperium verteilt Bierduschen

MAY

»Wer geht mit mir auf dieses Teil, von dem ich mit Sicherheit kotzen muss?«

»Ganz sicher niemand, Mal. Vor zwei Jahren war danach der Abend für dich gelaufen, und weil kein Taxifahrer dich aus Angst, du reiherst ihm die Karre voll, heimfahren wollte, mussten wir alle nach Hause laufen.«

Ich grinse in mich hinein, während ich den Jungs bei ihrer kleinen Diskussion lausche, wer welche Attraktionen auf dem Rummel in der Stadt besuchen darf. Vader verhält sich eigentlich wie immer, nur mir gegenüber scheint er irgendwie distanziert. Nach dem gestrigen Abend hätte ich eher das Gegenteil erwartet. Seine Worte bereiten mir auch heute noch eine Gänsehaut, und ich schäme mich ein wenig, weil ich sie nicht in irgendeiner Form erwidern konnte. Nicht, dass es so wirkte, als hätte es ihn irgendwie getroffen, aber ich fühle mich schuldig.

Dieses Lied hat meine Seele auf eine Art berührt, wie es zuvor niemand vermochte und das wiederum jagte mir riesige Angst ein – genau genommen tut es das immer noch. Nie hätte ich gedacht, dass Vader zu so was fähig wäre, und anstatt es runterzuspielen, hat er mir sein Herz auf dem Silbertablett serviert. Tja, und ich habe die Speise in die Küche zurückgehen lassen. Wie konnte er nur Stunden zuvor so tiefsinnig über seine ach so grandiose Exfreundin sprechen und mir damit einen Pflock durchs Herz jagen, nur um dann wenig später Watte darum zu packen und es mit einem hübschen Schleifchen zu verzieren? Er ist ein wandelnder Widerspruch und damit komme ich nur schwer klar.

Garret hat mich nie auch nur annähernd seelisch so berühren können, was auch völlig in Ordnung war. Damit konnte ich umgehen, zumal ich wusste, dass ich nicht mit rührsamen Liebesbekundungen rechnen brauchte. Er war vorhersehbar und somit eine stabile Grundlage für mein Leben. Vader hingegen schafft es, mein Herz zu Boden zu trampeln und im nächsten Moment kilometerweit in die Lüfte zu heben. Es ist noch immer ein Schock für mich, dass ich zu solchen Gefühlen überhaupt fähig bin, was aber nicht heißt, dass ich sie auch zulassen kann. Vader war von allen Möglichkeiten, beruflich voranzukommen, die sicherste. Ein Bad Boy, wie er im Buche steht. Wie er in meinem Buch stehen soll. Wie konnte das Ganze nur so schieflaufen? Bin ich in einem falschen Märchen? Nie war die Rede davon, einen Womanizer zu zähmen. Das mit uns muss wieder in eine unverfängliche Schiene geraten, solange es noch möglich ist.

Wenn ich eines von ihm gelernt habe, dann, dass Sex und alles, was damit zu tun hat, wahre Wunder bewirken kann.

Ich schaue mich in dem kleinen Bandbus um. Mal sitzt heute Abend am Steuer; Drake macht den Beifahrer, Hitch und Kerry, die heute Morgen angereist sind, befinden sich auf der vorderen Rückbank zusammen mit Saint. Vader und ich haben unsere Plätze ganz hinten – wie schon zur Hinfahrt – eingenommen. Er trommelt mit den Fingern auf seinem Bein einen unsteten Takt, und seine Miene ist unergründlich. Gestern Nacht, nachdem er mir all die wundervollen Dinge gesagt hatte, haben wir eine gefühlte Ewigkeit rumgeknutscht, wie es sonst nur Teenager machen. Irgendwann sind wir auf der Liege eingeschlafen und erst heute Morgen aufgewacht, als seine Eltern mit dem Auto wegfuhren. Es ist nicht so, dass er mich gemieden hätte oder unfreundlich war. Keineswegs. Er benahm sich einfach nicht wie er selbst.

Wir haben den Vormittag damit verbracht, ein paar Szenen für das Buch zu plotten. Natürlich waren seine Kommentare zu Bennets Beweggründen so ätzend wie immer. Und doch hatte ich die ganze Zeit dieses beklemmende Gefühl, dass etwas zwischen uns stand. Vielleicht bildete ich mir das auch nur ein, weil ich ein schlechtes Gewissen hatte, seine Worte gestern Nacht unbeantwortet gelassen zu haben.

Fakt ist, dass ich, sobald ich wieder zu Hause bin, all unsere Ideen in eine rührende Story packen kann. Zur Mitte hin dreht sich die Geschichte eher um die Gefühle, die Julie für Bennet hat. Sie ist unsicher, denn sie versteht nicht, dass er ausgerechnet sie liebt, obwohl sich doch so viele andere Frauen um ihn tummeln. Der Sex zwischen den beiden ist nicht mehr so explosiv, sondern zärtlich und voller Emotionen. Sehr bald schon werden sie sich trennen. Das ist der Punkt, ab dem ich Vader nicht mehr brauche, denn ich habe schon zig Paare auf schmerzliche Weise getrennt – natürlich nur als Autorin in meinen Storys. Ich kenne mich darin aus, ihren Schmerz greifbar zu machen, die Verzweiflung jedes andere Gefühl überwiegen zu lassen. Auch verstehe ich mich darin, ein vernünftiges Happy End zu schreiben. Diese Machos, Bad Boys, Womanizer, oder wie auch immer man sie nennt, ticken nämlich auch nicht anders als jeder andere. Irgendwas im Leben hat sie lediglich zu dem werden lassen, was auch immer sie nun darstellen. Tief in ihnen drin leiden sie jedoch dieselben

Ängste vor Verlust, Enttäuschung oder Zurückweisung. Sie wissen vielleicht besser, wie man diese offensichtlichen Gefühlsregungen dorthin sperrt, wo kaum jemand sie erahnt, doch es bedarf nur des richtigen Schlüssels, um sie alle hervorzuholen. Wie ironisch, dass dieser Schlüssel oftmals eine Frau ist. Jene Wesen, die sie doch immer so gut vorgeben zu beherrschen. Es ist fast abwegig, wenn ich mir vorstelle, ich könnte so ein Schlüssel für Vader sein. Das wäre so falsch für uns beide. Es ist höchste Zeit, etwas von dem anzuwenden, das er mir beigebracht hat. Also nehme ich mein Smartphone aus der Tasche und tippe eine Nachricht.

May: Was würde Julie tun, um Bennet ein Lächeln abzugewinnen?

Nachdem ich die SMS versendet habe, zückt Vader Sekunden später sein Handy. Er betrachtet das Display eingehend und schaut mich dann an. Obwohl ich ihn mittlerweile recht gut einschätzen kann, bin auch ich gerade überfragt, was in seinem Kopf vorgeht. Er öffnet die Lippen einen Spalt, fokussiert dann jedoch wieder die Straße durch die Windschutzscheibe.

Keine Reaktion? Echt jetzt?

Wieder hole ich mein Smartphone hervor.

MAY: Julie entschied, an diesem Abend kein Höschen zu tragen ...

Wieder lugt Vader wenig später auf sein Handy. Diesmal erkenne ich deutlich ein Zucken an seinem Kiefer. Zwar reagiert er auch jetzt nicht weiter, aber ich bin mir sicher, nun auf dem richtigen Weg zu sein. Wir fahren bereits auf den Parkplatz nahe des Rummels, als ich eine weitere SMS versende.

MAY: ... Höschen wären ein Hindernis für Bennets sündigen Mund!

Gerade als Mal den Bus parkt, liest Vader auch diese Nachricht. Ein breites Grinsen hat sich auf sein Gesicht gestohlen und damit auch Drakes Aufmerksamkeit geweckt.

»Was gibt's da hinten zu lachen?«

»Nichts«, rufe ich etwas hysterisch.

»Das klingt verdächtig.« Jetzt hat sich auch Malfoy zu uns umgedreht.

Vader, der bereits die Hand am Türgriff hat, wirft mir einen vielsagenden Blick zu, bevor er die Tür öffnet, um auszusteigen. Das tut er jedoch nicht, bevor er sich Drake zuwendet. »Lustig war hier hinten gar nichts. May hat mir lediglich versaute SMS geschickt, weil sie nicht laut durch den Bus tönen wollte, dass sie scharf auf eine Runde Oralsex ist. Hauptprotagonist, meine begnadete Zunge.«

Gelächter erfüllt das Wageninnere und alle Augen sind nun auf mich gerichtet, also straffe ich die Schultern und bemühe mich, Herrin meiner Mimik zu bleiben. »Recherche, Leute, nichts als Recherche«, erwidere ich, um das Ganze zu verharmlosen, weiß aber, dass mir kein Mensch glaubt. Das wird er büßen.

Der Rummel ist nichts im Vergleich zu der Kirmes auf meinem Gesicht. Ganz ehrlich, ich sollte niemals Poker spielen, denn bildet ein gefaktes Lächeln die Konstante, so wechseln sich Wut und Scham im Background ab. Zwar scheinen die Jungs wieder vergessen zu haben, was mir vorhin im Bus einen halben Herzinfarkt verpasst hat, aber für mich ist das Thema noch lange nicht durch. Vader ist mit Sicherheit die Inkarnation einer fleischfressenden Pflanze. Sein gutes Aussehen und die Art, wie er ein Mädchen für sich begeistern kann, wiegt seine Opfer in

Sicherheit. Hat man es sich aber bequem gemacht, dann schnappt er zu und verschlingt einen mit Haut und Haaren.

Ich trotte hinter der Gruppe her und alle paar Meter sind wir gezwungen stehenzubleiben, da entweder jemand vorbeikommt, der mit irgendwem mal in der Schule war, oder weil Leute die Band aus der Zeitung wiedererkennen. Nora hat uns damals gesagt, dass sobald die Sache mit dem Buch einmal publik wird, auch unsere Privatsphäre beeinträchtigt werden könnte. Ich als Autorin habe nicht wirklich viel zu befürchten, denn Männer sind zum einen nicht meine Zielgruppe und zum anderen posiere ich ja auch nicht nackt auf dem Buchcover. Ein paar Frauen haben mich bereits im Supermarkt oder am Bankschalter angesprochen, aber alles in allem bin ich für mein Umfeld ein Normalo. Nicht so *Sinister Five*. Sie alle sind heiß, begabt, und ihre Zielgruppe ist sehr viel breiter gefächert. Bisher durfte ich erleben, wie selbst eine Braut auf ihrer eigenen Hochzeit nahezu sabbernd vor Drake stand. Dass nun aber auch wildfremde Menschen abseits von ihren Auftritten auf sie zukommen, ist auch für die Jungs neu. Nachdem eine Gruppe junger Mädchen die Band um Autogramme bittet – und sie sind wirklich so jung, dass ich hoffe, Sex würde noch lange kein Thema in ihrer Welt sein –, beschlagnahmen wir einen Tisch an einem Stand, der einem English Pub nachempfunden ist. Mal und Drake verschwinden an die Theke und kommen kurze Zeit später mit einer Menge Alkohol zurück. Vertieft in ein Gespräch mit Kerry, bemerke ich erst, dass sich weitere Frauen an unseren Tisch gesellt haben, als eine von ihnen mich unsanft zur Seite stößt.

»Oh, sorry. Ich hab dich gar nicht gesehen«, entschuldigt sie sich wenig glaubhaft. Sie ist in so ziemlich allem das Gegenteil von mir: Groß, blondes langes Haar und ein perfektes Puppengesicht. Ihre nicht enden wollenden Beine stecken in Jeansshorts, und ein teuer aussehendes weißes Top betont ihre

Wespentaille. Obwohl sie mehr Haut zeigt, als ihre Kleidung verdecken kann, wirkt sie nicht billig, wofür ich sie ein bisschen hasse. Als ich sehe, wem ihre Aufmerksamkeit gilt, revidiere ich dieses *bisschen Hass* und wünsche mir stattdessen, ich könnte körperzerteilende Laserstrahlen aus meinen Augen schießen. Vader hat sein Dein-Höschen-ist-heute-Nacht-überflüssig-Lächeln aufgelegt. Ich kenne es gut, denn er hat mir während der Arbeit am Manuskript mal einen dreißigminütigen Vortrag darüber gehalten, wie man eine Frau nur mit diesem Lächeln so sehr erregt, dass ... na ja, genug davon. Jedenfalls erkenne ich es wieder und ich würde gerade nichts lieber tun, als es ihm aus seinem Gesicht zu schlagen. *Nach Lachen folgt Weinen*, pflegte Grandma immer zu sagen, und sosehr ich mich selbst dafür verabscheue, wünsche ich, Vader hätte keinen Grund, so dämlich zu grinsen. Da Hitch hitzig mit einem Kerl diskutiert, mit dem er früher – laut Kerry – Football gespielt hat, hat sie keinen Grund, wütend zu sein. Im Gegenteil, Hitch ist die treuste Seele, die mir je unterkam. Nie verschwendet er auch nur einen Blick an andere Frauen, denn seine Freundin ist für ihn die Welt. Betrachtet man also ihn, wie er ganz brav eine Unterhaltung führt und dabei immer wieder liebevolle Blicke mit Kerry tauscht, so steht Vader einfach nur noch als Arschloch da. Hätte er das gestern Abend ernst gemeint, würde er mich auch so ansehen und nicht im Kopf schon das Kamasutra mit dieser Blondine durchgehen. Nicht ein einziges Mal schenkt er mir Beachtung, und ich hasse das Gefühl, welches er mir dadurch gibt. Das Zurschaustellen seiner Herkunft, seines Körpers oder des eigenen Wohlstandes war mir schon immer zuwider. Ein Mensch sollte durch sein Gesamtpaket glänzen können und nicht nur, weil er eine besonders schöne Hülle vorweisen kann. Just in diesem Augenblick fühle ich mich aber nicht wie ein wertvolles Individuum, sondern nur wie die graue Maus, die in einer normalen Jeans und einem pfirsichfarbenen Top mit ihrem langweiligen Pferdeschwanz hier steht und nichts zu sagen hat. Ich verachte es, dass er mich dazu bringen kann, mich in dem einen Moment wie der wichtigste Mensch auf Erden zu fühlen und im nächsten wie Abschaum.

Blondie wirft ihr Haar zurück, um über etwas, das Vader gesagt hat, zu lachen. Während ihre Stimme dabei klingt wie die einer singenden Elfe, höre ich mich dabei an wie ein schnorchelndes Ferkel.

»Oh mein Gott, May. Lach nie wieder so. Sobald ein Mann diese Imitation eines schnorchelnden Ferkels hört, wird er dich für immer mit anderen Augen sehen«, lautete sein wirklich reizender Kommentar, als ich ihm vor zwei Wochen ein Video zeigte, das Meg mir per Mail gesendet hatte. Vor vierzehn Tagen fand ich das urkomisch, jetzt versetzt mir eben diese Erinnerung einen Stich.

»Kerry, weißt du zufällig, wo hier die Toiletten sind?«

Es tut mir wirklich leid, unsere Unterhaltung zu unterbrechen, aber ich kann keine Minute länger an diesem Tisch stehen, ohne dass mir etwas wirklich Unpassendes rausrutscht oder ich anfange, vor Selbstmitleid zu heulen.

»Oh, ich glaube, hinten bei diesem Heuballenlabyrinth ein Schild gesehen zu haben. Soll ich mitkommen?«

»Nein. Schon okay. Ich komme zurecht. Eine muss hierbleiben und auf die Superstars aufpassen«, erwidere ich und bemühe mich, möglichst locker zu klingen.

Kerry lacht, und ich bin dankbar, dass sie nicht darauf besteht, mich zu begleiten.

Da sich so viele Menschen um uns herum tummeln, habe ich keine andere Wahl, als mich an Blondie und Vader vorbeizudrängeln, um die Plattform des Pubs zu verlassen. Den Kopf demonstrativ in eine andere Richtung gedreht, will ich gerade aufatmen, als jemand mein Handgelenk packt und mich am Weitergehen hindert. Die sengende Hitze, die sich um mein Gelenk schlängelt und deren flammende Zungen bis in meine Fingerspitzen reichen, lässt nur einen Schluss über denjenigen, der mich festhält, zu. Fast schon freue ich mich, dass er mich überhaupt noch wahrnimmt, da habe ich ihn jedoch noch nicht angesehen. Satan persönlich begrüßt mich aus der ersten Reihe durch Vaders dunkle Pupillen.

»May, du musst mir helfen«, setzt er an, und Blondie lässt derweil wieder Elfen singen.

»Ich wollte gerade ...«, entgegne ich, während ich versuche, mich loszureißen.

»Ach, eine Sekunde wirst du doch für mich aufbringen können«, unterbricht er mich spöttisch. Ich bin nicht sicher, ob er sich so verhält, weil er getrunken hat, oder ob ich ihn hier nur live bei der Jagd zu Gesicht bekomme. Dieser Moment fühlt sich an, als wären die letzten Wochen ausradiert worden, denn ich stehe erneut dem Rüpel gegenüber, der mit meinem Namen *Star Wars*-Witze reißt.

»Was willst du, Vader?«, gebe ich genervt und zeitgleich resigniert von mir.

»May, das hier ist Vivienne.« Blondie winkt mir zu, obwohl sie direkt vor mir steht. Es ist Höchstarbeit, in diesem Moment nicht die Augen zu verdrehen oder sie zu fragen, ob die Blondierung bis zu ihrem Hirn vorgedrungen ist.

»Hi«, begrüße ich sie eher widerwillig.

»Also, Vivienne möchte wissen, ob ich single bin und heute Nacht schon etwas vorhabe.«

Hat er das gerade wirklich gesagt, oder spielt mir mein Unterbewusstsein womöglich einen unterirdisch schlechten Streich?

Seine Mimik bleibt unverändert, da ist kein Anflug von einem kleinen Lächeln, welches das Ganze als Witz auflösen könnte.

»Was soll das?«, zische ich und hoffe dabei, dass nur er es hören kann.

»May, Vivienne wartet auf eine Antwort. Sie scheint wirklich müde zu sein und ins Bett zu wollen, und solange diese Frage im Raum steht, kann ich ihr bei diesem Problem nicht helfen.«

Rasende Wut überkommt mich, und als ich nach dem Bierglas auf dem Tisch greife, schwöre ich, dass da keinerlei zurechnungsfähigen Gedanken in meinem Kopf sind. Ohne zu zögern, schütte ich ihm den Inhalt ins Gesicht. Neben seiner schockierten Miene, ziehe ich mit dieser Aktion auch die Blicke seiner Bandkollegen auf mich. Aber das ist mir egal. Ich wende mich an Vivienne und mustere sie argwöhnisch.

»Vivi, ich darf dich doch Vivi nennen? Klein Vader hat sich nass gemacht. Bevor er dich ins Bettchen bringen kann, müsstest du ihn wohl trockenlegen. Ich wünsche dir viel Spaß mit ihm und seinem viel zu klein geratenen, nuttenverseuchten Schwanz.« Meine Stimme ist zum Ende hin so laut, dass mich trotz der dröhnenden Musik um uns herum jeder glasklar verstehen kann. Die Elfe sieht nun mehr aus wie ein begossener Pudel, obwohl sie von dem Bier verschont blieb. Als ich mich umsehe, blicke ich in fassungslose Gesichter, lediglich Mal und Drake können ihren Frohsinn hinsichtlich dieser Wendung des Abends nicht überspielen und grölen mir unterstützend zu. Da es mir unmöglich ist, Vader anzuschauen, ohne vermutlich vor Scham zu sterben, dränge ich mich an ihm vorbei und remple bei meinem Versuch, aus der Menschenmasse zu flüchten, den ein oder anderen an. Niemand stört sich daran. Sie halten mich wohl für eines dieser peinlich betrunkenen Mädchen, die an jeder Ecke stehen und sich übergeben oder an der Seite von Kerlen in Taxis steigen, von denen sie morgen ziemlich sicher behaupten werden, ein Fehler gewesen zu sein. Auch ich habe einen Tunnelblick, nur ist meiner nicht alkoholbedingt, sondern hat seinen Ursprung in einer viel stärkeren Droge. Vader Sweets.

Wie konnte ich nur glauben, dass die letzten Tage mit ihm der Anfang von etwas Besonderem waren? Vielmehr hat er bekommen, was er ursprünglich wollte, und da ihm das Spielzeug langweilig wurde, tauschte er es gegen ein neues aus. War das gestern Abend ein Vorspiel zum Todesstoß? Macht es ihm vielleicht Spaß zu testen, in wie viele Teile er ein Herz zerbrechen kann? Ich danke mir selbst, dass ich nicht so blöd war und auf seine Worte eingegangen bin.

Als ich das erste Mal wieder meine Umgebung wahrnehme, befinde ich mich inmitten von meterhohen Heuballen. Ich gehe ein Stück in die Richtung zurück, aus der ich wohl gekommen bin, und blicke mich um. Alles sieht völlig identisch aus, und da der Rummel noch in vollem Gange ist, stürmen von überall Geräusche auf mich ein, sodass ich nicht mal an denen festmachen kann, wohin ich gehen muss. Resigniert lasse ich mich auf einen der Ballen sinken, die hier wohl als Deko rumliegen. Vader Sweets hat zwei Gesichter – mindestens. Dachte ich bisher, dass es sich bei dem Bad Boy um den missverstandenen netten Kerl von nebenan handelt, so muss ich das nun revidieren. Der Womanizer ist lediglich eine weitere Facette, und doch gehören sie unweigerlich zusammen.

Neu hingegen ist der Mann, der sich still und heimlich in mein Herz geschlichen hat. Mit Tränen in den Augen lache ich verzweifelt los und mag dabei ein bemitleidenswertes Bild abgeben. Es kann auch nur mir passieren, dass ich zum ersten Mal in meinem Leben etwas empfinde, das über Sympathie hinausgeht, und mir dazu ausgerechnet denjenigen aussuche, der meinem Erzeuger am nächsten kommt. Dem Mann, den ich über alle Maßen hasse.

VADER

»Wieso zur Hölle gehst du nicht an dein verdammtes Handy?«

Ich bin einerseits erleichtert, sie endlich gefunden zu haben, und andererseits angepisst, dass ich sie überhaupt suchen musste, und zu allem Übel rieche ich wie eine Brauerei. Mein Shirt klebt von der kleinen Bierdusche an meinem Körper wie eine zweite, hopfendurchtränkte Haut.

May sitzt gedankenverloren auf einem Heuballen und schreckt auf, als ich sie so barsch anspreche. Sie steht auf und weicht vor mir zurück, als ob ich sie gleich zombiemäßig anfallen würde.

»Wenn du mit Blondie ein kleines Nümmerchen schieben willst, dann such dir einen anderen Ort dafür«, fährt sie mich an. In der letzten halben Stunde hat sie sich also kein bisschen beruhigt, sondern sich offenbar noch weiter in ihre Wut reingesteigert. Irgendwie finde ich das putzig. Ihre Wangen haben ein ähnliches Rot angenommen, wie sie es sonst tun, wenn ich sie gerade zum Orgasmus gebracht habe. Mein Schwanz bestätigt diese Vermutung mit einer kurzweiligen Showeinlage in der Hose. Meinen Kumpel interessiert es nämlich nicht, wieso sie so erhitzt aussieht, sondern nur, wie man sie zusätzlich zu ihrem Äußeren noch zum Stöhnen bringen könnte, um das Bild sozusagen zu perfektionieren. Sie streicht sich verlegen über die

Jeans, fährt sich über die Stirn und spielt an ihren Fingern. Versucht im Prinzip alles, um mich nicht ansehen zu müssen.

»Darf man erfahren, wieso du so unglaublich ätzend bist?«

»Fragst du mich das gerade wirklich?« In ihren Augen tobt ein düsterer Sturm, als sie den Blick doch hebt, und mit nur wenigen Schritten bin ich bei ihr, um zu verhindern, dass sie abhaut.

Den Rücken an die Heuwand gepresst, schaut sie nach rechts und links, kundet wahrscheinlich die Fluchtmöglichkeiten aus. Ein paar freiheitsliebende Haare haben sich aus ihrem Zopf gelöst und hängen ihr verloren ins Gesicht. Die Tatsache, dass sie das zulässt, zeigt, wie sehr sie sich in letzter Zeit geändert hat. Unweigerlich denke ich an unser erstes Aufeinandertreffen zurück und wie zugeknöpft sie innerlich und äußerlich war. Damals hatten sich ebenfalls ein paar mutige Haarsträhnen aus ihrer biederen Frisur hinausgewagt, und sofort wurden sie wieder an Ort und Stelle verfrachtet. Mir gefällt diese neue, gelöstere Version von May. Noch mehr gefällt mir jedoch, dass sie anscheinend eifersüchtig ist. Ziel erreicht. Ich nehme eine weiche, glänzende Strähne zwischen Daumen und Zeigefinger, zwirble sie hin und her und wickle sie mir dann um den Finger, bevor ich sie loslasse und sie leicht gelockt ihr Gesicht umrahmt.

»Wenn ich die Antwort kennen würde, müsste ich nicht fragen. Aber ich würde fast wetten, dass du heut Abend gern an Blondies Stelle gewesen wärest.«

»Du bist so unglaublich von dir selbst überzeugt.«

Ich beuge mich zu ihr vor, schwebe mit dem Gesicht vor ihrem, spüre ihren warmen Atem auf den Lippen, und der Drang, sie zu küssen überkommt mich. Trotzdem kann ich mich zusammenreißen. Noch.

»Oh, berichtige mich, wenn ich falsch liege, aber auch du warst schon unheimlich überzeugt von mir.«

»Mistkerl«, presst sie hervor und versucht dabei, zu überspielen, dass sie diese Nähe zwischen uns genauso anmacht wie mich. Allerdings vergisst sie, dass ich ihren Körper kenne, und auch, wenn ihr Kopf gerade in den Streik getreten ist, verrät mir jede unbedachte Bewegung, jede Gestik oder Mimik, und sei sie noch so minimal, wie scharf sie ist. Wenn ich ehrlich zu mir selbst bin, gibt es kaum eine Gelegenheit, zu der ich nicht auch unglaublich unanständigen Scheiß mit ihr machen will.

Müsste ich mich jedoch auf eine Tageszeit festlegen, dann wäre der Morgen definitiv mein Favorit. Manchmal liege ich einfach neben ihr und schaue ihr beim Schlafen zu. Das würde ich natürlich niemals zugeben, denn es klingt, als sei ich ein kleiner Vollspasti, der zu viele Schnulzenfilme gesehen hat. Seit ich sie zum Nacktschlafen überredet habe, gibt es nichts Schöneres, als den Tag damit zu beginnen, die Bettdecke langsam von ihrem vollkommenen Körper zu schieben, sie zu berühren und dabei zu beobachten, wie sie langsam die Augen aufschlägt. Sobald sie mich dann ansieht, bildet sich dieses wunderschöne Lächeln auf ihrem Gesicht, und das wiederum stellt definitiv seltsame Dinge mit meinem Herzen an.

Ich trete noch näher an sie heran, muss sie ganz spüren, also presse ich meinen Körper an ihren, meine Erektion gegen ihren Bauch und entlocke ihr damit ein leises Stöhnen. So mag ich mein Mädchen.

Meine Lippen finden die ihren, umspielen sie und nach einem Moment der Gegenwehr ergibt sie sich schließlich ihrem Verlangen und krallt die Finger in mein Shirt. Sie öffnet den Mund, gewährt meiner Zunge Einlass und mein Körper rebelliert vor Geilheit, als ich sie endlich wieder schmecke. Ich gehe leicht in die Knie, begebe mich mit ihr sozusagen auf Augenhöhe und kreise mit meinem Unterkörper an ihrem Schritt. Selbst durch die Schichten unserer Kleidung glaube ich, ihre Hitze spüren zu können. Es bedarf nur wenig Vorstellungskraft, was ich damit bezwecke, als ich meine Finger über die seidene Haut knapp über ihrem Hosenbund wandern lasse und dann den Knopf ihrer Jeans öffne. Womit ich nicht gerechnet habe, ist, dass May sich in diesem Moment versteift und ihre Hände flach auf meine Brust legt, um mich wegzuschieben.

»Vader, das geht nicht«, murmelt sie zwischen zwei Küssen.

»Baby, das Labyrinth ist längst geschlossen. Hier wird niemand auftauchen, der nicht dasselbe im Sinn hat wie wir gerade. Ich lasse nicht zu, dass jemand außer mir deinen göttlichen Körper ohne Kleidung zu Gesicht bekommt.«

Sie drückt nun nicht mehr, sondern schubst mich mit voller Kraft weg.

»Hör auf.« Die Bestimmtheit in ihrer Stimme zwingt mich schließlich, nachzugeben, bevor sie den ganzen Rummelplatz zusammenbrüllt und ich wegen Belästigung in Gewahrsam genommen werde.

Ich hebe also die Hände und mache einen Schritt zurück.

»Was ist los?«

»Du glaubst wirklich, du bist der Tollste, oder? Dass du machen kannst, was immer du willst und es keinerlei Konsequenzen für dich hat. Du bist ein Arschloch, Vader Sweets, also fass mich nicht an. Ich hoffe, das war jetzt klar genug.«

»Woah, komm mal runter. Vielleicht wäre es hilfreich, wenn du mich an deinen wirren Gedanken teilhaben lässt, damit ich verstehe, was hier vor sich geht?«

Sie greift sich an den Kopf, krallt die Finger ins Haar und verwüstet dabei ihre Frisur, doch das scheint sie wenig zu interessieren. Ich habe keinen blassen Schimmer, wie ein Kuss sie derart wütend machen kann. Das muss Frauenlogik sein.

»Ich glaub das echt nicht. Bist du so dumm, oder hast du nur zu wenig Blut im Kopf? Ich bin keines dieser dämlichen Dinger, die du vögeln kannst, wann immer dir danach ist. Barbie hat dich wohl stehen gelassen? Aber wenn du glaubst, jetzt über mich rüberrutschen zu können, hast du dich geschnitten. Ich bin nicht ein beliebiges Loch, in das du deinen Schwanz stecken kannst.«

All diese Schimpfworte aus ihrem Mund machen mich noch härter, als ich es ohnehin schon bin, doch ihr das jetzt zu sagen, wäre wohl kontraproduktiv und würde ihre These bezüglich der Blutversorgung meines Hirns nur stützen. Sie ist sauer – okay. Sie denkt, ich behandle sie wie jede andere dahergelaufene Tussi – nicht okay. Ganz sicher werde ich ihr aber jetzt keinen Heiratsantrag machen und schwören, mich für sie allein zu ändern.

»Du liegst komplett daneben. Ich hoffe, das ist dir selbst in diesem Nebel aus Selbstzweifeln und falschen Tatsachen bewusst.«

Sie kommt auf mich zugestürmt, presst den Zeigefinger anschuldigend gegen meine Brust und zwingt mich so, einen Schritt zurückzutreten, wenn ich nicht umfallen will wie ein Sack Reis in China.

»Wenn du wüsstest, wie gerne ich dir gerade in deine Visage schlagen würde, dann würdest du nicht so mit mir reden. Weißt du, wenn Liebe nur das Beste in einem zutage bringt, so muss ich dich wirklich sehr hassen, denn du bewirkst bei mir genau das Gegenteil. Ich kann dir gar nicht sagen, wie sehr ich all das, was zwischen uns war ...«

»Hör auf May. Sag nichts, was du später bereuen könntest, denn ich lasse mich von dir nicht in die Ecke drängen. Ich kann darüber hinwegsehen, dass du gerade angepisst bist, aber irgendwann reicht es, und an diesem Punkt sind wir jetzt angekommen. Du hast dich ausgekotzt, und entweder sprichst du jetzt normal mit mir oder das hier war unsere letzte Unterhaltung.«

Ihre Stirn legt sich in Falten, dann entspannen sich langsam ihre Gesichtszüge, aber nur für einen Moment. Die Wut weicht einer tiefen Traurigkeit, und ich muss dagegen ankämpfen, die Arme um sie zu schlingen und sie an mich zu ziehen, denn was immer sie so sehr bewegt, ist noch nicht geklärt.

»Ich kann das nicht mehr, Vader.«

Meine Stimmung, die gerade noch am Nullpunkt war, sinkt ins Bodenlose. Sie will beenden, was noch gar nicht angefangen hat, und das werde ich nicht zulassen.

»Du bist doch Autorin, oder?«, frage ich und bringe sie damit sichtlich aus dem Konzept.

»Was hat das jetzt damit zu tun?«

Ich wandere ein wenig auf und ab, vorrangig um Ruhe zu bewahren. Jetzt in alte Muster zu verfallen und so zu reagieren, wie ich es für gewöhnlich mache, sobald eine Frau *reden* will, wäre wenig hilfreich, sofern ich May noch mal wiedersehen möchte. Und das ist definitiv mein Wunsch.

»Tja, angenommen einer deiner Protagonisten würde in dieser Situation so etwas sagen wie ... nun lass mich überlegen ... ah ja, genau, nehmen wir an, er sagt: ›Ich kann das nicht mehr, Ophelia.‹ Was würde Ophelia dann wohl antworten?«

»Ophelia?«, fragt May und betreibt dabei wieder Augenbrauenakrobatik.

»May, ich warte.«

Sie atmet tief durch, schüttelt den Kopf und schaut mich dann wieder direkt an.

»Wahrscheinlich würde sie fragen, wieso sie eine so eingeschüchterte, von alten Werten gedemütigte Frau war, wieso sie vor Liebe Selbstmord beging ...«

»Stopp«, unterbreche ich sie. »Baby, du solltest nicht deine persönliche Einstellung auf alles andere um dich herum projizieren. Das ist wieder so typisch für dich. Nur weil Miss

May überzeugt ist, dass Liebe und Männer und Sex das pure Böse verkörpern, heißt das noch lange nicht, dass es auch so ist. Für dich mag Ophelia ein Opfer der damaligen Zeit und der Abweisung ihres Geliebten sein. Du verschweigst aber, dass sie nicht wie andere starke Frauen zu der Zeit um ihre Liebe gekämpft hat. Sie hat es sich leichtgemacht, sich dem Willen von Vater und Bruder, ohne mit der Wimper zu zucken, gebeugt und letztlich den Mann, den sie ach so sehr liebte, ausspioniert. Sie hat sich ertränkt, weil sie völlig irre war. Eine Geistesgestörte.«

Ich bin so dermaßen sauer, dass ich mir grob durch die Haare fahre, um nicht irgendwas kaputtzumachen. May steht derweil mit offenem Mund vor mir und glotzt mich an wie ein Auto.

»Du ... du kennst Shakespeares *Hamlet*?«

»Ach ja, stimmt. Ich bin Musiker, ergo bin ich wohl in deinen Augen auch dumm und nur zum Ficken gut, was?«

Erkenntnis spiegelt sich in ihren Augen wider.

»Es tut mir leid. Das wollte ich damit nicht sagen; es hat mich nur gewundert, dass du ... Okay, deine Frage lautete also, was ich damit meine, und ja, ich bin dir eine Antwort schuldig. Denke ich zumindest.« Sie atmet tief durch und ihr ernster Gesichtsausdruck dabei gefällt mir ganz und gar nicht.

»Ich kann das mit uns nicht mehr. Ich kann dich nicht küssen, wenn du hundert andere Frauen küsst. Ich kann auch nicht mit dir schlafen, wenn du im Umkehrschluss mit all deinen Flittchen ins Bett gehst, Vader. Wie du gerade schon sagtest, ich kenne dich nicht wirklich. Von daher habe ich nicht den leisesten Schimmer, wie wir an diesen Punkt hier kommen konnten. Alles ging so schnell, und jetzt verhältst du dich völlig anders, als ich erwartet habe. Ich hätte nie gedacht, dass du mir gefährlich werden könntest. Das macht mir Angst.«

Mit zwei Schritten stehe ich vor ihr, nur einen Atemzug von ihrem Gesicht entfernt.

»Das ist alles, was du in mir siehst? Einen Herzensbrecher, der jeden Tag eine andere fickt und dir gefährlich wird? Klingt echt nach Märchenprinz.«

Sie lacht spöttisch auf. »Wir wissen beide, dass du kein Märchenprinz bist.«

»Ich bin aber auch nicht der verdammte Scheißkerl in dieser Story. May, ich habe seit dieser einen verfickten Nacht, in der meine Finger zum ersten Mal deine nackte Haut berührt haben, nicht mal mehr an andere Frauen *gedacht*, geschweige denn sie gevögelt, geleckt oder sonst irgendeinen Scheiß mit ihnen gemacht. Du hast Angst, und das ist okay. Aber schreib mir nicht vor, welche Rolle ich in diesem Theaterstück namens Leben zu spielen habe. Ich will neben keiner anderen aufwachen; ich habe dich nie wirklich schlecht behandelt; ich verheimliche nicht, dass ich dich mag und ich bin kein verdammter Dummschädel, nur weil ich Musik mache. Du willst das zwischen uns nicht benennen? Gut, das müssen wir auch gar nicht. Ich weiß, dass ich dich Nervensäge verdammt gernhabe, und das reicht mir, um alles andere auf mich zukommen zu lassen. Gestern Nacht hattest du die Chance, einmal in deinem Leben ehrlich zu dir selbst zu sein und einzugestehen, dass es dir verdammt noch mal genauso geht. Du hast lieber einen Rückzieher gemacht und weißt du, was mich daran am meisten nervt?«

Sie schüttelt nur den Kopf und schluckt schwer.

»Allem anderen voran kotzt es mich an, dass du dich selbst belügst. Mir musst du nicht sagen, was du empfindest, denn ich sehe es an jeder Regung, sehe es an deinem Lächeln und daran, wie du mich berührst. Du bist die, die unserer seltsamen Beziehung ein Verfallsdatum aufstempeln will, und heute Abend hast du mit Bravour bewiesen, dass es dich verletzt, wenn ich der bin, der ich in deinen Augen sein sollte.

»Du wolltest mich eifersüchtig machen«, stellt sie fest.

Ich setze mich auf diesen pieksenden, dreckigen Heuballen und stütze die Ellbogen auf den Knien ab. Mit einer Frau zu diskutieren ist ermüdend und saugt einem die Seele aus dem Leib. Ehrlich, ich kann mich nicht erinnern, wann ich, abgesehen vom Singen, so viele Worte in sinnvolle Sätze packen musste.

May kommt langsam auf mich zu, und als ich zu ihr aufsehe, sammeln sich Tränen in ihren Augen. Ein bedrückendes Gefühl breitet sich in meiner Brust aus und meine Lungen versagen für einen Moment, verweigern die Sauerstoffaufnahme. Ich kann diese Frau nicht weinen sehen. Es schmerzt in jedem Winkel meines Körpers, und ich muss es irgendwie wiedergutmachen. Also strecke ich die Arme nach ihr aus und ziehe sie auf meinen Schoß. Da ist keine Gegenwehr, kein Zögern, und das beruhigt dieses schreckliche Gefühl, es zu vermasselt haben. Sie schlingt die Arme um meinen Hals und vergräbt ihr Gesicht an meiner Schulter, während ich beruhigend über ihren Rücken streichle.

»Es tut mir leid, Baby. Ich wollte dich nicht verletzen, aber ich musste dir doch irgendwie klarmachen, dass das zwischen uns schon lange nicht mehr nur ›Die kleine Autorin und der Kerl, der ihr mit ihrer Story hilft‹ ist.«

Zittrig atmet sie aus und dreht den Kopf so, dass ihre Stirn meine Schläfe berührt.

»Vader, das weiß ich, aber das macht es nicht leichter. Du weckst in mir das Bedürfnis, dich an meiner Seite haben zu wollen, dich zu brauchen. Was passiert, wenn das schiefgeht? Wenn du das Interesse an mir verlierst?«

Ich nehme ihr Kinn zwischen Zeigefinger und Daumen und zwinge sie so, mich anzusehen.

»Ich weiß nicht, wohin uns das führt, und ja, es kann auch schiefgehen. Ich will nichts schönreden, denn ich kenne mich in Beziehungsdingen nicht aus, und ich bin mir sicher, dass ich ziemlich viel Mist bauen werde und du sehr oft sauer auf mich sein wirst, aber ich werde ganz sicher niemals das Interesse an dir verlieren. Du bist das Beste, das mir seit sehr langer Zeit passiert ist, und das werde ich niemals wissentlich aufs Spiel setzen. May, du musst mir vertrauen, auch wenn es dir schwerfällt. Würdest du das für mich tun?«

Ihre blauen Augen sind klar wie Eis, doch sie sind nicht kalt, sondern voller Wärme.

»Mir bleibt wohl nichts anderes übrig. Aber sprichst du noch einmal so mit einer anderen Frau oder versuchst, mich eifersüchtig zu machen, verspreche ich dir, dass nicht nur der Inhalt, sondern auch das Glas an deinem Kopf landen wird.«

Der Mount Everest ist, im Gegensatz zu dem Brocken, der mir vom Herzen fällt, ein flacher Stein, den man auf einem See über das Wasser springen lassen kann. Ich küsse sie so lange, bis meine Lippen von dem Druck, mit dem ich sie auf ihre presse, fast schmerzen. Obwohl sie auf meinem Schoß sitzt, die schärfste Frau ever ist und nun mir gehört, habe ich ausnahmsweise mal nicht das Bedürfnis, sie wie ein Neandertaler in meine Höhle zu zerren und sie besinnungslos zu vögeln. Mit ihr zusammen zu sein und sie zu halten, reicht völlig, und das Gefühl, dass alles kann, aber nichts muss, hat etwas derart Befreiendes, wie ich es noch nie erlebt habe. Egal wie viele Wege ich schon falsch beschritten habe, so weiß ich, dass ich hier und heute genau da bin, wo ich sein sollte.

MAY

»Ich bin noch nicht müde«, murmelt Vader später am Abend hinter mir. Mein Kopf ruht auf seinem Arm, den anderen hat er um mich geschlungen. Außerdem bin ich ziemlich sicher, dass er keine Taschenlampe in der Hose hat, die sich gegen meinen Hintern drückt, zumal er keine Hose anhat.

»Mach einfach die Augen zu und schlaf. Du musst für den Auftritt morgen fit sein.«

Nachdem wir eine gefühlte Ewigkeit auf diesem Heuballen im Labyrinth gesessen hatten, schlenderten wir irgendwann Hand in Hand zum Ausgang und riefen ein Taxi. Die Band war längst weitergezogen, und während alle anderen in einem Club feierten, hatten wir atemberaubenden Sex, der so viel mehr war, als nur ein reiner Geschlechtsakt. Nie hätte ich vermutet, dass Vader romantisch und zärtlich und so gefühlvoll sein kann. Es fällt mir schwer, zu verstehen, wieso er ausgerechnet für mich dieses vogelfreie Leben hinter sich lassen möchte, doch ich habe versprochen, ihm zu vertrauen. Wieso ich ihm mein Wort gegeben habe, kann ich nicht sagen, denn es verstößt gegen all die Regeln, die ich in meinem Leben für mich selbst festgesetzt habe, um mein Herz zu schützen. Was aber bringt mir ein Herz, das sich innerhalb dieser Festung aus Regeln und Grundsätzen nach jemandem verzehrt und sich selbst verbietet, für diesen Jemand zu schlagen?

»Mein Arm schläft ein.«

»So schwer ist mein Kopf nicht.«

»Deine Haare kitzeln in meiner Nase. Wieso liegen wir hier so?«

»Weil es romantisch ist, Vader.«

Um ihm das zu demonstrieren, kuschle ich mich weiter in die Kuhle, die sein Körper hinter meinem bildet. Dabei streift mein Po eine Stelle, die er besser nicht gestreift hätte.

»Fuck, May. Wie soll ich schlafen, wenn du deinen Arsch an meinem Schwanz reibst?«

»Sorry?«, erwidere ich, ohne mir ein Kichern zu verkneifen.

»Du findest das lustig, ja?« Seine dunkle Stimme lässt mich erschauern. Genoss ich bis jetzt einfach nur die Geborgenheit, so wird mir nun sehr bewusst, wie heiß sich seine Haut an meiner anfühlt. Er schiebt mein Haar zur Seite und knabbert an meinem Ohrläppchen, was mir ein Seufzen entlockt.

»Bist du wund, Baby?«

Nach dem, was er vorhin mit mir angestellt hat – im Wohnzimmer, in der Küche und dann noch mal unter der Dusche –, eine durchaus berechtigte Frage. Vader hat mich in jeder Hinsicht markiert und seine Spuren auf mir hinterlassen. Ein Knutschfleck ziert meine linke Brust, meine Schenkel waren vorhin von seinen Bartstoppeln leicht gerötet, und meine Hüften werden wohl den ein oder anderen kleinen blauen Fleck davongetragen haben, da er seine Finger in meine Haut grub, als er kam. Fühlte ich mich vorhin noch gesättigt und zufrieden, so löst der Gedanke daran, wie er mich vor nicht mal einer Stunde auf den Küchentisch hob und sich meine Beine auf die Schultern legte, während er tief in mir war, nun erneut dieses kaum stillbare Verlangen aus. Ich spüre meinen Puls deutlich zwischen den Beinen und auch dieses Ziehen in meinem Bauch ist zurück. Als er wieder den Arm um mich legt und meine Brust berührt, richten sich meine Brustwarzen augenblicklich auf. Ganz sanft gleiten seine Finger über meine Haut, umkreisen meine Nippel, und ich glaube, würde er das lange genug machen, könnte ich allein dadurch kommen.

»May? Gott, bitte sag mir, dass du nicht wund bist.«

Ich drehe den Kopf, um ihn über die Schulter hinweg anzuschauen.

»Was würdest du denn tun, wenn ich es nicht bin?«

Er schiebt seine Hüften gegen meinen Hintern und macht mich damit wahnsinnig.

»Ich würde dich dazu bringen wollen, wieder so zu fluchen, wie du es vorhin getan hast. Das war verdammt sexy.«

»Worüber sollte ich denn fluchen?«

»Du könntest schreien: ›Fuck, ist der groß, Vader, das ist zu tief!‹«

»Ich könnte aber auch einfach sagen: ›Halt endlich den Mund, Quentin, und mach's mir hart.‹«

Vaders Gesichtszüge entgleisen, und es ist fast schon süß, wie ehrfürchtig er mich ansieht. Na ja, so lange zumindest, bis er mein Bein packt und es auf seiner Hüfte ablegt, zwischen uns greift und mit der Spitze seines Schwanzes über meine Schamlippen reibt.

»Ich liebe es, wie allzeit bereit du für mich bist.«

Ich drücke den Rücken durch und hebe mein Bein höher, wodurch er ein Stück in mich hineingleitet. Seine Hand streicht über meinen Schenkel vor zu meinem Bauch und hinauf zu meiner Brust.

»Bitte«, flehe ich, denn er hat sich nach wie vor nicht bewegt.

»Wie willst du es, May?«, raunt er mir zu, und ich kann in seiner Stimme hören, dass es ihn viel Selbstbeherrschung kostet, meine Antwort abzuwarten. Als wollte er mir eine Kostprobe darbieten, dringt er tiefer in mich ein. Ein stetiger Rhythmus stellt sich ein. Es ist schön, aber nicht das, was ich wirklich will. Garret hat kein einziges Mal gefragt, wie ich es will und es gab auch nicht *viel* zu wollen, daher habe ich mir darüber nie Gedanken gemacht.

»Tiefer.«

Vader spannt sich an, und der Griff um meine Brust wird fester. Der süße Schmerz, der dadurch entsteht, gefällt mir, und ich lege meine Hand auf seine, damit er ihn nicht löst. Als er versteht, was ich will, flüstert er mir ein leises »Fuck« ins Ohr und stößt dann tiefer zu.

»Härter«, bitte ich und bringe ihn damit erneut aus der Fassung.

»May, tu das nicht für mich. Es soll dir gefallen.«

Gut zu wissen, dass es ihm auch gefällt, doch ich habe nichts gesagt, was ich nicht selbst so will.

»Härter«, wiederhole ich nun mit Bestimmtheit, was Vader ein so tiefes Stöhnen entlockt, dass es mich ziemlich nah an einen Orgasmus treibt. Immer wieder zieht er sich fast ganz aus mir zurück, nur um dann wirklich hart und wirklich tief in mich hineinzustoßen. Das Gefühl, ihn so in mir zu spüren, ihm zu gehören und diejenige zu sein, die er will, lässt meine Hormone Tango tanzen.

»Berühr dich, Baby.« Vader richtet seinen Oberkörper ein wenig auf und beugt sich vor. Er betrachtet gebannt die Stelle, an der wir miteinander verbunden sind. Ich hätte gedacht, dass es mir unangenehm wäre, doch das Zittern in seiner Stimme und sein raues Stöhnen nehmen mir jede Scham. Ich lasse meine Hand hinuntergleiten, umkreise mit dem Finger meinen Kitzler und lasse den Kopf zurücksinken, da ich kurz davor bin.

»Komm für mich. Ich will es spüren.« Mein Körper gehorcht ihm bedingungslos, und als der Orgasmus wie eine riesige Welle über mich hinwegspült, presst er die Lippen auf meinen Mund

und küsst mich mit so viel Begehren, dass mein Herz einen Salto schlägt. Wie berauscht lasse ich meine Hand tiefer wandern, spüre seinen Schwanz hart und feucht in mich gleiten. Meine Entdeckungsfreude wird mit einem Keuchen belohnt und ich taste mich weiter zu seinen Hoden, streichle darüber und lege ganz sanft die Hand darum, um Vaders Reaktion abzuwarten. Ich habe wirklich keine Ahnung, was ich hier mache.

»Himmel«, bringt er hervor und gräbt seine Hand in mein Haar. »Fester, May.«

Okay, was bedeutet das? Ganz vorsichtig verstärke ich meinen Griff und könnte schwören, dass er noch härter in mir wird. Nie hätte ich gedacht, dass ausgerechnet ich in der Lage bin, ihm so viel Lust zu schenken. Ich intensiviere den Druck nur noch ein kleines bisschen. Vader kommt sofort und heftig. Er flucht, stöhnt und beißt mir in die Schulter und all das reißt mich so unerwartet und schnell mit sich, dass ich mich so sehr gehen lasse, dass es mir egal ist, ob es draußen jemand hören kann.

Ich brauche etliche Minuten, um meinen Herzschlag wieder auf ein vertretbares Level zu verringern, und als ich die Augen öffne, schwebt Vaders ungläubiges Gesicht vor meinem.

»Was zur Hölle war das?«, fragt er völlig ernst.

»Oh Gott, hab ich was falsch gemacht oder dir weh ...«

Er bringt mich mit einem Kuss zum Schweigen und erst, als er sich wieder von mir löst, grinst er frech und nimmt mir meine Panik. »Das war der absolut großartigste Sex überhaupt. May, ich glaube, aus dir kann ich ein wirklich, wirklich böses Mädchen machen.«

***

»Ich weiß nicht, was ich machen soll. So kann ich nicht rumlaufen, außerdem habe ich auch keine Zeit mehr, zu shoppen«, heule ich Meg, die mit Aidan auf dem Weg nach

Gettysburg ist, am Telefon zu. Nach meinem kleinen Sturz am Baumhaus ist mein eines Knie so verschrammt, dass ich nicht weiß, was ich zu dem ersten Auftritt der Band an diesem Wochenende anziehen soll. Da es warm ist, habe ich zum größten Teil nur Röcke und Kleider eingepackt, was mir nun zum Verhängnis wird.

»Also, es ist ja nicht so, dass ich deine Notsituation nicht absolut nachfühlen kann, aber dass das ausgerechnet von dir kommt, ist mir völlig neu. Was ist mit meiner besten Freundin passiert? Wohin hast du sie verschleppt und das Wichtigste, lebt sie noch?«

»Sehr lustig, Meg. Das hilft mir wirklich weiter.«

Meg räuspert sich und schlägt dann einen ernsthaften Tonfall an. »May, du weißt schon, dass du dich nicht verstellen musst, oder? Das klingt einfach so gar nicht nach dir.«

Ich weiß genau, worauf sie hinaus will, und ich kann ihre Bedenken absolut nachvollziehen, jedoch sind sie unbegründet. Es ist richtig, dass ich mir lange Zeit keine großartigen Gedanken darüber gemacht habe, wie ich für andere aussehe, denn dieses oberflächliche Getue war nie meine Welt. Nur die Wenigsten stehen zu sich selbst, daher schwimmen sie mit dem Strom. Das ist einfacher, auch wenn man sich selbst damit etwas vormacht. Vader hingegen habe ich schon in den unmöglichsten Outfits gesehen und es hat ihn, zumindest später, als wir uns kennenlernten, nie gestört. Aber heute will ich einfach hübsch aussehen, eben, weil mir danach ist. »Ich verstelle mich nicht. Gerade du müsstest das wissen.«

»So, wie ich wissen müsste, dass du als meine beste Freundin nie im Leben etwas mit ... Na ja, du weißt schon, wem ...«

»Mit wem?«, höre ich Aidan fragen. Meg musste mir schwören, ihm nichts von Vader und mir zu erzählen, denn solange wir beide noch keine Ahnung hatten, ob das mit uns mal was werden würde, wollte ich kein großes Ding draus machen. Tja, das ging wohl daneben.

»Es liegt nicht an ihm. Ein bisschen vielleicht, aber es ist nicht so, wie du denkst. Er akzeptiert mich so, wie ich bin und aussehe, aber heute will ich mich einfach mal ein wenig zurechtmachen.«

»Du siehst immer gut aus, May«, tadelt sie mich.

»Du weißt, was ich meine. Na ja, pass auf, ich schaue mal, was zu retten ist. Fahrt vorsichtig, okay?«

»Machen wir. Wir treffen uns dann hinter der Bühne, okay?«

»Alles klar, bis heut Abend.«

Als ich aufgelegt habe, starre ich über die Wiese zu der Vogeltränke neben dem kleinen weißen Gartenhäuschen. Es ist so unheimlich friedlich und idyllisch hier. Wie es wohl für Vader war, mit so liebevollen Eltern hier aufzuwachsen? Normalerweise stelle ich alles Familiäre infrage, denn wenn man es selbst nicht kennt, fällt es einem schwer, zu glauben, dass die klassische Bilderbuchfamilie überhaupt existiert. Die Sweets scheinen aber genau das darzustellen. Es gibt keine schiefen Blicke oder angespannte Situationen, und auch Vader verhält sich hier ganz entspannt – nur nutzt er weniger Schimpfworte. Nichts von alldem wirkt gespielt oder unecht.

»May?«, reißt mich eine weibliche Stimme aus den Tagträumen. Als ich mich zu ihr umdrehe, stelle ich fest, dass es sich um Vaders Schwester handeln muss. Ich habe sie bereits auf diversen Bildern im Haus bewundert, nur dass sie in natura noch tausendmal besser aussieht. Die Gene dieser Familie sind Gold wert.

»Oh, hi. Amber?«

Sie kommt grinsend auf mich zu, wobei ihre hellbraunen Haare leicht wie Federn in der Luft tanzen.

»Oh, mein Ruf eilt mir wohl voraus?«

Ich will ihr schon die Hand reichen, da umarmt sie mich herzlich.

»Es ist toll, dich endlich mal persönlich kennenzulernen. Ich habe schon so viel von dir gehört, konnte aber nicht glauben, dass Vader endlich mal ein Mädchen mit nach Hause gebracht hat.«

»Bringt er sonst etwa Jungs mit?«, erwidere ich und lache.

»Nein, aber der Gedanke hat was. Eine Weile hegte ich die Hoffnung, er könnte schwul geworden sein, doch leider lag ich voll daneben. Dabei hätte ich so gern einen schwulen Schwager zum Shoppen.«

Wir müssen beide über diese Aussage lachen, und Amber ist mir sofort sympathisch.

»Nun, ich sollte ehrlich zu dir sein. Unverschämterweise habe ich dein Telefonat belauscht.«

»Okaaaayyy. Wenigstens gibst du es zu.«

Ihre Augen blitzen freudig auf, als sie feststellt, dass ich ihr deswegen nicht böse bin. Schließlich hätte ich ja auch im Gasthaus telefonieren können, da Vader ohnehin mit den Jungs in Mals Keller für den Auftritt probt.

»Nicht nur das, ich habe auch eine Lösung für dein Problem.«

»Mein Problem?«

»Du brauchst etwas zum Anziehen, und ich habe den wohl bestgefüllten Kleiderschrank von hier bis New York.«

Ich zögere kurz. »Das ist sehr nett, aber das kann ich nicht annehmen.«

»Klar kannst du. Ich bestehe sogar darauf. Außerdem wird mein Bruder mir wohl dieses Wochenende kaum noch mal die Chance geben, sein Mädchen besser kennenzulernen.«

»Ich bin nicht sein ...«

Sie geht voran in Richtung Haus, sieht grinsend über ihre Schulter und ruft mir zu: »Red dir das ruhig noch ein Weilchen ein.«

VADER

Kurz vor einem Auftritt schießt Adrenalin durch deinen Körper, und alles um dich herum wird ganz still. Im Gegensatz zu den Jungs macht mich das euphorisch. Ich bin kein Stück aufgeregt, denn das Gefühl, auf einer Bühne zu stehen und Menschen mit dem, was du liebst, zu begeistern, gleicht einem absoluten Höhenflug. Unser Konzert in Gettysburg ist für uns alle etwas Besonderes, denn hier befinden sich unser aller Wurzeln – unsere Familien, Freunde und Erinnerungen daran, wie alles begann. Mir kommt es vor, als wäre es gestern gewesen, dass wir Drakes und Aidans Mum versprachen, nur noch eine halbe Stunde in der Garage zu proben, oder wir vor unserem ersten Auftritt derart betrunken waren, dass wir noch vor Beginn des Konzerts aus der Location flogen, und mit den billigsten Anmachen die besten Mädchen rumkriegten.

Heute stehe ich jedoch im Backstage-Bereich der großen Open-Air-Bühne, und mir geht der Arsch auf Grundeis. Während die Jungs ausgelassen miteinander quatschen, spüre ich, wie die Nervosität in mir aufsteigt. Es hat etwas Befremdliches zu wissen, dass May der Grund dafür ist. Sie gehört zu mir, und da sie erst später kommt, fühle ich mich unvollständig. Der heutige Abend ist so wichtig für den Erfolg der Band, und ich will sie dabeihaben, will eine Erinnerung daran haben, dass sie an diesem Tag an meiner Seite war. Das ist echt verdammt abgedrehter

Scheiß. All die Frauen um mich herum, die bemüht sind, mir schöne Augen zu machen, und darauf warten, dass ich der Ficker bin, interessieren mich nicht. Ihre künstlichen Nägel, die zugekleisterten Gesichter, dürren Ärsche und nuttigen Klamotten widern mich einfach nur an. Unweigerlich frage ich mich, wie ich so lange darüber hinwegsehen konnte und mich trotzdem mit ihnen abgegeben habe, obwohl ich so was weder will noch brauche.

Nervös laufe ich auf und ab, motze jeden an, der es auch nur wagt, einen Blick in meine Richtung zu riskieren, und checke alle zwei Minuten meine Nachrichten auf dem Handy. Eigentlich wollten May und ich nach den Proben gemeinsam herfahren, doch als ich sie nirgends im Gästehaus finden konnte, stellte sich heraus, dass Amber sie in ihren Fängen hatte. Bereits im Flur vor ihrem Zimmer speiste sie mich damit ab, dass die beiden einen Mädels-Nachmittag veranstalten und gemeinsam nachkommen würden. Echt jetzt? Für mich besteht die Vorstellung von Mädels-Nachmittagen aus halbnackten Frauen, die sich nach einer Kissenschlacht auf dem Bett aalen und gegenseitig antatschen. Glauben Frauen an die Liebe, wie sie in Disneyfilmen gezeigt wird, so glauben wir Männer an Pornofilme. Allerdings sind solche Vorstellungen momentan eher kontraproduktiv, weswegen ich versuche, mir nicht auszumalen, was die beiden derart aufgehalten hat, dass sie drauf und dran sind, zu spät zu unserem Auftritt zu kommen.

»Bist du so weit?« Die Vorband spielt ihren letzten Song. Drake ist viel zu gut gelaunt, weswegen ich das dringende Bedürfnis verspüre, ihm eine kleine kieferorthopädische Behandlung zu verpasssen.

»Sehe ich so aus, als sei ich so weit?«

»Alter, lach mal. Die werden uns schon nicht von der Bühne jagen, schließlich sind wir hier zu Hause.«

Sehr lustig, ich hab andere Sorgen als die Möglichkeit, dass unsere Songs nicht ankommen. Meine Songs. Daran habe ich nicht einen einzigen Gedanken verschwendet.

»Was, Mann? Haben sie dich als Pausenclown engagiert? Nimm dein Lachen und lauf damit in eine Kreissäge, aber laber mich nicht voll.«

»Alter, ernsthaft. Du hättest gestern etwas Druck loswerden sollen bei dieser Blondine. Von mir aus hol dir einen runter, aber sei in fünf Minuten startklar. Wenn du das verhaust, verhau ich dich.«

Damit zieht er wütend ab. Er kann ja nicht wissen, dass gestern eine der besten Nächte meines Lebens war. Gott, wenn ich weiter so rede, wachsen mir wahrscheinlich Titten und ich fange an, *Backstreet Boys*-Songs zu covern.

Als der tosende Applaus vor der Bühne allmählich verstummt und ich das knackende Geräusch eines Mikros höre, schlägt mein Herz doch noch unregelmäßig.

»Leute, es ist so weit. Die Jungs, auf die ihr schon den ganzen Abend wartet, sind ganz heiß darauf, ihre Heimat zu begrüßen. Im Herbst erscheint ihr erstes Album, und heute haben wir die Ehre, bereits ein paar Songs vorab zu hören. Freut euch mit uns auf *Sinister Five*.«

Die Jungs klatschen sich mit High Fives ab, so, wie wir es immer vor Auftritten tun, und ich stehe hier wie ein Depp, als ob meine Füße im Boden einbetoniert wären. Mal betritt als erster die Bühne und setzt sich an sein Schlagzeug. Er wirbelt die Drumsticks gekonnt in seinen Händen, was das Publikum zum Kochen bringt. Vereinzelt schreien Frauen unsere Namen, was bisher nie in diesem Ausmaß stattgefunden hat. Die Werbung seitens Mays Verleger zahlt sich offenbar immer mehr aus. Mittlerweile kennt man uns im ganzen Land, und heute ist der Tag, auf den ich all die Jahre gewartet habe. Nichts konnte sich mir in den Weg stellen, und als eine biedere, schlechtgekleidete Autorin vor mir stand und ich ihr bei diesem Buch helfen sollte, war das der Beginn von etwas Großem. Dass es nicht nur musikalisch gesehen ein Anfang sein würde, hätte ich niemals vermutet, und doch würde es die Erinnerung an diesen Tag trüben, wenn May nicht dabei wäre.

Als Vorletzter betritt Drake die Bühne, während er das Gitarrensolo zum Intro unseres Songs spielt. Jubelschreibe überschlagen sich, und die schätzungsweise zweitausend Menschen beginnen im Takt zu klatschen. Nur wenige Sekunden trennen mich davon, die ersten Zeilen zu singen und raus zu den Jungs zu gehen. Ein Tontechniker drückt mir ein Mikro in die Hand und bedeutet mir mit irgendwelchen wirren Gesten, dass es bereits eingeschaltet ist. Gerade, als ich den ersten Schritt aus meinem Betongrab machen möchte, höre ich meinen Namen. Wie ist das möglich? Unter all den Schreien da draußen erkenne ich erstaunlicherweise Mays Stimme genau. Suchend gleitet mein Blick durch die Menge, die ich von meinem Standort gut ausmachen kann, während ich mich im Verborgenen befinde. Am seitlichen Bühnenrand entdecke ich sie. Und ich muss zweimal hinschauen. Müsste ich nicht gleich eine halbstündige Show abziehen, wäre ich vermutlich schon nach unten gestürmt, um mit ihr abzuhauen. Es verschlägt mir beinahe die Sprache, und es fehlt nicht mehr viel, um zu einem sabbernden Idioten zu mutieren, denn neben meiner vor sich hingrinsenden Schwester, steht das anbetungswürdigste Groupie, das die Musikszene jemals zu Gesicht bekommen hat. In einer engen schwarzen Röhrenjeans, die oberhalb der Knie teilweise eingerissen ist und damit einen Blick auf die besten Schenkel ever gewährt, wirkt sie wie ein verruchter Vamp. Ihr Haar trägt sie offen und geglättet und ihre blauen Augen strahlen mich aus dunkelumrahmten Wimpern an. Getoppt wird das alles jedoch dadurch, dass meine

Visage sich auf einem *Sinister Five*-Shirt über ihre Brüste spannt. Da von uns keine Bandshirts existieren, bekomme ich eine vage Ahnung von dem, was die beiden die ganze Zeit getrieben haben. So viel zu dem Klischee des Mädels-Nachmittags. Ich schüttle ungläubig den Kopf, bete, dass es sich nicht um eine Wunschvorstellung meines kranken Hirns handelt, und bemerke, dass ich dabei lächle wie ein Vollidiot. May beißt sich grinsend auf die Lippe und zwinkert mir zu. Glücksgefühle jagen durch meinen Körper, machen mich völlig high.

Derart beflügelt betrete ich die Bühne und fühle mich wie ein verdammter Rockstar. Wir spielen unseren ersten Song *Sinister*, und ich genieße es, wie viele bereits beim zweiten Refrain einzelne Zeilen mitsingen. Plakate werden in die Luft gehalten und immer wieder erkenne ich meinen Namen darauf. Drake übertrifft sich selbst, flirtet was das Zeug hält und bewegt seine Hüfte anzüglich, um allen Ladys zu zeigen, wie scharf er auf sie ist. Gut, ich mache das auch, verfolge dabei aber kein Ziel, sondern habe Spaß an der Sache. Mein Abend wird mit oder ohne sexuelle Anspielungen auf der Bühne in einem Bett mit der schärfsten Granate von allen enden. May.

Als unser letzter Akkord verklingt, verlangt die Menge eine Zugabe. Wir haben so was gehofft und auch einen entsprechenden Song vorbereitet, doch ich wende mich spontan an Drake und bitte ihn, den anderen Bescheid zu geben, dass ich unseren Plan nicht umsetzen will. Die tiefen Furchen auf seiner Stirn lassen vermuten, dass er etwas Schreckliches befürchtet. Okay, wer kann es ihm bei meiner Vorgeschichte verübeln.

»Vertrau mir. Ich muss das jetzt durchziehen.«

»Alter … Okay. Was sollen wir tun?«

»Der Song beginnt mit einer Solo-Gitarre. Ihr werdet schnell reinkommen, es ist keine komplizierte Abfolge.«

Er beäugt mich skeptisch, nickt jedoch dann und informiert die Jungs.

»Gettysburg, ihr wollt eine Zugabe, also sollt ihr eine bekommen. Eigentlich haben wir einen anderen Song vorbereitet, und ich habe die Band ziemlich überrumpelt, als ich diesen Plan gerade umgeworfen habe, aber dieser Abend ist magisch, und deswegen beenden wir ihn auch mit ein wenig Magie. Dieser Song ist für dich, Waschbär.«

Ich schaue in Mays verschrecktes Gesicht. Meine Schwester legt gerührt den Arm um sie und lächelt, wobei sich ihre Grübchen tiefer in die Wangen graben. Drake gesellt sich zu mir und überreicht mir meine Gitarre. Einen Augenblick später erscheint Hitch mit einem Hocker und klopft mir auf die Schulter, bevor er wieder im hinteren Teil der Bühne verschwindet.

Ich atme tief durch und balle meine etwas zittrige Hand zur Faust, um sie dann wieder zu lösen. Aus meiner Hosentasche befördere ich mein Plektrum ans Tageslicht und stimme *Haunted Love* an. Den Moment, in dem sie den Song wiedererkennt, kann ich ganz genau in Mays Gesicht ausmachen. Ihre Augen weiten sich, als ich beginne zu singen, und selbst von hier oben sehe ich, wie sich Tränen darin sammeln.

So viele Nächte habe ich mit ihrem Bild vor Augen an diesem Song gearbeitet und wusste anfangs überhaupt nicht, dass es eine so ruhige Nummer werden würde. Sie handelt von einem sich ewig streitenden Paar, den darauffolgenden verstohlenen Blicken, ihren Lippen, wie sie sich anfühlten, als er sie zum ersten Mal küsste, und davon, dass er glaubte, sie seit dem Moment zu lieben, als sie sich als das unromantischste Mädchen der ganzen Stadt entpuppte. Als die ersten Tränen über Mays Gesicht rinnen, kann ich es kaum erwarten, ihre Wangen zu küssen und sie in die Arme zu schließen. Ein Meer aus Feuerzeugflammen breitet sich vor mir aus, doch ich habe nur Augen für sie. Zu diesem

Zeitpunkt lege ich ihr ein weiteres Mal mein Herz zu Füßen, und ich müsste lügen, wenn ich sagen würde, dass mir das nicht eine Höllenangst bereitet. Die letzten Töne verklingen und tosender Applaus schallt aus allen Richtungen. In den Gesichtern der Jungs erkenne ich Erleichterung und pure Lebensfreude. Nachdem wir uns ausgiebig verabschiedet haben, verziehen wir uns hinter die Bühne, wo wir uns erst mal gegenseitig beglückwünschen. Auch Aidan und Meg sind mittlerweile angekommen und völlig begeistert von unserem Auftritt. Das Lob von Aidan ist mir besonders wichtig, denn er ist grundsätzlich ehrlich und würde mir auch jetzt sofort ins Gesicht sagen, wenn er das, was wir da eben hingelegt haben, scheiße fände.

Als meine Schwester mir mitten im Gespräch um den Hals fällt, kann ich nur daran denken, dass da, wo sie ist, May nicht weit sein kann. Mein Blick wandert über all die bekannten und unbekannten Gesichter im Backstage-Bereich und trifft dann auf ihren. Sie begrüßt gerade Meg, und wenn sie annimmt, dass sie mit dieser Wir-kennen-uns-kaum-Nummer durchkommt, hat sie nicht mit mir gerechnet. Ich küsse Amber auf die Wange und schiebe sie behutsam zur Seite, um dann geradewegs auf May zuzugehen, sie hochzuheben und zu küssen. Zunächst versteift sie sich, doch als ich über ihre Lippen lecke, öffnet sie bereitwillig den Mund. Für einen Moment vergessen wir alles um uns herum. Erst als Jubelrufe und Pfiffe ertönen, die definitiv nicht vom Publikum außerhalb stammen, lasse ich sie langsam runter. Mays Wangen sind tiefrot, und sie schaut sich unsicher um.

»Ähm«, setzt sie an. »Das war eine Ausnahme. So was machen wir sonst nie.« Fast tut sie mir ein bisschen leid, denn wenn man sagt, dass man etwas normalerweise nie macht, denken die Leute erst recht, dass es Gewohnheit ist.

»Sie lügt. Eigentlich machen wir das dauernd. Überall. Zu jeder Zeit.«

May bedenkt meine kleine Ansprache mit einem tödlichen Blick, atmet dann tief durch und presst schließlich die Lippen aufeinander, garantiert um nicht zu lachen.

»May, keine Sorge. Uns war längst klar, dass ihr was am Laufen habt. Vader verhält sich ohne dich wie ein weinerliches Kleinkind, und spätestens nach eurer kleinen Showeinlage gestern Abend ist es sehr offensichtlich«, erklärt Drake und lacht.

»Showeinlage?« Aidan sieht etwas verwirrt aus.

»Sag nicht, ihr hattet Sex in der Öffentlichkeit, May?«, fragt Meg etwas pikiert.

May verdreht die Augen. »Fragt einfach nicht, okay?«

Mal klatscht derweil aufgeregt in die Hände. »Wir sollten feiern gehen.«

***

Die dröhnenden Bässe im Club bringen den Tresen, auf dem ich einen Ellbogen abgelegt habe, zum Vibrieren. Während ich auf unsere Drinks warte, betrachte ich May, wie sie mit Meg auf der Tanzfläche lasziv ihre Hüften kreisen lässt, und bin bemüht, meine Erektion unter Kontrolle zu bringen. Als ein langsamerer Song beginnt, gesellen die beiden sich zu mir und fächern sich Luft zu. May sieht erhitzt aus, und ich liebe es, wie ihr Haar beginnt, sich zu kringeln, sobald ihr heiß ist.

»Ich suche mal eben Aidan«, säuselt Meg. Dabei ist uns beiden klar, dass sie uns ein wenig Zeit allein verschaffen will.

»Hallo Schönheit«, begrüße ich May und ziehe sie an mich.

»Hier kann uns jeder sehen«, entgegnet sie unsicher.

»Hast du ein Problem damit, mit mir gesehen zu werden?«

Entgeistert schaut sie mich an. »Natürlich nicht. Aber ich dachte, es könnte deinem Image schaden, wenn ...«

Bevor sie den Satz beenden kann, zücke ich mein Handy, halte es vor uns und schieße ein Selfie, während ich ihr einen

Kuss auf die Wange drücke. Wir betrachten gemeinsam das Foto, auf dem sie überrascht lächelt und zufrieden aussieht. Als ich mein Facebookprofil aufrufe, schaut sie demonstrativ weg, wahrscheinlich will sie mir Privatsphäre gönnen. Bei jeder anderen fände ich das aufmerksam, aber bei May ist es schlichtweg unnötig. Ich habe nichts vor ihr zu verheimlichen. Als ich das Bild mit einer Überschrift hochgeladen habe, halte ich May das Handy vor die Nase. Sie betrachtet meinen Post, dann mustert sie mich.

»Mein Mädchen?«, liest sie vor.

»Ja, mein Mädchen. Solltest du es noch nicht mitbekommen haben, ich bin ziemlich vernarrt in dich.«

»Vernarrt? Welch gehobene Wortwahl, Mr. Sweets«, erwidert sie und grinst ausgelassen.

»Okay, wie wäre es damit? Ich würde dich am liebsten mit dem Oberkörper hier über diesen Tresen beugen, dir deine Hose runterziehen und dich dann ganz tief und langsam von hinten ficken.«

Sie leckt sich über die Lippen, während ihr Gesicht eine zarte Röte annimmt, dabei weiß ich genau, dass dieser Dirty Talk sie anmacht, auch wenn sie es nicht unbedingt zugeben würde.

Gerade, als sie zu einer Antwort ansetzt, schlingen sich von hinten Arme um meine Brust. Für einen Moment werde ich ganz steif, aus Angst, mich umzudrehen, denn ich habe mit vielen Frauen in der Gegend geschlafen. Keine von ihnen möchte ich ausgerechnet jetzt wiedersehen.

»Mr. Sweets, sin Sie überhaupt alt genu für Alohol?«, lallt eine mir bekannte Stimme ins Ohr.

Ich befreie mich aus der Umarmung und drehe mich zu Kelly um.

»Hey. Zu tief ins Glas geschaut?«

Sie blinzelt mich an, als müsste sie erst ihren Blick fokussieren.

»Es war nur ein klitzekleines Gläschen.« Sie hält mir Daumen und Zeigefinger vor die Nase, um zu verdeutlichen, wie klein ihr Gläschen war.

»Mit wem bist du hier?«, frage ich nun ernster.

»Ach, mit irgendwem.«

Das darf doch echt nicht wahr sein. Wieso muss sie sich für ihren kinderfreien Abend ausgerechnet den heutigen aussuchen und auch noch in diesen Club kommen?

Wankend stellt sie sich vor mich und streicht mir durchs Haar.

»Ich vermisse diese Haare, Luky. Weißt du, ich fühl mich so allein ohne dich. Findest du mich denn gar nicht mehr attraktiv?« Fantastisch, jetzt fängt das schon wieder an.

»Du machst das alles ganz toll, Kelly. Du bist eine tolle Frau und eine super Mum für unseren kleinen Hosenscheißer.« Ich wende mich etwas hilflos an May, die Kellys kleinen Auftritt argwöhnisch beobachtet.

»Baby, ich muss sie nach Hause bringen, bevor sie irgendeinen Mist baut. Nimmst du dir gleich mit Aidan und Meg ein Taxi?«

Sie neigt den Kopf und sieht mich aus zusammengekniffenen Augen an. »Ist das gerade dein Ernst? Setz sie doch einfach in ein Taxi und ...«

»Oh, du muss May sein. Ich hab ja schon sooooo viel von dir gehört. Du hast mir meinen kleinen Luky einfach so weggenommen ...«

»Kelly, halt mal kurz die Klappe, okay.« Und tatsächlich, sie gehorcht mir und schaut eingeschnappt zur Seite.

»Baby, ich kann sie so unmöglich allein nach Hause schicken. Wer weiß, was sie anstellt.«

Habe ich ein wenig Verständnis erwartet, so bin ich damit auf dem Holzweg.

»Verstehe ich das richtig? Du lässt mich hier allein, damit deine Ex gut nach Hause kommt?«

War ja klar. »Du verstehst das nicht ...«

»Da hast du allerdings recht. Möchtest du mir das vielleicht erklären? Und auch, von welchem Kind sie da spricht?«

»Mir is schlecht ...«, verkündet Kelly in weinerlichem Ton. Sie lässt sich gegen mich sinken, worauf ich ihr einen Arm um die Taille lege, damit sie nicht umkippt.

»Können wir das später besprechen?«, bitte ich May.

»Also fährst du jetzt mit ihr nach Hause?«

»Mein Gott, May. Rede ich Chinesisch?«

Augenbrauenattacke auf zwölf Uhr.

»Fick dich, Vader«, knallt sie mir an den Kopf und lässt mich dann mit der Alkoholleiche stehen.

***

Als ich Kelly zu Hause abgeladen habe, hat sie erst mal eine halbe Ewigkeit gekotzt. Währenddessen stand ich vor der Badezimmertür, froh darüber, dass sie stöhnende Laute von sich gab. Somit blieben mir der Anblick sowie die Geräusche der eigentlichen Kotzerei erspart und ich konnte mich gleichzeitig vergewissern, dass sie noch lebt. Vermutlich hätte ich ohnehin nur daneben gereihert.

Irgendwann, als das Würgen verstummte, machte ich in der Küche einen Tee und klopfte an der Badezimmertür an. Sie nahm die Tasse dankend entgegen, entschuldigte sich tausend Mal bei mir, und als ich sichergehen konnte, dass sie keinen Unsinn anstellte, rief ich mir ein Taxi.

Erst jetzt, auf dem Weg zu meinen Eltern, kontrolliere ich mein Handy. Was zum Teufel ist nur los mit mir, dass ich nicht mal einen Gedanken daran verschwendet habe, May eine Nachricht zu schreiben? Aber das war nur die Kirsche auf der Sahne. Anstatt dafür zu sorgen, dass sie gut nach Hause kommt, geleite ich meine Ex bis zur Kloschüssel. Was bin ich doch für ein grandioses Arschloch.

Mein Posteingang verzeichnet dreizehn Nachrichten, von denen keine von May stammt. Dafür ist die gesamte Band inklusive Aidan vertreten und alle teilen mir mit, dass ich ein Hurenbock, Arschloch oder Vollidiot bin. Nicht, dass ich das nicht schon wüsste. Aber zusätzlich zu all diesen Liebesbekundungen habe ich auch mehrere Voicemails erhalten.

21:33 Uhr: »Alter, hier ist Drake. Ruf mich zurück.«

21:48 Uhr: »Mal hier. Wieso gehst du nicht an dein scheiß Handy?«

22:04 Uhr: »Vader, hier ist Meg. Solltest du irgendeinen Mist bauen, kannst du dich morgen von deinem Schwanz verabschieden, denn ich werde dir dieses armselige ...« »Mit wem sprichst du da?«, höre ich Aidan im Hintergrund. »Ich sage diesem Hurenbock nur ...« Nach einer Menge Geraschel ist die Nachricht zu Ende.

00:01 Uhr: »Hi. Ich bin´s.« Mays traurige Stimme geht mir bis ins Mark und ich halte für einen Moment den Atem an. »Wir sind gerade aus dem Club gekommen und du bist noch nicht da. Ich habe keinen Schlüssel und will so spät nicht mehr klingeln. Deine Schwester ist mit zu ihrem Freund gefahren, und ich wollte ihr nicht den Abend verderben. Naja, ich nehme mir ein Hotelzimmer, falls du dich wunderst, wieso ich nicht da bin.«

Wütend balle ich die Hand zur Faust und schlage gegen die Türverkleidung. Der Taxifahrer geht mich dafür an, und ich entschuldige mich kleinlaut. Ich habe keine Ahnung, ob May Geld hat oder ob Meg und Aidan bei ihr waren, als sie nach Hause fuhr. Kann jemand mehr Scheiße bauen als ich an diesem Abend?

Mit einem unguten Gefühl spiele ich auch die letzte Nachricht ab.

01:20 Uhr: »Ich bin´s noch mal. Sorry, eigentlich weiß ich, dass du Frauen verabscheust, die dir auf die Nerven gehen ... Das war mit das Erste, was du mir zum Thema Womanizer beigebracht hast.« Ein trauriges Lachen ist zu hören, und mir wird schlecht bei dem Gedanken, wie sie sich fühlen musste, als sie das aufgesprochen hat. Ihre Stimme ist leise und ein wenig heiser. »Na ja, du hast dich nicht gemeldet, also gehe ich davon aus, dass du noch unterwegs bist. Ich wollte dir eigentlich auch nur danken, dass du so offen zu mir warst. Du hast mir etwas gezeigt, das sehr nah an die sogenannte Liebe heranreicht. Aber heute Abend hast du mir auch bewiesen, dass dieses Gefühl genau das ist, was ich vermutet habe. Es zerfrisst einen langsam von innen heraus und liegt nur einen Atemzug davon entfernt, einem den Boden unter den Füßen wegzuziehen. Himmel, wahrscheinlich habe ich auch einfach nur zu viel getrunken und bereue diese Nachricht morgen. Ich ... sorry.«

Ein Piepen ertönt und bedeutet mir, dass ich alle Nachrichten angehört habe. Wieso fühlen sich Mays Worte nach Abschied an? *Wahrscheinlich, weil ich es versaut habe.* Vom Allerfeinsten. Man sollte mir einen scheiß Oscar dafür überreichen oder mich bei der Show *Die dümmsten ...* als der dümmste verknallte Kerl aller Zeiten zeigen.

Der Taxifahrer hält vor der Haustür meiner Eltern. Sofort will ich ihn anschnauzen, dass ich falsch bin, weil ich zu *ihr* muss, bis mir schmerzhaft bewusst wird, dass ich überhaupt keine Ahnung habe, in welchem Hotel sie untergekommen ist. Nachdem ich ihm also sein Geld gegeben habe, haste ich zum Gästehaus. Irgendein dämlicher Hoffnungsschimmer glimmt immer noch tief in mir, der meinem Hirn vorgaukelt, dass sie drin auf mich wartet. *Klar, sie ist wie der verdammte Copperfield durch die geschlossene Tür gewandert.*

Natürlich bin ich allein, als ich mich auf die Couch setze und auf mein Handy starre. 02:52 Uhr. Die digitale Zeitanzeige scheint mich verhöhnen zu wollen. In der Hoffnung, dass alles nicht schlimm ist, sich alles wieder einrenken wird oder ich noch was retten kann, wähle ich Mays Nummer.

MAY

Als ich ins Bad gehe, meide ich mein Spiegelbild wie Dracula das Sonnenlicht. Diese Nacht bescherte mir ein erstes Mal, auf das ich sehr gut hätte verzichten können, und wenn ich nur halb so beschissen aussehe, wie ich mich fühle, dann will ich mir diesen Anblick ersparen.

Nachdem ich den Rest des gestrigen Abends noch recht gefasst gewesen war und mich sogar von den Jungs hatte zum Tanzen überreden lassen, wurde es bereits kritisch, als mich Aidan und Meg bei Vaders Eltern absetzten. Er war verdammt noch mal nicht da. Aus unerfindlichen Gründen ging ich fest davon aus, ihn dort anzutreffen und über seinen sehr spontanen Abgang sprechen zu können. Da das Gästehaus hinter dem Haupthaus liegt, konnte ich natürlich noch nicht wissen, dass ich mich um einen Ort zum Übernachten kümmern musste, und habe Meg und Aidan gesagt, dass sie fahren sollen. Ziemlich dummer Fehler. Es dauerte eine halbe Stunde, ein Hotel auszumachen, welches noch ein verfügbares Zimmer vorweisen konnte, denn an diesem Wochenende, im Zeichen der Bürgerkriegsgedenkfeier, war alles restlos überlaufen. Als ich auf das Taxi wartete, rief ich Vader an. Es klingelte genau sieben Mal und dann ging die Mailbox ran. Da er meine Nummer sowieso sehen würde, legte ich nicht auf, sondern berichtete ihm kurz von dem Problem mit der verschlossenen Tür und meinem Vorhaben bezüglich des

Hotels. Wie dumm, dass ich da noch die Hoffnung hegte, er würde sich melden.

Und damit kommen wir zu meinem ersten Mal. Das erste Mal die ganze Nacht in ein Kissen zu heulen, wegen eines Mannes, der ausnahmsweise nicht mein Vater ist. Als ich mein Zimmer betrat, brach auf einmal alles um mich herum auseinander. Ich war allein, alles war still, und ich konnte die Gedanken daran, dass er seit Stunden bei seiner Ex war und sich nicht meldete, nicht länger verdrängen. Zum ersten Mal ließ ich zu, deswegen zu weinen. Doch es hörte nicht auf. Einmal angefangen, wird man zu einem sich selbst bemitleidenden Wesen, und dann beginnen diese Fantasien. Man malt sich aus, was er gerade mit der anderen tut, erinnert sich daran, was er mit einem selbst getan hat, fragt sich, ob er zu ihr dieselben verstandraubenden Dinge sagt, ob er sie genauso anfasst ... Und dann wird man irre. Nicht dieser lustige, liebenswerte Irrsin, sondern der von der krankhaften Sorte.

Ich verstehe, weshalb man betrunkenen Menschen das Handy abnehmen sollte, aber wieso verdammt hat mir keiner gesagt, dass das auch in solchen Situationen gilt?

An dem Punkt angekommen, dass ich sehr wohl den Schmerz meiner Mum nachvollziehen konnte, als Dad sie wegen einer anderen verlassen hatte, wählte ich natürlich erneut Vaders Nummer. In einem Wahn von übersinnlicher Wahrnehmung meines Selbst stellte ich fest, dass ich genau dort angelangt war, wo ich nie landen wollte: einem Mann die Macht zu geben, mein Herz auf so wunderschöne Weise zu berühren. Dabei hatte ich nicht einmal bemerkt, wie er sich Stück für Stück darin festkrallte, nur um es mir mit einem Ruck herauszureißen. Wieso all diese wunderschönen Worte und dieser Song, den er mir gewidmet hat, wenn es ohnehin nur leeres Gerede war?

Nachdem ich meine kleine Mailboxansprache über gebrochene Herzen beendet hatte, fühlte ich mich kurz besser, was aber nicht lange anhielt, denn mit der Wucht eines Orkans kehrte die Verzweiflung zurück. Ich war am Boden zerstört.

Jetzt, um fünf Uhr morgens, hat es sowieso keinen Sinn mehr, mich im Bett hin und her zu wälzen, daher putze ich mir die Zähne mit der einfachen Einwegzahnbürste, die akkurat neben ein paar kleinen Fläschchen Duschgel, Creme und Shampoo auf dem Regal am Waschbecken lag. Um nicht in den Spiegel sehen zu müssen, blicke ich an mir herab, was auch keine bessere Idee ist, denn ich trage dieses dämliche Vader Sweets-Shirt. Ich würde es mir am liebsten vom Körper reißen, aber die Genugtuung, nur noch im BH durch die Gegend zu latschen, weil ich nichts anderes da habe, gönne ich ihm nicht.

Als ich das Bad verlasse, trifft mich fast der Schlag, und ich blinzle zweimal, um mich davon zu überzeugen, nicht zu halluzinieren. Vader sitzt auf meinem Bett, dieselbe Kleidung wie in der letzten Nacht am Leib, und stützt den Kopf in die Hände. Ich schließe die Tür geräuschvoll hinter mir, was ihn aufschrecken lässt. Er sieht müde aus, hat dunkle Ringe unter den Augen und sein Haar ist durcheinander. Nicht, dass er nicht umwerfend aussehen würde, doch meine Begeisterung hält sich in Grenzen, und mir wird schlecht bei dem Gedanken, weswegen er ein solches Bild abgibt.

»Hey, Waschbär.« Ein Lächeln bildet sich auf seinen Lippen, und ich könnte bei diesem dämlichen Kosenamen sofort wieder anfangen zu heulen, reiße mich aber zusammen. Ich schlucke den Kloß in meinem Hals runter und atme beruhigend gegen die aufwallende Panik an. Wenn er jetzt zu reden beginnt und mir sagt, er habe letzte Nacht einen Fehler gemacht und mit ihr ...

»Hast du einen Masterkey für jedes Hotelzimmer auf diesem Kontinent?«, frage ich und bemühe mich, genervt zu klingen.

»Nein, ich äh hab der Rezeptionistin gesagt, dass ich meine Freundin überraschen will.«

Ist ja sehr vertrauenswürdig dieses Hotel, wenn jeder Geistesgestörte einfach so die Zimmerkarte bekommt.

Er wartet auf eine Reaktion meinerseits, und ich bin noch nicht sicher, ob ich die Variante des Anbrüllens oder die des völligen Ausrastens wählen soll. Ich entscheide mich für keine von beiden und zupfe stattdessen am Saum meines Shirts, denn ich fühle mich plötzlich nackt und hilflos. Wahrscheinlich würde selbst ein Schneeanzug gerade nichts daran ändern, doch er wäre zumindest ein Anfang.

Vader steht auf und kommt auf mich zu. Als er die Arme zögerlich nach mir ausstreckt, weiche ich zurück.

»Nicht. Bitte.«

Seine Hände sinken fast leblos an seinem Körper herab.

»Es tut mir leid.«

Ich gehe zum Fenster, blicke auf die langsam wachwerdende Stadt hinunter.

»Ich will dieses Gespräch mit dir nicht führen«, gebe ich ihm zu verstehen.

»Welches Gespräch, May?«

Mit der Zunge fahre ich über die Lippen, mein Mund ist wie ausgetrocknet, und es fällt mir schwer, einen klaren Gedanken zu fassen und ihm nicht dieses Knäuel an Vermutungen, Ängsten und Misstrauen an den Kopf zu werfen.

»Darüber, dass es dir leidtut, was auch immer du in der vergangenen Nacht mit ihr getan hast; darüber, dass es vielleicht ein Fehler war und es womöglich nie wieder passieren wird. Ich will das alles nicht hören.«

Seine Stimme erklingt nur wenige Zentimeter von meinem Ohr entfernt und ich zucke leicht zur Seite, als mir dadurch bewusst wird, wie nah er bei mir steht.

»Das hättest du auch nicht gehört, denn nichts davon wollte ich sagen.«

Arschloch. Ist wahrscheinlich auch zu viel erwartet, dass er zumindest ein wenig Anstand zeigt.

»Wenn wir das dann geklärt hätten, könntest du ja so nett sein und die Tür hinter dir schließen.«

Er fasst mich grob am Arm und dreht mich um. Diese Berührung zu ertragen, verlangt mir alles ab. Mein Herz ist dumm und kostet jeden Augenblick aus, den seine Hand auf meiner Haut liegt; mein Kopf hingegen überlegt, welcher Karategriff mich von ihm befreien könnte.

»Ich habe keine Ahnung, was du dir in der vergangenen Nacht zusammengereimt haben musst, aber ich kann dir versichern, dass nichts von deinem kleinen Kopfkino in der Realität stattgefunden hat. Kelly ging es ziemlich mies, und ich konnte sie in dem Zustand nicht allein lassen.«

Diese Aussage macht mich sauer, denn er hätte dafür sorgen müssen, dass *ich* nicht alleine bin und nicht seine Ex.

»Stimmt, Vader. Man sollte Prioritäten setzen. Du hast deine deutlich gemacht. Vielleicht sollte ich das ebenfalls tun.«

»Was redest du da für einen Scheiß?«

»Scheiß? Sehr intelligente Wortwahl. Ganz ehrlich, was willst du noch hier? Wieso bist du nicht einfach bei ihr geblieben?«

Seine strengen Gesichtszüge schwinden allmählich und die Wärme, die ich sonst von seinen Augen gewohnt bin, kehrt zurück.

»Das kann ich ziemlich leicht beantworten. Weil du mein Mädchen bist und nicht sie. Ich weiß, dass ich ein Vollidiot bin, aber wenn es um sie geht, denke ich manchmal nicht ganz rational.«

Er legt einen Arm um meine Hüfte und zieht mich an sich, doch ich drücke ihn vehement von mir weg.

»Sag mal, geht's noch? Hörst du dir eigentlich selbst zu? Was würdest du davon halten, wenn ich dir sagen würde, dass ich bei Garret manchmal nicht rational denke? Was, wenn ich eine ganze Nacht verschwinden würde?«

»Auch ohne diese Aussage würde ich ihm gerne eine reinhauen, aber ja, ich kann mir vorstellen, wie das für dich aussieht. Aber May, du wirst mir nun mal in dieser Sache einfach vertrauen müssen.«

Ich trete zur Seite, umrunde ihn und laufe im Zimmer auf und ab.

»Willst du mir damit sagen, dass das gestern keine einmalige Aktion war?«

Nach ein paar Sekunden dreht er sich zu mir um und sein unschlüssiger Gesichtsausdruck verheißt nichts Gutes.

»Es war ein Fehler, mich nicht bei dir zu melden. Das sehe ich ein und kommt auch nicht mehr vor. Aber ich hab eine Verantwortung ihr und Grayson gegenüber.«

»Grayson?«

»Er wird bald ein Jahr alt. Meine Eltern helfen, so gut es geht, wenn ich in Baltimore bin. Aber May, das ist einfach nicht verhandelbar.«

Mir schwindet die Kraft, weiter zu diskutieren. Ein Kind ändert alles. Wie versteinert stehe ich da und betrachte ihn, unsicher, was ich dazu sagen soll.

»May, bitte.«

»Ich denke nicht, dass das mit uns funktionieren kann.«

Er sieht ein bisschen sauer aus. »Es kann bestens funktionieren, nur habe ich langsam das Gefühl, du willst das gar nicht. «

Damit spricht er das an, was mich bereits seit Tagen beschäftigt. Will ich das hier? Will ich einen Höhenflug nach dem anderen, nur um dann wieder unsanft auf dem Boden der Tatsachen zu landen? Die Antwort ist für mich eindeutig.

»Da du es ansprichst ...« Ich straffe die Schultern, gebe mich unnahbar, verschließe all die Löcher, die er in meine Mauern gerissen hat. »Wir hatten einen Deal. Du hilfst mir, ich helfe dir. Es ist aus dem Ruder gelaufen, doch ich denke, wir haben beide das bekommen, was wir uns davon versprochen haben, und dabei sollten wir es belassen.«

Mit einem undefinierbaren Blick überbrückt er die Distanz zwischen uns und bleibt so nah vor mir stehen, dass ich einen leichten Hauch seines Parfums rieche, der mich daran erinnert, wie gerne ich das Gesicht in seine Halsbeuge gedrückt und an ihm geschnuppert habe. Davon darf ich mich nicht beirren lassen. Er hat mir wehgetan, ein Kind verheimlicht und bereut all das nicht mal. Ganz zu schweigen davon, dass ich es überhaupt so weit habe kommen lassen. Zeit, es zu beenden, solange er mich noch nicht völlig zerbrochen hat. Die Melodie eines alten Sinatra-Songs durchdringt die Stille zwischen uns.

Vaders Handy klingelt, doch er beachtet es gar nicht.

»Das ist es, was du willst? Dass es hier endet?«

»Ich denke, ich kriege den Rest vom Buch auch ohne deine Hilfe hin.« Wieder schaut er mich durchdringend an, fleht mich stumm mit seinen fast honigfarbenen Augen an.

»Mehr hast du nicht zu sagen?«

Wieder beginnt, sein Handy zu klingeln. Genervt seufzt er auf, murmelt ein Sorry und zieht es aus seiner Tasche. Ohne es zu wollen, schaue ich auf das Display. Es ist Kelly. Auch wenn ich es nicht fassen kann, nimmt er das Gespräch ernsthaft an.

»Es ist gerade schlecht. Nein, das geht klar. Ich bringe ihn später vorbei. Ja, bis dann.«

Ich schüttle den Kopf, geradezu entsetzt, dass er sich hier und jetzt mit ihr verabredet, obwohl sie doch die Wurzel allen Übels ist. Er hat es selbst gesagt, es wird sich nicht ändern.

»Nein, es ist nichts mehr zu sagen«, beantworte ich seine letzte Frage. »Das war's.«

Ich spüre praktisch, wie das durchsichtige Band, welches uns verbunden hat, in diesem Moment reißt. Ich erkenne es in seinen Augen, die mich nicht länger in seine Seele blicken lassen, und an seiner Haltung, die sich zwar kaum verändert, aber nun doch auf Abwehr umgeschaltet hat.

»Weißt du, May. Ich habe schon viele echt miese Weiber getroffen, aber an dich kommt wirklich keine ran. Ich wünsch dir ein schönes Leben! Deine Sachen schicke ich dir gerne nach, denn ich will nicht, dass du auch nur noch ein einziges Mal das Haus meiner Eltern betrittst.«

Seine Worte bohren sich wie rostige Pfeile durch meinen Panzer aus selbstauferlegten Regeln. Ein Anflug von Panik überkommt mich, schreit mich an, einen riesigen Fehler gemacht zu haben, doch es ist zu spät. Vader verschwindet ohne ein weiteres Wort aus meinem Zimmer und hinterlässt neben mir hoffnungslose Leere.

Meine Kehle schnürt sich zu, und ich habe das Gefühl, nicht atmen zu können. Das Blut rauscht in meinen Ohren und erzeugt einen Druck, der meine Sicht einschränkt. Kurz bevor alles um mich herum schwarz wird, setze ich mich aufs Bett und hole tief Luft. Ein und aus. Wie ein Mantra konzentriere ich mich auf diese einfache Tätigkeit, während ich an die gegenüberliegende Wand starre. Mein Kopf ist leer und mein Körper taub. Ich bin nicht in der Lage, einen einzigen Gedanken aufzubringen oder ein noch so kleines Gefühl zu empfinden. Alles ist still. Ob Minuten oder Stunden vergangen sind, als mein Handy beginnt zu vibrieren, kann ich selbst nicht mehr einschätzen. Wie ferngesteuert nehme ich das Gespräch entgegen.

»Hallo?«, melde ich mich und erkenne meine eigene Stimme nicht wieder. Dumpf und leblos.

»Hallo. Spreche ich mit Maysille Trenton?« Der Herr am anderen Ende der Leitung klingt sehr reserviert.

»Ja, das bin ich.«

»Miss Trenton, entschuldigen Sie bitte, dass ich am Wochenende störe. Mein Name ist Geoffrey Simmons, und ich bin Peter Trentons Anwalt.«

So viele Jahre habe ich diesen Namen nicht gehört. Selbst an ihn zu denken verweigerte ich so strikt, dass ich einen Moment brauche, um das Gesagte sacken zu lassen. Um zu verarbeiten, dass dieser Rechtsanwalt irgendetwas mit meinem Vater zu tun hat.

EPISODE 7 - Der dunklen Seite der Macht wird ein Licht angeknipst

VADER

»Ich werde in zwei Wochen für ein paar Tage herkommen. Meld dich aber, wenn etwas sein sollte.«

Kelly macht ein besorgtes Gesicht, während Grayson, der auf ihrem Schoß sitzt, mit ihren Haaren spielt. Er ist seiner Mutter wie aus dem Gesicht geschnitten und immer fröhlich. Ich kenne kein Kind, das so viel lacht. Selbst wenn man so mies drauf ist, wie ich es gerade bin, steckt er einen trotzdem damit an.

»Ich wünschte, ich könnte mehr Zeit mit ihm verbringen«, sage ich mehr zu mir selbst, doch Kelly springt sofort darauf an.

»In Anbetracht der Tatsache, dass du bald schon ein vielgefeierter Rockstar sein wirst, machst du das ganz gut.« Sie zwinkert mir zu, und auch wenn mittlerweile viele Jahre vergangen sind, sehe ich ab und an noch das Mädchen in ihr, welches mir als Teenager den Kopf verdreht hat. Damals dachte ich, das mit uns wäre die ganz große Lovestory. Aber so ist das, wenn man vollgepumpt mit Hormonen und Gefühlen ist, die das logische Denken verhindern. Trotzdem bin ich dankbar, dass wir uns nach all der Zeit immer noch so gut verstehen, zumal sie nun unabdingbar zur Familie dazugehört.

»Es muss schwer für dich sein. Ich bewundere, dass du das alles hinkriegst.«

Sie erhebt sich, setzt Grayson in seinem Gehfrei ab und stemmt dann die Hände in die Hüften.

»Das ist ja wirklich alles ganz nett von dir, aber was um Himmels willen ist los mit dir? In den letzten Tagen ziehst du ein Gesicht wie mein Sohn, wenn man ihm seine Kuscheldecke weggenommen hat.«

Ja, sie war schon immer gut darin, mich zu durchschauen, wobei es diesmal nicht wirklich schwierig ist, denn ich gebe mir keine sonderliche Mühe, zu überspielen, dass es mir scheiße geht.

»Es ist alles in Ordnung«, wiegle ich ab. Wie soll ich über etwas sprechen, das ich selbst nicht verstehe?

»Sweets, du weißt, dass du mir nichts vormachen kannst. Vorschlag: Wir können das jetzt auf die nette, freundliche Nummer machen, oder ich werde dir so dermaßen auf den Keks gehen, dass nicht mal Grayson dich dazu bringen kann, in den nächsten Wochen hier aufzutauchen.«

Die Ansage sitzt, denn ich weiß, dass Kelly wirklich seeeehr anstrengend werden kann. Das will kein Mann erleben.

»Es ist nur ... ich hatte vor ein paar Tagen einen wirklich üblen Streit mit May. Es ist vorbei.«

»Definiere vor ein paar Tagen.«

»Am Sonntag.«

Kelly lässt sich aufs Sofa neben mich plumpsen. »Fuck.«

»Jep.«

»Du musst mich hassen.«

Ich schaue sie an und ziehe dabei die Augenbrauen hoch.

»Kelly, du hast mir schon so viele Gründe gegeben, dich zu hassen. Deine kleine Kotzattacke Samstagnacht war nichts dagegen.«

Sie schlägt mich mit einem ihrer hässlichen Zierkissen. Ehrlich, diese Wohnung besteht aus Kitsch. Mädchenkram.

»Arsch.«

»Höre ich öfter, aber egal. Sie wollte es die ganze Zeit über nicht wirklich. Immer, wenn ich dachte, wir haben einen Schritt nach vorn gemacht, machte sie vier zurück.«

»Naja, du bist ja auch nicht unbedingt das beste Beispiel für einen vertrauenswürdigen, liebevollen Mann, mit dem man seine Zukunft planen möchte.«

»Danke, Kelly. Das hilft mir jetzt wirklich weiter.«

»Willst du, dass ich dich anlüge? Nicht jeder kennt dich seit Jahren und weiß, dass du eigentlich ein Softie bist.«

»Ich bin kein Schlappschwanz.«

Sie schnauft, geht, ohne mich weiter zu beachten, in die Küche und lässt mich einfach sitzen. Langsam komme ich mir vor wie ein kleines Kind, dem man Aufmerksamkeit entzogen hat, weil es böse war. Also schlurfe ich ihr nach und lehne mich gegen den Tresen.

»Es ist nicht nett, mitten im Gespräch aufzustehen.«

Sie zuckt desinteressiert mit den Schultern. »Du hörst mir doch eh nicht zu.«

Wo sie recht hat. »Okay, ich höre zu, also sag, was du zu sagen hast.«

Kelly nippt an dem Kaffee, den sie sich gerade eingeschenkt hat, und hält dann die Tasse mit beiden Händen umschlossen, als wollte sie sich damit wärmen.

»Ich kenne May nicht, aber sie muss etwas Besonderes sein, denn du hast mit mir noch nie über ein Mädchen gesprochen, wenn wir deine kleinen Eskapaden mal außen vor lassen. Du bist mies drauf, weil ihr gestritten habt, und normalerweise streitest du nicht mit Frauen, weil du dich vorher schon aus dem Staub machst. Ich denke, du bist in sie verliebt, und deswegen solltest du mich nicht vollheulen, sondern um sie kämpfen.«

»Ich bin NICHT verliebt. Ich mag sie, ja. Aber es hat keinen Sinn, zu kämpfen, wenn sie mich überhaupt nicht will.«

Ungläubig grinst sie mich an. »Es gibt seit Monaten kein Gesprächsthema, bei dem du ihren Namen nicht mindestens dreimal erwähnst. Du hast ihr am Samstag das schönste Liebeslied gewidmet, was ganz Gettysburg je gehört hat, und du bist ein nervliches Wrack, weil ihr euch in der Wolle habt. Brauchst du noch mehr Beweise? Du liebst sie. Punkt. Seit wann also gibt Vader Sweets sich so schnell geschlagen?«

»Kelly, sie will mich nicht, das hat sie mehr als einmal klar gemacht. Ich weiß, wann ein Kampf verloren ist und ...«

»Und?« Sie tritt vor mich und legt mir eine Hand an die Wange. Seit sie Mutter ist, tatscht sie dauernd an einem rum, pflückt Flusen von der Kleidung anderer oder streicht einem das Haar zurecht. Fehlt nur das Kneifen in die Wange.

»Ich ertrage es nicht mehr, andauernd von ihr zurückgewiesen zu werden. Sie ist meine Schwachstelle, aber gleichzeitig gibt sie mir das Gefühl, zwischen ihr und euch entscheiden zu müssen.«

»Hast du mit ihr denn je über diese Situation hier gesprochen?«

»Wie denn? Was hätte ich ihr sagen sollen? Ich sehe meine Ex ziemlich regelmäßig, weil ich mich um sie und meinen Neffen kümmere, während mein Bruder am Arsch der Welt festsitzt?«

»Nun, das wäre ein Anfang. Vader, ich weiß deine Hilfe sehr zu schätzen, aber du solltest endlich anfangen zu leben. Luke wird bald nach Hause kommen. Davon abgesehen haben wir deine Unterstützung schon viel zu lange in Anspruch genommen.

Wir kommen zurecht. Geh nach Hause und bau dir ein eigenes Leben auf. Beweis ihr, dass sie sich auf dich verlassen kann.«

»Was, wenn das alles umsonst ist?«

»Das Risiko wirst du eingehen müssen. Es kann sein, dass es nichts bringt, aber reicht nicht ein Ausblick darauf, was du vielleicht haben könntest, um es zumindest zu probieren?«

Hätte ich nur die geringste Hoffnung, dass es eine Chance für uns gäbe, dann würde ich sie nutzen. Was ich mir kaum selbst eingestehen kann, geschweige denn, es Kelly anzuvertrauen, ist, dass ich eine weitere Abfuhr nicht ertragen könnte, ohne selbst den Glauben daran zu verlieren, dass so was wie Liebe und Partnerschaft für mich vorgesehen ist.

***

Das Gespräch mit Kelly lässt mir auch zwei Tage später keine Ruhe. Sie hatte Recht damit, dass ich mein Leben in den Griff bekommen muss. Nicht, dass ich ein hilfloser Penner ohne Ziele im Leben wäre, doch man konnte mich bisher wohl kaum als einen Fels in der Brandung bezeichnen. Ich erwartete von May, dass sie mir bedingungslos vertraute, obwohl ich mein Leben bisher eher so gestaltete, dass man mir ohne Zweifel ein Warnschild auf die Stirn hätte montieren können. Dass ich so nicht mehr bin, ist sogar für mich selbst schwer nachzuvollziehen. Es ist, als habe May mir einen Blick auf den Kerl, der ich im Grunde sein will, gewährt, und deswegen fühlt sich alles Vorherige nun so unglaublich falsch an. Ob mit ihr oder ohne sie, es ist Zeit, etwas zu ändern.

Während ich also in einem gut klimatisierten Vorraum sitze und darauf warte, dass mir die reizende Dame am Empfang ein Zeichen gibt, das Büro zu betreten, betrachte ich die Menschen um mich herum. Es ist ein heißer Tag in Baltimore; die Sonne gibt bereits jetzt am Vormittag alles. Die Röcke werden kürzer, und die Tops verbergen mit nur wenig Stoff gerade mal das Nötigste, worüber ich eigentlich glücklich sein sollte, denn wann hat Mann, ohne etwas zu bezahlen, schon die Möglichkeit, so viel nackte Haut zu sehen. Bin ich aber nicht. Stattdessen bin ich so abgefuckt, dass mir selbst die Lust am Wichsen vergangen ist, was einem Todesstoß sehr nahekommt. Alle heißen Weiber dieser Erde könnten nackt vor mir herumlaufen, und ich würde nicht mit der Wimper zucken. Mein bester Freund hat mich verlassen. Ich meine, er ist schon noch da, rein physisch, aber er hängt einfach ab. Chillt. Sitzt in einem verdreckten Achselshirt auf der Couch und trinkt Bier. Traurig genug, dass ich darüber ernsthaft grinsen muss.

»Vader?« Aidan tritt auf mich zu und sieht mich verwundert an. »Wie komme ich zu dieser seltenen Ehre?«

»Ja, ja. Heul wen anders voll.« Ich stehe auf und begrüße ihn per Handschlag, woraufhin wir in sein Büro gehen und am Schreibtisch Platz nehmen.

»Ernsthaft, ich hab mir Sorgen gemacht. Alles klar bei dir?«

»Alles bestens«, gebe ich zurück.

»Ich verstehe schon, du willst nicht darüber sprechen. Also, was führt dich her?«

Schön, dass wenigstens einer meiner besten Freunde mir nicht auf die Nerven geht.

»Ich will Geld investieren und brauche einen Rat.«

Aidan lehnt sich in seinem Stuhl zurück und faltet die Hände so zusammen, dass er mit dieser Pose Montey Burns ernsthaft Konkurrenz macht.

»Von wie viel Geld sprechen wir?«

»Ich zucke mit den Schultern. Ein paar Tausend.«

»Ich könnte dir Aktienpakte schnüren, wenn du 5.000 in die Hand nimmst, dürftest du ...«

»Sorry, ich habe mich falsch ausgedrückt. Ich spreche von 100.000.«

»Die Geschäfte laufen also gut?« Er bleibt völlig ruhig, und ich bin einmal mehr dankbar, dass er kein großes Ding draus macht. Geld ist für mich nebensächlich, was vielleicht daran liegt, dass ich genug davon habe. Ich stelle es nicht zur Schau, spende jedes Jahr anonym einen Batzen davon, und es beruhigt, etwas auf der hohen Kante zu haben.

»Hab ein paar Songs verkauft in letzter Zeit.«

»Gut. Hast du eine Vorstellung?«

Es klopft an der Tür, und Meg betritt den Raum. Sie sieht aufgebracht aus, und ich kann ihren Gesichtsausdruck mir gegenüber nicht wirklich einschätzen. Zum Teil wirkt sie wütend, zum anderen aber auch traurig.

»Aidan, hast du einen Moment? Allein?«

»Entschuldige mich bitte.«

Sollte ich mir Sorgen machen, weil sie mich nicht begrüßt hat? Unweigerlich kommt mir der Gedanke, dass May womöglich schlecht über mich gesprochen hat, und das gefällt mir nicht. Ich hätte mich in der Nacht, die ich bei Kotz-Kelly verbracht habe, melden können, aber es ist nichts gelaufen, was ihre Reaktion am nächsten Tag gerechtfertigt hätte. Ein paar Minuten später kehrt Aidan – allein – zurück, und mir entgeht nicht, dass er angespannt wirkt.

»Alles okay?«

»Jap. Wo waren wir?« Er knöpft sein Jacket auf, setzt sich hin und klappt seinen Laptop auf.

»Investitionen.«

Er schüttelt den Kopf, als wollte er ihn frei bekommen und beginnt dann, diverse Investitionsmöglichkeiten runterzurasseln.

»Hast du eigentlich in letzter Zeit mit May gesprochen?«, fragt er mittendrin völlig aus dem Zusammenhang gerissen und erwischt mich damit eiskalt. Die drei Wochen, die unsere Trennung nun her ist, habe ich so gut wie jegliches Gespräch über sie so gut es ging abgewehrt. Zu Bandproben kam ich grundsätzlich so spät, dass keine Zeit für Smalltalk blieb; um Kelly machte ich einen Bogen; meine Eltern rief ich nicht an, und Aidan sehe ich jetzt zum ersten Mal wieder. Ich redete mir ständig ein, dass es damit leichter werden würde, was aber, wie ich nun feststellen muss, nicht der Fall ist. Ihr Name reicht aus, um alle Wunden aufzureißen.

»Nein, und ich habe auch kein Bedürfnis danach, mit ihr oder über sie zu sprechen.«

»Ich verstehe.« Er macht eine kleine Pause, bevor er fortfährt. »Gut, also gibt es eine Variante, die dich interessiert, oder soll ich dir die unterschiedlichen Angebote zuschicken und du überlegst es dir in Ruhe?« Aidan weiß, wie ich ticke. Es hat keinen Sinn, etwas aus mir rausquetschen zu wollen, denn ich bin keine verdammte Zitrone. Nein, er ist viel gerissener, geht zur Tagesordnung über und erreicht damit genau das, was er will: eine Reaktion. »Wie geht es ihr?«, rutscht es mir raus.

Aidans Miene wirkt betreten, und das gefällt mir überhaupt nicht.

»Sie hat etwas zu kämpfen momentan.« Ich merke ihm deutlich an, dass er damit nicht mal einen Bruchteil der Wahrheit sagt.

»Wir alle haben mit den ein oder anderen Dingen zu kämpfen.«

Er klappt den Laptop wieder zu und streicht sich durchs Haar.

»Hat sie dir jemals von ihrem Vater erzählt?«

»Da gibt es nicht viel zu erzählen. Er ist ein Arschloch.«

»Da weißt du schon mehr als wir anderen. Wieso genau ist er ein Arschloch?«

Es war ein sehr intimer Moment, in dem May von ihm gesprochen hat, was er ihr und ihrer Mutter angetan hat. Er hat damit einen Stein ins Rollen gebracht, den May selbst heute noch nicht zu stoppen weiß.

»Sie wird ihre Gründe haben, wieso sie es für sich behält. Die beiden hatten jedenfalls ewig keinen Kontakt miteinander, und das ist wahrscheinlich auch besser so. Was ist mit ihm?«

»Er ist tot.«

Fuck, wieso muss das jetzt passieren? »Was? Wann ist das passiert?«

»Meg hat es mir gerade erzählt. Er ist wohl schon vor ein paar Wochen gestorben, aber die Beerdigung ist erst Ende nächster Woche, weil er verbrannt wird. May hat sich, seit eurem Aufenthalt in Gettysburg, sehr zurückgezogen. Wir sind alle nicht blöd, und man muss nur ihre und deine Laune zusammenzählen, um zu checken, dass zwischen euch etwas vorgefallen ist, aber das ist eure Sache. Es passt jedoch nicht zu ihr, dass sie sich Meg gegenüber so verschließt. Die beiden haben sonst dieses Frauending, weißt du. Wahrscheinlich müssten wir nicht mal mit ihren Freundinnen ins Bett gehen, damit sie wissen, wie wir ficken, denn die Weiber quatschen wirklich über jedes Detail. In letzter Zeit ist das aber wohl nicht der Fall und es dauerte ewig, bis Meg überhaupt etwas aus ihr rausbekam. May hat dann zwar widerwillig aber eiskalt darüber gesprochen, was ihr große Sorgen bereitet. Sie haben sich eben deswegen gestritten, und nun weiß sie nicht mehr, was sie noch machen soll.«

May ist gut darin, ihre Mitmenschen zu täuschen, was Gefühle angeht. Sie kann herzlich lachen, auch wenn ihr nach Weinen zumute ist; sie trägt hässliche Klamotten, obwohl sie einen göttlichen Körper hat, und sie gibt sich als Engel aus, obgleich ein kleiner Teufel in ihr wohnt. Oh, es passt nur allzu gut zu ihr, jetzt dichtzumachen, denn wir sind uns sehr ähnlich, was das betrifft. Sprechen bedeutet, Gefühle zuzulassen, und das versucht sie gerade wohl in jeder Lebenslage zu vermeiden. Sie ist damit komplett allein, denn niemand erzwingt einen zweiten Blick oder stellt die richtigen Fragen. Das ist kein Vorwurf an Meg oder alle anderen in ihrem Umfeld, denn sie denken, sie kennen ihre Freundin. Keiner weiß, dass man May aus der Reserve locken muss, um sie zum Reden zu bringen.

Ich erhebe mich und Aidan tut es mir gleich.

»Richte ihr mein Beileid aus, wenn du sie siehst, und schick mir die Unterlagen per Mail, okay?«

»Mache ich«, antwortet er etwas zögerlich. »Und ich werde ihr nichts ausrichten, denn wenn du nicht den Mumm hast, um das selbst zu tun, kann sie sich dein Mitleid sparen.«

»Wie du meinst.«

Als ich das Büro verlasse, höre ich mehr als deutlich, wie er etwas von herzlosem Penner faselt. Tja, wie ich schon sagte: Wenn man Menschen täuschen will, gelingt einem das auch. Sie hören und sehen nur das, was sie von einem erwarten. Auf meine Person bezogen ist das meist nicht viel.

MAY

»Wie kann es sein, dass nichts mehr übrig ist?« Panik beschreibt meine aktuelle Stimmungslage nicht einmal annähernd.

»Wir haben es in Investmentfonds angelegt, und dabei besteht natürlich immer ein gewisses Risiko«, erklärt sich Garret und parkt seinen Wagen in meiner Auffahrt.

Nach einem Termin bei der Bank, welche mir recht unschöne Briefe zugeschickt hatte, kam ich nicht darum herum, wieder Kontakt zu ihm zu suchen. Er war immer derjenige gewesen, der in Punkto Geldangelegenheiten das Denken für mich übernommen hatte, und als mich das zweite Mahnschreiben, wegen nicht gezahlter Kreditraten, erreichte, war er meine erste Anlaufstelle. Nun folgt die Ernüchterung, denn all meine Ersparnisse sind aufgebraucht und das Geld, welches ich zur Bedienung des Kredites für das Haus angelegt hatte, existiert schlichtweg nicht mehr.

Grandma hinterließ nur eine kleine Summe, die ich in Kombination mit meinen Rücklagen durch meinen Job beim Magazin auf Garrets Rat hin komplett investiert habe, um das Geld für mich arbeiten zu lassen. Er überzeugte mich, dass ich einen zinsgünstigen Kredit aufnehmen und nicht gleich all mein Erspartes auf einmal ausgeben sollte. Das klang vernünftig.

Es waren auch keine großen Beträge, die nach dem Tod meiner Grandma nötig waren, doch es summierte sich mit der

Zeit, da es viele Dinge gab, die ich selbst nicht richten konnte. Nachdem das Dach erneuert worden war, streikte die Heizungsanlage und danach die Elektrik. Immer dann, wenn ich aufatmen wollte, kam etwas Neues dazu. Nun habe ich ein Haus, das aussieht wie eine Bruchbude, aber vom Grundgerüst her top in Schuss ist. Zumindest besitze ich es noch.

Garret umrundet den Wagen, um mir die Tür zu öffnen.

»Wir kriegen das schon irgendwie hin«, spricht er mir zu und begleitet mich dann rein, wo ich uns einen Kaffee koche.

»Was passiert im schlimmsten Fall?« Allein diese Frage zu stellen, bereitet mir Übelkeit.

»Im schlimmsten Fall greift die Bank auf deine Sicherheiten zurück, was bedeutet, dass das Haus verkauft wird, um die Schulden, die du bei der Bank hast, zu tilgen. Da das Haus mehr wert ist als der Kredit hoch, erhältst du die Differenz. Genau das wird eintreten, also bereite dich darauf vor. Wir sind alle Optionen mehrfach durchgegangen, und es wäre Träumerei zu glauben, dass sich daran noch etwas ändern ließe.« Als würde er über das Wetter sprechen, beschreibt er eine absolute Katastrophe.

»Sie setzen mich auf die Straße?«

Er greift nach meinen Händen. »So weit werde ich es nicht kommen lassen, May. Wir finden eine Lösung.«

Meine Lippen sind trocken und rissig. Sie schmerzen, als ich sie aufeinanderpresse.

»Sieh es nicht als Ende, sondern als Anfang. Du könntest noch mal neu beginnen, ohne Schulden und ohne die Sorge, dass tagtäglich etwas Neues kaputtgeht.«

»Ich werde bald obdachlos sein, wie soll ich das bitte positiv sehen?«

»May, hab ich dich jemals hängenlassen?«

Man kann Garret eine Menge vorwerfen, doch nicht, dass er mich in schwierigen Situationen allein gelassen hat. Gut, sonderlich unterstützt hat er mich auch nie, aber er war ein großer Rückhalt, als meine Grandma vor drei Jahren verstarb. Sofort bot er sich an, mir mit all dem Fachchinesisch der Banken zu helfen, auch wenn er nie begeistert von dieser Bleibe war.

»Nein, das hast du nicht, und dafür bin ich dir auch wirklich dankbar.«

»Siehst du. Und vielleicht überlegst du dir bei dieser Gelegenheit noch mal, ob du nicht doch an einer Stelle im Büro interessiert bist. Allmählich sollten wir uns nach einer Wohnung für dich umsehen, und Vermieter bevorzugen Leute, die beruflich eine solide Basis vorzuweisen haben. Ich weiß, das ist nicht das, wovon du stets geträumt hast, aber so ist das Leben nun mal und es verschafft dir existentielle Sicherheit.«

»Danke, ich werde darüber nachdenken.« Zum ersten Mal meine ich diese Worte ehrlich, denn selbst in meiner kleinen Traumwelt begreife ich, dass ich aufwachen muss.

Natürlich ist mir nicht entgangen, dass er von einem *wir* gesprochen hat. Normalerweise wäre es ein Grund, den inneren Alarm auszulösen, aber in meiner momentanen Situation finde ich es sehr tröstlich zu wissen, dass ich mit all dem nicht allein dastehe.

Garret blickt auf seine Maurice-Lacroix-Armbanduhr, die mehr kostet, als ich in vier Monaten verdiene. Allein von ihrem Wert könnte ich die Raten fürs Haus ein halbes Jahr zahlen.

»Ich muss los. Komm doch morgen Abend zum Essen vorbei, dann reden wir ein bisschen.«

»Klar.«

Er umrundet den Küchentresen und küsst mich zum Abschied auf die Wange. Diese flüchtige Berührung lässt mich erschauern und zwar nicht, weil sie so schön ist. Mein Körper rebelliert dagegen, empfindet etwas, das sehr nah an Ekel heranreicht.

»Du fehlst mir, Maysille. Ich rufe dich später an.«

Wie sehr ich es hasse, wenn er mich bei meinem vollen Vornamen anspricht. Manche Frauen mögen sich dadurch ja ernst genommen fühlen, bei mir weckte es jedoch schon immer den faden Beigeschmack von Bevormundung. Momentan reagiere ich bei allem über, und jede Information, auch wenn sie noch so klein ist, überfordert mich. Deshalb bin ich auch erleichtert, endlich allein zu sein, nachdem ich ihn verabschiedet habe.

Ich lehne mich an die Haustür und lasse mich daran herabsinken. Dieses Haus ist alles, was mir geblieben ist. Wenn ich es verliere, verliere ich einen Teil meiner selbst. In diesen vier Wänden stecken die schönsten Erinnerungen meines bisherigen Lebens. Sie aufzugeben, bedeutet, dass nichts mehr existiert, was mich stützt oder mir Hoffnung vermittelt.

Ich atme gegen die Verzweiflung an, welche sich wie ein mächtiges, düsteres Wesen in mir aufbaut. Lasse ich sie zu, bin ich nicht mehr fähig, für die Dinge einzustehen, die mir wichtig sind. Aber woher soll man wissen, wofür es sich zu kämpfen lohnt? In letzter Zeit geisterte oft der Wunsch durch meinen Kopf, wenigstens noch ein Mal mit meiner Grandma sprechen zu können, denn sie wusste immer, was zu tun ist, und jedes noch so große Problem war mit ihr zu bewältigen.

Das Öffnen der Briefkastenklappe und die neben mir landende Post verursachen einen kleinen Herzinfarkt. Der braune Umschlag, der mit dem Stempel des Verlags versehen ist, trägt nicht wirklich dazu bei, dass es mir bessergeht. *Wenn es kommt, dann Dicke*, pflegte mein Professor an der Uni immer zu sagen. Vor einer Woche teilte ich Nora mit, dass nach dem Buch für mich erst mal Schluss ist. Ich werde alle nötigen Termine wahrnehmen, doch in nächster Zeit nichts Neues beginnen. Die Story um Bennet und Julie zu beenden, forderte mir alles ab, zumal sie mich mit jedem einzelnen Wort an Vader erinnerte, und diese Qual will ich mir zukünftig ersparen. Wie soll ich über die Liebe schreiben, ohne mich dabei wie eine Verräterin zu fühlen? Ich kann den Leserinnen, die noch an dieses Wunder namens Traummann glauben, doch keine falschen Hoffnungen machen. Natürlich war meine Einstellung zu diesem Thema schon vorher mit Unglauben und Skepsis gespickt, doch jetzt habe ich den Beweis, trage den Schmerz täglich mit mir herum, wälze mich die halbe Nacht im Bett umher und finde kaum einen Grund, morgens aufzustehen.

Ich schleudere den Umschlag, der wie jeden Monat eine Vorabausgabe der *Women's Lifestyle* enthält, von mir weg und betrachte, wie er gegen die kleine Vitrine prallt und zu Boden fällt. Tränen brennen in meinen Augen, doch ich blinzle sie weg, denn ich weiß ja noch nicht mal, wieso ich weine. Um einen Mann, der nicht gut für mich ist; um ein Haus, das meinen Ruin bedeutet, oder um den Vater, den ich nie wiedersehen wollte und jetzt, wo ich es auch nicht mehr kann, schmerzlich vermisse?

Schwerfällig raffe ich mich auf, hebe die restliche Post auf und sehe sie durch, während ich ins Wohnzimmer gehe. Ich mache es mir auf der Couch gemütlich und schalte den Fernseher ein. Nichts von dem was läuft interessiert mich wirklich, doch hirnrissige TV-Sendungen sind eine willkommene Abwechslung zu dem Chaos in meinem Kopf. Als mein Buchcover über den Bildschirm flimmert, sitze ich mit einem Mal kerzengerade und schalte den Fernseher lauter. Der Bericht handelt davon, dass eine Autorin erstmalig diese Art der Veröffentlichung für ihr Buch wählt, und ich platze fast vor Stolz, als die Moderatorin sich als großer Fan outet. Es folgt ein kleiner Einspieler, in dem Nora sich sehr wohlwollend über unsere Zusammenarbeit äußert. Ein

Hochgefühl überkommt mich, ich will diesen Moment mit jemandem teilen und nehme mein Smartphone in die Hand, um die erste Nummer zu wählen, die mir in den Sinn kommt. Glücklicherweise drücke ich schnell auf Auflegen, bevor mein Handy eine Verbindung herstellen kann. Aus purer Gewohnheit war mein erster Impuls, Vader anzurufen. Es wundert mich nicht einmal, denn obwohl ich ihn gern aus meinem Kopf verdrängen will, ist er doch unterbewusst dauerhaft präsent. Spätestens in der Nacht, wenn ich schlafe, sehe ich ihn deutlich vor mir. Es sind keine Horrorszenarien, die meine Träume stören, sondern all die schönen Momente. Wie wir zusammen lachen konnten; unsere kleinen Streitereien, die immer damit endeten, dass einer den anderen küsste; seine eingebildeten Sprüche ... Manchmal spüre ich sogar die Wärme, die mich umgab, wenn er mich in den Armen hielt. Das Aufwachen am nächsten Morgen ist somit der eigentliche Albtraum, denn mit ihm kommt die Gewissheit, dass ich all das niemals haben werde – jedenfalls nicht langfristig. Nicht mit ihm.

Der Schmerz aber wiederum versichert mir, die richtige Entscheidung getroffen zu haben, denn er ist nichts im Vergleich zu dem *Was wäre wenn*. Ich hätte es nicht überstanden, wenn ich ihm mein Herz vollständig überlassen hätte.

Die kurzfristige Erleichterung weicht der mich ständig begleitenden Dunkelheit und so kuschle ich mich in meine Decke, um den Rest des Tages auf der Couch liegenzubleiben.

***

Der Tag beginnt wie jeder andere auch. Die Sonne scheint, Vögel zwitschern und das Wasser in der Dusche braucht exakt anderthalb Minuten, bis es eine Temperatur erreicht, bei der sich keine Eiszapfen an den Haaren bilden.

Und doch ist heute alles anders. Ich ziehe eine schwarze Strumpfhose an, ein schwarzes Kleid und schwarze Pumps. Mit perfekter Genauigkeit trage ich Make-up auf, überdecke die dunklen Ringe unter meinen Augen, glätte mein Haar, sodass es präzise über meine Schultern fällt. Der Blick in den Spiegel amüsiert mich auf eine verquere Weise, denn von allen schwarzen Kleidern, die ich besitze, habe ich ausgerechnet das ausgewählt, welches Vader immer am besten gefiel. Dumm nur, dass er mich wahrscheinlich heute deswegen anmotzen würde, denn es hängt an mir herab wie ein Sack. Ja, mein Appetit war in den letzten Wochen nicht der beste, und als ich mich gerade zum ersten Mal bewusst anschaue, erschrecke ich mich selbst ein wenig. Das einst figurbetonte Etuikleid wirft Falten und steht somit meiner ehemals männerabweisenden Biedermontur, wie Vader sie immer nannte, in nichts nach.

Ich weiß selbst nicht, wieso ich heute so akkurat darauf achte, wie ich aussehe, denn es wird eh niemanden interessieren. Keiner kennt mich, und ich habe nicht vor, das zu ändern. Mr. Simmons, der Rechtsanwalt meines Vaters, hat mich darüber informiert, dass er vor zehn Jahren erneut heiratete und zwei weitere Kinder mit seiner Frau bekam. Ob es die ist, für die er uns verließ, ist mir nicht bekannt. Genau genommen ist es mir sogar egal. Es fühlt sich nicht einmal so an, als würde ich gleich auf eine Beerdigung gehen, denn weder Trauer noch Wut oder eine andere Gefühlsregung wollen sich einstellen. Das ist auch der Grund, weshalb ich niemanden dabeihaben will. Sie würden es nicht verstehen. Selbst Garret und Meg wissen nichts Genaueres über meinen Vater oder die Umstände, die dazu führten, dass ich bei Grandma aufwuchs. Ich hatte einfach nie das Bedürfnis, es ihnen zu erzählen. Vermutlich dachten sie bis dato, meine Eltern wären bereits lange tot.

Zwar suchte Meg mehrmals das Gespräch, als ich ihr von der bevorstehenden Beerdigung berichtete, doch ich bat sie jedes Mal, es auf sich beruhen zu lassen. Garret hingegen fragte mich lediglich, ob er sich Urlaub nehmen sollte oder es ausreichen würde, wenn er mich nach einem Termin vom Friedhof abholt. Gott, es hört sich selbst in meinem Kopf dämlich an, aber genau deshalb mag ich ihn. Garret ist vorhersehbar. Er löst kein Gefühlschaos in mir aus – hat er nie, wird er auch nicht. Ebenso wenig hat er die Macht, sich in mein Herz zu schleichen, weshalb er mich weder enttäuschen noch verletzen kann. Das ist die Art von Beziehung, die ich brauche. Er ist rational, berechenbar und somit der beste Partner, den es für einen Beziehungskrüppel wie mich gibt.

In den letzten Tagen haben wir uns oft gesehen; er hat mir vieles, was die Veräußerung des Hauses betrifft, abgenommen und mehrmals bekundet, es wieder mit mir versuchen zu wollen. Vielleicht sollte ich ihm eine Chance einräumen und nach vorne blicken. Es wird nichts mehr so sein, wie es einmal war, und je früher ich das akzeptiere, desto leichter wird es, neu anzufangen.

VADER

Peter Trenton schien ein beliebter Mann gewesen zu sein. Die Zeitungen sind seit Tagen voll mit Anzeigen, in denen die unterschiedlichsten Personenkreise ihr Beileid ausdrücken. Die Tageszeitung an diesem Morgen beinhaltet sogar eine Extraseite, in der das Blatt einen geschätzten Kollegen verabschiedet. Er war Reporter, hat sich in den letzten zwanzig Jahren auf Missstände in Politik und Gesellschaft konzentriert und dabei große Erfolge erzielt. Damit bekommt man das Gefühl, von einem ganz anderen Menschen zu lesen, als May ihn mir beschrieben hat. So befremdlich dieser Mann für sie auch war, so hat er ihr anscheinend doch das Talent des Schreibens mit in die Wiege gelegt.

Immer wieder starre ich mein Telefon an, spiele mit dem Gedanken, sie anzurufen oder ihr wenigstens eine Nachricht zu hinterlassen. Seit Aidan mir von ihrem Verlust erzählt hat, bringt mich der Umstand, nicht zu wissen, wie es ihr geht, beinahe um den Verstand. Aber egal was zwischen uns vorgefallen ist, damit sollte niemand allein dastehen.

Um neun Uhr reißt mir endgültig der Geduldsfaden. Ich ziehe mich um, hoffe, es bringt kein Unglück, wenn ich den Anzug, der für Aidans Hochzeit bestimmt war, auf einer Beerdigung einweihe und fahre dann zum Green Mount Cementery, wo Trenton um zehn Uhr beerdigt werden soll. Als ich auf dem völlig überfüllten Parkplatz ankomme, hat sich der Himmel bereits vollständig verdunkelt und erste Regentropfen prasseln auf die Windschutzscheibe. Ich finde in der hintersten Ecke einen Parkplatz und nehme aus dem Augenwinkel einen heftig gestikulierenden Mann im Auto zu meiner Rechten wahr. Ein zweiter Blick genügt, um festzustellen, dass es sich allen Ernstes um Mr. Kleinschwanz handelt. Er sitzt allein im Wagen, macht nicht den Anschein, seinen Hintern in nächster Zeit aus der Angeberkarre bewegen zu wollen, und von May fehlt jede Spur. Anstatt auszusteigen, warte ich eine Weile ab. Ich weiß selbst nicht genau, wieso ich hier bin, aber auf keinen Fall will ich, dass May das allein durchstehen muss.

Es ist kurz nach zehn, als er eine Zeitung ausbreitet und zu lesen beginnt. Dieser elende Wichser. Ich hingegen verlasse den Wagen, was Kleinpimmel überhaupt nicht mitkriegt, schnappe mir einen Regenschirm aus dem Kofferraum und betrete mit gemischten Gefühlen den Friedhof. Glücklicherweise musste ich noch nie einen geliebten Menschen zu Grabe tragen und ich will es mir auch gar nicht vorstellen. Etwas ziellos irre ich umher, bis ich auf einen Friedhofsmitarbeiter treffe, der mir den Weg weist. Bis auf die kleinen Kieselsteine, die unter meinen Schuhen knirschen, ist es erschreckend ruhig. Ganz zu schweigen, dass sich um mich herum echt eine Menge Grabsteine befinden, was in mir ein mulmiges Gefühl aufkommen lässt. Ich lese darauf die unterschiedlichsten Familiennamen und die Tatsache, dass jeder dieser Menschen von anderen betrauert wurde oder noch wird, hat etwas sehr Bedrückendes an sich. Während draußen das Leben tobt, steht hier die Zeit still.

Bereits von Weitem sehe ich eine Menschentraube, die sich kreisrund um eine Stele versammelt hat. Etwas abseits lehnt an einem Baum eine brünette Frau. Ich kann nur ihr Profil ausmachen, was zum Teil von ihrem regennassen Haar verdeckt wird. Als ich näherkomme, bestätigt sich mein dunkler Verdacht, dass es sich um May handelt. Sie so völlig allein und durchnässt zu sehen, bereitet mir Schmerzen. Meine Brust zieht sich zusammen, und mein Herz verlangsamt seinen Schlag. Ich bin sauer auf die Welt, die ihr das antut, wütend auf mich selbst, dass ich nicht gekämpft habe, und noch angepisster auf sie, weil sie mich nicht will. Denn ich wäre für sie da gewesen, verdammt.

Ohne ein Wort zu sagen, stelle ich mich so nah neben sie, dass mein Regenschirm uns beiden Schutz gewährt, und greife ihre kalte Hand. Erschrocken blickt sie zu mir auf und ich muss fast zweimal hinsehen, um in diesem eingefallenen Gesicht die hitzige junge Frau zu erkennen, die zu wirklich jedem Thema eine andere Meinung vertritt als ich. Ihre Wangenknochen zeichnen sich sichtlich ab; die blauen Augen, deren Glanz verschwunden ist, wirken viel zu groß für ihr Gesicht, und dunkle Ringe schimmern unter ihrer fast durchscheinenden Haut hervor. Sie ist nur noch ein Schatten ihrer selbst. Mein Blick gleitet von ihrem Gesicht zum Hals, den hervorstechenden Schlüsselbeinen bis hin zu dem mit Perlen besetzten Rand ihres Kleides. Ich erinnere mich daran, hege kurz den Gedanken, dass sie es sich – nur, um mich zu ärgern – zwei Nummern größer gekauft hat, verwerfe ihn jedoch wieder, als mir klar wird, wie abgemagert sie ist. Was habe ich sie in diesem Kleid vergöttert – und tue es noch. Ich bete diese kleine, starke Frau an, und als mein Blick den ihren trifft, krampft sich mein Herz schmerzhaft zusammen.

»Du bist hier«, flüstert sie.

»Natürlich bin ich das, May.«

Tränen sammeln sich in ihren Augen, vermischen sich mit den Regentropfen, die ihr aus dem Haar ins Gesicht fallen. Ohne darüber nachzudenken, schließe ich die Arme um sie, halte mit der einen Hand den Schirm über uns und streiche mit der anderen über ihren Kopf, den sie an meine Brust legt. Sie zittert und schluchzt, und ich schwöre mir in diesem Moment, jedem, der ihr ein Leid zufügt oder sie zum Weinen bringt, eigenhändig die schlimmsten Schmerzen zu bereiten.

»Wieso bist du alleine hier, May?«, frage ich mit sanfter Stimme.

»Weil keiner es verstehen würde«, antwortet sie zögerlich.

Mir war klar, dass so was kommt. Bereits als Aidan von ihrer Verschlossenheit berichtete, dachte ich mir etwas in der Art. Sie wollte mal wieder die Last der Welt alleine schultern.

»Baby, du musst nicht alles alleine durchstehen.«

Sie schaut zu mir auf. Ihr Gesicht so nah an meinem verlangt mir alles ab, denn ich würde sie so gern küssen. Ein Kuss würde aber nur alles verkomplizieren, was ihr nicht hilft. May braucht jetzt jemanden, der sie hält, und keinen Egoisten, der diesen emotionalen Moment ausnutzt.

»Er ist tot, Vader. Ich hasse ihn und gleichzeitig fehlt er mir so sehr. Ich verstehe es selbst nicht, aber es tut weh. Das ist so dumm von mir.«

Ich fasse ihr Kinn mit Daumen und Zeigefinger, blicke sie durchdringend an. »Das ist nicht dumm. Bisher hattest du die Option, mit ihm reden zu können, wenn du dich dazu bereit gefühlt hättest. Das wurde dir genommen, und bei allem, was passiert ist, so bleibt er doch dein Vater. Es ist okay, um ihn zu trauern. Es ist richtig.«

»Ich glaube, du bist der einzige Mensch auf der Welt, der mich versteht.« Wieder schüttelt sie ein Weinkrampf und ich weiß, ich kann gerade nicht mehr tun, als da zu sein und sie zu halten. Trotzdem komme ich mir so hilflos vor wie noch nie in meinem Leben.

»Willst du hier bleiben oder näher rangehen?«

Ihre Finger krallen sich in mein Hemd. Vermutlich bin ich der Teufel, weil es mir gefällt, dass sie mich braucht.

»Können wir einfach hier hinten stehen bleiben?«, wispert sie.

»Alles, was du willst.«

Mays Wange ruht an meiner Brust, während wir zuschauen, wie sich die Menschen am Grab von Peter Trenton verabschieden. Es sind rührende Szenen, als eine Frau mit zwei kleinen Mädchen in ihren Armen vortritt und herzzerreißend weint.

»Ich glaube, das sind meine Halbgeschwister«, sagt May irgendwann. Bei genauerer Betrachtung kann man sogar eine gewisse Ähnlichkeit ausmachen. May in klein sozusagen. Mich überkommen wirklich sehr seltsame Gedanken, die auf einer Beerdigung so rein gar nichts zu suchen haben, und doch gebe ich mich für einen kurzen Moment der Vorstellung hin, wie es wäre, eine kleine May in den Armen zu wiegen.

Meine Selbstgeißelung hat soeben eine neue Ebene erreicht.

Ich halte sie so lange fest, bis alle Menschen rund um die Stele verschwunden sind. Langsam löst sie sich von mir, schaut mich aus geröteten Augen an. Ihre Mascara hat ein Eigenleben entwickelt, und ich nehme ein Taschentuch aus dem Jacket, um die dunklen Schlieren, die ihre Tränen auf ihrer Haut hinterlassen haben, wegzuwischen. Als ich damit fertig bin, heben sich ihre Mundwinkel ganz leicht.

»So, jetzt bist nicht mehr ganz so waschbärig.« Ein verzweifeltes Lachen dringt aus ihrem Mund, und ich könnte dafür sterben, es wieder und wieder zu hören.

»Danke. Ich ... ich hab das überhaupt nicht verdient, dass du hier bist und so nett ...«

Ich lege ihr einen Finger auf die Lippen und bereue es sofort, denn ich will sie verdammt noch mal küssen, bis sie nicht mehr so einen Unsinn redet. Ehrlich gesagt bin ich mir nicht sicher, ob ich überhaupt hier bin, um ihr zu helfen oder nicht doch viel mehr wegen mir selbst. Weil ich sie jeden einzelnen Tag vermisse und dies hier ein guter Vorwand war, um sie sehen zu können. Ich bin nicht der Held, für den sie mich gerade halten mag, also gehe ich einfach nicht darauf ein.

»Willst du dich am Grab verabschieden?«

Sie schaut hinüber zu dem Ort, an dem ihr Vater seine letzte Ruhe finden soll.

»Ich wüsste nicht, was ich sagen soll.«

Ich nehme sie bei der Hand und geleite sie zu dem von Blumen umringten Steingebilde.

»Du könntest ihm verzeihen, May. Zieh einen Schlussstrich und blicke nach vorne, sonst wird dich das ewig belasten.«

Sie runzelt die Stirn. »Ich weiß nicht, ob ich das kann.«

»Es ist deine Entscheidung. Du allein entscheidest, wie du damit umgehen willst. Es gibt kein richtig oder falsch, nur das, was du empfindest, zählt. Ich lasse dich kurz allein, okay? Aber wenn du mich brauchst, bin ich sofort bei dir.«

Sie nickt und ich reiche ihr den Regenschirm, bevor ich zu dem Baum zurückkehre, unter dem sie vorhin Schutz gesucht hat.

Lange Zeit verharrt sie reglos vor dem Grab und ich hoffe so sehr, dass auch sie endlich Frieden findet, wenn sie all das irgendwann verarbeitet hat.

Als May wieder auf mich zukommt, schlägt sich die bittere Erkenntnis in mir nieder, dass es Zeit ist, sie wieder gehen zu lassen. Solange sie ihrem Vater nicht wirklich und mit voller Überzeugung verziehen hat, wird sie auch uns keine Chance geben. Aber ich kann warten. Dennoch frage ich mich, ob dieser Tag jemals kommen wird.

Unentschlossen steht sie vor mir, den Regenschirm fest umklammert. Keiner von uns weiß so wirklich, was er sagen soll, und bevor ich etwas wirklich Dummes mache und sie an mich ziehe und nie wieder loslasse, ergreife ich das Wort.

»Ich bringe dich noch bis zum Parkplatz, okay?«

Ihre Augen weiten sich merklich, als würde ihr etwas einfallen, von dem sie nicht weiß, wie sie damit umgehen soll. »Äh ...«

»Ich weiß, dass er dort auf dich wartet«, versuche ich ihr, die Situation leichter zu machen, und bin wirklich stolz, den Penner nicht Mr. Mikropimmel genannt zu haben.

»Es tut mir leid«, flüstert sie.

Ich erwidere nichts. Für den Moment ist alles gesagt. Keine Worte können richten, was uns voneinander entfernt. Das kann nur die Zeit, und selbst die bleibt manchmal stehen.

Als wir am Parkplatz ankommen, fällt mir sofort der Volldepp ins Auge, der lässig an seinem Auto lehnt. Mittlerweile hat es aufgehört zu regnen, doch erst jetzt faltet May den Schirm zusammen und gibt ihn mir wieder.

»Was tut er hier?«, geht er May abfällig an. Sieht er denn nicht, dass sie völlig durch den Wind ist?

»Ich wusste nicht, ob sie allein dadurch muss, also habe ich entschieden, da zu sein, falls sie mich braucht«, komme ich May zuvor und antworte damit ehrlich.

Er packt sie am Arm und zieht sie näher an sich heran, um ihr dann über den Kopf zu streichen. May sagt nichts, lässt es einfach geschehen. Ich balle eine Hand zur Faust, kämpfe gegen das Bedürfnis an, ihn auf den Friedhof zu schleifen und sein eigenes Grab schaufeln zu lassen.

»Ich war hier. Hätte sie jemanden gebraucht, dann mich, kapierst du das, Chorjunge?«

»Garret, bitte. Er wollte nur freundlich sein«, erwidert May und versucht damit, deeskalierend einzugreifen.

»Er soll sich seine Freundlichkeit sonst wohin schieben. Steig doch schon mal in den Wagen, Schatz.«

»Aber ...«

Das hier wird kein gutes Ende nehmen, wenn ich jetzt sage, was mir auf der Zunge liegt. »Schon okay. Ich muss eh los.«

Er macht einen Schritt auf mich zu und beugt sich so nah vor, dass ich sein penetrantes Aftershave riechen kann. Es ist das Pendant zu dem billigen Nuttenfusel, in dem die meisten Schlampen zu baden scheinen, bevor sie abends auf die Piste gehen.

»Sie gehört mir. Du warst nie mehr als eine kurze Geschmacksverirrung. Der Typ, bei dem die Frauen landen, bevor sie sesshaft werden. Finde dich damit ab.«

Atmen, Vader. Einfach atmen, niemanden umbringen.

»Krümmst du ihr ein Haar oder verletzt ihre Gefühle, dann mache ich dich fertig. Ich werde dir so wehtun, dass du nach deiner Mama rufst. Und die wirst du auch brauchen, denn irgendwer muss dich schließlich den Rest deines Lebens mit Brei füttern und dir den Arsch abwischen, weil du dazu dann nicht mehr in der Lage bist.« Ich spucke ihm diese Worte förmlich entgegen, darauf bedacht, leise genug zu sein, um May nicht aufzuregen. Ihr ist nicht geholfen, wenn ein attraktiver Kerl wie ich einen behinderten Spacko wie ihn am Tag des Begräbnisses ihres Dads dem Erdboden gleichmacht.

Ich lasse ihn stehen, nicke May, die mich voller Bedauern ansieht, zu und steige dann in meinen Wagen.

MAY

Flurfunk ist eine Bitch. Ernsthaft, je mehr ich bemüht bin, mich den Gegebenheiten in dem Unternehmen, für das auch Garret und Aidan tätig sind, anzupassen, umso mehr fühle ich mich völlig fehl am Platz. Dabei ist es nicht die Arbeit an sich, mit der ich mich nicht anfreunden kann, sondern viel mehr meine Kollegen.

Akten abheften und das Telefon bewachen ist nicht mein Traumjob, aber er bringt Geld und deswegen beschwere ich mich nicht. Eine größere Herausforderung ist das Thema der unerwünschten Kreativität, denn sie wird hier genauso sehr verachtet, wie in einem gehobenen Restaurant Ketchup zum Hauptgang zu bestellen – einmal gemacht, von Garret drei Tage gehasst –, doch auch damit komme ich klar. Ein absolutes No Go sind hingegen diese Tratschtanten, die den lieben langen Tag damit beschäftigt sind, den neusten Klatsch durch alle Büros zu tragen. Da wird die Scheidung des Abteilungsleiters mal eben zum Thema Nummer eins beim morgendlichen »Meeting« in der Kaffeeküche, nur um in der Mittagspause zu spekulieren, ob die Kollegin in der Finanzabteilung schwanger oder einfach nur fett ist. Das Oberhaupt dieser Truppe, die perfekt ins Mittelalter gepasst hätte, da man sie sich bestens mit Fackel und Heugabel bei einer Hexenverfolgung vorstellen kann, ist Katherine Montgomery. Zu meinem Leidwesen teile ich mir mit ihr den Tresen an der Rezeption und erlebe so unweigerlich mit, wie sie von der reizenden, kleinen Empfangsmaus zu einem monströsen Lästermaul wird, sobald die Chefs außer Reichweite sind.

Garret sagt immer, ich werde mich schon irgendwann daran gewöhnen. Er redet sich das gerne schön, denn nachdem ich bei ihm eingezogen war, kam es für ihn wie einem Ritterschlag gleich, als ich offenbarte, diesen Job annehmen zu wollen. Das tat ich nicht, um ihm eine Freude zu bereiten oder weil ich plötzlich seine Meinung teilte, dass das Schreiben keine richtige Arbeit sei, sondern weil ich das Geld brauche. Wenn ich schon kein eigenes Dach mehr über dem Kopf habe, dann will ich zumindest jeden Monat meinen Beitrag zur Miete leisten.

Zunächst war es eine willkommene Ablenkung, im Gegensatz zum Schreiben so wenig nachdenken zu müssen. Mit der Neuordnung aller Kundenakten und der Übertragung der handschriftlichen Notizen der Chefs in den PC habe ich immer etwas zu tun und kann somit nicht darüber grübeln, wie bescheiden mein Leben aktuell verläuft. Doch die Arbeit wird mehr und mehr zur Routine, und somit widmet sich mein Kopf in den letzten Tagen wieder jenen Dingen, die ich bislang so gut zur Seite schieben konnte.

Nach der Beerdigung meines Vaters ging alles so schnell, dass ich nur noch funktionierte. Binnen einer Woche beschränkte sich mein Hab und Gut auf mehrere gepackte Kisten, die zum Großteil in Aidans Keller eingelagert wurden, weil Garret keinen Platz dafür besitzt – nun, viel eher will er keinen dafür schaffen. Grandmas Haus kam unter den Hammer, und unter dem Strich blieb nicht die Summe übrig, die ich mir erhofft hatte, um eine kleine Eigentumswohnung zu kaufen. Gerade einmal 15.000 Dollar verzeichnete mein Kontostand nach allen Abgaben, der Kredittilgung und den Verwaltungskosten. Wie ein Zombie unterschrieb ich damals alle Dokumente und war dankbar, dass

Garret alles für mich regelte und ich mich währenddessen in Selbstmitleid suhlen konnte. Jetzt, anderthalb Monate später, geht es mir nicht besser, aber ich habe es überlebt.

»Oh mein Gott«, schwärmt Katherine und betont dabei jedes Wort.

Ich verdrehe die Augen und widme mich ohne weiteres Aufsehen einem Datenblatt, denn wenn sie etwas loswerden will, wird sie es auch ohne mein gespieltes Interesse von sich geben.

»Aidans 15.00 Uhr Termin ist da. Hast du was dagegen, wenn ich mich um ihn kümmere?«

»Tu dir keinen Zwang an.« Ich wedle mit den Händen und täusche vor, schwer beschäftigt zu sein.

Sie gibt ein quietschendes Geräusch von sich, das wohl ihre Freude ausdrücken soll, und stolziert dann den Gang entlang, um Aidans Termin an seinem Büro abzufangen. Normalerweise warten wir, bis die Kunden zu uns kommen, aber mir soll nur recht sein, dass sie sich aufdringlich und penetrant wie immer aufführt.

»Mr. Sweets. Wie schön, Sie wiederzusehen. Ich melde Sie kurz beim Chef an. Warten Sie doch bitte einen Augenblick.«

Es ist nicht sein Name, der mich aufblicken lässt, sondern dieses monotone Kribbeln, welches sich von meinem Nacken bis in mein Rückgrat schlängelt. Er steht mit dem Rücken zu mir, und so gerne ich zu ihm rübergehen und ihn fragen will, ob bei ihm alles in Ordnung ist, nur um seine Stimme zu hören, halte ich es keine Sekunde länger aus und verschwinde schnell im Aktenraum, bevor er mich hier sehen kann.

Es war schwer, mir selbst zuzugestehen, dass das jetzt hier mein Leben ist, doch ich bin noch nicht bereit dazu, diese Niederlage ihm gegenüber preiszugeben. Vader wollte immer, dass ich meine Träume verfolge, und wenn er jetzt sieht, was aus mir geworden ist, dann wäre es auf einmal eine in Stein gemeißelte Realität. Er ist die Zukunft, die ich nicht haben kann, und während mein Kopf das lange verstanden hat, rebelliert mein Herz, schlägt heftiger und sehnt sich danach, zumindest träumen zu dürfen.

Also beschäftige ich mich so lange mit dem Sortieren von Akten, bis Katherine ihre Tasche packt, um Feierabend zu machen. Erst dann traue ich mich hinaus.

»May, ich hab dich überall gesucht. Jetzt hast du Vader Sweets verpasst. Oh Gott, er ist so verdammt heiß. Und irgendwann hab ich ihn so weit, dass er mir einen Backstage-Pass für sein Konzert im nächsten Jahr gibt. Dann ist er fällig.« Sie winkt mir zum Abschied, unwissend, dass ich ihn bereits sehr gut kenne, denn über das, was ich vor meiner Empfangsdamenkarriere getan habe, verlor ich bisher kein Wort.

Ja, ich habe ihn verpasst, doch sehr lange werde ich nicht verbergen können, was aus mir geworden ist. Dann muss ich mich ihm stellen.

***

»Kommst du gleich ins Bett?«

»Klar, ich räume nur noch schnell die Küche auf.«

Garret gibt mir einen flüchtigen Kuss auf die Wange und beäugt dann meinen Krümelmonsterschlafanzug und die Puschelpantoffeln mit einem missbilligenden Gesichtsausdruck.

»Ich hätte nicht gedacht, dass du eine so gute Hausfrau bist, meine Liebe, aber über dein Outfit für die Nacht müssen wir noch mal sprechen.«

Wenig später höre ich das Wasser in der Dusche rauschen und atme erleichtert aus. Es gibt kaum etwas, das ich mehr hasse als Hausarbeit, doch die eine Sache, der ich aus dem Weg gehe, toppt jedes Kesselschrubben und Staubwischen. Seine Nähe. Denn die bereitet mir mehr als nur ein wenig Übelkeit. Bereits den lieben langen Tag macht er diese Anspielungen, und zwar mit einer Vehemenz, die mich erschreckt. Bisher bin ich ihm sehr erfolgreich aus dem Weg gegangen, aber so kann ich dieses Spielchen nicht ewig spielen. Er erwartet von mir, dass ich jeder Pflicht einer guten Freundin nachkomme, was in einer Beziehung natürlich sein gutes Recht ist. Für mich ist der Gedanke daran wiederum meine ganz persönliche Hölle. Ich kann von Glück sagen, dass er kein sonderlich sexueller Mensch ist. Seine Küsse beschränken sich auf ein unschuldiges Aufeinandertreffen von Lippen, denn Zungenküsse fand er noch nie prickelnd, und Fummeleien gab es schon früher nicht. Auch wenn ich nicht sonderlich scharf darauf bin, so kann ich damit umgehen, wenn er mir einen dieser eher freundschaftlichen Schmatzer aufdrückt. Mir wird zumindest nicht mehr schlecht davon. Etwas, womit ich nicht klarkomme, ist, dass er heute Morgen auf sehr anzügliche Weise äußerte, dass Sonntag sei. Wäre es nicht so traurig, könnte ich darüber herzlich lachen. Welcher normal tickende Mensch beschränkt sein Sexualleben schon auf einen einmal pro Woche stattfindenden Geschlechtsakt und legt dafür auch noch einen Tag fest? Nun, ich gehörte mal dazu, doch mittlerweile klingt das selbst in meinen Ohren unsagbar lächerlich.

Vorletzte Woche machte er den ersten Annäherungsversuch, den ich mit übler Migräne im Keim erstickte; letzte Woche führte ich einen Freudentanz auf, weil ich am Samstag meine Periode bekam, und heute? Wie lange kann ich dem Ganzen noch entgehen, ohne aufzufliegen? Andererseits, ist es richtig, nie wieder Sex zu haben?

Vader hat sicher andauernd etwas mit anderen Frauen.

Sofort hasse ich mich dafür, diesen Gedanken zugelassen zu haben. Ich kann nicht mein ganzes Dasein danach auslegen, was er über meine Entscheidungen denken könnte oder wie er sein Leben gestaltet.

Wütend schrubbe ich die Arbeitsplatte so lange, bis jedes Mikrobakterium entfernt sein müsste. Mit gestrafften Schultern betrete ich das Schlafzimmer und finde Garret im Bett vor. Er liest und legt sein Buch zur Seite, als er mich unschlüssig im Türrahmen stehen sieht.

»Komm her«, fordert er, also krabble ich gehorsam aufs Bett, um mich neben ihm auszustrecken. Hoffentlich wirkt sich das Opfer, das ich hier bringe, positiv auf mein Karma aus.

Seine Hand fährt über meinen Bauch und schlüpft unter mein Top. Er hält sich nicht lange damit auf, mich zu streicheln, sondern findet sofort den Weg zu meinen Brüsten, die er – nun, wie soll ich es nennen – angrabscht? Ehrlich, was bitte macht er da? Krebsvorsorge? Sucht er in meinem Dekolleté nach dem Sinn des Lebens?

Erst als seine Hand verschwindet, bemerke ich, dass ich mit geschlossenen Augen daliege und kichere.

»Was bitte tust du da, May?«, fragt er entgeistert, und ich schaue in sein verwirrtes Gesicht.

»Sorry. Ich war nicht ganz bei der Sache.« Eigentlich wollte ich mich erkundigen, was er da eigentlich treibt, doch ich schlucke es runter.

»Können wir also weitermachen oder wollen wir noch ein wenig warten, bis du dich ausgekichert hast?«

»Fragst du mich gerade ernsthaft, ob wir weitermachen können? Hast du einen Zeitplan aufgestellt, wie lange das hier dauern soll?«

Sein verletzter Stolz ist ihm sofort anzusehen, denn er springt hektisch auf und tauscht seine Pyjamahose gegen die Jeans, die fein säuberlich über dem Stuhl hängt.

»Ich habe langsam keine Lust mehr auf deine Spielchen, May. Wir beide wollten an dieser Beziehung arbeiten, aber bisher bin nur ich derjenige, der etwas dafür tut. Vielleicht solltest du etwas mehr Dankbarkeit zeigen.«

Er nimmt sein Portmonee vom Nachttisch und steckt es ein.

»Wohin gehst du?«, frage ich etwas verwundert.

»Ich hab noch zu arbeiten. Warte nicht auf mich.«

Ja, es sollte jede Frau tief treffen, wenn ihr Freund es vorzieht, sonntagabends zu arbeiten, anstelle mit ihr im Bett zu liegen und die Liebe zu feiern. Gut, dass ich nicht jede Frau bin, denn als er die Wohnung verlässt, sinke ich zufrieden auf mein Kissen, die Gewissheit im Hinterkopf, dass ich mich um unser Bettproblem erst in der nächsten Woche wieder kümmern muss. Das angenehme Gefühl weicht jedoch sehr schnell einer Erkenntnis. Das hier war früher einmal normal für mich. Meine ersten Gespräche mit Vader bezüglich der Dinge, die ich im Bett gewohnt war oder nicht kannte, liegen so weit zurück, dass es mir wie ein halbes Leben vorkommt. Er hat mich verändert, eine andere Frau aus mir gemacht. Selbst wenn ich wollte, könnte ich nicht an diesen Punkt zurück. Ich kann mich nicht mein ganzes Leben lang verstellen und meine Bedürfnisse zurückschrauben. Mit ihm war ich frei wie ein Vogel, und nun bin ich gefangen in einem Käfig, den ich selbst hinter mir geschlossen habe.

Ich will nicht diese Gefangene sein, doch was erwartet mich in einer freien Welt ohne Vader?

EPISODE 8 – Die neue Hoffnung - oder: Vader zog in die Welt um Gutes zu tun

VADER

Wie viele dämliche Aussagen bedarf es, bis man das Bedürfnis verspürt, seinem Gegenüber eine Schale Guacamole ins Gesicht zu kippen? Nun, wie sich jüngst, um genauer zu sein vor zwei Minuten, herausstellte, sind es exakt drei.

Hätten wir eine Wette abgeschlossen, dann hätte sie nicht gelautet, *ob* Malfoy einen Korb von Noras Assistentin bekommt, sondern *wann*. Dass er das in Rekordzeit schafft, hat dabei niemand erwartet. Ich muss zugeben, dass dieses Frauenaufreißen als stiller Beobachter durchaus etwas Vergnügliches hat. Ist man nicht unmittelbar daran beteiligt, erkennt man erst, wie viel Zeit und Aufwand es benötigt, eine Tussi zu bearbeiten, damit man eine 50/50 Chance hat, sie am Ende abzuschleppen. Malfoy hat soeben anschaulich dargestellt, wie man es nicht machen sollte, wobei ich ihm von Anfang abgeraten habe, Wahrheit oder Pflicht mit ihr zu spielen. Der Penner nimmt immer Wahrheit und ist dann auch noch wirklich ehrlich. Wie dumm kann man eigentlich sein? Gut, dass er sich noch nicht für den Auftritt umgezogen hat, denn das Zeug auf seinem Shirt sieht aus wie Kotze.

Aktuell glühen wir im Proberaum noch ein wenig vor, bevor es nachher zur Eventlocation in der Charles Street geht, wo die Feier zur Veröffentlichung von Mays Buch stattfinden soll. Das Magazin macht einen ziemlich großen Aufriss darum, und wir erhalten eine abartig hohe Gage dafür, als Hauptact aufzutreten. Es sind sogar mehrere TV-Sender geladen, die aufgrund meiner Beteiligung an der Story indirekt für großartige Werbung sorgen werden, was sich garantiert auf unser Album, welches im Dezember erscheinen soll, auswirkt.

»Vader, hast du ’nen Moment?« Wie jemand, der Drogen verticken will, zieht Aidan mich in eine dunkle Ecke. Vorhin erzählte er mir, dass Meg gemeinsam mit May zur Veranstaltung geht und er deswegen allein gekommen ist. Drake eröffnete daraufhin, dass er vorhatte, sie ebenfalls zu unserer kleinen Zusammenkunft einzuladen, es dann aber mir zuliebe doch nicht getan hat. Dabei habe ich kein Problem mit May, solange Mr. Mikropimmel zu Hause bleibt. Bereits damals nach der Beerdigung vermutete ich, dass sie wieder mit ihm anbandelt – aus sich mir bisher nicht ersichtlichen Gründen, denn sie hat so viel Besseres verdient. Vor ein paar Wochen hörte ich dann über drei Ecken – okay, Aidan hat es mir erzählt –, dass sie bei dem Vollidioten eingezogen ist.

Nun, seine Rücksichtnahme muss man Drake hoch anrechnen, zumal er auch gar nicht wissen kann, wie ich zu May stehe, denn sie wurde innerhalb der Band zu so einer Art Tabuthema.

Während ich immer zeitig zu Bandproben und Auftritten erschien, vernachlässigte ich die Jungs als Freunde, da von mir eine gewisse Verhaltensweise erwartet wurde und ich diese nicht länger aufrechterhalten konnte. Ich bin nicht mehr der

Allesficker, und ich habe auch wenig Lust zu erklären, warum das so ist. Stattdessen widme ich meine Zeit dem Projekt, ein besserer Mensch zu werden und eine solide Basis für meine Zukunft zu schaffen. Ich lenke mich ab, um nicht wahnsinnig zu werden und bislang hat das ganz gut geklappt.

Was soll ich sagen? Es ist was Wahres dran, wenn man sagt, die Zeit heilt alle Wunden – zumindest, wenn man ein esoterischer Vollschwachmat ist. Ansonsten ist das ausgemachter Schwachsinn, ein feuchter Fuck. Ja, es wird leichter, mit Tatsachen umzugehen, aber Scheiße bleibt Scheiße, auch wenn man sie mit einem hübschen Schleifchen verziert.

Um es auf den Punkt zu bringen, ich bin nicht über May hinweg, obwohl wir uns seit Wochen nicht gesehen haben. Es wird auch nicht leichter, aber ich lebe und atme.

Zugegeben, es gab die ein oder andere wirklich schwache Minute, in der ich sie so sehr vermisste, dass ich sogar eine Freundschaft in Erwägung zog, nur um an ihrem Leben teilhaben zu können, aber auf diesem Niveau des Selbstmitleids bin ich dann doch noch nicht angekommen. Wahrscheinlich wäre ich einer dieser Kumpels, die die ganze Zeit mit einem Ständer neben dem Mädchen ausharren, sich ausmalen, wie es wäre, ihr die Klamotten vom Leib zu reißen und sie zu ficken, während ihr minderbemittelter Freund danebensitzt und davon erzählt, wie ihm einer abgeht, wenn die Aktienkurse steigen. Oder ich würde ihn einfach verprügeln. So oder so also keine Option.

»Willst du mir Gras verkaufen oder in dieser schummrigen Ecke mit mir rummachen? Falls ich schwul werde, bin ich aber auf jeden Fall der aktive, männliche Part, musst du wissen«, entgegne ich und lenke meine Aufmerksamkeit wieder auf Aidan.

»Alter, vergiss es. Ich werde bald heiraten, und falls du schwul wirst, dann wäre vielleicht eher Drake dein

Ansprechpartner, denn der hat es sich bald ebenfalls mit allen Frauen auf diesem Kontinent verscherzt.«

Unweigerlich schaue ich zu Drake rüber und stelle zu meiner Erleichterung fest, dass ich mir eher den Schwanz abhacken würde, als je einen Gedanken daran zu verschwenden, ihn zu vögeln.

»Also, zurück zum Thema. Ich hab alle Unterlagen zusammen, die du für den Deal benötigst. Wende dich in der Sache an Franklin Summner. Er ist Notar, und ich hab ihm die Papiere bereits zukommen lassen. Wenn du dir sicher bist, dass du das tun willst, dann leitet er alles in die Wege.«

»Ich bin mir sicher.«

Er klopft mir auf die Schulter und nickt mir zu. »Das ist echt ein feiner Zug. Pass nur auf, dass du dich da in nichts verrennst. Es kann auch nach hinten losgehen.«

»Ja, ich weiß, aber danke.«

***

Zwei Stunden später finden wir uns auf der Party des Jahres wieder. Die Playmates der letzten vierundzwanzig Monate tummeln sich gemeinsam mit Schauspielern, Sängern und ein paar seltsamen Vögeln auf der Tanzfläche oder warten darauf, dass der offizielle Part vorbei ist und sie sich endlich besaufen und danebenbenehmen können.

Ich hingegen ziehe es vor, die Ruhe vor dem Sturm zu nutzen, um mir einen Drink zu gönnen - vorzugsweise allein. Leider sieht Nora das etwas anders, denn wo ich auch gehe oder stehe, strapaziert sie meine Nerven. Ich sehne den Tag herbei, an dem ich ihr ehrlich sagen kann, dass sie sich wie eine notgeile Schlampe aufführt, und so Gott will, kommt dieser Tag sehr bald.

Doch der heutige Abend ist wichtig für May, und ich habe mir geschworen, was auch immer passiert, ich werde freundlich und zuvorkommend sein, keinen Mist bauen, mit niemandem streiten und ihrem Freund definitiv nicht ins Gesicht schlagen. Wie ein Mantra sage ich mir den Part mit dem Freundlichsein auch jetzt, während Nora damit beschäftigt ist, ihre Brüste an meinem Arm zu reiben. Dabei denke ich mir, dass mein Schwanz eine Art Chuck Norris der Selbstbeherrschung geworden ist, denn auch als sie ihre Hand auf meinen Schenkel legt und ihm ziemlich nahekommt, erwacht er nicht aus seiner meditativen Starre. Er funktioniert durchaus noch, das habe ich im Selbstversuch getestet. Leider befindet er sich im ausschließlichen May-Modus, was ich bald mal von irgendeiner Frau auf diesem Planeten umprogrammieren lassen sollte. Ganz sicher jedoch nicht heute und nicht von Nora.

»Der offizielle Teil beginnt erst in einer halben Stunde, wir könnten also noch ...«, säuselt sie mir zu und riecht dabei, als habe sie in einem überdimensional großen Champagnerglas gebadet.

Wie von der Tarantel gestochen, springe ich von meinem Hocker auf und entschuldige mich seltsam brabbelnd, dass ich noch etwas wirklich Wichtiges erledigen müsste. Mein MacGyver-Blick entschlüsselt den Weg hinter die Bühne als bestmögliche Fluchtrichtung und dort angekommen, öffne ich die nächstbeste Tür, denn von Weitem höre ich dieses anhängliche Weibsstück nach mir rufen. Etwas außer Puste und doch sehr erleichtert, schließe ich die Tür ab und lasse mich dagegen sinken, um durchzuatmen. Viel zu spät nehme ich wahr, dass ich hier nicht allein bin.

Ich befinde mich in einer umfunktionierten Garderobe, die nur durch das Licht eines mit Birnen umrahmten Spiegels an einem Frisiertisch beleuchtet wird. Mein Blick fällt auf schwarze High Heels, aus denen endlos lange Beine in einer durchsichtigen schwarzen Strumpfhose, die mit einer Naht versehen ist, aufragen. Auf Höhe der Mitte der Oberschenkel werden sie von einem hautengen bordeauxroten Kleid verdeckt. Gierig nehme ich jedes Detail auf, das sich mir bietet. Einen perfekt geformten Hintern, den nur zur Hälfte geschlossenen Reißverschluss am Rücken des Kleides, dunkles Haar, welches in weichen Locken über eine Schulter nach vorne fällt. Im Spiegelbild begegnen mir wohlbekannte strahlend blaue Augen, in denen ein Feuer entfacht ist, das ich in ihnen seit Langem nicht entdecken durfte. Mein Mund ist trocken, der Hals rau, und ich schlucke schwer, denn mir fehlen die Worte. Wie ein Pin-up-Girl aus meinen wildesten Träumen steht May vor mir und leckt sich über die dunkelrot geschminkten Lippen. Bilder davon, sie über den Schminktisch zu beugen, ihr Kleid hochzuschieben, und die Hoffnung, dass es sich bei den Strümpfen um Strapse handelt, geistern mir durch den Kopf und wirken sich eher nachteilig darauf aus, nicht hart zu werden.

»Ich ...«, setze ich an, doch habe keinen blassen Schimmer, was ich sagen soll.

May öffnet ihren sündigen Mund und beißt sich auf die Unterlippe.

Der Versuch nicht hart zu werden ist damit endgültig gescheitert.

»Du?«, fragt sie und zieht diese verflixte Augenbraue auf eine Art hoch, die mich immer zu etwas herauszufordern scheint, dessen ich mir aber noch im Unklaren bin.

»Ich bin geflüchtet und hier gelandet und ... Wahrscheinlich sollte ich gehen.« *Wahrscheinlich sollte ich die Klappe halten*, trifft es eher.

»Wahrscheinlich solltest du das.« Ihr Augen fixieren meinen Mund und was sie sagt, steht im absoluten Gegensatz zu ihrer Körpersprache. Die Ansätze ihrer Brüste heben und senken sich in einem gleichmäßigen, wenn auch leicht beschleunigten

Rhythmus. Meine Hände erinnern sich genau daran, wie weich ihre Haut dort ist, wie sie leise stöhnt, wenn ich mit der Zunge über ihre Brustwarzen lecke und dann leicht zubeiße. Mit einer Hand hält sie das Kleid vorne fest, mit dem Daumen der anderen reibt sie über ihre Fingerspitzen, so wie sonst auch, wenn sie nervös ist. Ich lehne derweil weiterhin an der Tür und bin froh über das sperrige Holz in meinem Rücken, denn bei dieser Frau ist es kein Wunder, dass mir etwas anders wird.

»Bin schon weg«, erwidere ich, ohne mich zum Gehen zu wenden.

Sie räuspert sich, presst die Lippen aufeinander und raubt mir damit fast den Verstand. Wie kann ein einzelner Mensch auf so viele Arten unanständige Sachen mit seinem Mund machen, ohne auch nur in der Nähe von meinem Schwanz zu sein? Als hätte ich laut gedacht, gleitet ihr Blick an mir herunter. Völlig unverhohlen erkunden ihre Augen meinen Körper und verharren länger, als der gute Ton es erlaubt, auf meinem Schritt. Mein Schwanz wiederum nimmt das zum Anlass, um ausgerechnet jetzt sein Comeback zu feiern und zuckt munter vor sich hin, sodass meine Hose seltsame Falten wirft. Ein Leuchtreklameschild wäre unauffälliger. Es ist zu offensichtlich, dass ich scharf bin, dass ich sie will, tief und schnell ...

»Du könntest auch ...«, setzt sie an.

Ich mache einen Schritt auf sie zu, werde wie durch ein riesiges Magnetfeld von ihr angezogen.

»Was könnte ich, May?«

»Du könntest mir mit meinem Reißverschluss helfen«, wispert sie. Ihre Worte klingen wie das Verführerischste, was eine Frau je zu mir gesagt hat. Direkt hinter ihr komme ich zum Stehen, nehme den blumigen Geruch ihres Parfums wahr, spüre ihre Wärme, obwohl ich sie nicht berühre. Sie hebt eine Hand, um ihr Haar über die Schulter zu streichen und legt den Kopf dabei schräg, sodass sich mir ihr Hals darbietet. Die Halsschlagader zuckt nervös, und ich versuche, trotz meiner zitternden Finger, ihren Reißverschluss zu schließen. Wie in Zeitlupe ziehe ich ihn hoch, sehe dabei zu, wie sich ihre Nackenhaare aufstellen, als ich ihre nackte Haut streife. Das Kleid ist lange geschlossen, doch keiner von uns macht Anstalten, sich zu bewegen. Der Drang, sie zu berühren und zu schmecken, wird übermächtig, und in einem Anflug von geistiger Umnachtung trete ich näher, presse mich mit meinem Körper an ihren und lecke über die seidige Haut, die sie mir so offenkundig anbietet, bis hin zu ihrer Schulter. Sie haucht meinen Namen, und all meine vernünftigen Vorsätze und Gründe, weshalb das hier ein Fehler sein könnte, verpuffen. Ich öffne den Mund ein bisschen weiter und versenke meine Zähne in ihrer Schulter, was ihr ein tiefes Stöhnen entlockt, welches direkt in meinen Schwanz schießt. Als ich mich von ihr löse, dreht sie sich um und schlingt die Arme um meinen Hals, während ich meine Hände über ihre Rundungen wandern lasse, ihren Hintern durch den seidigen Stoff des Kleides greife und sie auf den Frisiertisch hebe. Sie umschließt meine Hüften mit den Beinen und zieht mich an meinem Shirt zu sich. Derart fordernd habe ich sie noch nie erlebt, und es bringt mich an den Rand des Wahnsinns. Sollte mich heute jemand töten wollen, dann bitte jetzt, denn das ist der absolut grandioseste Moment überhaupt.

Ich greife in ihr Haar, halte ihren Kopf in Position, und voller Verlangen treffen meine Lippen hart auf ihre. Bereitwillig öffnet sie ihren Mund und gewährt meiner Zunge Einlass. In der Sekunde, in der ich sie wieder schmecke, gelingt es mir nicht, ein Stöhnen zu unterdrücken. Ich presse meine Erektion gegen ihre Mitte und muss mich beherrschen, sie auf diesem Tisch nicht trockenzuficken, weil ich es verdammt noch mal nicht erwarten kann und sie noch viel zu viel Kleidung am Leib trägt. Alles in mir schreit danach, sie ganz zu spüren, zu berühren, zu schmecken und mit all meinen Sinnen in ihr zu versinken.

Vorsichtig taste ich über ihren Schenkel, schlüpfe unter den Saum des Kleides und sende meinen Dank an die Götter, als sich keine störende Barriere mehr zwischen ihrer Haut und meiner befindet. *Lobet die halterlosen Strümpfe!* May wölbt mir ihr Becken atemlos zwischen zwei Küssen entgegen, und obwohl ich nicht wie ein unromantischer Mistkerl wirken will, so kann ich doch keine Sekunde länger warten, sie ausgiebig zu erkunden. Also schiebe ich ihr Höschen zur Seite und treffe auf nasse, seidige Haut.

»Fuck, May. Bitte sag mir, dass das an mir liegt und du nicht heimlich Pornos geschaut hast. Obwohl das auch heiß wäre ...«

»Halt die Klappe«, keucht sie und knabbert an meiner Lippe, als ich meinen Finger grob über ihre Klitoris kreisen lasse. Ich bin so unglaublich hart, dass es fast wehtut, und ich muss einfach in ihr sein, ihre Beine weit spreizen und dabei zusehen, wie ich mich in ihr versenke. Gerade als sie sich an meinem Gürtel zu schaffen macht, bricht das Fegefeuer über uns herein.

»May? Bist du da drin?«, hört man Meg zwischen einem Klopfen an der Tür und gleichzeitigem Rütteln an deren Klinke fragen.

»Ja, ich ... ich komme gleich.«

Und ich hoffentlich auch, denke ich mir, doch Meg lässt nicht locker.

»Jetzt mach die Tür auf, ich muss dringend etwas mit dir besprechen.«

»Oh mein Gott, was machen wir denn jetzt?«, flüstert sie mir panisch zu.

Ich widerstehe dem Drang, ihr zu antworten, dass wir weitermachen sollten, denn Megs kleiner Auftritt hat mir die Augen geöffnet. Sogar für meine Verhältnisse ist das hier ein

Fehler. Einer, den ich sehr gerne in Kauf nehme, aber hinsichtlich dessen, was ich mir für uns ausgemalt habe, die absolute Katastrophe. Mehr als allen anderen wollte ich mir selbst beweisen, dass ich nicht mehr der schwanzgesteuerte Kerl bin. Trotzdem falle ich im erstbesten Moment über sie her und reibe meinen Schwanz an ihr wie ein räudiger Köter. Einmal im Leben danke ich Meg für ihr schlechtes Timing.

MAY

Wie erstarrt sitze ich auf dem Frisiertisch und frage mich, was zur Hölle mit mir nicht stimmt. Eben noch war es mein größtes Problem, während der Interviews nicht zu stottern oder absoluten Mist zu erzählen, aber jetzt erscheint mir diese Furcht absolut nebensächlich. Vader tritt einen Schritt zurück und hinterlässt nur durch ein paar Zentimeter Abstand eine Leere in mir, die unbeschreiblich schmerzt. Es ist nicht so, dass ich Garret vergessen hätte, als er in diesen Raum kam. Ganz im Gegenteil, er schlich sich sogar sofort in meine Gedanken. Aber selbst mit der schönsten Geste, die sogar meine Fantasie überstrapazieren würde, könnte er nicht das in mir auslösen, was Vader mit seiner bloßen Präsenz in Gang gesetzt hat.

Ich will frei sein, endlich wieder fliegen, was mir genau in diesem Moment bewusst wurde, als unsere Augen im Spiegel aufeinandertrafen. Zu diesem Zeitpunkt fasste ich den Entschluss, es allein zu schaffen. Ohne Garret und auch ohne Vader. Denn was der eine nicht zu erreichen vermochte, artete bei dem anderen zu einer gefährlichen Obsession aus. Mir fehlt dieses bunte, blitzende Aufbrausen der Emotionen, und ich kann unmöglich eine Beziehung aufrechterhalten, in der eben dies nicht existiert. Anderseits ist bei Vader alles zu viel, zu intensiv und zu einnehmend. Ich muss meinen eigenen Weg finden, darf mich nicht in Erwartungen anderer verlieren oder von irregeleiteten Gefühlen verwirren lassen.

All das ging mir durch den Kopf, während er auf mich zukam, und all das war wie weggeblasen, als sein Finger mein Rückgrat entlangfuhr und mich in Flammen setzte. Mein Gehirn verweigerte den Dienst, und mein Körper übernahm die Führung. Ich war so ausgehungert, fieberte jeder seiner Berührungen und Küsse entgegen, sehnte mich danach, ihn endlich wieder zu spüren und mich in dem Prickeln zu verlieren, das nur er mir schenken konnte. Hätte Meg uns nicht unterbrochen, hätte ich mich ihm hier und jetzt, ohne zu zögern, komplett hingegeben und es keine Sekunde bereut. Wie widersprüchlich Herz und Kopf doch manchmal entscheiden.

Vader streicht mir mit dem Daumen über die Unterlippe; auch er atmet noch schwer und ich wüsste zu gern, was gerade in seinem Kopf vorgeht. Sein Gesicht ist meinem so nah, dass ich seinen Atem auf der Haut spüre.

»Wir öffnen Meg jetzt die Tür.« Er hebt mich vom Frisiertisch, richtet mein Kleid und legt seine Hände an meine Wangen. Sekundenlang schaut er mich einfach an, beugt sich dann vor und küsst meine Stirn. Etwas tief in mir sagt, dass dies ein Abschied ist und augenblicklich breitet sich ein so großer, lähmender Schmerz in mir aus, dass mir die Worte fehlen, um ihn davon abzuhalten, zur Tür zu gehen und mich zu verlassen.

Als würde ich von oben auf uns herabblicken, stehe ich reglos da und verfolge jede seiner Bewegungen. An der Tür angekommen, nimmt er einen tiefen Atemzug und schließt sie dann auf. Megs Gesicht schreibt Bände, als sie sieht, wer da öffnet und ihr ein freudiges »Hi« entgegenbringt.

»Du bist nicht May. Entweder imitierst du ihre Stimme erschreckend gut oder ...«

»Oder ich musste vor einer sehr notgeilen Nora flüchten und habe die erstbeste Tür gewählt, um mich dahinter zu verbarrikadieren.«

Er tritt zur Seite und lässt Meg vorbei. Sie zuckt mit den Schultern und setzt ihr freundlichstes Lächeln auf.

»Das klingt so abwegig, dass es schon wieder zu dir passt.«

»Wo wir das jetzt geklärt haben, suche ich mal die Jungs.«

Als er schon fast auf den Flur raus ist, ruft Meg noch mal nach ihm.

»Ach, und Vader? Nora hat deinen Lippenstift ein wenig verschmiert. Du solltest neuen auftragen.«

»Ich dich auch«, höre ich ihn lächelnd antworten, bevor Meg die Tür hinter sich schließt.

»Gut, dass ich dich endlich gefunden habe. Himmel, hier sind so unglaublich viele Menschen, dass ...« Abrupt bleibt sie stehen und legt den Kopf schräg.

»Hast du zufällig auch mit Nora geknutscht?«

Da die Geschehnisse der letzten Minuten derart auf mich einprasseln, registriere ich zu spät, dass mir nur noch eine sehr einfallsreiche Antwort helfen könnte. Doch das Chaos in meinem Kopf verhindert einen hilfreichen Gedanken.

»Süße, geht's dir gut?«

Anstelle weiterhin wie *Rain Man* durch die Gegend zu starren, lenke ich die Aufmerksamkeit auf meine besorgte Freundin.

»Meg? Ich glaube, ich muss mit Garret sprechen. Weißt du, wo er ist?«

»Hast du hier gerade etwa wirklich mit Vader ...? Also ich weiß nicht, ob es eine gute Idee ist, jetzt sofort mit ihm zu sprechen. Du scheinst mir etwas durch den Wind zu sein, und so wenig ich Garret auch ausstehen kann, aber ...«

»Glaub mir, ich bin mir sehr sicher.«

»Hättest du vorher eine Minute? Es geht um dein Haus ...«

Der starke Drang, mit Garret reinen Tisch zu machen, überwiegt, zumal ich bezweifle, dass mein Mut den ganzen Tag anhalten wird. Draußen beginnt die Band zu spielen. Erste Gitarrenklänge dringen an mein Ohr, und ich weiß, mir bleibt nun nur noch eine halbe Stunde, bis sich die Presse auf uns stürzt.

»Ich muss wirklich los. Wir reden später, okay?«

Ich lasse die etwas verdutzte Meg stehen und dränge mich durch das extravagante Partyvolk. Möglich, dass ich dabei der ein oder anderen Berühmtheit auf die Füße trete oder jemanden schubse, doch darauf kann ich keine Rücksicht nehmen, denn ich habe ein Ziel. Nun, zumindest weiß ich, wer dieses Ziel sein soll, aber nicht, wo es sich gerade befindet. Als ich mich auf der Tanzfläche umsehe, spüre ich Vaders Blick auf mir. Wie gebannt verharre ich und beobachte, wie er auf der Bühne performt. Er ist dafür geboren, und ich ziehe den Hut vor dem, was die Jungs alles riskiert haben, nur um ihren Traum zu leben.

Ich hingegen war so dumm, meine eigenen zu verwerfen. Doch wenn ich nicht selbst an mich glaube, wer tut es dann?

Schweren Herzens setze ich meine Suche nach Garret fort, denn es bringt alles nichts. Wir müssen endlich reden.

Das Eventgelände erinnert mich schwer an das Heuballenlabyrinth, denn innerhalb nur weniger Minuten habe ich mich irgendwo hinter der Bühne verlaufen. Die Band ist nur noch von Weitem zu hören und inmitten von Stahlgerüsten und Kabelsträngen, die dicker als mein Oberarm sind, beschließe ich, mir so bald wie möglich eine Ortungsapp auf mein Handy zu laden, damit ich ein Hilfesignal an irgendwen senden kann, wenn ich verloren gehe.

»Das war nicht Teil der Abmachung. Seit Jahren spiele ich deine Spielchen mit und jetzt, wo endlich alles geklärt ist, lässt du sie bei dir wohnen? Ich habe keine Lust mehr, dich zu teilen, und wenn du nicht bald etwas daran änderst, bin ich weg.«

Zunächst amüsiert mich diese Furie, die ihren Freund offenbar zur Schnecke macht, und ich frage mich, welches Promipärchen wohl auf dieser Veranstaltung seine Streitigkeiten ausficht. Bei genauerem hinhören jedoch, glaube ich, die Stimme der Frau zu erkennen. Vorsichtig luge ich um die Ecke und traue meinen Augen nicht.

Amanda Wellington, eine ehemals sehr gute Freundin von Meg und mir, steht gegen eine Wand gelehnt und zieht einen Schmollmund. Unweigerlich muss ich an den Tag denken, an dem Vader ein Foto von uns dreien in meinem Regal gefunden hat. Damals, an Megs einundzwanzigsten Geburtstag waren wir unzertrennlich und teilten wirklich alles miteinander. Das änderte sich natürlich, als Meg mit Aidan zusammenkam sowie ich mit Garret. Dachte ich zumindest, denn wie es scheint, teile ich immer noch großzügig mit ihr – und zwar Garret.

»Baby, du weißt doch selbst, dass es der einzige Weg war, an die Kohle zu kommen. Jetzt, wo das Haus verkauft ist, ist alles geregelt. Du bist die Einzige für mich, das sollte dir bewusst sein«, säuselt er ihr zu.

Ich hoffe wirklich, mich verhört zu haben und halte es keinen Moment länger in meinem Versteck aus.

»Garret? Würdest du mir das bitte erklären?«

Erschrocken zuckt er zusammen, während sich auf Amandas Gesicht ein hinterhältiges Lächeln bildet.

»May. Ich hab dich schon gesucht, und äh ... Amanda war so nett, mir zu helfen.«

»Lüg mich nicht an. Von welchem Geld hast du eben gesprochen?«

Er zerrt mit dem Finger an seinem Kragen und alle Farbe weicht aus seinem Gesicht.

»Du musst da was falsch verstanden haben.«

Genervt schubst Amanda ihn zur Seite und kommt auf mich zu.

»Oh nein, das war schon richtig. May, meine liebe, süße, unschuldige May. Ich hätte nicht gedacht, dass deine Intelligenz sich auf deine Blauäugigkeit reduziert. Wohnt auf einer verdammten Goldgrube und merkt es nicht.«

»Amanda«, warnt Garret sie.

»Nichts ›Amanda‹«, faucht sie zurück und widmet sich dann wieder ganz mir. »Wusstest du, dass das Haus deiner Grandma unter Denkmalschutz steht? Es ist ein ziemlich geschichtsträchtiges Gebäude, und wenn man einen Idioten findet, dem genau das an dieser Bruchbude gefällt, dann ist er gewillt, ein kleines Vermögen dafür zu zahlen. Tja, leider nicht an dich.«

Mir wird so einiges klar, und ich kann ihr nur zustimmen, ich war wirklich blöd.

Ohne ihr weitere Beachtung zu schenken, dränge ich sie zur Seite und wende mich Garret zu.

»Von wie viel Geld spricht sie da?«

Er lächelt unbeholfen und der Schweiß steht ihm auf der Stirn. »Es war nicht viel. Ich habe nur die normalen Vermittlungskosten einbehalten.«

»Vermittlungskosten?« Ich stemme meine Hand mit voller Wucht gegen seine Brust, sodass er nach hinten stolpert.

»Es waren ein paar Hundertausend«, flötet Amanda.

»Ein paar ...?« Ich hole aus, um Garret eine zu scheuern, doch er beschließt zu flüchten. Mir ist völlig egal, wo wir sind oder was ich hier tue, viel zu sehr hat mich die Wut in ihrem Griff, und auch, als er auf die Tanzfläche zustürmt, renne ich ihm nach, wobei ich mir nicht anders zu helfen weiß, als »Haltet ihn fest« zu brüllen. Garret hat Probleme, sich durch die verwirrt dreinschauenden Gäste zu schlängeln, und als ich sehe, dass er auf die Band zusteuert, die mittlerweile neben der Bühne ihr Bier trinkt, schreie ich Drakes Namen. Er steht genau neben dem Durchgang, durch den Garret abhauen will, und reagiert sofort, indem er ihm ein Bein stellt. Garret kommt zu Fall und ich erreiche ihn, als er sich gerade wieder aufgerappelt hat.

»Du vermaledeiter Hurensohn. Ich rate dir, dich nach einem sehr guten Anwalt umzusehen. Vielleicht muss deine dreckige Hure dich dann nur ein paar wenige Jahre im Knast besuchen.«

Ich hole aus und meine Faust trifft ihn mitten im Gesicht.

Als ich ein zweites Mal auf ihn losgehen will, umfassen mich zwei starke Arme und ziehen mich zurück, drängen mich in eine kleine Nische, abseits der schaulustigen Gäste.

»Beruhige dich.« Vaders Stimme zeigt sofort Wirkung, denn mein Körper ist nicht länger in Alarmbereitschaft.

Die Anspannung fällt langsam von mir ab und hinterlässt eine tiefe Wut auf mich selbst sowie endlose Trauer. Garret hat mich verarscht. Dabei geht es mir weniger um das Geld, welches er mir unterschlagen hat, sondern viel mehr um die Tatsache, dass ich so naiv war und ihm blind vertraut habe. Oh mein Gott, wenn ich nicht so dumm gewesen wäre, hätte ich vielleicht Grandmas Haus behalten können.

Vader hat nach wie vor die Arme um mich geschlungen und beginnt, dann unverständliches Zeug an meinem Ohr zu murmeln.

»Nett sein, zuvorkommend sein, keinen Streit anfangen und Garret nicht ins Gesicht schlagen.«

»Was?«, frage ich verwirrt.

»Das war mein Mantra für heute Abend. Vielleicht hätte ich es dir per SMS senden sollen.«

Obwohl die Welt gerade unterzugehen scheint, kann ich doch für einen kurzen Augenblick lächeln.

EPISODE 9 – Luke … Ich bin KEIN Vater

MAY

Erbarmungslos malträtiert mich der Wecker und zwingt mich aus dem warmen Bett heraus.

Draußen ist es noch dunkel, und der Herbst weicht langsam dem Winter. Die Bäume tragen nur noch wenige kämpferische Blätter, die dem stürmischen Wind trotzen. Einmal mehr bin ich froh, nicht wie andere vor die Tür zu müssen, um zur Arbeit zu fahren. Ich tapse in die Küche, in der Meg bereits mit einem Becher Kaffee in der Hand in die Zeitung vertieft ist.

»Guten Morgen Sonnenschein«, begrüßt sie mich gut gelaunt.

»Morgen.«

Ich schenke mir Kaffee ein und setze mich zu ihr. Heute steht ausnahmsweise mal nichts an, was mit Hochzeiten, Kleidern oder Blumenbouquets zu tun hat und ich bin froh, den Tag für mein neues Buch nutzen zu können.

Nachdem Garret wegen Betrugs angeklagt worden war, boten mir Meg und Aidan an, bei ihnen unterzukommen, denn ich wollte keine einzige Minute mehr mit ihm gemeinsam unter einem Dach verbringen. Es stellte sich heraus, dass er nicht nur mich um all meine Ersparnisse gebracht hatte. Doch die

Wahrscheinlichkeit, dass ich mein Geld wiedersehen werde, ist mehr als gering, da die Liste der Gläubiger sehr lang ist. Laut meines Anwalts hat er sich wohl an der Börse verspekuliert und bei den falschen Leuten Schulden gemacht.

Glücklicherweise fand Nora meinen kleinen Auftritt auf der Premierenfeier *erfrischend*, und so führten wir zwei Wochen später ein langes Gespräch über meine Zukunft beim Magazin. Das Blatt wollte mich noch nicht ganz aufgeben, und nachdem ich mir das alles sehr gut überlegt hatte, stimmte ich zu, denn meine Zukunft liegt nach wie vor im geschriebenen Wort. Also habe ich beschlossen, meine Träume zu verfolgen und auf mich selbst zu bauen.

Mein erster Scheck für das Buch fiel viel höher aus, als ich es je erwartet hätte, und so sah ich mir die ein oder andere Eigentumswohnung in der Gegend an. Bisher war nichts dabei, was einem Zuhause nahekommt, doch ich versuche, optimistisch zu sein. Mein erster Gedanke galt natürlich Grandmas Haus, doch wie sich herausstellte, hatte der Käufer eine so hohe Summe dafür gezahlt, dass ich zehn solch gutlaufender Bücher schreiben müsste, um ihm den Kaufpreis zurückerstatten zu können.

»Was steht heute an?«

»Ich sehe mir am Nachmittag eine Wohnung an. Im Internet sah sie sehr vielversprechend aus, und vielleicht seid ihr mich ja schon bald los.«

»Überstürze nichts, okay? Vielleicht geschehen ja noch Wunder ...« Meg redet in letzter Zeit dauernd hoffnungsvollen Kram, was ich der bald bevorstehenden Hochzeit zuschreibe. Sie ist positiv gestimmt und hat mir damit aus so manchem tiefschwarzen Loch geholfen.

»Ich kann hier nicht ewig wohnen. Das wird deinem Eheleben nur schaden.«

Sie schlägt mir spielerisch gegen den Arm. »Du weißt, dass du bei uns jederzeit erwünscht bist.«

»Du bist die beste, nervigste Freundin auf diesem Erdball«, entgegne ich und nehme meine Kaffeetasse, um mich an die Arbeit zu machen.

Ich bewohne das Gästezimmer, welches mit einem Bett und einem kleinen Schreibtisch ausgestattet ist. Verrückt, dass ich nichts vermisse, doch letztlich brauche ich nicht mehr zum Leben.

Während mein Laptop hochfährt, fällt mein Blick auf die gebundene Ausgabe meines ersten eigenen Buches. Es zu schreiben, war der Start eines völlig neuen Lebensabschnitts, und ich möchte keine Sekunde davon missen. Ich bin daran gewachsen und als eine stärkere Person hervorgegangen. Das ist auch der Grund, weshalb ich meinen wichtigsten Besitz zwischen den Buchseiten aufbewahre.

Ich schlage es auf und nehme den Brief heraus, der mich vor drei Tagen erreichte.

Mit zittrigen Hände falte ich ihn auseinander und streiche sachte mit dem Finger über die handgeschriebenen Zeilen. Es besteht kein Zweifel, dass sie von meiner Grandma stammen, denn ihre Handschrift würde ich unter Tausenden erkennen. Da mir der Brief ohne Absender zugeschickt wurde, gehen wir davon aus, dass der neue Eigentümer ihn gefunden haben muss. Ich bin ihm dankbar dafür, dass er ihn nicht weggeworfen hat, denn für mich bedeutet er das Ende einer langen Reise.

Liebe May,

wie oft schon habe ich hier gesessen, in den Garten hinausgeschaut und darüber nachgedacht, was richtig und was falsch ist. Es gab viele Momente in deinem Leben, in denen du mich nach dem Warum gefragt hast. Warum wohne ich bei dir? Warum melden sich meine Eltern nicht? Warum haben sie mich nicht mehr lieb? Später formuliertest du diese Fragen anders, erwachsener, doch ihr Sinn blieb derselbe. Meine Antworten darauf waren immer wohldurchdacht, doch nie komplett ehrlich.

Ist es richtig, alles auf den Kopf zu stellen und die Perspektiven zu verschieben, wenn sich das Ergebnis nicht ändert? Ich weiß es nicht, und selbst jetzt, wo ich diese Zeilen schreibe, bin ich nicht sicher, ob du sie je zu lesen bekommen wirst.

Deine Mutter war schon als Kind ein flatterhaftes Ding. Immer, wenn sie etwas haben wollte und es dann bekam, verlor sie schnell das Interesse daran. Das fing bei Spielzeugen an, setzte sich bei Schulkursen und Hobbys fort und gipfelte schließlich in einer Ehe mit deinem Vater. Er hat sie vergöttert, und als du auf die Welt kamst, schien ihr Glück perfekt. Leider sollte es nicht lange währen, denn deine Mutter verfiel in alte Muster. Ich weiß nicht, ob du dich erinnern kannst, doch sie war oft tagelang wie vom Erdboden verschluckt. Peter kümmerte sich währenddessen aufopfernd um dich, doch nach ein paar Jahren drohte er daran zu zerbrechen. Wir haben oft zusammengesessen, und er fragte mich, was er tun könnte, um deine Mutter glücklich zu machen, doch auch darauf wusste ich keinen Rat. Es war ihm nicht zu verübeln, dass er eine wirklich nette Frau kennenlernte und sich neu verliebte. Jeder Mensch sollte die Chance auf Liebe haben.

Eines Tages bat er deine Mutter um die Scheidung. Er wollte dich mit zu sich nehmen, doch sie verlor völlig die

Fassung. Wochenlang zog sich die Schlammschlacht, denn sie konnte es nicht ertragen, dass jemand sie verließ, und hatte Angst, dich zu verlieren. Also drohte sie damit, sich umzubringen, weil sie ohne dich nicht leben wollte.

Du warst schon immer so auf deine Mum fixiert gewesen, dass er es schlichtweg nicht übers Herz brachte, dich ihr wegzunehmen. Hätte Peter damals gewusst, was wir heute wissen, er hätte anders gehandelt. Nun bist du eine erwachsene Frau, lernst die Liebe kennen, und ich hoffe, dass dich dieses Wissen nicht noch mehr belastet. Aber vielleicht sind die folgenden Worte ein kleiner Trost für dich, auch wenn es mir leidtut, dass ich es dir nicht schon eher sagte: Die beiden haben dich geliebt. Jeder auf seine eigene Art und Weise, doch jeder von ganzem Herzen.

Du wirst deinen Weg machen, mein Mädchen, das weiß ich, und irgendwo wartet auf dich ein Mann, mit dem du in dieselbe Richtung blicken kannst.

In ewiger Liebe!

Deine Grandma

Zum ersten Mal stimmen mich diese Zeilen nicht traurig. Anfangs war ich wütend, dass Grandma mir diese kleine aber feine Information verwehrt hat, doch je länger ich darüber nachdenke, desto mehr verstehe ich ihre Beweggründe. Sie konnte nicht wissen, wie sehr mich das all die Jahre über belastet hat, schließlich wusste ich, bis ich Vader traf, überhaupt nicht, dass ich ein Problem hatte. Mir das einzugestehen, hat etwas gedauert, doch ich akzeptiere es jeden Tag erneut, und täglich wirkt es weniger befremdlich.

Nachdem ich ein paar nutzlose Sätze in mein Dokument getippt und sie wieder gelöscht habe, sehe ich ein, dass mein Kopf zu voll ist, und beschließe, einen kleinen Spaziergang zu machen. Frische Luft klärt ja bekanntermaßen den Kopf, und davon hält mich nicht mal das triste Herbstwetter ab.

Der kühle Wind fühlt sich angenehm auf meinem erhitzten Gesicht an. Nach kurzer Zeit wagt sich sogar die Sonne hinter den Wolken hervor und hebt damit meine Laune. Ich schlage keinen bestimmten Weg ein, sondern laufe einfach immer weiter und überlasse meinen Beinen das Denken. Dass das nicht immer der richtige Weg ist, stelle ich fest, als ich zum ersten Mal bewusst meine Umgebung wahrnehme. Fast hätte ich mein altes Zuhause nicht wiedererkannt, denn es erstrahlt in völlig neuem Glanz. Immer wieder wollte ich hierherkommen, habe es aber vermieden, denn zu viele Erinnerungen hängen daran. Ich schlucke schwer und betrachte den Vorgarten, der mit winterfesten Pflanzen und Blumen bestückt ist; die lackierten Fensterrahmen, die frisch gestrichene Fassade und die liebevoll restaurierte Veranda. Ich könnte weinen, allerdings nicht vor Trauer, sondern weil es mich freut, dass jemand dieses alte Haus zu schätzen weiß. Wahrscheinlich ist es der blanke Wahnsinn, doch ich raffe all meinen Mut zusammen und steige die Stufen der Veranda hinauf, um zu klingeln. Nur einmal möchte ich die Menschen sehen, die das Haus mit Leben füllen.

Nur einmal ...

Die Tür öffnet sich, und ich falle fast rückwärts von der Stufe.

»Vader?«

VADER

Okay, cool bleiben. So war das nicht geplant gewesen, und wenn ich rauskriege, wer es May gesteckt hat, sollte dieser Jemand am besten schnellstmöglich seine Koffer packen und das Weite suchen.

»Ähm, hallo?« Nicht meine beste Begrüßung, aber die einzige, die mir in dieser Situation einfällt.

»Was ...?« May ist ziemlich blass um die Nase geworden, und ich befürchte wirklich, dass sie gleich umkippt.

»Möchtest du vielleicht reinkommen?«

Sie fährt sich mit der Hand durchs Haar und schaut sich nervös um, nickt aber dann, und ich trete zur Seite, um sie reinzulassen.

»Das muss jetzt etwas seltsam für dich aussehen, und ich weiß nicht, wen ich umbringen muss, weil er es dir gesagt hat, aber ...«

Sie hebt die Hand, stoppt meinen Redefluss damit und macht ein paar vorsichtige Schritte in den Flur. Ich schließe die Tür und folge ihr bis ins Wohnzimmer und dann in die Küche. Ihre Stille ist erdrückend, und mein Herz springt wahrscheinlich jeden Moment aus meiner Brust, doch ich halte die Klappe und gebe ihr die Zeit, die sie braucht.

In der Küche angekommen schlägt sie die Hände vor den Mund. Eine Träne kullert über ihre Wange, und zum ersten Mal sieht sie mich direkt an.

»Dir gehört das Haus?«

»Nicht direkt, aber irgendwie schon. Ja.«

»Und du hast das hier alles gemacht?«

»Vielleicht traut man es mir nicht zu, aber ja, ich habe ungeahnte Talente.«

Sie stützt sich an der Arbeitsplatte ab. »Ich glaub, ich muss mich mal hinsetzen.«

Sofort sprinte ich zu ihr und lege den Arm um ihre Hüfte.

»Lass uns ins Wohnzimmer gehen«, schlage ich vor. Als sie sich auf das Sofa setzt, verschwinde ich schnell in der Küche, um mit einem Glas Wasser wiederzukommen, welches sie dankend annimmt.

Ich gebe ihr etwas Raum und lasse mich auf dem Sessel ihr gegenüber nieder, was keine gute Idee ist, denn er weckt Erinnerungen.

Das Wohnzimmer ist der einzige Raum, an dem ich nichts verändert habe. May hatte bereits so viel Arbeit hineingesteckt und ich brachte es nicht übers Herz, auch nur ein Möbelstück zu verschieben. Hier fing alles an, mit einem dämlichen Film über Schicksal und Liebe. Hier haben wir gestritten, gelacht und hatten zum ersten Mal Sex. Ja, ich gebe zu, Kelly hat recht. Ich bin ein Softie, aber nur was May betrifft.

»Warum?«, fragt sie ganz leise.

Jetzt ist wohl Zeit für die große Ansprache, die ich mir natürlich noch nicht überlegt habe. Aber hey, ich bin Musiker, sollte mir Improvisation nicht im Blut liegen?

»Es war mehr ein Zufall. Ich dachte mir, dass es an der Zeit ist, ein Haus zu kaufen und einen Baum zu pflanzen, oder wie auch immer man das so macht. Jedenfalls gab Aidan mir eine Liste mit Objekten, die unter den Hammer fallen, und ich war ziemlich verwundert, als ich darunter dein Haus wiedererkannte. Ich wusste bis dato, dass du bei Garret wohnst, und glaubte, du wolltest vielleicht auch so was wie einen Neustart wagen, aber irgendwann erzählte Drake mir, dass du es nicht wirklich freiwillig verkaufst. Es war mehr eine spontane Idee als wirklich ein gut überlegter Schritt, doch schließlich machte ich ein Angebot und hielt mit, obwohl Mr. Mikropimmel den Preis immer weiter in die Höhe trieb. Jedenfalls konnten wir uns irgendwann einigen, und somit war ich plötzlich Hausbesitzer.«

»Wieso hast du nichts gesagt?« Ihre Stimme ist so leise und brüchig, dass ich befürchte, sie bricht jeden Moment in Tränen aus.

»May, ich dachte damals, das geschieht in deinem Namen. Ich wusste nicht, dass er dahintersteckt. Davon abgesehen lief alles über einen Makler, sodass mein Name eh nie irgendwo auftauchte. Er wusste nicht, wem er das Geld aus der Tasche zog; er war einfach nur grundsätzlich ein Arschloch. Jedenfalls konnte ich mir die ganze Zeit über nicht vorstellen, dass du das Haus wirklich nicht mehr haben willst.

Eines Abends ging ich durch die Zimmer, sah die überall akkurat gestapelten Farbeimer und Tapetenrollen und legte einfach los. Jede freie Minute verbrachte ich hier, den Gedanken, dass du irgendwann mal dein kleines Traumhaus besitzt, immer vor Augen.

»Was?« Sie runzelt die Stirn. Ja, dazu war ich ja noch nicht gekommen. Ich stehe auf und nehme eine Kladde aus dem Regal, um sie ihr zu reichen.

»Was ist das?«

Dass es mir so schwerfallen würde, von dieser Bude Abschied zu nehmen, habe ich nicht erwartet.

»Darin befinden sich alle Unterlagen, die du benötigst, um dich als alleinige Besitzerin eintragen zu lassen. Mr. Summner ist Notar und über alle Details informiert. Du musst nur die Papiere unterzeichnen, dann gehört das Haus wieder rechtmäßig dir.«

In ihren Augen liegen so viele Emotionen, dass ich den Blick abwende. Als ich das Haus kaufte, war ich voller Hoffnungen und Träume. Für uns beide. Die letzten Wochen hingegen waren ernüchternd. Aber man kann nichts erzwingen, so sehr man es sich auch wünscht.

Mays Hände erscheinen vor meinen Augen und schließen sich um meine. Meine Haut prickelt an der Stelle, an der sie mich berührt. So, wie sie es immer tut; so, wie sie nur auf sie reagiert.

»Du hast mir den Brief meiner Großmutter geschickt, oder?«

Ich nicke. »Er steckte in einer Diele im alten Schlafzimmer. Ich dachte, du wolltest ihn vielleicht haben.«

»Hast du ihn gelesen?«

»Ja.« Verdammt ja, ich habe ihn gelesen und dachte mir in dem Moment, dass es nichts Großartigeres auf der Welt gibt als dieses Stück Papier. Ich sah darin sogar eine Möglichkeit, dass May ihre Meinung zu der Liebe vielleicht doch noch ändern könnte. Aber ich hörte nichts von ihr. Kein Anruf, keine Nachricht, nichts. Hätte er etwas in ihr bewegt, dann hätte sie sich doch gemeldet.

Sie hockt sich zu mir herunter und streicht mir durchs Haar. »Wie soll ich das nur jemals gutmachen?«

Ich zwinge mich zu lächeln. »Das ist das Gute an einem Geschenk. Man muss sich nicht revanchieren.«

»Vader, wieso tust du das alles für mich, nachdem ich mich so verhalten habe?«

Das ist die wohl leichteste Frage in diesem ganzen Spiel.

»Weil ich dich liebe, May. Weil ich will, dass du glücklich bist.«

Ihr Lippen treffen so plötzlich auf meine, dass ich erstarre. Ihr süßer Geschmack, gemischt mit den salzigen Tränen, entfacht das tiefe Verlangen in mir, sie zu besitzen. Ich will alles von ihr und ich muss wissen, ob sie bereit ist, es mir zu geben. Es klingt verdammt selbstüberzeugt, aber ich weiß, dass ich sie jetzt in diesem Moment haben könnte. Mir nehmen könnte, was ich brauche, worauf ich schon so lange warte. Aber es wäre falsch. Ich will keinen Fick für zwischendurch. Nicht mehr. Also treffe ich eine Entscheidung und schiebe sie behutsam, aber bestimmt von mir weg. Mays Augen werden groß und sie blickt mich verwirrt an, stellt mir stumm tausend Fragen. Doch ich habe nur eine.

»Wirst du das jemals zu mir sagen können?«

Ernüchterung macht sich in mir breit, als sie nicht sofort antwortet. Ich habe alles versucht und bin doch gescheitert, jetzt muss ich damit leben.

Als ich mich erhebe, springt auch May auf, fasst mich am Arm und zwingt mich, in der Bewegung innezuhalten.

»Es ist nicht so, dass ich es nicht will. Nur weiß ich einfach gerade nicht, wo mir der Kopf steht. All meine Überzeugungen basieren auf falschen Tatsachen, und es ist nicht so leicht, das gedanklich geradezubiegen. Ich habe viele Fehler gemacht, und glaub mir, ich bedaure zutiefst, dass ich mich so dämlich verhalten habe, als du mir von deinem Sohn erzählt hast, denn ich liebe Kinder und hätte dir die Chance geben sollen, es zu erklären. Ich weiß, dass du deswegen eine große Verantwortung übernehmen musst, und ich bewundere, wie du das alles schaffst. Aber jetzt im Moment bin ich einfach nur durcheinander. Das ist alles etwas viel.«

»Ja, ich glaube auch, dass du durcheinander bist. Also, ich weiß von keinem Kind und Gott bewahre, so voll war ich nie, dass ich es habe drauf ankommen lassen. Wovon zu Hölle also sprichst du da?«

May schaut mich an, als hätte nicht sie, sondern ich einen an der Waffel. »Grayson? Kelly?«

Kennt ihr das, wenn man das Gefühl hat, dass aus dem Nichts eine Faust kommt und einem mitten ins Gesicht schlägt?

»Fuck. Oh Mann.« Das ist so abwegig, dass ich zu lachen beginne, obwohl es alles andere als lustig ist. »Ich dachte, Drake hat dir damals die ganze Geschichte erzählt?«

»Was zur Hölle hat Drake jetzt damit zu tun?«

»Mein Gott, Grayson ist mein Neffe. Als Kelly und ich uns getrennt haben, kam raus, dass sie schon länger mit meinem Bruder anbandelte. Ich hab sie oft zu Hause alleingelassen, während das mit der Musik anfing. Zwar hat sie mich nie mit ihm betrogen, aber sie entwickelten Gefühle füreinander. Letztes Jahr ist Luke mit seiner Firma nach Afrika geflogen, um dort Wasseraufbereitungsanlagen zu installieren, deswegen habe ich mich um Kelly und den Kleinen gekümmert. Er hat seinen Sohn bisher nicht ein einziges Mal live gesehen, also beschloss ich, auch wenn es verquer klingt, ihn zu vertreten. Und das meine ich verdammt noch mal nur auf Grayson bezogen.«

»Dein Bruder heißt Luke? Luke und Vader?«

»Ja, und ich hoffe, den Rest hast du auch noch mitbekommen.«

»Natürlich. Ja ...« Ich kann förmlich sehen, wie es in ihrem Kopf rattert, bevor sie weiterspricht. »Das erklärt einiges.«

»Pass auf, May, ich verstehe, dass das alles sehr viel auf einmal ist, aber ich kann nicht so tun, als würde ich dich nicht mehr mögen. So funktioniert das nicht. Aber ich freue mich wirklich, dass du dabei bist, dein eigenes Leben zu leben, wieder schreibst und diesen Kerl verlassen hast. Lass dich davon nicht mehr abbringen. Zieh dein Ding durch und fühl dich gut dabei. Okay?«

Ich muss hier raus. Als sie geistesabwesend nickt, nehme ich meine Schlüssel von der Ablage im Flur und gehe zur Haustür.

»Vader?«, ruft May und kommt auf mich zugerannt. Sie schlingt die Arme um mich und gibt einen erstickten Laut von sich. »Ich kann das hier unmöglich annehmen.«

»Du kannst und du wirst. Das ist dein Zuhause.«

»Aber du hast so viel dafür bezahlt und ...«

»Schon gut. Aber darf ich dir noch einen letzten Rat geben?«, flüstere ich in ihr Haar, und sie nickt.

»Der Trick besteht darin, auf sein Herz zu vertrauen und nicht einzig und allein auf seinen Kopf, denn manchmal entscheidet der Kopf sich falsch, das Herz jedoch liegt nie daneben.«

***

Wer hatte eigentlich diese grandiose Idee, dass ich eine Fliege zu diesem Anzug tragen soll? Wieso gibt es die Dinger überhaupt? War da jemand zu oft in Disneyland? Ich sehe aus wie Mickey Mouse für Arme in diesem gestern neu angeschafften Hugo Boss Zweireiher.

Ich fühlte mich nicht wohl bei dem Gedanken, Aidans Trauzeuge zu sein und dabei einen Anzug zu tragen, den ich auf einer Beerdigung eingeweiht hatte. Karma ist eine Bitch! Auch wenn ich nicht daran glaube, gehe ich lieber auf Nummer sicher. Nun stehe ich also in diesem Nebenraum der Kirche vor einem Spiegel und zerre nervös an meinem Kragen, während Aidan die Ruhe selbst ist.

»Solltest du es dir noch anders überlegen, ich hab direkt vor der Kirche geparkt.«

Drake, der wie alle anderen Bandmitglieder gleich mit vorne am Altar stehen wird, bedenkt mich mit einem vielsagenden Blick, Aidan lacht jedoch nur.

»Keine Sorge, Alter, das hier ist die beste Entscheidung meines Lebens.«

Es klopft, und die Tür öffnet sich ein Stück, aber es tritt niemand ein. Mays Stimme erklingt allerdings durch den Spalt.

»Ist jemand nackt?«

Mal geht zur Tür und reißt sie vollständig auf. »Leider nicht, hättest du vorher gesagt, dass du vorbeischaust, wäre ich es.« Der Kerl kann froh sein, dass ich weiß, dass er nur Spaß macht.

May betritt lächelnd den Raum und sieht aus wie ein Engel. Obwohl die anderen Brautjungfern dasselbe Outfit tragen, kann ihr keine das Wasser reichen. Das bodenlange, fliederfarbene Kleid umspielt jede ihre Kurven, von denen sie mittlerweile zum Glück wieder welche hat. Panik machen mir nur diese winzigen, dünnen Träger. Was, wenn einer reißt? Ich schwöre, wenn irgendwer sie auch nur ansieht ... Okay, das ist definitiv nicht hilfreich. Sie begrüßt jeden der Anwesenden, und als sie Aidan in die Arme schließt, wird alles etwas sentimental.

»Meg ist so wunderschön und ich glaube, ich bin aufgeregter als sie«, verrät sie ihm mit belegter Stimme.

Die beiden tuscheln noch ein wenig miteinander und dann steht sie plötzlich vor mir.

»Hi.«

»Hi. Ich dachte, es ist verboten, der Braut die Show zu stehlen!«

»Danke. Aber du hast die Braut noch nicht gesehen.« Sie zwinkert mir gelassen zu, doch mir ist nicht entgangen, dass sie bei meinen Worten rot wurde.

»Laut Aidan darf ich machen, was ich will, aber die Braut ist tabu, also muss ich mich wohl auf die Brautjungfern stürzen.«

Obwohl wir beide wissen, dass ich scherze, bereue ich sofort, den Anschein erweckt zu haben, dass ich hier was aufreißen will. Es fühlt sich falsch an.

»Ich muss mit dir reden«, platzt es plötzlich aus ihr heraus.

Wahrscheinlich kommt sie mir jetzt mit der Lass-uns-Freunde-bleiben-Tour. Ich will aber verdammt noch mal nicht ihr Buddy sein, und erst recht will ich das nicht heute diskutieren.

»Lass uns das ein anderes Mal machen, okay?«

»Es ist aber wirklich wichtig«, flüstert sie, sodass die anderen nichts mitbekommen.

»May, das ist die Hochzeit einer meiner besten Freunde. Glaub mir, ich meine es ernst, wenn ich sage, nicht jetzt.«

Meine Freundin, die Augenbraue, regt sich, doch verharrt dann wieder auf Höhe ihrer Zwillingsschwester.

»Gut, dann später.«

MAY

Liebe ist nichts, was man mit Worten ausdrücken kann. Sie schleicht sich ganz leise an und befällt das Herz, lange bevor der Kopf davon Kenntnis nimmt. Akzeptiert man sie, dann löst sie ein Kribbeln im Bauch aus, setzt Glücksgefühle frei und lässt einen alle Sorgen für einen kurzen Moment vergessen.

Vorhin, als Meg den Gang zum Altar entlangschritt, konnte ich sie in der Art erkennen, mit der Aidan seine Braut ansah. In eben diesem Moment stellte ich fest, dass auch ich schon so angesehen wurde. Dafür musste ich kein weißes Kleid tragen, und es bedurfte auch keiner romantisch dekorierten Location. Im Nachhinein betrachtet brauchte Vader dazu nicht mal eine Person, die zu schätzen wusste, was sich hinter seinen vielsagenden Blicken verbarg. Er hat es zugelassen, war mutig für zwei und doch war es nicht genug.

Seit genau sieben Tagen wohne ich wieder im Haus meiner Grandma und seit sechs davon weiß ich, dass Liebe ein Arschloch ist. Ehrlich, wer etwas anderes erzählt, der lügt, denn diese Schmetterlinge im Bauch werden zu Kieselsteinen, wenn man feststellt, dass man einen großen Fehler gemacht hat. Öffnet man das Ventil und lässt all diese undefinierbaren Empfindungen zu, dann verwandelt man sich in ein heulendes, schlechtgelauntes Wrack. Ich glaube sogar, dass man bei dem ganzen

Flüssigkeitsverlust einen Liter Wasser extra trinken sollte, um nicht innerlich auszutrocknen.

Dabei versuche ich wirklich schon den ganzen Tag, meinem unruhigen Herzen Gewissheit zu verschaffen, doch Vader Sweets hat sich entschieden, mir aus dem Weg zu gehen. Als hätte er einen Peilsender an mir befestigt, sorgt er bereits den ganzen Abend dafür, dass mindestens fünf Meter Abstand zwischen uns liegen. Vorhin habe ich es fast geschafft, ihn allein zu erwischen, und was macht er? Springt auf die Bühne und trällert ein Lied. Na gut, ganz so war es vielleicht nicht, denn immerhin war es Zeit für den Hochzeitstanz, und als Teil der Hochzeitsband gehörte er da nun mal hin. Mittlerweile hat jedoch ein DJ die musikalische Untermalung übernommen. Ich hingegen muss jeden Moment auf die Bühne, um meine letzte Aufgabe als Trauzeugin an diesem Abend zu erledigen, und eine kleine Rede halten. Andernfalls wäre ich jetzt wahrscheinlich schon betrunken. All diese verliebten Paare, wie sie sich engumschlungen auf der Tanzfläche im Takt hoffnungslos romantischer Songs wiegen, bestärken in mir den Wunsch, meinen Cosmopolitan in einem Zug runterzukippen und nicht so, wie es sich gehört, hin und wieder ladylike daran zu nippen.

»Einen Whisky auf Eis, bitte«, höre ich Vaders Stimme neben mir und kann kaum glauben, dass sein Peilsender nicht wild piepend und leuchtend angezeigt hat, dass Trauzeugenzilla sich ganz in der Nähe befindet.

»Geht's dir gut?«

Die guten Manieren verwerfend, leere ich mein Glas und ordere einen neuen Cosmo, der umgehend vor mir abgestellt wird.

»May?«, spricht mich die Stimme des Jahres, wie Nora sie nennt, erneut an.

Gespielt überrascht wende ich mich ihm zu. »Ach, du redest mit mir? Sorry, damit habe ich gar nicht gerechnet, bedenkt man, dass du bereits den ganzen Tag einen so großen Kreis um mich ziehst, dass ich mir vorkomme wie eine Geschlechtskrankheit auf zwei Beinen.«

Er verzieht das Gesicht. »So offensichtlich?«

Ich rutsche galant vom Hocker und streiche mein Kleid glatt. Dabei entgeht mir nicht, wie auffällig er mich mustert. Freundschaftlich klopfe ich ihm auf die Schulter. »Du kannst durchatmen, denn ich muss jetzt meine Rede halten, und danach verschwinde ich hier. Also viel Spaß noch mit all den willigen Brautjungfern.«

Er hält mich zurück, indem seine Hand meinen Oberarm umschließt. Bilder vergangener Tage wirbeln unaufhaltsam in mir auf. Ich sehe die Version meiner selbst Monate zuvor in einem Club, betrunken und irrsinniges Zeug brabbelnd. Es war eine Zeit, in der wir unseren vorbestimmten Rollen noch nachkamen: Er, der böse Junge, der mein Äußeres an diesem Abend als fickbar bezeichnete, und ich, das schüchterne Mädchen, welches sich fragte, was es sich dabei dachte, einen solchen Rüpel um Hilfe zu bitten.

»May, es tut mir leid. Ich bin es den ganzen Tag immer wieder durchgegangen, aber wir können keine Freunde sein. Es geht einfach nicht.«

Was zur Hölle redet er da? Freunde? Nach allem, was war, kann er sich nicht einmal das vorstellen?

»Danke, Vader. Du hast mir damit ein wirklich peinliches Gespräch erspart.« Ich bemühe mich zu lächeln, obwohl mir zum Heulen zumute ist, schnappe mir mein Glas und bete, dass ich diese Rede nicht völlig verhaue.

»Darf ich kurz um Ihre Aufmerksamkeit bitten?«, frage ich und klopfe dabei gegen das Mikrofon, um sicherzugehen, dass es eingeschaltet ist. Alle Blicke richten sich auf mich und Megs ergriffenes Gesicht macht es mir nicht leichter, die Fassung zu wahren.

»Also, hi. Für diejenigen, die mich noch nicht kennen, mein Name ist May. Seit heute bin ich sicher, Megs beste Freundin zu sein, denn bei allem, was ich über sie weiß, vertraut sie mir trotzdem dieses Mikrofon an und erlaubt mir, ein paar Worte zu sagen. Dabei sollte man erwähnen, dass dieser Abend auch für mich etwas ganz Besonderes ist, denn zum ersten Mal habe ich die Möglichkeit, in ihrer Anwesenheit ganze fünf Minuten am Stück zu reden, ohne dabei von ihr unterbrochen zu werden.«

Die Gäste lachen, und meine Anspannung löst sich merklich, denn die seltsame Trauzeugin zu sein, die dämliche Witze reißt, über die niemand lachen kann, wäre gelinde gesagt beschissen. Vaders Blick ruht auf mir. Ich spüre ihn in jedem zittrigen Atemzug, den ich mache, weswegen ich mich ausschließlich auf das Brautpaar konzentriere.

»Wie manche von euch wissen, bin ich Autorin, und so erwartet man von mir natürlich ganz besonders herzergreifende Worte. Glücklicherweise durfte ich meine Rede ohne meine Rockstar-Souffleuse schreiben, sonst hätte die Band einen Piepton für all die Schimpfworte einstudieren müssen, die er mir zugeraunt hätte.«

Es folgen kleine Anekdoten aus Megs Zeit als Single, und die ersten Tränen werden vergossen, als ich über ihre Liebe zu Aidan berichte.

Alles läuft wie geplant, und als ich die Bühne verlasse und das Brautpaar in die Arme schließe, bin ich erleichtert, glücklich und todtraurig zugleich.

Eine Viertelstunde später sehe ich Vader ein letztes Mal tief in die Augen und rufe mir ein Taxi, um alleine nach Hause zu fahren ...

Das ist jedenfalls die unspektakuläre Version, die für das Hochzeitsvideo angebracht wäre. Stattdessen stolzierte ich auf Vader, der noch immer an der Bar lehnt, zu und tippte ihm auf die Schulter.

»Ich habe doch noch etwas zu sagen«, beginne ich.

Seine Miene bleibt völlig versteinert, als er mir das Wort abschneidet. »Ich finde, es ist alles gesagt, was zu sagen war. Du solltest an deiner Aussage von vorhin festhalten und uns dieses unangenehme Gespräch ersparen.« Er leert sein Glas, lässt mich einfach stehen und gesellt sich zu seinen Eltern, wohl wissend, dass ich ihn dort nicht anschreien würde. Ich kann nicht behaupten, dass es wirklich sehr wohlüberlegt ist, in meinem aktuellen Gemütszustand erneut die Bühne zu betreten, auf der Drake gerade seine Trauzeugenrede hält. Eigentlich denke ich in diesem Moment überhaupt nicht nach.

Verwirrte Gesichter blicken mir entgegen, als ich ihm kurzerhand das Mikrofon aus der Hand nehme.

»Es tut mir leid, Drake. Das war eine wirklich tolle Rede ...« Vader zuckt zusammen, als er meine Stimme hört, wendet mir aber weiterhin den Rücken zu, während seine Eltern gebannt meine kleine Show verfolgen.

»May, ich bin noch nicht fertig«, flüstert Drake, darum bemüht, die Gäste weiterhin anzulächeln.

»Ich habe vorhin etwas Wichtiges vergessen und das muss ich einfach loswerden, denn ein wirklich mieser, dämlicher Lackaffe hat mir mal gesagt, dass man die Gefühle, die man für jemanden hat, nicht mit dem Kopf definieren soll. Vielmehr soll man auf sein Herz hören, denn während der Kopf gelegentlich Fehlentscheidungen trifft, liegt das Herz immer richtig. Das klingt wirklich süß, oder? Leider ist es absoluter Bullshit.« Aidan fällt der Kuchen von der Gabel, während sich Meg grinsend zurücklehnt.

»Es lässt einen glauben, dass, wenn man auf sein Herz hört, alles gut wird – sie lebten glücklich bis ans Ende ihrer Tage ... Bla, bla, bla. Dazu dürfte sich der Traumprinz aber nicht wie der verfickte Gaul verhalten.« Vaders Desinteresse an dem, was ich zu sagen habe, schürt meine Wut nur noch mehr. »Hey, Arschloch, ich rede mit dir.« Alle Augen folgen meinem Blick und richten sich auf ihn, der nun doch beschließt, sich langsam umzudrehen. Er kneift die Augen zusammen und macht dann eine ausladende Handbewegung, die mir bedeutet, weiterzusprechen.

»Wusstest du, dass Waschbären sich niemals fest binden? Nach der Paarung verlässt der miese, betrügerische Kerl das Waschbärweibchen und sucht sich ein neues.«

»May, hast du gerade einen Nervenzusammenbruch?«, flüstert Drake mir zu, doch ich beachte ihn gar nicht.

»Ich bin aber kein beschissener Waschbär, und ich will nicht, dass du weiterziehst und dir eine andere suchst. Den ganzen Tag schon versuche ich, mit dir zu sprechen, um dir verdammt noch mal zu sagen, dass ich dich liebe, Vader Sweets. Ich liebe deine schrägen Bemerkungen in den unpassendsten Situationen; ich liebe deine Stimme, wenn du nur für mich singst, und ich liebe es, mit dir zu streiten, um dann mit dir über unsere Sturheit zu lachen. Aber am meisten liebe ich, dass ich bei dir ich selbst sein kann. Du hast nie versucht, mich zu ändern und immer an mich geglaubt, als ich es selbst nicht konnte.«

Die Gäste applaudieren, doch in meinem Inneren wird alles still, als er reglos stehen bleibt, nicht mit der Wimper zuckt und weiterhin düster dreinschaut.

»Sag was«, flüstere ich ins Mikrofon, und der Applaus verstummt. Ja, jetzt haben auch die letzten Reihen mitgekriegt, dass ich mich soeben zur größten Lachnummer des Abends gemacht habe.

»Wusstest du, dass Waschbären sich nächtelang paaren?«, beginnt er und nähert sich mir langsam. »Nach einem wahnsinnig langen Vorspiel kommen sie zur Sache, ruhen sich kurz aus und legen wieder los.« Das kann nicht sein ernst sein.

»Mein Gott, Leute, wir sind hier nicht bei *Wunder der Tierwelt*, sondern auf einer Hochzeit«, murmelt Drake.

Vader bleibt vor der Bühne stehen, während ich versuche, seine Worte zu verdauen. Das war seine Antwort. Ganz großes Kino. Peinlich berührt bemühen sich die meisten der Gäste, ihre Aufmerksamkeit auf etwas anderes zu lenken. Ich wispere Meg ein stilles *Sorry* zu, drücke Drake das Mikro in die Hand, um dann die Bühne zu verlassen.

Vader versperrt mir jedoch den Weg, den ich mir zur Not mit Gewalt freimachen werde, wenn er es lustig finden sollte, mich jetzt noch damit aufzuziehen.

»Du bist ein Arschloch.«

»Und du hast viel zu lange gebraucht, um mir das zu sagen. Würdest du es noch mal wiederholen, damit ich richtig darauf reagieren kann?«

»Ich habe dir schon oft gesagt, dass du ein Arschloch bist, aber bitte: Du-bist-ein-Arschloch.« Ich betone jedes einzelne Wort.

Er lächelt und mein dummes Herz schlägt schneller.

»Ich meinte die Sache, die du davor gesagt hast, aber egal. May, ich hasse es, mit dir zu streiten; ich kann es nicht ausstehen, wenn du anderer Meinung bist als ich, und ich könnte aus der Haut fahren, wenn du nicht an dich selbst glaubst. Aber all das ist unwichtig, denn fuck, ich liebe es, dass du mich liebst.«

Ich ziehe eine Schnute, bemühe mich, nicht loszuheulen. »Und was willst du mir jetzt damit sagen?«

Statt sofort etwas zu erwidern, legt er einen Arm um meine Taille und die Hand in meinen Nacken. Ich bebe unter seiner Berührung und vergesse kurzfristig, wo ich mich befinde.

»Ich liebe dich, May Trenton. Und ich würde es wirklich begrüßen, wenn du mich zukünftig nicht mehr Arschloch nennst, wenn ich dir das sagen will.«

»Sorry?«

Er beugt sich vor und gibt mir einen viel zu kurzen, unschuldigen Kuss. »Falsche Antwort. Sag mir, was ich hören will, Baby«, flüstert er und sein Atem kitzelt meine Lippen.

»Ich liebe dich, auch wenn du manchmal ein Idiot bist.«

»Autsch.« Er legt den Kopf schräg und verzieht das Gesicht, als würde er Schmerzen erleiden. »Aber das lasse ich durchgehen. Gerade so.«

Endlich überbrückt er den letzten Abstand zwischen uns und küsst mich tief und innig. Es fühlt sich anders an als jeder bisherige Kuss, denn ich habe den Eindruck, angekommen zu sein. Ich weiß nicht, wohin uns dieser Weg führen wird, doch ich bin mehr als bereit, ihn mit Vader gemeinsam zu gehen.

Epilog

»Es fällt sicher niemandem auf«, raunt Vader mir zu, während ich mich bemühe, zumindest so zu tun, als würde ich dem Gespräch am Tisch noch folgen.

Ganz unauffällig neige ich den Kopf zu ihm. »Lass uns bis zum Abendessen warten, dann sind eh alle damit beschäftigt, das Buffet zu stürmen.«

Mit mürrischem Gesichtsausdruck lehnt er sich zurück und murmelt ein »Von mir aus.« Dass sein Einverständnis, noch ein wenig zu warten, bis wir von der Hochzeit verschwinden, nichts als leeres Gerede ist, merke ich spätestens, als seine Hand sich auf recht unanständige Weise von meinem Knie zum Oberschenkel hinaufschiebt.

Mein Lächeln bleibt mir im Hals stecken, und ich bin wirklich voller Hoffnung, dass Megs Cousine, die gegenübersitzt und von ihrem Trip nach Bali berichtet, mir nicht ansieht, was gerade unter der Tischdecke vor sich geht.

»Du solltest wirklich mal überlegen, dort Urlaub zu machen. Ich kann dir ein sehr gutes Reisebüro empfehlen.«

Während ich freundlich nicke, beugt Vader sich zu mir rüber, wobei er mir so nahekommt, dass sein sündiger Mund mein Ohr berührt und mich erschauern lässt. Es will mir nicht in den Kopf, dass wir jetzt hier zusammensitzen und er mir gehört. Vader Sweets hat mir gesagt, dass er mich liebt und das heute zum zweiten Mal. Vorsichtig fahre ich mit den Fingern über meinen Unterarm und zwicke mich leicht, denn glauben kann ich es immer noch nicht. Vader verteilt federleichte Küsse unter meinem Ohr, worauf meine Haut auf diese wunderbare Weise zu kribbeln beginnt, wie nur er es bei mir auszulösen vermag. Mein Puls flattert in ungeahnte Höhen, und ein Gefühl von Glückseligkeit beflügelt mich zusätzlich. Ja, ich bin so glücklich, wie ich es wohl noch nie war.

»Wieso kneifst du dir in den Arm? Gibt es da vielleicht sexuelle Praktiken, von denen du mir noch nicht berichtet hast? Wenn du es etwas härter magst, könnte ich ...«

Spielerisch schlage ich ihm auf den Arm. »Nein. Nein, wirklich nicht. Ich kann das hier nur alles irgendwie nicht glauben. Ich dachte mal, dass du der größte Arsch bist, der auf dieser Erde wandelt und jetzt ... jetzt bist du alles für mich.«

Vader legt den Arm um mich und zieht mich an sich. Ich vergrabe den Kopf in seiner Halsbeuge und genieße die Wärme, die von seinem Körper ausgeht.

»Baby, glaub mir, ich verstehe dich zu gut. Wer hätte gedacht, dass sich hinter der biedersten Langweilerin ever, die Frau verbirgt, die ich niemals mehr gehen lassen will?«

Wir verweilen einen Augenblick eng umschlungen, vergessen alles um uns herum und tauschen unschuldige Küsse aus. Erst, als das Knacken der Lautsprecher erklingt und damit ankündigt, dass jemand das Mikrofon eingeschaltet hat, lenken wir unsere Aufmerksamkeit zur Bühne. Meg steht dort, und ich habe das Gefühl, sie wird von Minute zu Minute schöner. Es ist ihr anzusehen, dass dies der schönste Tag in ihrem Leben ist, und zum ersten Mal kann ich wirklich nachvollziehen, weshalb Menschen ihre Liebe mit einer Ehe krönen wollen.

»Hallo, alle zusammen. Ich bitte nun die Ladys hier nach vorne, denn es ist Zeit, den Braustrauß zu werfen«, verkündet sie belustigt. Ernsthaft, was ist nur los mit den Frauen? Sie stürmen bereits in ihre Richtung, bevor sie den Satz zu Ende gesprochen hat. Als würde ihr gesamtes späteres Leben an dieser einen Tradition hängen.

»Willst du nicht ebenfalls nach vorne und dich mit diesen Damen um das Gemüse streiten?«, fragt Vader mit hochgezogener Augenbraue.

Ich schüttle den Kopf. »Nein, ich denke, für heute hatte ich genug Aufregung. Von hier aus habe ich einen super Blick auf das Spektakel.«

Vader mustert mich einen Moment lang, grinst dann aber und küsst mich auf die Wange. »Wie du willst. Da mit dieser Brautstrauß-Sache der offizielle Part abgeschlossen ist, könnten wir doch jetzt gehen, oder?«

Er wird nicht lockerlassen und eigentlich hat er recht, denn ich will endlich mit ihm allein sein.

»Okay.«

Verdutzt schaut er mich an. »Hast du gerade *okay* gesagt?«

»Jap. Bring mich hier weg. Schlepp mich in deine Höhle.«

»*Deine* Höhle finde ich um einiges schöner.«

»Dann ist es ja gut, dass ich es bisher nicht über mich bringen konnte, deinen Namen vom Klingelschild zu entfernen.«

Er fährt sich über den Dreitagebart und spitzt die Lippen, als würde er angestrengt nachdenken.

Trenton-Sweets. Hört sich gar nicht mal so schlecht an.«

Mein Herz galoppiert, denn genau das dachte ich auch, als ich zum ersten Mal *mein* Haus betrat, nachdem ich alle Unterlagen bei diesem Anwalt unterzeichnet hatte. Den Schlüssel in der Hand stoppte ich abrupt, als mir sein Name auf dem Klingelschild ins Auge fiel. Einen Tag später klebte ich meinen Namen einfach über seinen, denn ich brachte es nicht übers Herz, dieses handgeschriebene und mit Tesafilm befestigte Zettelchen, auf dem *Sweets* stand, zu entfernen.

»Gut, ich schleppe dich in deine Höhle, aber vorher sage ich den Jungs schnell Bescheid, okay?«

»Mach das. Ich warte hier auf dich.«

Mit lüsternem Blick verfolge ich jeden Schritt dieses gutaussehenden Mannes, bis er bei seinen Bandkollegen angekommen ist. Das Grinsen will einfach nicht aus meinem Gesicht weichen, und ich lehne mich entspannt und zufrieden zurück. In der Nähe der Bühne zählen die Frauen einen Countdown runter, machen sich bereit, für den Brautstraußwurf. Nachdem sie bei eins angelangt sind, beugt Meg sich vor und wirft die Blumen mit Schwung hinter sich. Es ist lachhaft, wie die Frauen einander schubsen und die Hände in die Höhe strecken. Für einen Moment sieht es fast so aus, als würde Geena, eine von Megs Mitarbeiterinnen im Café, die Glückliche sein, doch sie trifft das Bouquet so unglücklich mit der Hand, dass es einen weiteren hohen Bogen schlägt und hinter der Horde verschwindet. Wie in Zeitlupe betrachte ich den bunten Strauß aus Lilien und Grünzeug dabei, wie er über ausgestreckte Hände hinwegfliegt und jemanden am Kopf trifft, der dann reflexartig danach greift.

Die Gäste brechen in Gelächter aus, als Vader mit dem Strauß Blumen in der Hand dasteht wie ein begossener Pudel. Verwirrt braucht er paar Sekunden, um herauszufinden, was da gerade vor sich ging. Aber es dauert nicht lange, da breitet sich ein Lächeln auf seinen Lippen aus, bringt meine heiß geliebten Grübchen zum Vorschein und zeigt diese perfekt aufgereihten, weißen Zähne. Seine Augen treffen meine und ich bemühe mich, keinen Lachanfall zu bekommen.

»May?«, schreit er über die Tanzfläche, und ich ziehe die Augenbraue hoch. Er hebt den Strauß in die Höhe, wie ein Sieger, der seinen Pokal präsentiert. »Du weißt, was das hier bedeutet, oder?«

Sollte mir die Tatsache, dass Vader mir gerade mehr oder weniger zu verstehen gegeben hat, dass er mich heiraten will, Angst machen?

Vielleicht, aber ich bin bereit für alles, was die Zukunft mit diesem Mann noch vorsieht. Irgendetwas sagt mir, dass dies die Story meines Lebens wird.

– ENDE –

Danksagung

Ich erinnere mich genau an den Moment, in dem mir die Idee zur Story um May und Vader kam:
Ich saß in der Küche und schrieb eigentlich an einer völlig anderen Story, als aus dem Radio plötzlich die unvergleichliche Stimme von Bruce Springsteen ertönte. Sofort waren da diese Bilder in meinem Kopf, ich öffnete ein neues Dokument und tippte die ersten Zeilen von MORNING AFTER DARK.
Drei Monate sollten vergehen, die geschriebenen Zeilen waren schon fast in Vergessenheit geraten, da führte ich eine angeregte Unterhaltung mit Emily Key via Skype und schickte ihr den Textschnipsel.
Was soll ich sagen, ohne sie würdet ihr dieses Buch nicht in den Händen halten.
Sowohl als Autorin, als auch als Freundin gilt mein größter Dank dir, liebe Emily. Du hast mir so lange in den Hintern getreten, bis ich jede Chance, die sich mir bot, ergriffen habe. Danke für viele Tipps, dafür, dass du all meinen Schwachsinn gelesen und dir mein Rumgejammere Tag und Nacht reingezogen hast!
Liebe Leser, auch euch gilt ein riesiges Dankeschön!
Ich raste immer völlig aus, wenn ich eure Rezis lese, ihr mir Nachrichten schickt, die mich fast zum Heulen bringen (im positiven Sinne) und mein Herz schlägt höher, wenn euch das,

was ich zu Papier bringe, für einen Moment in eine andere Welt entführen kann.
MORNING AFTER DARK ist in vielen Dingen auch für mich eine Premiere - so ist es mein erstes Buch, welches über einen Verlag erschienen ist.
Der A.P.P. Verlag ist wie eine kleine Familie für mein gestörtes Autoren-Ich geworden.
Hier wird mit Liebe im Herzen und einem Lächeln auf den Lippen gearbeitet.
Danke, dass ich ein Teil davon sein darf!
An die wohl coolste Lektorin auf diesem Planeten: Bella, du bist der Hammer! Du hast all meine seltsamen Gedanken verstanden, sie zu deinen eigenen gemacht und sie dann wieder für die Leser übersetzt. Diesen Satz wird wohl keiner außer uns beiden verstehen, aber das ist okay so. Die Mithilfe so vieler Menschen ist nötig, um ein Buch zu dem zu machen, was es ist.
Danke an Sabrina für dieses abgefahrene Cover!
Danke Andreas, für die Fehlersuche und Behebung eben dieser.
Danke an Grünewald Buchtrailer für die fantastische Umsetzung des Trailers zum Buch!
Melanie, auch dir einen großen Dank, dass du so tapfer am Schreibprozess teilgenommen und mir manchmal einen Schubs in die richtige Richtung gegeben hast!
Tina, du bist ein Schatz und es ist so schön, dich zu kennen!
Danke, dass du Vader genauso liebst, wie ich es tue.
Ich habe wahrscheinlich die Hälfte aller wichtigen Menschen vergessen, aber: Ihr kennt mich und wisst, es liegt nur an den vielen verwirrten Gedanken in meinem Kopf.
Ich liebe euch alle!

Eure Ariana

Über die Autorin:

Ariana Morrigan wurde 1986 geboren und lebt in einem kleinen Dörfchen nahe Köln. Eine Liebe, wie sie im Buche steht... Das ist das Ziel der Autorin, die nicht nur auf Herzchen setzt, sondern auch Humor und Sinnlichkeit sprechen lässt. Gerne würde sie von sich behaupten, eine gute Fee habe ihr die Gabe, einzelne Worte zu Geschichten zu formen, in die Wiege gelegt und dass sie schon immer wusste, später einmal Autorin werden zu wollen… Tja, wenn es so war, dann hat die Fee einen schlechten Job gemacht, denn erst 2014 begann sie mit dem Schreiben. Mit der Einnahme von Baldriantropfen versucht sie einen Ausgleich zu ihrem übermäßigen Kaffeekonsum zu schaffen und in ihrer Freizeit genießt sie romantische Spaziergänge mit ihrem Hund. Sie glaubt noch immer, dass die Liebe, wie sie in Disney Filmen vermittelt wird, existiert.

28764372R00228

Printed in Poland
by Amazon Fulfillment
Poland Sp. z o.o., Wrocław